KB274020

삼인 동거를 위한 테크닉 강론

삼인 동거를 위한 테크닉 강론

초판 1쇄 찍은 날 § 2006년 9월 13일
초판 1쇄 펴낸 날 § 2006년 9월 23일

지은이 § 이윤아
펴낸이 § 서경석

편집장 § 문혜영
편집책임 § 이종민
편집 § 한지윤

펴낸곳 § 도서출판 청어람
등록번호 § 제1081-1-89호
등록일자 § 1999. 5. 31
어람번호 § 제5-0108호

주소 § 경기도 부천시 원미구 심곡1동 350-1 남성B/D 3F (우) 420-011
전화 § 032-656-4452 팩스 § 032-656-4453
http://www.chungeoram.com
E-mail § eoram99@chollian.net

ⓒ 이윤아, 2006

ISBN 89-251-0307-9 03810

※ 파본은 본사나 구입하신 서점에서 교환하여 드립니다.
※ 저자와 협의하여 인지를 붙이지 않습니다.

삼인
를
위한
동거
테크
가론
이윤아 지음
도서출판
청어람

프롤로그 / 7

1. 철저한 위계질서를 확립한다 / 17

2. 명시화된 규칙들을 제정할 것 / 47

3. 규칙을 지키지 않을 시에 주어지는 패널티를 규정하라 / 79

4. 가능한 동거인 간의 연애는 금한다 / 109

5. 동거인의 과거를 기억하라 / 137

6. 이웃과 친목을 다져 둔다 / 155

7. 환자가 생겼을 경우의 대처 방법 / 185

8. 일관된 인격을 유지하라 / 215

9. 동거인과 친구 사이에 부등식을 세워야 할 때 / 249

10. 감기 생각을 잊지 말 것 / 277

11. 제삼자에게 협력을 구하는 방법 / 313

12. 동거인을 위한 바캉스 계획 세우기 / 365

에필로그 / 414

작가후기 / 424

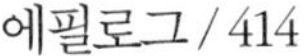

프롤로그

—동갑내기 그녀

"**결**혼하기 가장 좋은 나이 차이가 얼마인 줄 알아?"

두터운 잡지책을 뒤적이던 성아가 핸드백을 주섬주섬 뒤지더니 한구석에서 형광펜을 꺼내며 말했다. 그녀의 형광펜은 태연히도 카페이 공용 잡지에 밑줄을 작작 그이 내렸다. 인젠가 왜 그런 비상식적인 일을 저지르느냐고 묻자 그녀는 태연히 직업병이니 평생 고칠 수 없노라고 대답해 준 전적이 있었다.

그 맞은편에서 푹신한 소파에 엉덩이를 파묻고 앉아 있던 이다가 하품을 하느라 쩍 벌어진 입을 애써 움직이며 답을 달았다.

"열 살."

성아의 형광펜이 딱 멎었다.

"성의는 좀 보이시지, 노 작가?"

"충분히 보였거든."

이다가 열심히 하품을 섞으면서 말을 마쳤다. 그녀의 입 주변은 방금 먹었던 커피의 크림과 초콜릿 퍼지가 묻어서 지저분했다. 대충 틀어 올린 파마 머리 사이에는 먼지인지 고양이 털인지 알 수 없는 것들이 군데군데 묻어 있었다. 햇살 좋은 오후 두 시의 말끔한 카페가 아니라 집 안에서 파자마 바람으로 있는 게 훨씬 더 잘 어울릴 듯한 표정이었다.

"정말이야. 내 생각엔 그래. 괜히 사람이 밥숟가락 개수 따지는 줄 알아? 그만큼 더 보고, 더 듣고, 더 이해하는 거야. 고로 하루라도 더 먹은 사람은 이해의 폭이 그만큼 넓다는 거지. 이해의 폭이 넓다는 것은……."

한없이 늘어지려는 이다의 말을 성아가 적절이 잘라먹었다.

"요컨대 편하게 이해받고 살자는 말이네. 그거 너무 성차별적 아니니? 왜 나이 먹은 남편이 나이 어린 아내를 오냐오냐 먹여 살려주고 보살펴 줘야 하는데?"

이다가 하얀 접시 바닥에 늘러붙어 있는 초콜릿 퍼지의 잔해를 포크로 싹싹 긁어 입으로 가져갔다.

"성차별이라니, 난 귀찮아서 그런 거 못해. 남편이 많든 아내가 많든 열 살은 많아야 된다는 얘기야. 어디더라…… 어떤 책에선가 봤는데 인간은 사회적 동물이라서 단 두 사람이 있어도 통치자가 있는 게 낫대. 결혼 생활도 마찬가지라구. 기왕 통치자가 필요하다면 강력하고 확실한 쪽이 낫지. 억압이 아닌 무한한 이해와 포용력으로 다스리는 거야."

이다의 말에 성아가 읽고 있던 잡지를 내밀었다.

"자, 여기 보여?"

성아가 가리키는 곳은 형광펜으로 표시가 된 부분.

"이해와 포용력은 개뿔."

그만그만한 트렌드 잡지들처럼 대담한 편집과 세련된 일러스트들이 시선을 확 잡아당기는 그런 잡지였다. 성아가 표시해 놓은 부분은 그럴싸한 헤드라인으로 포장된 가십적인 통계 기사. 이다가 손가락에 묻은 초콜릿을 쭉쭉 빨다가 그 손으로 잡지를 넘겨받았다. 결혼 시 이상적인 나이 차이에 관한 통계 및 리서치를 흥미롭게 분석해 놓은 기사였다. 글빨이 어떻든 간에 결론은 빤했다. 국민적인 정서와 상식 수준에 근거해 네 살 차이를 가장 이상적으로 보고 있었고, 그 다음으로는 한두 살 연하가, 그 다음으로는 동갑내기였다. 나이 차이가 많이 나는 커플들의 인터뷰도 짤막하게 실렸는데, 이다가 보기 민망할 정도로 현재 결혼 생활에 대한 불만 일색이었다. 한쪽이 먼저 나이 드는 것도 꽤나 심각한 문제라고 했다.

"이건 거짓말이야."

이다가 잡지를 탁 내려놓는 바람에 잡지 한구석에 초콜릿 지문이 찍혔다. 그러나 그녀는 전혀 신경 쓰지 않는 눈치였다. 그녀에게 왜 이런 비상식적인 일을 저지르냐고 묻는다면 이다 역시 직업병이라고 대답할 것이다.

"동갑내기 남자만큼 끔찍한 게 어딨다고. 무엇보다 동갑내기는 절대 남자가 될 수 없다고. 남자가 뭔데, 당연히 나라는 주체를 여성으로 놓고 봤을 때 성립하는 공식 아냐? 그런데 동갑내기 남자는 택도 없거든."

"그거 진파 씨 얘기냐?"

"당연하지."

"어째서?"

"대답이 좀 긴데, 꼭 해줘야 돼?"

이다가 턱 끝으로 조금 전까지 초콜릿 퍼지가 담겨 있던 빈 접시를 가리켰다.

"여기 오렌지타르트랑 피칸파이도 끝내줘."

성아가 기막힌 얼굴로 혀를 찼다.

"너 아침도 안 먹었다며. 빈속에 케이크가 그렇게 들어가?"

"여긴 케이크 먹으려고 오는 건데?"

"대체 어떻게 생겨먹은 위야. 뭐, 그건 그렇다 치자. 살은? 다이어트 안 하냐?"

"사 올 거야, 안 사 올 거야. 그딴 거 귀찮게 왜 하냐."

성아가 한숨을 쉬며 이다의 위아래를 살폈다. 세수를 안 해 번들대는 얼굴이야 그렇다고 봐줄 수 있었다. 한두 개 난 뾰루지야 엉망진창인 이다의 식습관을 고려한다면 양호한 편이었으니까. 그러나 아무리 동네 카페에 나온다고 해도 대충 구겨 신은 스니커즈와 노란 고무줄을 두 바퀴 뱅뱅 돌려 묶은 머리는 문제가 있는 것 같다. 맨발에 무릎 아래로 질질 내려오는 청스커트도 촌스럽다는 점에서 확실히 문제가 있었다.

"노이다, 넌 확실히 문제가 있어."

"응. 배고픈데 네가 케이크를 안 사주잖아. 확실히 문제지."

"서른셋이라는 나이도 문제고, 그 펑퍼짐한 몸매도 문제고, 미용실 안 간 지 이 년은 된 듯한 헤어스타일도 문제야. 케이크 따위가 아니라. 진파 씨 보기 부끄럽지도 않아? 진파 씨는 대체 네 어디가 그렇게 좋……."

"에이 씨, 나쁜 년."

이다가 잡지책을 홱 밀치며 일어섰다. 빈 접시는 손에 든 채다.

"네 건 안 사줘."

그녀가 어슬렁대는 걸음으로 케이트를 파는 진열대로 향했다. 아줌마 소리를 들어도 억울할 게 없는 노이디의 둔중한 엉덩이를 바라보며, 올해 서른세 살 동갑내기 친구 성아가 작게 한숨을 쉬었다.

"그리고 그중에서 제일 큰 문제는 진파 씨한테는 너 같은 문제가 하나도 없다는 거야, 이것아."

그녀의 말은 너무 작아서 한숨보다 더 한숨처럼 들렸다.

프롤로그

—동갑내기 그

"**결**혼하기 가장 좋은 나이 차가 몇 살인 줄 아니?"

언제 들어도 나긋나긋한 목소리다. 벌써 마흔이 훌쩍 넘어버린 고모의 음성은 세월이 더해져 한층 더 우아해졌다고 생각하며 유진파는 슬쩍 웃음을 더했다. 물론 그만큼 더 무서워지기도 했지만.

"동갑이요."

고모가 고개를 흔들었다.

"천만에. 네 살이란다."

"누가 그래요?"

"이 보살이."

이 보살이라…… 진파가 기억을 더듬었다. 고모의 종교 경력은 화끈한 편이다. 개신교 모태신앙이라고 들었지만 그가 어릴 때는 독실한 천주교 신자였고, 사춘기 때는 정토종, 대학교를 기점으로 무속신앙으로 돌아섰다. 머리를 하는 일도, 김치를 담그는 일도 잘 아는 무속인에게 조언을 구하고 나서야 결론을 보곤 했다. 얼마 전까지만 해도 정 도사라는 사람을 언급하더니 최근에 단골 무속인을 바꾼 모양이었다.

고모가 읽고 있던 책 사이에서 사진을 한 장 꺼내 들었다. 그제야 진파는 고모가 뜬금없이 그를 집으로 불러들인 이유를 알아챘다.

'선이다.'

그가 몸살나게 싫어하는 그 한 가지 이유였다.

"이것 좀 봐라. 인물이 참 곱지 않니? 글쎄, 중학교 음악 선생님이래. 아버지는 지금 고등학교 교장 선생님이시라고. 나이가 지금 스물아홉인데…… 네가 범띠지? 어쩜 이 아가씨가 범이랑 딱이라지 뭐니. 이 보살이 자기는 보다 보다 이런 황금 궁합은 처음 봤단다. 당사자들끼리 만나기도 전인데 날짜부터 봐준대. 그게 그냥……."

쉴 새 없이 이어지는 고모의 나긋한 음성을 진파가 서둘러 끊어버렸다.

"저 여자 있어요, 고모."

고모가 고개를 흔들었다. 표정이 견고하다. 진파는 뒤이어 튀어나올 잔소리 일부를 벌써 들어버린 기분이 되었다.

"걔는 아냐. 너 바보 아니니? 어디 여자가 없어서 그런 애를. 이 보살도 너한테 동갑은 절대 아니라더라. 너 이 보살이 어떤 사람인 줄 알아? 국회의원들이 돈 싸들고 찾아가도 한 번 만나기 어려운 사람이야. 이 보살의 말이 넌 개한테 잡아먹힐 팔자래요. 걔는 안 돼."

진파가 쓴웃음을 지었다.

"제대로 보신 적도 없으시잖아요. 그리고 이다, 고모 생각처럼 모자란 사람 아니에요."

고모가 샐쭉하게 눈을 흘겼다.

"본 적이 없긴 왜 없어. 네 집에 밑반찬 싸다 주면서 한두 번 봤어. 내가 얼마나 놀랐는지 아니? 그리고 걔는 너와의 사이를 친구라고 딱 잡아떼던데 뭘. 남녀 사이 아니니까 오해 말라고. 근데 걔는 아주 거기서 사는 거냐? 어째 매일 주인 없는 집에 와서 떡하니 배를 깔고 누워 있어? 게다가 하고 있는 꼬라지 하고는……. 나는 그렇게 칠칠맞고 지저분한 여자 처음 봤어, 얘. 같은 여자라는 게 부끄럽더라."

이다에 관한 험담이 줄줄이 이어졌다. 대부분 그도 알고 있는 것들이라 절반은 흘려듣고, 절반은 공감하며 들었다. 다 듣고 나자 한층 더 난감한 기분이 들었다. 이다가 그냥저냥 놀러다니는 게 아니라 아예 들어와서 같이 산다고 하면 고모는 대체 뭐라고 하실까. 이 보살 제조 특효 노이다 퇴치 부적을 사방에 붙여놓으실지도 모르겠다.

적절히 시간을 재던 진파가 곧 엉덩이를 털고 일어섰다.

"저 가봐야 돼요, 고모."

"뭐? 벌써?"

벌써 한 시간 이상이나 붙들고 있었다는 걸 모르시는 모양. 갈 채비를 하는 그의 손목을 고모가 꽉 붙들었다.

"사진은 보고 가야지. 날짜 잡는다?"

"고모, 저 애인 있다니까요."

"어머, 애. 너 동갑은 안 된다니까. 네 팔자에는 동갑내기 여자가 없대. 고모 말 좀 들어. 너, 사람 일은 정말 모르는 거다. 사람 팔자가 다 네 맘 같은 줄 알아? 인연 만드는 건 따로 있어."

"없긴 왜 없어요. 지금 제 인생 안에 버젓이 들어와 있는데."

말이 길어질수록 시간 낭비일 게 뻔하다. 진파가 아늑한 오후 햇살이 들어선 고모네 작은 거실을 나섰다. 전형적인 남향 단독주택인 고모네 집은 이맘때 햇살이 아주 좋았다. 아마도 이 시간이 아니었다면 고모가 부른다고 선뜻 발을 들여놓지는 않았을 것이다. 진파는 작게 삐걱이는 소리가 나는 원목 바닥을 가로질러 현관으로 걸어갔다. 안락의자에 몸을 기대고 있던 고모가 서둘러 그를 뒤쫓아왔다.

"애, 나 날 잡는다. 보는 거다, 응?"

"전 분명히 아니라고 말씀드렸어요."

"너 진짜……! 아유, 글쎄 너한테 동갑은 영 아니라니까! 너 개 계속 만났다간 앞으로 무슨 화가 닥칠지 몰라. 이 보살 말 우습게 알았다가 큰일당한 사람이 한둘인 줄 아니?"

그때쯤 진파는 검은색 워커 안에 두 발을 모두 집어넣는 데 성공했다. 그가 신발을 신기 위해 굽혔던 허리를 쭉 펴고 고모를 향해 살풋한 웃음을 던졌다.

"전 어린 사람도 싫고, 나이 많은 사람도 싫어요. 딱 동갑이 좋습니다."

어쩌면 그저 그 여자가 우연이 동갑이었던 것인지도 모르지만.

고모 집의 대문을 빠져나온 진파가 잠시 멈췄던 한숨을 내뱉었다. 고모한테 이 보살의 연락처를 받아두는 게 현명했을지도 몰랐다. 이미 그의 인생이 동갑내기 그 여자 노이다로 인해 사정없이 망가지고 있는 것은 사실이었으니까. 이 보살의 영력은 사실 꽤나 신통할지도.

1. 철저한 위계질서를 확립한다

이 인 이상이 거주하게 된 집의 경우,

동거인 간의 위계질서가 탄탄할수록 안정적이 된다.

사공이 많은 배는 산으로 간다는 얘기는 너무도 유명하다.

다시 말해 동거인이 모두 제 목소리를 내는 집안이라면 분쟁거리가

끊이지 않는다는 소리다.

그러나 굳이 인성을 고려해 공정한 조절자와 말썽 많은 분쟁자로

동거인들의 사이를 구분 지을 필요는 없다. 권력은 대개

돈이나 힘으로 얻어지는 바, 가장 많은 세금을 부담하는 자가

위계질서의 정점에 서도록 유도한다.

세금을 정확히 세 등분 해서 계산하는 집이라면 하루 날을 잡아

지휘권 획득을 위한 토너먼트전이라도 개최하도록.

물론 이 토너먼트에서 살상과 무기사용은 금지이다.

"박 실장님 전화요. 연결해 드려요?"

고모댁에서 돌아온 느즈막한 오후였다. 막 이맘때쯤 따듯해
지기 시작하는 햇살이 진파의 어깨에 담뿍 묻어 있었다. 횟수로
이 년 전에 장만한 유진피 개인 스튜디오의 내부도 흰낏 게질김
이 드러났다. 따듯하고, 설레는 느낌. 진파는 곧 고모댁에서 있
었던 일들을 털어내 버렸다.

"언제 왔었는데?"

"꽤 됐어요. 외출하시고 얼마 안 되어서 왔으니까."

"전화는 그것뿐이야?"

"웬걸요. 있기야 더 있죠."

받지 못한 전화가 여러 통 쌓여 있던 모양이었다. 눈치 빠른 비서이자 경리인 가영 씨가 개중 가장 급하다고 판단되는 전화를 골라준 것. 진파가 겉옷을 벗어 문 옆에 마련된 옷걸이에 걸었다. 대충하는 것 같아도 그의 손이 닿은 물건은 언제나 반듯했다. 가영 씨가 그를 좋은 상사라고 생각하는 첫 번째 이유였다.

"박 실장님이요, 휴대전화 연결 안 된다고 많이 상심해하셨어요."

가영 씨의 말은 농담 같아도 꽤나 진지했다. 박 실장의 성격을 잘 아는 진파가 달다고만은 할 수 없는 혼자 웃음을 흘렸다.

"사무실에서 기다리겠대?"

"네. 오셔서 전화 주실 때까지요."

"연결해 줘."

진파가 스튜디오 사무실 창가 쪽에 놓여 있는 책상을 향했다. 그러자 전화벨이 숨 가쁘게 울렸다. 꼭 박 실장이 징징대는 소리 같아 저도 모르게 고개를 흔들었다.

[유 작가!]

박 실장이 금방이라도 울 것처럼 그를 불렀다. 진파가 책상 모서리에 대충 엉덩이를 걸치고 앉았다.

"네, 말씀하세요."

[유 작가 너무한 거 아냐? 내가 전화할 거 알면서 어떻게 그럴 수가 있어?]

"작업 구상할 땐 방해 안 받는 거 아시잖습니까."

[그래도 너무해! 다른 사람도 아니고 난데!]

대호기획의 박 실장은 확실히 손 큰 고객이기는 했다. 프리랜서 사진작가인 진파의 주 수입원은 연예인들의 화보 촬영인 셈이었으니 연예 기획사 중 가장 크다는 대호와의 인연은 깊고도 질긴 것이었다. 그렇게 박 실장과 안면을 튼 지가 벌써 삼 년이 다 되어간다. 일과 돈이 오가니 대호의 실세라는 박 실장과는 전화 통화가 유독 잦은 편인데, 문제는 그렇게 오가는 통화 중 일에 관계된 것은 열 중 하나 정도라는 것. 박 실장은 여덟 살 아래의 진파를 인생의 조언자이자 동반자로 여기고 있었다.

"저 바빠요."

진파가 시큰둥하게 대답하자 박 실장이 끙 앓는 소리를 냈다.

[유 작가 나빠. 내가 큰일 하나 물어왔다고. 딴 작가 들먹이는 거 내가 유 작가 아니면 안 된다고 못 박아뒀는데 나한테 이럴 거야?]

진파가 피식 웃었다. 박 실장의 말에는 적절히 듣기 좋은 과장이 많아 알아서 걸러내고 들어야 한다. 박 실장이 유진파를 고집하는 이유는 사실 여러 가지가 있겠지만 다른 작가한테는 지금처럼 칭얼대기 힘든 탓이 가장 클 것이다.

"큰일이 뭡니까?"

[그전에 내 얘기부터 들어.]

"일 얘기부터 하죠."

[그 일 얘기가 내 얘기야. 나 어린 사람 아니라고. 공사는 구분할 줄 알아. 일 얘기니까 내가 유 작가 붙들고 선 거 아냐.]

물론 말도 안 되는 소리다. 진파가 한껏 숨을 들이킨 다음 적당히 편한 자세를 취했다. 얘기가 얼마나 길어질지 모르니 어깨 결림이나 발 저림 정도는 각오해야 한다.

"좋습니다. 이제 하세요."

그 뒤로 박 실장의 이야기가 신나게 이어졌다.

대호에서 요새 가장 잘나가는 스타을 꼽자면, 단연코 강유였다. 열일곱 살 풋풋한 남고생일 때 댄스 그룹 가수로 데뷔했는데 음반 판매량이 시원찮았던 덕에 그룹은 일 년 뒤 해체되었다. 그 뒤로 다른 멤버들이 소속사와 계약 해지를 하는 등 사실상 연예계에서 퇴출된 반면 강유만은 살아남았다. 반 년 후 모 드라마의 조연으로 발탁된 것이다. 아마도 그 반반한 얼굴 탓이었겠지만 강유의 재능도 그에 못지 않았다. 그 길로 연기자의 길로 들어서더니 지금은 특 A급의 배우로 성장해 있었다. 팬층도 두터웠고 운도 따랐다. 그가 출연한 네 편의 영화 모두 메가 히트를 기록했다. 그리고 그중 세 편에서 주연이었다. 강유는 대호가 가진 가장 큰 자본인 셈이었다.

그런데 그간 스캔들 하나 없이 깔끔한 이미지를 고수해 내던 녀석이 갑자기 사고를 쳤다. 사고도 보통 사고가 아니라 초대형 사고라고 했다.

[그 녀석 죽으면 나도 죽어. 우리 다 죽어. 내 말 무슨 뜻인지

알지, 응? 유 작가, 내 마음 알지? 나 지금 어디 가서 콱 물먹어 버리고 싶은 심정이야. 응?]

잠시 후 코 푸는 소리가 들렸다. 진파가 적절한 한숨을 흘려 주었다.

"너무 심려 마세요. 그간 쌓아온 게 있는데 하루아침에 무너집니까."

[그게 그럴 만한 사고라니까 그러네! 유 작가, 내 말 우습게 듣는 거야?]

"설마요."

박 실장이 재차 확인을 거듭했다. 내 말 우스운 거 아니지, 유 작가. 그럼 그럼. 나 뺑튀기 못하는 거 알잖아. 어쨌거나 정말 알거지 되어서 절에 들어가야 할 형편이라니까. 그러니까 유 작가한테 부탁하는 건데 있잖아. 그게 응응. 박 실장의 처연한 말은 꽤 길었다. 진파의 인내는 유감없이 발휘되었다. 통화 시간은 어느덧 삼십 분을 넘어갔다.

다행이도 내화 내용은 박 실상의 신세 한탄에서—물론 진파는 그가 넉넉한 집안에서 태어나 현재 논현동에 위치한 구십 평짜리 대형 고급 빌라와 꽤나 덩지가 큰 벤츠를 소유하고 있다는, 즉 이미 인생에서 남부러울 게 없다는 사실을 이미 알고 있었다—강유가 저지른 사고를 어떻게 수습하느냐로 초점이 맞춰졌다.

[그러니까 유 작가, 이번 한 번만 도와주라. 강유 자식 그때 유 작가랑 화보 촬영하러 갔다고 하면 안 될까? 스케줄은 우리

쪽에서 어떻게 조정해 볼게, 응?]

진파가 잠시 머리를 굴렸다. 그러니까 이런 말이다. 알리바이 조작을 위해 그에게 강유라는 거물급 배우의 화보 촬영을 맡기고 대신 입막음을 시키겠다는. 아마도 수익은 짭짤할 것이다. 대신 잘못하다간 법정에서 위증죄를 저지르는 일이 발생할지도 모를 일이었지만.

"흐음…… 어쩐다."

[어쩌긴 뭘 어째. 해주는 거다, 응? 유 작가랑 강유 그놈은 사건 있었던 일주일 전부터 방콕에 있던 거야. 그런 거다.]

일주일 전이라면 마침 스케줄이 비긴 했다. 문제는 그 뒤로 어제까지 모 브랜드의 카탈로그 촬영이 있었다는 거지만.

"그건 곤란한데요."

박 실장이 당장 숨 넘어가는 소리를 질렀다.

[끙. 뭐?]

"곤란해요. 제 스케줄도 있는 것 아닙니까."

[그럼 나더러 그냥 죽으라고? 유 작가 말고 누구한테 이런 부탁을 해?]

그가 곤란하다는 식으로 나오면 이 통화는 장장 몇 시간이 이어질지 모른다. 진파가 슬슬 배기기 시작한 엉덩이를 털었다. 방법이 아주 없는 것도 아니다. 입만 잘 맞춘다면.

"그럼 일주일 전부터 이틀간 사전 답사로 하죠. 어쨌든 저는 화요일부터는 신안 쪽에 있어야 되니까."

수화기 저쪽에서 박 실장이 환호성을 질렀다. 영리한 수완가라면 그 틈새를 놓쳐서는 안 될 말이다.

"화보 촬영 스케줄 잡아서 연락 주세요. 그리고 방콕 대신 파리로 합시다."

기왕 남의 돈으로 가는 해외라면 비싼 곳일수록 좋은 법. 진파는 일에 쫓겨 지난 몇 년간 통 걸음하지 못했던 파리를 꼽았다.

[이젠 유 작가가 날 죽이냐.]

박 실장의 앓는 소리는 이제 전화를 끊을 때가 되었다는 말이다. 진파가 살풋 웃음을 흘리며 흘러내린 앞머리를 쓸어 올렸다.

"이 정도 협상은 가능한 거 아닙니까. 그럼 저 끊습니다. 저녁까지 암실 작업 해야 되니까 전화 연결 안 될겁니다. 가영 씨를 졸라도 안 돼요."

그리고 진파가 전화를 끊었다. 귀가 좀 간지러운 것을 보니 끊긴 전화 뒤에서 박 실장이 한동안 구시렁댔던 모양이었다.

"하기로 하셨어요?"

통화 끝내는 것을 확인한 가영 씨가 물었다. 독립된 스튜디오라고는 하지만 일하는 사람이라고는 그와 가영 씨, 그리고 경우에 따라 부르는 어시들 몇이 고작이다. 이곳이 빤히 어떻게 굴러가는지 아는 사람에게 숨길 수 있는 일은 없었다.

"대충. 가영 씨는 무슨 일인 줄 알아?"

가영 씨는 올해 스물넷의 젊고 예쁜 아줌마였다. 전문대 졸업도 빠르고 결혼도 빨랐다. 열심히 벌어 이 년쯤 뒤에는 아이를 낳을 예정이라고 했다. 고불고불한 파마 머리에 동그란 얼굴은 아줌마든 아가씨든 간에 그 나이 또래의 예쁨을 그대로 간직하고 있었다.

"그럼요. 박 실장님이 저한테 먼저 전화로 징징…… 아, 얘기하셨거든요."

진파가 피식 웃었다.

"그 양반, 초특급 대형 사고라더니 자기가 다 떠벌리고 다니면 어쩌자는 거야."

"에이, 그래도 제일 먼저 여기 전화하셔서 말씀하셨을걸요. 유 작가님한테 징징대시는 거죠. 그래도 대호 실장인데. 딴 사람들은 박 실장님 성격 잘 몰라요."

"그러니 더 기가 막히지."

가영 씨와 그가 마주 보며 잠깐을 더 웃었다.

"참, 그런데 강유랑 작업하면요, 여기 스튜디오에서도 촬영해요?"

진파가 고개를 저었다.

"아닐걸. 사정상 해외 로케 얘기하던데. 가영 씨도 무슨 얘긴지 대충 들었다면서."

"하아, 그렇구나. 좋다 말았네."

가영 씨가 한숨을 쉬었다.

“난 얼굴이라도 한 번 보게 되는 줄 알았지.”

“가영 씨도 강유 팬이야?”

“강유 팬 아닌 여자가 어디 있어요. 그 얼굴이면.”

가영 씨가 입맛을 다셨다.

“우리 신랑이랑 바꾸자면 뒤도 안 돌아보고 냉큼 바꾸겠는데.”

“어딜 봐서.”

“전부 다요.”

한숨이 새어나왔다. 스물넷, 아직은 어린 신부의 입에서.

“그 눈, 그 코, 그 입…… 보진 않았지만 분명 발도 예쁠 거야. 대체 어디서 그렇게 생긴 사람이 나왔대요?”

진파가 쓴 웃음을 지었다.

“그래서 신랑도 버리겠다?”

“아, 나 농담이 아니구요. 진짜 그럴 수 있을 것 같단 말이죠.”

의외로 진지해지는 가영 씨의 눈빛이 무서웠나. 만약 자신이 가영 씨를 사랑하고 있다면 저 순수한 동경에도 충분히 상처 입을 것이다.

“그만 하자고. 나 암실 들어갈 테니까 전화 연결하지 말아줘요.”

“네, 유 작가님.”

진파가 소매 단추를 풀며 스튜디오 안쪽에 마련된 암실로 향했다. 별다른 방해 없이 매끄럽게 이어지던 걸음이 암실 문 앞에서 갑자기 딱 멈췄다.

"아!"

그가 돌아보자 가영 씨가 저 반대편 책상에서 환히 웃었다.

"그래도 혹시 노이다 씨가 전화하면 연결하란 소리죠? 알고 있어요, 유 작가님."

진파의 웃음이 쑥스러워졌다.

"그래."

그의 모습이 암실 안으로 사라지자 가영 씨가 어깨를 으쓱했다.

"이다 씨는 좋겠다. 저런 남자가 나 좋대도 난 우리 신랑 버리겠는데."

*

서울특별시 광진구 광장 2동 삼성 오피스텔 1607호.

올해 서른셋 동갑인 노이다와 유진파가 함께 기거하고 있는 공간에 대한 행정학적 알림말이었다. 노이다는 그곳을 '먹고 자고 싸는 곳'이라는 생물학적 정의를 내리고 있었고, 집 소유주인 유진파는 '조만간 스위트 홈이 될 예정인 곳'이라는 사회학적 희망을 가슴에 품고 있었다.

"으하암."

이다가 길게 하품을 해댔다. 시간은 오후 네 시 반. 좀 전에 일거리를 들고 온 친구 성아와 함께 케이크를 먹은 지 꼬박 2시간 19분 28초가 흘렀다. 슬슬 배고픔을 느낄 시기다. 이다가 휴대전화를 찾아 책상 밑을 뒤지기 시작했다.

"어라, 어딨지?"

올해 벌써 세 번째로 구입하게 된 휴대전화는 그녀의 취향에 맞지 않게 세련되고 날렵한 느낌의 최신형 슬림 슬라이드였다. 한 달 전쯤 올해 이미 두 개째의 휴대전화를 분실하고 두 번째로 구입하게 된 다음번 휴대전화를 또다시 잃어버린 뒤 징징대던 그녀를 위해 유진파가 선뜻 선물해 준 것이다. 그 다음부터 이다는 그것마저 잃어버릴까 걱정한 나머지—사실은 그 사실로 인해 몸져누울 유진파를 귀찮아한 나머지—집 밖으로는 아예 전화기를 들고 나가지 않았다. 즉 이다의 휴대전화가 눈앞에 보이지 않더라도 절대 집 안 어딘가에는 굴러다니고 있다는 소리다.

"어릴라……."

습관처럼 책상 아래를 더듬던 이다가 결국 작업실 겸 서재로 쓰고 있는 방을 벗어나 거실로 나왔다. 러시안 블루의 털색 같은 우아한 회색 러그가 깔린 거실에 있는 물건이라고는 대형 홈시어터와 주변기기를 제외하고는 쿠션 몇 개가 고작이었다. 쿠션들을 발로 차 굴린 뒤 그 아래 아무것도 없음을 확인한 이다가 쿵쿵 걸음을 옮겨 욕실로 향했다. 샤워부스 안까지 훑어도 전화기는 보이지 않았다. 이번에는 명목상 진파의 침실인 이층으로 올라갔다. 이층이라고 해봤자 오피스텔 구조상 천장이 낮은 다락방 형식이다. 아늑한 나무틀에 놓인 매트리스 위에 진파는 꼭 제 취향의 시원한 블루 톤 시트를 깔아놓았다. 익숙하면서도 어딘지 모르게 낯선 느낌이었다. 반듯하게 놓여진 이불을 보던 이다가 순간 머리를 북북 긁었다.

"하긴 내가 여기에 전화기를 놔둘 일이 없지……."

진파의 매트리스 옆에는 같은 톤의 원목으로 짜인 스탠드와 작은 서랍장이 놓여 있었다. 이다가 별생각없이 스탠드를 켠 다음 서랍을 열었다. 진파는 잠자리에 들기 전 독서를 즐기는 모양이었다. 책 몇 권과 아직 포장을 뜯지 않은 콘돔 한 박스가 들어 있었다. 색다른 느낌이다. 그것은 그녀와는 전혀 상관없는 영역이었고 따라서 아무런 관심도 없었지만, 집 안에 콘돔을 박스째로 구입해 놓은 것을 보니 주기적이고 건실한 섹스 생활을 영위하고 있는 모양이었다. 그것마저 유진파답게 단정한 모습으로 제자리를 지키고 있었다.

"응, 이 책?"

얼마 전 인터넷 서점의 신간 코너에서 보았던 요시다 슈이치의 신작 '랜드마크' 였다.

"와, 나 이거 보고 싶었는데."

책을 꺼내 들자 중간쯤 되는 지점에 책갈피가 꽂혀 있었다. 이다가 그것을 뽑아 들고는, 진파의 이불 위에 배를 깔고 엎드려 읽기 시작했다. 코팅지로 제작된 책갈피는 어느새 입술 사이에 물려 있었다. 진파가 아무리 주의를 줘도 고치지 못하는 습관이었다.

몇 장이나 넘겼을까…… 이다는 휴대전화에 대한 생각을 완전히 잊어버렸다. 그리고 배고픔도 잊어버렸다. 사실은 배가 고파서 진파에게 퇴근길에 먹을 것을 사들고 오라는 전화를 하기 위해 휴대전화를 찾던 참이었다. 늘 있는 일이다. 그녀는 다른 일을 시작하면 그전에 하던 것들은 화끈하게 기억에서 지워 버리는 타입이었다.

한 오십 페이지쯤 읽다 보니 슬슬 졸음이 왔다. 꾸벅대던 이다의 고개가 그대로 책 사이에 묻혀 버렸다. 결국 이다는 책장 사이를 침으로 흥건히 적셔가며 잠이 들고야 말았다.

띠리리리 삐릭.

이다가 부스스 고개를 들어올린 것은, 그로부터 한 시간 반쯤 뒤 현관에서 벨소리가 울렸을 때였다.

"우이 씨…… 유진판가?"

진파라면 귀찮게 벨을 누르지 않고 문을 열었을 것이다. 계속 잠을 청하려던 그녀는 순간 택배 회사일지도 모른다는 생각에 퉁기듯 몸을 일으켰다. 며칠 전 주문했던 신간 만화책들이 도착할 때가 되었다.

띠리리리삐리릭, 띠비디비삑.

숨 가쁘게 울려대는 저 벨소리가 멎으면, 언제나 세상에서 제일 바쁜 척하는 택배 회사 기사는 매정히도 가버릴 것 같다.

"네, 나가요!"

이다가 거의 구르듯 계단을 내려왔다. 중간에 발을 헛디뎌 결국은 굴러 내려왔다. 아, 시간을 계산해 보니 뛰는 것보다 구르는 게 더 빠른 듯했다. 욱신대는 허리를 짚으며 이다가 한 번 접힌 발목을 질질 끌고는 현관까지 갔다.

"아이 씨, 다 왔다구요!"

이다가 홱 문을 열었다. 그녀의 손은 자동적으로 박스를 받기 위해 앞으로 내밀어졌다. 그리고 그런 그녀에게……

"우와, 환영이에요? 가면 쫓겨날지도 모르니 각오하라고 들었는데. 여튼, 고맙습니다."

누군가가 이런 인사말을 던졌다. 아무리 들어도 택배 회사 기사 같지는 않은 인사다. 이다가 그의 얼굴을 빤히 올려다보았다.

"댁은 누구세요?"

게다가 아무래도 익숙한 얼굴이다. 이다가 고개를 갸웃대며 그를 올려다보았다. 얼굴이 작아 잘 몰랐지만, 이 느닷없는 방문객은 키가 상당히 큰 편이었다. 세련된 느낌의 헤어스타일은 꽤나 재미있는 편이었다. 아주 짧지도, 그렇다고 길지도 않은 머리카락은 한차례 폭풍우 속을 헤메고 온 것처럼 사방으로 멋지게 뻗어 있었다. 누군지 겉모습에 엄청나게 공을 들이는 사람인 모양이었다.

"유진파 씨 댁 아닌가요?"

방문객이 물었다. 물론 맞다.

"노이다네 집이기도 한데요."

이다가 심술궂게 덧붙였다.

유진파 이 나쁜 놈. 쾌적한 동거 생활을 위해 개인 손님은 절대 집 안으로 끌어들이지 않는다는 약조 제9항이 시퍼렇게 살아 있는데 방문객이 들이닥치다니, 이건 안 될 말이었다. 게다가 프리랜서인 그녀가 한창 일할 시간인─사실은 자고 있었지만─오후 여섯 시에.

"어쨌든요."

방문객이 생긋 웃으며 한 발을 안으로 들여놓았다.

"저는 오늘부터 여기 있기로 했거든요. 유진파 씨도 그렇게 알고 계실 거라고 전해 들었어요."

이다가 냉큼 그의 앞을 막아섰다.

"헤…… 그건 유진파 놈 사성일 것 같은데요. 댁은 모르시겠지만 이 집은 현재 '어떻게 하든지 절대 피해갈 수 없고 절대 파기될 수 없고 절대 유기될 수 없는 상부생존의 11가지 조항'으로 유지되고 있거든요. 그 조항 제9조에 따르면 쌍방이 합의하고 쌍방이 인정하고 쌍방과 친분이 있는 극히 몇몇의 지인을 제외하고는 절대 이 집에 손님을 데리고 올 수 없도록 되어 있어요. 다시 말해요? 즉 혼자만 아는 개인 손님은 절대절대절대 데

려올 수 없다구요."

"에……."

방문객이 눈을 깜박거렸다. 순간 그 눈이 무척 예쁘다는 생각이 들었다. 아, 누굴까. 이 사람 분명히 아는 얼굴인데.

"저는 가방끈이 짧아서 잘 못 외우겠는데…… 요컨대 제가 아는 사람이 아니니까 지금 노이…… 아, 아까 뭐라고 하셨죠? 꽤 특이한 이름이었는데. 아무튼 지금 누나는 제가 아는 사람이 아니라서 들어오게 하실 수 없다는 거죠?"

이번에는 이다가 눈을 끔벅였다. 누나라는 생소한 호칭에 놀라서였다. 다시 보니 방문객은 서른세 살 유진파의 친구라고 하기에는 참으로 해맑고 상큼한 피부를 지니고 있었다. 당연히 나이도 어릴 것이다. 아무리 많아도…… 스물하나, 둘, 셋?

"그런데 사실 유진파 씨도 잘 모르실 거예요. 그러니까 저는 유진파 씨 개인 손님이 아닐걸요."

대체 이게 무슨 소릴까.

"유진파 씨도 누나가 아는 정도만 절 아실 거예요."

이 소리도 영 헷갈린다. 그녀가 그를 알고 있다. 그리고 유진파도 그를 알고 있다. 그런데 정작 방문객은 그들이 누군지 모른다?

이다가 황망하게 구겨진 눈매를 설레설레 흔들자 그가 더 놀란 얼굴이 되었다.

"절 모르세요?"

끄덕끄덕. 당연하다. 그녀가 대체 그를 어떻게 알겠는가. 생판 처음 보는 얼굴을.

"에이…… 설마요."

그런데 또 이상한 것이 보면 볼수록 낯설지 않은 얼굴이라는 점이다. 잘 보니 저 가느다랗지만 뚜렷한 쌍꺼풀은 꼭 잘 아는 누군가의 눈 같다. 반듯하고 우뚝하지만 콧망울이 아주 귀엽게 생긴 코도 그렇고, 남자답지 않게 도톰하고 발간 입술도 그랬다. 게다가 이다는 그 입술이 무척이나 색정적이라는 생각에 화들짝 놀라야 했다.

"저 영화배우 강……."

그가 막 그 색정적인 입술을 여는 순간이었다. 조용한 오피스텔 복도가 울리면서 두런두런 말소리가 들렸다. 옆집, 혹은 앞집 사람들이 다가오는 모양이었다.

"헉!"

방문객이 다급히 이다가 잡고 있던 문을 활짝 열더니 앞으로 돌진해 왔다. 이다는 그의 속도에 떠밀려 뒤로 확 자빠져야 했다. 쿵 소리와 함께 눈물이 찔끔 나왔다. 뒤통수가 바닥에 부딪힌 모양이었다. 가만 느껴보니 허리도 아팠다. 좀 전에 먼저 접질렸던 발목도 쿡쿡 쑤셔왔다. 무엇보다 가장 놀라운 일은…….

"히엑!"

코앞에 방문객의―그놈의―얼굴이 또렷이 보인다는 점이었다. 함께 넘어진 모양이었다. 가슴팍을 누르는 그의 갈비뼈가 느껴졌다. 익히 감탄하고 있던 해맑은 피부가 현미경으로 들여다보듯 확대되어 눈에 들어왔다.

"비, 비…… 비켜!"

이다가 소리를 질렀다. 방문객이 저도 놀란 얼굴로 작게 웃었다.

"아…… 미안해요, 누나. 이럴 생각이 아니었는데 다른 사람들이 오니까 놀라서. 저 여기 있는 거 비밀이거든요. 들키면 아주 피곤해져요."

"이, 이…… 피곤하든 말든 비키라고!"

"그래서 본의 아니게 실례를 범하게 되었습니다. 죄송해요, 누나."

"비키라는 안 들……!"

그러다 문득, 하얀 목덜미 한쪽에 난 점에 눈이 갔다. 정말 작고 또렷한 점이었다. 저 앙증맞음은…… 옳거니, 바로 그거였다. 5세 이상부터 80세 미만까지, 미에 관한 인식이 박힐 무렵의 여성들을, 그리고 남성들을 싸잡아 울렸다는 바로 그 점. 바로 그……

"강유!"

이다의 말에 아직도 그녀의 몸 위에 엎드려 있는 방문객이 상냥히 웃었다.

"그럼 앞으로 잘 부탁드려요, 누나."

놀랄 사이도 없이, 그가 고개를 숙여 이다의 볼에 살짝 입술

을 갖다댔다. 그 순간 이다는 오피스텔이 떠나가라 비명을 질러
대고 있었다.

"침 자국."

멀뚱히 서서 자신을 바라보고 있는 이다의 입가로 강유가 손
가락을 갖다댔다.

"자고 있던 중인가 봐요?"

이다가 황급히 한 발자국 뒤로 물러섰다.

"너무 경계 안 하셔도 되는데."

주춤주춤 뒤로 물러나고 있는 노이다는 당연히 선 채였다. 그
에 반해 강유는 주변을 둘러보더니 거실에 놓아둔 쿠션 위에 편
히 앉아버렸다. 길게 뻗은 두 다리가 여유로워 보인다.

"그러지 말고 좀 앉으세요, 누나."

앉길 어딜 앉아. 너야말로 어딜 앉아 있는 거니. 아니, 그전에
왜 네가 여기 있는 거야. 이다의 입에서 밖으로 들리지 않는 소
리들이 옴찔거렸다.

"아, 홈시어터 근사하네요. 내 거보다 좋은 것 같아. 이거 올
해 구입하셨어요?"

거실 한쪽 벽을 모두 채운—게다가 쿠션을 제외한 유일한 물건
인—홈시어터는 유진파와 노이다의 공동 재산이었다. 홈시어터
가 몸살나게 갖고 팠던 지난달, 이다가 진파를 졸랐다. 이틀간
고심해 보던 진파는 결국 고개를 끄덕였고 자금은 공동출자 하

기로 못을 박았다. 저 새끈한 기계에 처들인 이다의 개인 현금
이 무려 팔십만 원이다.

리모트 컨트롤을 눌러보던 강유가 가벼운 목소리로 중얼거렸
다.

"역시 다음 모델이네. 이거 천만 원도 넘겠다. 유 작가님 돈
잘 버시나."

쿨럭! 그 소리에 이다가 헛기침을 했다.

"뭐? 얼마?"

강유가 이다를 향해 고개를 돌렸다.

"아, 이제야 말한다. 저도 자세한 건 몰라요. 인터넷 검색해
보면 나올 텐데."

이다의 표정을 잠시 살피던 강유가 덧붙였다.

"알아봐 드려요?"

이다가 절레절레 고개를 저었다. 어림없다. 유진파가 분명 이
백만 원이라고 했으니, 저건 앞으로도 영원히 이백만 원이다.
그리고 영원한 공동 재산이다.

갑자기 뒷목이 뻐근해진 이다가 주방 쪽으로 몸을 돌렸다.

대체적으로 이렇다 할 장식 하나 없이 심플한 이 집에 유일하
게 사치스러운 장소가 있다면, 바로 이곳 주방이었다. 독일제
식기세척기, 영국제 오븐, 이탈리아제 냉장고에 냉동고. 그 밖
에 대체 뭐 하는 물건인지 모를 가전제품들이 즐비했다.

진파가 고용한 인테리어 업체는 따로 식탁을 두지 않고 벽과

이음한 반달형의 탁자를 두어 주방과 거실을 구분했다. 탁자 위로는 크기만 다른 동일 디자인의 조명을 병렬로 설치해 인테리어 감각을 살려놓았고, 그 옆으로는 호텔 바에서나 볼 듯한 모던한 느낌의 목 긴 의자들을 나란히 놓아두었다. 유진파가 주방에 돈을 얼마나 처발랐는지는 본인을 제외하고는 아무도 몰랐다. 어쨌거나 요리는 그의 몇 안 되는 취미 중 하나였고, 그를 위해서는 돈을 아끼지 않는 편이었다. 하지만 진파가 다른 곳에서는 극히 절제된 소비 생활을 하고 있다는 사실을 이다는 알지 못했다.

강유는 주방까지 따라 들어왔다.

"저도 마실 것 주세요."

주방 벽의 절반을 메운 대형 냉장고에서 석류 주스를 꺼내 든 이다를 보며 그가 말했다. 대체 어떤 미디어에서 그를 조각 같은 냉소가 어울리는 얼음왕자라고 했던가. 이렇게 수다스럽고 껄떡대는 성격인 것을.

"컵 가져와요."

이다가 뒷손가락질로 컵이 놓여져 있는 선반을 가리켰다. 강유가 어깨를 으쓱했다.

"어디요?"

"에, 내 머리 뒤로⋯⋯."

이다가 고개를 돌렸다. 그러나 선반은 텅 비어 있었다. 그제야 요 이틀 동안 유진파가 집을 비웠던 사실을 깨달았다. 당연히 이 집의 설거지는 이틀간 쌓여 있을 터였다. 겸연쩍어진 이다가 뒤통수를 북북 긁었다.

"하나 닦아야겠네."

강유가 재치있게 싱크대 앞을 차지했다.

"제가 할게요."

이틀치 설거지 분량은 결코 적은 편이 아니다. 그가 던진 산뜻한 말과는 달리 싱크대 안을 들여다본 강유는 곤란한 표정을 지었다. 그 표정을 보며 이다는 왜 설거지 거리가 이틀이나 밀렸는지 그 이유도 생각해 냈다. 하루치가 쌓이고 나자 도무지 손을 댈 수가 없었던 것이다. 그래서 그냥 내버려 뒀다. 그녀가 어설프게 건드리는 것보다는, 차라리 속 편히 포기하고 유진파를 기다리는 편이 훨씬 나았다. 좀 느리지만 가장 확실하고 안전한 해결 방법이었으니.

"관둬요. 나중에 유진파더러 하라고 하면 되니까."

강유가 살짝 고개를 돌리며 빙긋 웃었다.

"유 작가님이 설거지를요? 이런, 유 작가님 이미지와는 영 다른데."

"식기세척기 있어서 괜찮다구요."

"그럼 지금 돌리면 되잖아요."

"내가 돌리다 고장 나면 유진파가 더 성질을 부려서 말이지."

말을 하면서도 이다는 속으로 혀를 내밀고 있었다. 아, 인간 노이다. 유진파 놈이 척척 알아서 해줄 때는 당연하다고 생각했

었는데 막상 모르는 사람한테 넙죽 말하기에는 심히 뻔뻔한 일
상이로구나.

그러나 강유는 굳이 이다의 게으름과 이기를 탓하지 않았다.

"아, 그거 편하겠다. 나도 그래 볼까."

이다가 고개를 끄덕이고는 마시던 컵을 그에게 건네주었다.
강유가 그것을 받아 한 모금에 들이켰다. 이다도 강유도 남이
쓰던 컵이라는 사실에 전혀 신경 쓰지 않고 있었다. 사실 매사
에 무관심한 이다는 반대로 강유가 마시던 컵을 건넸어도 별생
각없이 받아 들었을 것이다.

"으흠…… 그럼 뭘 하지."

강유가 주방 의자에 엉덩이를 걸치고 앉으며 말했다. 주방의
부드러운 조명과 잘 어울리는 얼굴이었다. 공개 프로필이 사실
이라면 강유는 올해 스물셋일 것이다. 잘생겼다기보다는 예쁜
얼굴. 곱디곱다. 손을 대어 쓸어보고 싶을 정도다.

"공짜로 얹혀살 수는 없잖아요."

눈웃음을 짓자 그의 표정이 재미있게 변한다. 뻔뻔스러울 성
도로 여유롭던 얼굴 어딘가 모르게 수줍음이 섞였다. 손 내밀
때의 미안함이 얽힌 표정이었다.

이다가 재빨리 그 맞은편에 앉아 탁자 위에 턱을 괴었다.

"아니, 그래서 말인데 그 얹혀살아야 될 이유를 설명하는 게
먼저 아닌가? 다시 말 나온 김에 정리하자구요. 강유…… 씨가
왜 이 집에서 살아야 되는 건데요?"

나이 차를 따지면 무려 열 살 연하다. 마음 같아서는 이놈 자식아, 라며 뒤통수를 쓰다듬어 주고 싶어도 막상 대하기가 쉽지 않았다. 씨라는 호칭을 어색하게 삼키는 이다를 보며 강유가 방긋 웃었다.

"그냥 이름 불러요, 누나. 내 이름요."

"이름?"

"네, 강유는 예명이니까 본명으로. 원래 이름이 재춘이에요."

"풉!"

이다가 웃음과 함께 다량의 타액을 강유의 얼굴을 향해 뿜어냈다. 물론 고의는 아니었다. 아마 강유도 이해했을 것이다.

"무슨 이름이 그래?"

남 눈치 보는 일에는 극도로 둔한 노이다다운 반응이었다. 강유가 턱을 슥 문지르며 빈정 상한 미소를 지었다.

"농담이었어요. 원, 진짜 내 이름이 재춘이였다면 기분 엄청 상했겠다."

"아……."

순간 민망해진 이다가 입을 다물었다. 강유가 하얀색 탁자 위에 손등을 얹고 그 위에 뺨을 내려놓았다. 순식간에 표정이 확 변했다. 올려다보는 그의 눈길이 한층 더 간지럽게 느껴졌다.

"진짜 이름으로 불러요. 그래 줄 거죠?"

그 진짜 이름이 대체 뭐냐고 묻자니 좀 전에 큰 소리로 웃었던 일이 마음에 걸렸다. 우물대는 이다를 향해 강유가 슬며시 입을 열었다.

"봉달이."

이다가 있는 힘껏 눈에 힘을 줬다. 어쭈 또 장난질이냐, 두고 봐라. 절대 안 웃는다. 대충 이런 표정이었다.

"진짜예요. 민증 꺼내요?"

"……진짜?"

"진짜."

"진짜(로) 진짜?"

"진짜(로) 진짜."

"그럼…… 강봉달?"

"아뇨, 황봉달."

피식. 저도 모르게 웃음이 새어나왔다. 저 말끔한 얼굴로 봉달이라니. 그것도 이봉달, 박봉달, 김봉달도 아닌 황봉달. 강유가 먼저 웃었다.

"골고루 하죠?"

어떻게 아니라고 할 것인가.

"그렇네."

분위기가 좀 편해졌다. 어이 봉달아, 이리 와서 마님 어깨 좀 주물러라. 이름 좋다. 친밀감 상승에 거의 무적의 파급 효과를 지녔다. 정신을 차리고 보니 이다는 강유와 어깨를 맞대고 앉아 그가 친 초대형 사고에 대한 이야기를 경청하고 있었다.

　　　　　　　　　＊

"뭐라고요?"

정신이 없는 건 이 남자도 마찬가지였다.

"에이, 몇 번을 말해, 유 작가. 그게 그렇게 됐다니깐 그래."

박 실장이 눈을 끔벅끔벅한다. 암실 작업을 마치고 간만에 정시 퇴근 준비를 하며 가슴 설레던 유진파였다. 그(와 그녀)의 스위트 홈에는 설거지와 빨래 거리가 난지도를 만들어놓고 있을 것이다. 신났다. 가사노동을 한 큐에 몰아 해치우는 것은 고역이었으나 그 일을 모두 끝냈을 때 노이다가 보낼 무한한 신뢰와 감동의 표정은 그의 노고를 치하해 주고도 남았다. 역시 너밖에 없어. 너는 나한테 꼭 필요해. 이다는 몇 번이고 이런 감탄사를 연발해 줄 것이다.

진파의 그러한 기대감을, 박 실장은 퇴근 시간 맞춰 어슬렁 스튜디오 안에 모습을 드러냄으로써 산산조각 내버렸다.

"말이면 다 되냐고요!"

진파가 핏대를 세웠다. 박 실장은 모르지만 그(와 그녀)의 스위트 홈에는 엄중하고 까탈스럽기가 사춘기 소녀 못지않은 동거 조항이 존재했다. 지금 박 실장이 던지는 얘기는 그 지엄한 법의 제9항에 정면으로 위배되는 사안이었다.

진파가 당장 그 앞으로 전화기를 내밀었다.

"전화하십시오."

"아니, 왜?"

객실용 소파에 앉은 박 실장이 겁먹은 표정을 지었다.

"어디다 전화를 하라고?"

"누구긴 누굽니까! 당연히 그 친구한테죠. 당장 그만두라고 하세요."

박 실장의 말로는 소속사에서 손쓰기 딱 십 초 전, 누군가가 냄새를 맡고는 강유의 주변을 캐기 시작했다고 한다. 그래서 다급히 그를 안전구역으로 피신시켜야 했다고. 너무 급해 개인 소지품도 하나 챙겨 보내지 못했다고 했다. 언제 기자들이 달려들지 모르기 때문이었다. 게다가 강유는 진파가 준비되는 대로 함께 파리든 어디든 날아가 화보 촬영 시늉이라도 해야 할 판(파리를 언급하며 박 실장은 여러 번 헛기침을 했다). 결국 언론으로부터 가장 노출도가 적으며, 앞으로 있을 화보 촬영에 관한 세부 일정 논의가 언제든 용이하게 이뤄질 수 있는 유진파의 집이 최종 은닉처로 결정되었다고 했다.

"이봐요, 박 실장님. 대체 무슨 꿍꿍이신지는 몰라도 그게 말이나 되는 소리입니까?"

진파의 목소리가 드세졌다.

"에잉, 왜 말이 안 돼."

"저 혼자 살아도 달갑지 않은 일인데, 저는 동거인이 있단 말입니다."

노이다 그 여자가 겉으로는 그렇게 귀여워 보여도 말입니다,

한 번 발작하면 손쓸 도리가 없도록 지랄맞다구요. 그걸 나더러 어떻게 감당하라는 말입니까? 유진파가 속으로 급히 덧붙였다.

"괜찮을 거야. 문제가 생겼으면 강유 자식이 벌써 전화했지. 아직까지 아무 말 없는 거 보면 괜찮은 거 아닐까? 그리고 유 작가, 강유가 누군지 알잖아. 여자 구워삶는 데는 선수야, 선수. 대한민국에 강유 싫어하는 여자 없다니까. 우리 마누라는 안전한 줄 알아? 글쎄, 저번에는 나 있는 데서도……."

"그러니까 벌써 간 겁니까? 저한테 한마디 상의도 없이요?"

"에, 그게 그러니까…… 유 작가, 내 말하잖아. 너무 급했…… 어어, 유 작가!"

진파가 몸을 홱 돌리고는 그대로 사무실 문을 박찼다. 이다가 작성하고 그가 사인한 그 지리한 조항 제 몇 조인지는 몰라도, 아무튼 그는 그들의 쾌적한 동거생활에 있어서 중요한 철칙 하나를 깨버린 셈이었다. 그 대가가 어떻게 돌아올지는 정말이지 생각만으로도 끔찍했다. 가장 최악으로 노이다가 집을 나가겠다고 선언할지도 모를 일이다.

2. 명시화된 규칙들을 제정할 것

그리고 그 규칙들에게 동거 공화국의 개국 헌법 정도에

준하는 위치를 부여하라.

규칙들은 권위를 지녀야만 인간에게도 파급 효과를 지닐 수 있다.

따라서 이 규칙들은 토너먼트 우승자가 주체가 되어 제정해야 한다.

그가 정하는 규칙이 마음에 들지 않는다면 도전하라.

헌법 제정과 도전을 몇 차례 반복하다 보면

위계질서는 자연히 공고해진다.

Pm 7:25, 서울특별시 광진구 광장 2동 삼성 오피스텔 1607호에서 벌어졌던 사건의 한 단면.

노이다, 공동 재산인 홈시어터로 DVD를 관람하다. 타이틀은 소림축구.

황봉달, 그 옆에서 노이다의 노트북으로 MBC 저녁 뉴스를 시청하다.

유진파, 헐레벌떡 집 안으로 뛰어들다.

"이다야!"

절실하다고도 할 수 있는 유진파의 외침과 함께 현관문이 열리는 소리에 이다가 힐금 고개를 돌렸다. 그리고 이어서 들려오는 너무너무 일상적인 목소리.

"어, 왔어?"

순간 숨이 턱 막혔다.

"너……."

너 화는 안 났어? 나는 걱정이 되어서 죽어버리는 줄 알았다. 낮에 누가 찾아와서 무슨 말을 했든 간에 오해야. 나는 결백해. 모든 건 그 칠칠맞은 퇴행성 정신질환자 박 실장이 저지른 일이라고. 이다야, 부디 화내기 전에 내 얘기 딱 오 분만 들어봐. 그럼 나를 용서할 수밖에 없을 거야.

그러나 그가 정황을 묻기도 전에 이다에게 가려 잘 보이지 않던 누군가가 빼꼼히 고개를 내밀었다.

"안녕하세요, 유 작가님. 말씀 많이 들었습니다."

순간 진파가 입을 다물었다. 그의 눈이 수퍼 매크로 접사 렌즈처럼 눈앞으로 다가선 젊은 남자를 살폈다. 사진작가의 눈으로 본다면 확실히 멋진 피사체였다. 어느 각도로 봐도 톡톡함과 섬세함이 제대로 묻어나왔다. 특별히 셔터를 누르는 순간의 표정에 신경 쓸 일도 없어 보였다. 그는 어떤 모습으로 있든 아름다울 것이다.

그래서 유진파는 그가 누군지 단번에 알아봤다.

"강유?"

옆에서 이다가 끼어들었다.

"아니, 봉달. 황봉달."

강유가 이다를 향해 눈을 흘겼다. 잘하면 심장이 녹아나겠다.

"누나, 그건 비밀이라니까."

"어차피 내가 봉달아, 이렇게 부르면 다 알 거 아냐."

"그래도 그게 내 본명인 건 누나만 아는 거죠."

이다가 웃었다. 해맑게. 순간 진파는 어딘가가 비틀리는 것을 느꼈다. 머릿속, 마음속. 혹은 입가라도.

그들이 함께 살기 시작한 지난 반년간의 일이 머릿속을 스쳐 지나갔다. 저 멀리 미국 땅으로 이민 간 친구가 몇 년 만에 그를 방문했을 때에도 오피스텔 안에는 발을 붙이지 못했다. 피치 못할 사정으로 오피스텔 안에서 밤새 조용히 술잔을 기울였던 친구도 있다. 그 다음날 아침 새벽 술에 찌든 채 들어온 노이다—이 여자는 외박한 상태였다—와 마주친 친구는 아무 말도 못한 채 쫓겨났다. 그가 눈을 떴을 때는 상황이 모두 정리된 뒤였다. 그 뒤로 친구는 두 번 다시 그에게 연락하지 않고 있었다. 그리고 또…….

속으로 손가락을 꼽던 유신싸가 눈매를 일그러뜨렸다. 도무지 이해할 수 없었다. 길길이 날뛰며 발도 못 붙이게 했어야 했을 강유가 대체 왜 이다와 나란히 앉아 저렇듯 사이좋게 누나니 봉달이니 이딴 얘기를 읊조리고 있는 건지.

"이다, 너……."

진파의 눈이 다시 이다를 찾았다. 이다는 주성치가 대머리 가발을 쓰고 클럽에서 노래하는 장면을 보며 박장대소를 하던 참이었다. 그녀의 단순함은 견고하기 이를 데 없었다. 그녀가 소림축구를 본 건 못해도 서른 번이 넘고, 저 장면을 돌려보고 웃은 건 역시 아무리 못해도 백 번은 넘을 것이다. 어쨌거나 백 번도 넘게 웃었는데 지금도 꼭 저렇게 웃어야 하는 것일까.

적어도 그가 온갖 망상에 시달리며 식은땀을 뻘뻘 흘린 채 집 안으로 뛰어들어 오고 있는 상황에서.

"괜찮은 거야?"

깔깔대던 이다가 고개를 돌렸다.

"뭐가?"

"절대 조항 제9조."

"아항."

이다가 힐끗 강유를 돌아 보았다. 강유가 그 짧은 틈새를 놓치지 않고 이다를 향해 웃어 보였다. 그리고 진파 역시 강유의 틈새 웃음을 놓치지 않았다. 대체 그 웃음의 의미가 뭐냐, 이 자식아.

"뭐, 상황이 급하잖아. 이번은 어쩔 수 없지."

"……뭐?"

"아, 마침 너 잘 왔다. 봉달이랑 나랑 배고파. 저녁 해줘."

"……"

진파가 그대로 할 말을 잊었다. 머릿속에서 박 실장의 말이 뱅글뱅글 맴돌았다.

"우리 마누라도 안전하지 못해. 강유 싫어하는 여자는 안드로메다에나 있을걸. 강유 자식은 선수야, 선수."

*

노이다와 유진파가 처음 만난 것은 어림잡아 이십 하고도 이년쯤 되었을 것이다. 부친의 직장 탓에 죽 일본에서 거주하던 유진파가 서울 모 초등학교(당시에는 모 국민학교였다)로 전학 온 첫날의 일이었다.

"아……."

방과 후 유진파는 모두 가버리고 난 텅 빈 교사 현관 앞에 우두커니 남겨져 있었다. 팔학군 밀집 지역까지는 아니었지만 그래도 강남구라는 이름을 현판 한켠에 달고 있는 모 초등학교의 인심은 제법 야박한 편이었다. 오후가 좀 지나 교무실에 들렀다 새 교실에 들어가 잠시 낯선 아이들과 섞여 있던 진파는 오늘 하루 종일 말할 기회를 놓쳐 우울한 상태였다. 선생님노, 아이들도 모두 진파를 없는 사람인 척 거리를 두었다. 그나마 오후에 왔으니 다행이었다. 행여라도 점심시간이 끼어 있었다면 곤란했을 것이다.

꼬마 유진파가 매우 느린 동작으로 실내화 주머니에서 운동화를 꺼냈다. 툭, 툭. 한 짝씩 내던지는 폼이 그렇게라도 너무 조숙히 찾아온 우울증을 해소하려는 듯했다.

일본에서도 그는 늘 애매했다. 한국인이라는 이유, 일본말이 서툴다는 이유, 한자를 다 알지 못한다는 이유 등등, 그가 애매한 이유는 무척 많았다. 한국에 오면 다를 줄 알았다. 술술 말이 통하는 친구들이 열 명, 백 명 그렇게 생길 줄 알았다. 그런데 기대가 너무 컸던 모양이다.

"하아……."

나이답지 않은 한숨을 쉰 진파가 내던졌던 신발을 향해 깡총걸음을 뛰었다. 그리고 그때였다.

"야!"

뒤에서 누군가 그의 등짝을 떠밀었다. 놀랄 사이도 없이 진파가 시멘트 바닥으로 턱을 찧었다. 눈물이 핑 돌 정도로 아팠다.

"앗, 넘어졌다."

조금은 새된 목소리. 처음 듣는 여자애의 목소리였다. 진파가 간신히 양손으로 바닥을 짚고 일어섰다.

누구야, 날 왜 밀었어. 나쁜 계집애. 이런 말들이 진파의 입 안에서 뱅글뱅글 맴돌았다. 그러나 기세 좋게 그의 등짝을 밀었던 여자애는 그리 나빠 보이지 않았다. 살랑대는 노란 원피스가 잘 어울렸다. 어깨 높이에서 단정하게 잘린 검은 머리도 예뻤다.

"……누, 누구야?"

유진파가 손등으로 턱을 쓸며 물었다. 여자애가 냉큼 다른 말을 꺼냈다.

“너 오늘 우리 반에 전학 왔지.”

진파가 고개를 끄덕였다.

“집에 혼자 가?”

끄덕.

“집 여기서 멀어?”

도리도리.

“어디야?”

“저기, 길 건너 건너 쌍용 아파트.”

여자애가 배시시 웃었다.

“나도 거기 사는데.”

순간 진파의 얼굴에 화색이 돌았다. 어쩌면 같이 가자고 말해 줄지도 몰라. 그러나 여자애는 가만히 그를 바라보고 있었다. 그래서 그도 멀뚱히 여자애를 바라보고만 있었다.

한참 후에야 대화가 다시 이어졌다.

“너 왜 집에 혼자 가?”

“…….”

너무 직접적인 질문이었다. 어린 마음에도 진파는 선뜻 오늘 나는 여기 전학 온 첫날이잖아. 아는 애가 하나도 없는 게 당연하지. 친구가 생기면 같이 다닐 거야, 라는 솔직한 말을 꺼내지 못했다. 친구가 없다는 사실이 부끄럽고 서러울 뿐이었다. 진파가 고개를 푹 떨구고는 입을 다물어 버렸다.

“너 친구 없지.”

“…….”

노란 원피스를 입은 단발머리 여자애는 혹독하게 그의 아픈 부분을 찔러왔다.

“내가 친구 해줄까?”

진파가 고개를 들었다. 그가 생각하는 친구란, 같이 자전거도 타러 다니고 같이 대전게임이랑 축구도 하고, 못된 여자애들 흉도 같이 보는 사람이었지만 그게 여자라고 해서 딱히 문제될 건 없을 듯했다.

“해줄까?”

재촉하듯 다가오는 그 말에 진파가 서둘러 고개를 끄덕였다.

“응.”

배시시. 다시 웃음이 피었다. 노란 원피스 안에서, 마치 꽃처럼. 여자애가 당차게 새끼손가락을 내밀었다.

“대신 넌 다른 친구는 만들지 마. 나랑만 친구해야 돼.”

순간 새끼손가락을 마주 내미는 진파의 손이 주춤했다. 짧게 돌아가는 생각에도, 이건 영 위험하다 싶은 모양이었다. 그런 진파의 손을 답싹 낚아챈 여자애가 억지로 손가락을 걸었다.

“자, 약속.”

얼떨떨한 것도 순간이었다. 여자애가 빤한 얼굴로 진파를 바라보았다.

“왜, 떫어?”

“으…… 응?”

"싫으냐구."

진파는 짧게 갈등했다. 솔직하게 말하는 게 어떨까. 난 친구 많이 사귀고 싶어. 너 하나랑만 친구 하자는 제의는 고맙지만 사양할게.

그때 여자애가 이 사이로 찍, 침을 뱉어냈다. 바닥에 떨어진 침을 오른쪽 발로 슥슥 문대는 동작이 아주 익숙해 보였다. 불량하기 짝이 없다. 유진파는 저도 모르게 움찔, 어깨를 움츠렸다.

"그런 게 어딨어. 벌써 약속했으니까 싫어도 할 수 없어."

당당히 침을 뱉는 그 모습에 기가 질렸던 걸까. 그날 이후로 유진파는 강남 모 초등학교 내에서 노이다의 유일한 친구가 되었다.

"야, 빨랑 신발 신어. 집에 가자."

노이다와 불공정친구조항─혹은 노예계약─을 맺은 유진파는 바로 그 다음날 등교해서 진상을 알게 되었다. 전학 온 첫날 그가 친구 하자는 말을 건넬 수 없었던 것처럼, 그와 친구가 되고 팠던 다른 아이들도 그저 그 말 한마디가 어려웠다는 것을. 바다 건너 일본에서 왔다는 그를 호기심 어린 눈초리로 슬쩍슬쩍 훔쳐보고 있었다는 것을.

그리고 전 학년을 통털어 '아버지 어머니가 일찌감치 이혼한 가정에서 자라 발랑 까진 데다가 버르장머리없고 불량하며 막되어먹기 이를 데 없는 노이다'가 그런 이유들로 인해 친구가 한 명도 없었다는 사실을.

　그렇게 그들은 함께 성장해 갔다. 101동, 102동 이웃집 친구인 그들은 고등학교를 마칠 때까지 같은 학군 내의 학교를 다녔다. 남녀공학 중학교를 나와 같은 재단의 고등학교를 마쳤다. 졸업식도 함께였다. 부쩍 자란 진파는 고등학교 졸업식에서 졸업생 답사를 맡았고, 노이다는 그 시간 교복 대신 사복을 입고 졸업식에 참석했다는 이유로 교무실에서 혼쭐이 나고 있었다. 답사가 끝나자마자 유진파는 노이다의 손에 이끌려 학생 주임의 차에 바보라는 낙서를 해야 했다. 노이다가 어디선가 구해온 대못으로 옆문짝을 죽죽 긁어놓는 대형 사고였다.

　그리고 그들은 같은 대학교에 진학했다. 노이다는 어울리지 않게 법학과에 들어갔고, 유진파는 전자공학과에 들어갔다. 이다는 추가합격 맨 마지막 순위였고, 진파는 공대 단과 수석이었다.

　그러던 어느 날 노이다가 학교를 때려치웠다. 이혼한 뒤 각기 재혼한 부모를 대신해 이다를 키워주던 할머니가 돌아가신 그즈음이었다. 이다의 할머니가 남긴 재산은 숙부가 대부분을 차지했기에, 이다의 수중에 남은 돈은 살 집을 겨우 얻을 만한 정도로 보잘것없었다. 학교는 졸업까지 겨우 한 학기를 남겨두고 있었기에 알만한 사람은 열심히 이다를 설득했다. 뭘 하든 학교는 마치라고. 그러나 이다는 고집을 피웠다. 할머니가 돌아가셨으니 더 이상 학교를 다닐 이유가 없다는 것이었다.

학교를 중퇴한 이다는 그 길로 여행길에 나섰다. 진파가 아무리 말려도 소용이 없었다. 사람 하나는 잡아먹은 것처럼, 알 수 없는 얼굴을 한 노이다는 진파를 뒤로한 채 인도행 비행기를 탔다. 그리고 그 후 이 년 동안 소식이 없었다.

아마 유진파의 인생에서 가장 허전한 시기였을 것이다. 이다가 없는 이 년 동안 진파는 결심했다, 다시는 이런 시기를 만들지 않겠다고. 이다가 돌아오면 무슨 일이 있어도 옆에 붙들어두겠다고. 이 년 정도를 떠돌아 다닌 이다가 정말로 거지가 되어서 귀국했을 때—비자가 만료되어 강제 출국당했다. 생각해 보면 꽤나 노이다다운 일이었다—진파는 집안의 만류와 협박, 우려를 뿌리치고 독립을 선언했다. 물론 집도 절도 없는 노이다를 위해서였다.

✱

"쿵쿵, 냄새 좋다. 뭐 하시는 거예요, 유 작가님?"

선수 강유는 굳이 대상을 여자로 한정 짓지 않는 종류의 인간인가. 친근하게 감겨오는 그의 목소리에 진파가 눈썹을 세웠다. 일종의 경계 표시다.

"유산슬 덮밥."

진파가 짧게 대구했다. 힐긋 거실 쪽을 돌아보니 이다는 그새 쿠션 위에 엎어져 책을 보고 있었다. 소림축구 DVD는 보는 사람 없이 계속 돌아가고 있었다. 고질적이고도 바람직하지 못한 습관이다. 그래 놓고는 진파가 대신 꺼주려고 하면 화를 낸다. 사람 보는 거 안 보이냐고. 물론 DVD를 보는 노이다는 보이지 않고 책을 보는 노이다만 보였다. 그래도 진파는 슬그머니 리모트 컨트롤을 내려놓는다. 노이다가 하는 개인적인 일에는 신경을 끄는 게 평화 유지를 위해 가장 좋았다.

"아, 나 중국 요리 좋아하는데."

네가 좋아해서 하는 게 아니거든, 이 자식아. 목까지 차 오르는 말을 삼키느라 진파가 애를 좀 먹었다.

"뭐 거들 건 없어요?"

강유가 치근한 눈웃음을 보냈다. 벌써 소매를 걷는 게 뭐라도 할 듯한 태세다. 진파가 재빨리 고개를 흔들었다.

"없어요."

"말 놓으세요, 유 작가님. 저희 나이 차이가 얼만데요. 그리고 저, 유 작가님 잘 알아요. 성진이 형한테서 얘기 많이 들었어요."

영화배우 겸 탤런트인 박성진과 그간 사진을 통해 쌓았던 친분이 이런 식으로 드러나게 되었다. 그는 다 좋은데 말 많고 여자 밝히는 게 문제였다. 진파가 속으로 혀를 찼다.

"없어, 그럼."

해삼과 새우가 익어가는 프라이팬에 진파가 전분을 풀어넣었다. 이다는 시원하고 얼큰한 한국식 국물보다 끈적하고 건더기 많은 중국식 국물을 더 좋아했다. 뭐든 잘 먹는 이다가 그중에 서도 유달리 좋아하는 요리가 유산슬이었다.

“흠, 정말 요리 잘하시네요. 보조 같은 건 필요없으신 거죠?”

아니, 너라서 필요없다, 자식아.

“……”

묵묵한 침묵이 부담스러운 모양이었다. 강유가 시선을 돌려 거실 쪽을 바라보았다. 그 끝에 걸린 것은 난폭하고 제멋대로인 점에도 불구하고—혹은 바로 그런 점이—더없이 사랑스러운 진파 의 그녀, 노이다.

“누나! 마실 거 드릴까요?”

“엉!”

대답이 빨랐다. 순간 진파는 부드득, 이를 갈고 싶어졌다. 이 봐, 노이다. 마실 게 필요하면 나한테 말했음 됐잖아. 왜 이 자 식한테 반응하는 건데.

“어떤 거?”

“유진파한테 와인쿨러 어딨냐고 물어봐.”

“거기서 어떤 거요?”

“난 아이스.”

“그래요, 누나.”

강유가 진파를 바라보았다. 어디냐고 묻는 눈이다. 진파가 신 경질적으로 프라이팬을 놓고는 김치냉장고와 일반 냉장고 사이에 끼인 자그마한 와인쿨러를 열었다. 특별히 눈이 돌아갈 정도로 비싼 와인은 없었지만 대부분 개봉을 한 것들이었다. 와인을 너무도 좋아하는 누군가가 날마다 조금씩, 홀짝홀짝 제 기분에 따라 골라 마신다는 인상을 주었다.

"유 작가님, 와인 좋아하세요?"

아니, 이다가 좋아해. 소리 내어 말하지 않아도 강유가 대충 뜻을 알아들은 모양이었다. 진파가 골라주는 아이스 와인 반 병을 그가 낚아채듯 받아 들었다.

"잔은요? 아, 저기 선반에 있겠구나."

컵들을 놓아두는 선반은 방금 전 진파가 싹싹 닦아놓은 잔들로 차 있었다. 강유가 그중에서 가장 목이 긴 잔을 하나 골라 와인을 따랐다. 원래 얄쌍한 병에 든 아이스 와인은 금방 바닥을 드러냈다. 그가 애매한 미소를 흘리며 와인 병을 흔들어 보였다.

"세 잔은 안 나오겠죠?"

곧 진파를 떠난 그의 시선이 이다를 찾았다.

"누나! 좀 모자라요."

"왜? 남아 있어. 내가 어제 먹다 남겼다구."

이다는 책에서 고개도 들지 않은 채 말했다.

"한 잔밖에 없다구요."

"나만 먹음 되지! 마시고 싶으면 다른 거 마셔!"

그 대답에 강유가 킬킬 웃었다.

"저런 여자였구나. 귀엽네."

그 순간이었다. 다시 프라이팬 손잡이를 잡던 진파가 딱딱히 굳은 얼굴이 되었다. 그 얼굴을 마주한 강유가 주춤, 어깨를 움츠렸다.

"경고하는데 장난하지 마."

강유를 향하는 말이었다.

프라이팬에서 익고 있던 해삼과 새우가 타다닥 튀겼다. 잘게 잘라넣었던 부추들이 프라이팬 바닥에 늘어붙기 시작했다. 치지직, 그렇게 무언가 타는 소리가 났다. 프라이팬에서, 혹은 진파의 그 어딘가에서.

"생각없이 수작 걸지 마."

"……."

"가만히 두고 보지는 않을 테니까."

저녁 식사 전까지 두 사람 간의 대화는 그것으로 끝이었다.

"유진파 쟤 왜 저런데?"

어쩐지 서늘한 저녁 식사를 마친 후, 강유와 이다는 작업실로 들어왔다. 혀를 내두를 정도로 맛없던 유산슬 덮밥을 어거지로 구겨넣는 내내—사실 그렇게까지 나쁘진 않았다. 일단 정말로 배가 고픈 상태였으니까—유진파가 입을 꾹 다물고 불편한 분위기를 조장했던 탓이다. 설거지 거리가 잔뜩 쌓인 것을 본 이다가 강유의 옆구리를 쿡쿡 찌르며 자리를 뜰 것을 강요했다.

작업실 문을 닫자 진파가 설거지하면서 내는 덜그럭 소리는 들려오지 않았다.

"하여튼, 저 자식 성격 나 아니면 누가 봐줘."

스물여덟 평짜리 오피스텔에 하나 있는 방은 제법 크기가 큰 편이었다. 천장까지 탁 트인 거실만큼이나 채광이 좋은 방은 창이 난 쪽을 빼놓고는 모두 책장이 들어차 있었다. 꽂힌 책들도 가지각색이었다. 무슨 글자인지 전혀 알아볼 수 없는, 외국어판 서적도 제법 됐고 자비를 들여 제본 형식으로 찍어낸 동인지들도 제법 되었다. 그중 벽 두 개를 차지하고 있는 것은 만화책들이었다. 19금 빨간 딱지가 붙은 것들도 제법 많았다.

강유가 그중 하나를 뽑아 들며 물었다.

"두 사람 부부예요? 유 작가님 미혼이라고 들었는데."

방 한가운데 놓인 책상 앞에 앉아 모니터를 보며 다리를 건들거리던 노이다가 피식 웃으며 대꾸했다.

"부부? 그 무슨 소릴."

"애인 아니에요? 그것도 질릴 만큼 오래된 애인. 두 사람 그래 보이는데."

"그런 오해 많이 듣지."

"어떤 게 오해예요? 오래됐다는 거, 아니면 애인이라는 거?"

"후자야."

이다가 책상 위에 놓인 키보드를 죽 끌어다 무릎 위에 놓았다. 커다란 사장님 의자에 고양이처럼 등을 둥글게 말아 앉는 것은 이다의 오랜 작업 습관이었다. 커다란 LCD 모니터 창에 한글 파일을 불러온 이다가 키보드를 깔짝대기 시작했다. 자신과 유진파가 새삼 어떻게 보이든 관심없었다(그러기엔 너무 고전적이고 지루한 주제였다). 이제 슬슬 내일 중으로 넘겨야 되는 원고를 걱정해야 되는 시간이다. 낮에 늘어지게 낮잠을 자두길 잘했다. 늘 그렇듯이 아마도 밤을 새야 할 것이다.

이다가 대화에 별 관심이 없어 보이자 강유가 눈치 빠르게 화제를 돌렸다.

"누나는 왜 작가가 됐어요?"

낮에 잠깐 자신은 백수가 아니라 프리랜서라고 강조했던 일이 떠올랐다. 사실 그 시간에 집에서 널브러지게 자고 있었다는 사실을 들킨 게 민망해서 그랬던 것이지만.

"작가는. 그냥 글 써서 밥 먹을 뿐이야."

그렇다고 생활비를 제때 내본 적은 없지만. 이다가 혼잣말을 삼켰다.

사실 집을 살 만한 돈이 있었나면 굳이 유신파와의 동서 따위는 시작할 생각도 하지 않았을 것이다. 하지만 한국에 떨어진 직후 마침 무일푼이었고, 마침 동갑내기 불알친구가 독신이었고, 마침 혼자 살았고, 마침 성격도 좋은 데다가, 마침 혼자 있는 그 집에 방도 하나 남았을 뿐이었다. 하지만 내키는 대로 쓴 글을 내키는 대로 팔아먹고 사는 반백수 프리랜서 노이다에게 고정 수입이 있을 리 만무했다. 일 년에 버는 돈을 계산하면 대

강 오륙백 정도. 입에 풀칠하기도 힘들다. 게다가 그중 절반이 보고 싶은 책을 사는 데 들고, 나머지 절반이 다른 취미 활동을 하는 데 들었다. 공동출자하기로 한 생활비가 수중에 남을 리 없었다. 가끔 유진파에게 아쉬운 소리를 해가며 용돈을 꿀 때도 있었다.

"어떤 글이요?"

"돈 되면 다 해. 로맨스도 쓰고, 광고 시나리오도 쓰고, 잡지 칼럼도 써."

"돈은 돼요?"

노이다가 흥미롭다는 표정이 되었다. 그 나이 때의 잘나가는 반짝 스타답지 않게 강유는 현실적으로 금전적인 계산 우위의 핵심을 짚어내는 편이었다. 홈시어터도 대뜸 가격을 묻더니 이 제는 타인의 직업에 수지타산까지 맞춰본다. 모르긴 해도 강유 정도라면 번쩍번쩍한 외국차를 굴리며 명품 쇼핑을 즐기는 등 흥청망청 살아도 되지 않을까.

"돈 있으면 여기 얹혀서 안 살지."

강유가 피식 웃었다.

"전혀 얹혀사는 거 같지 않아요. 누나가 주인 같아. 청소랑 빨래도 유 작가님이 하시죠?"

그렇다고 대꾸하는 이다의 표정은 태연했다.

"그럼, 진파 놈 집인데 당연히 개가 해야지."

"아, 네. 그게 맞다고 하죠 뭐. 그런데 이 책 누나가 쓴 거예요?"

강유가 꺼내 든 책의 제목은 '맛있는 형제'. 당황한 노이다가 마른기침을 해댔다. 쿨럭쿨럭. 그러나 더 가관은 강유의 다음 말이었다.

"맞구나. 딱 보니 형제덮밥이겠네."

그 노골적인 금단의 용어에 이다가 그만 깔깔대고 웃어버렸다.

"그런 말을 알아?"

"알죠. 외국 말도 아닌데."

싱긋 웃은 강유가 설명을 덧붙였다.

팬클럽에 가면 이런 식으로 자신이 주인공이 되어 금단의 애정 행각을 펼치는 팬픽이 난무한다는 것이다. 인기가 좋은 글은 팬들끼리 따로 회지를 발행하곤 하는 모양이었다. 팬관리에 워낙 성실한 그라 가끔 게시판에 올려진 팬픽들을 본다고 했다. 가끔은 꽤 마음에 드는 글도 있다고 강유가 강조했다.

"저런, 파트너가 누구였는데?"

"장동건 신배님이요."

"이야, 거 그림 되겠다."

"그렇죠?"

'맛있는 형제'는 몇 해 전 동인지 판매전 때 찍었던 것으로 노이다가 쓴 소설이 맞았다. 아마도 노이다 인생 유일의 대박 작품이었을 것이다. 재판까지 합해 무려 천오백 부가 팔렸다. 일반적인 서점 대상 출판물로서는 코웃음을 칠 정도로 하찮은 부수지만, 이게 동인지 판매라고 하면 얘기가 또 달라진다. 노이다는 그 책 한 권으로 일 년 벌 돈을 몽창 벌어버렸다.

"으흠, 형 쪽이 수(동성애에서 남자 쪽의 바텀bottom을 지칭하는 용어)네. 나이 차이가 꽤 나는데 그래도 그림이 돼요? 난 잘 상상이 안 가는데. 이거 꽤 취향 탈 거 같아. 매니악하네."

이다의 눈이 빙글빙글 미소를 지었다. 금단의 취향을 공유하는 남자라. 이거 꽤 마음에 들었다.

"너, 조예가 깊다?"

"깊긴요. 감히 작가 앞에서."

이다는 한층 더 즐거운 표정이 되었다. 봉달이라는 이름만큼이나 가방 끈이 짧다는 과거도 의심스러웠다. 게다가 서슴없이 펼치는 저 매니악한 오로라도 그렇다. 올해 스물셋. 아직은 비린내가 날 법도 한 나이의 아이돌 출신 국민 배우는 양파 같은 남자였다. 한 꺼풀씩 벗겨내는 재미가 상당한.

"봉달아."

"왜요, 누나."

책장 앞 바닥에 엉덩이를 깔고 앉은 강유는 태연한 얼굴로 '맛있는 형제'를 읽고 있었다. 남자들 간의 농도 깊은 애정 행각—여과 장치가 전혀 없는 애널 섹스 따위라도—에 대한 묘사도 전혀 거슬리지 않는 모양이었다.

"너 언제까지 여기 있을 거야?"

"글쎄…… 조만간 유 작가님이랑 화보 촬영 가기 전까지는 있어야 할 거예요. 왜요, 벌써 쫓아내게요?"

말은 그렇게 해도 강유는 이다가 마음을 열기 시작했다는 사실을 충분히 알아버린 듯한, 여유로운 표정을 짓고 있었다. 각도를 살짝 비틀어보면 오만해 보이기도 했다. 자신이 얼마나 매력적인지 똑똑히 알고 있는 사람이나 저런 표정을 지을 수 있을 것이다.

"아니, 가능한 좀 오래 붙어 있으라고."

노이다는 너 꽤 재미있어. 잘만 관찰하면 괜찮은 얘기 하나 나오겠는데, 라는 식의 말은 생략해 버렸다. 어쨌거나 저작권, 혹은 초상권이 관계될 수도 있으므로. 가능하면 강유가 좀 더 많은 것을 보여주었으면 하는 바람이었다.

강유가 재밌게 보고 있던 책을 덮고는 이다를 바라보았다. 그는 사람을 깔보는 고양이마냥 아주 나른하고 권태로운 표정을 지어 보였다.

"누나, 그거 나랑 연애하자는 얘기예요?"

전화벨이 울렸다.

유진파가 신경질적으로 휴대전화의 폴더를 열었다. 막 설거지를 마친 참이라 손이 젖어 있어 전화를 받는 감각이 좋지 않았다.

“네.”

짧은 대꾸는 전화를 한 이가 누군지 알고 있다는 뜻. 역시나 대호의 박 실장이었다.

[어이, 유 작가. 강유는 어때. 잘 있어?]

“잘 있나 봅니다.”

[무슨 대꾸가 그래?]

글쎄요, 그건 그 선수라는 친구한테나 물어보시죠. 진파가 저도 모르게 심술궂은 표정을 지었다.

“기자 떼가 들이닥치거나 하진 않았습니다.”

수화기 저편에서 박 실장의 히죽 웃음소리가 들려왔다.

[헤헤…… 거 다행이네, 다행이야.]

다행은 개뿔. 진파는 점점 차 오르는 신경질을 느꼈다. 어쨌거나 난 그놈이 싫다고. 한시바삐 내 집에서 쫓아내고야 말 테다. 그리고 노이다 곁에서도 쫓아내고야 말 거야.

“출국 날짜는 잡았습니까?”

박 실장의 웃음소리가 뚝 멎었다.

[아니, 저기 그게…… 유 작가, 우리 그냥 동남아는 안 될까? 푸켓 좋잖아. 아니면 태국 어때? 거기 얼마 전에 MBC 새 드라마 찍었잖아. 화면빨 끝내주더만. 내 거기 가면 유 작가 호텔은…….]

웃기지 마라.

“파리라고 했잖습니까. 사진이 그냥 카메라만 들이대면 막 나옵니까? 최소한 작가가 설정하는 콘셉트라는 게 있죠.”

진파가 고집을 부리는 건 꼭 공짜 파리 구경이 탐나서가 아니었다. 좀 더 본질에 접근하자면 심술에 가까웠다. 짜증과 심술, 심통. 가능한 한국에서 멀리 떨어진 나라로 날아갈 참이었다. 두 번 다시 이런 일에 휘말리지 않도록.

[유 작가, 그게 말이야……]

"날짜 정하고 계약서 만들어서 전화 주십시오. 그전까지 저 바쁩니다. 전화 안 받습니다."

그리고 진파가 전화를 끊으려고 했다. 그러나 박 실장이 그를 붙들고 놓아주지 않았다. 아무리 어린애처럼 징징대도, 그 역시 그 험악한 바닥에서 대호라는 큰손의 거물급 인사가 된 사람이었다. 날카로운 면도 있고, 사람을 부리는 요령도 제법 알고 있었다.

[강유 자식 걱정 안 돼?]

"제가 걱정할 일이 뭐 있습니까. 그 친구가 어린애도 아니고요."

[어린애가 아니니까 걱정이지. 유 작가 같이 산다는 그 여자는 괜찮냐고. 눌이 벌써 무슨 일 있신 않았어?]

"……뭐라고요?"

[아니, 내 말은…… 왜 그런 거 있잖아. 유 작가도 알면서 그런다.]

"아무 일 없길 바라면 빨리 내 집에서 데리고 나가란 말입니다!"

[그러니까 동남아로 가자고 하잖아! 파리면 결제하기 골 아프

다고!]

망할 영감. 그러니까 결국 싸게 입 닥겠다는 소리군. 유진파가 험악하게 눈썹을 찡그렸다.

"이봐요, 박 실장님. 그렇게 나오시면 저도 곤란하지요. 안 그렇습니까? 이쪽 사정 안 보고 밀어붙인 건 박 실장님 아니냔 말입니다. 그런데 저더러 또 대충 넘어가라고요? 어림없습니다."

[흐엥, 유 작가 여자 걱정은 안 돼? 아니, 뭐 마누라 아니니까 상관 안 한다는 거야? 강유 놈 빨리 떨궈내고 싶지 않아?]

"……."

열이 받은 진파가 그대로 전화를 뚝 끊어버렸다. 잠시 후 다시 숨 가쁘게 전화벨이 울렸다. 박 실장이다. 이번에는 배터리까지 뽑아버렸다. 갑자기 벌써 몇 년 전에 끊었던 담배 생각이 간절해졌다. 그가 담배를 끊은 이유 역시 노이다가 담배 연기라면 질색팔색을 해대기 때문이었다.

그가 매트리스 밑에 숨겨둔 담배를 하나 입에 물고 건물 옥상으로 올라갔다(가끔 아주 성질이 날 때는 내가 내 집에서 왜 이런 고딩 짓을 하고 있나 한심해지기도 했다). 서늘해진 저녁 바람 속에서 해가 지기 시작한 거리를 내려다보는 맛이 제법 각별했다. 게다가 몇 년 만에 입에 문 담배 역시 각별했다. 열이 받은 머리 속이 차분히 식어가는 느낌이었다.

"상관을 안 한다고?"

주홍색 담뱃불이 잠깐 반짝이다 회색으로 변해갔다.

“내가?”

박 실장이 실수했다. 유진파에게 있어서 노이다는 절대 건드려서는 안 되는 무엇이었으니까. 진파는 담뱃불이 꺼지고 나서도 한참이 지나서야 옥상에서 내려왔다.

✳

쿵!

“아!”

이다가 강유의 머리통을 한 대 내려쳤다.

“아쭈, 넘볼 걸 넘봐라, 황봉달. 내가 그렇게 만만해 보이냐?”

강유가 뒤통수를 쓸며 한껏 아프다는 표정을 지어 보였다.

“쳇, 누가 만만하대요?”

“안 만만하면 그딴 소릴 해?”

“솔직하잔 거잖아요.”

“솔직은, 얼어죽을. 나더러 어린애랑 소꿉장난하란 소리냐.”

강유가 턱을 괴었다.

“누나는 연애를 장난으로 하는 사람이에요?”

웃는 듯 마는 듯 흘겨보는 눈길이 능숙했다. 이다가 강유에게서 시선을 떼고는 키보드를 거꾸로 탕탕 두들겨 댔다. 그간 쌓였던 먼지들이 소리를 내며 팅겨져 나갔다. 이다가 아주 뻔뻔한 표정으로 책상 위에 떨어진 먼지들을 강유를 향해 훅 불었다.

"그런 연애 뭣 하러 하냐. 영양가없게."

"연애하는 거 자체가 영양 공급 아닌가."

"이십대에는 나도 그렇게 생각했지. 그래서 어린애라는 거다."

강유가 그때까지 손에 들고 있던 책을 내려놓았다. 벌떡 일어난 그가 이다의 책상 위에 걸터앉았다. 코앞에 강유의 가슴이 닿게 된 이다가 인상을 썼다.

"내려가지?"

"바닥은 엉덩이 배겨서요."

"책상은 푹신하고?"

"어차피 배길 거라면 책상이 낫겠다 싶은 거죠."

강유는 마침 재미있는 것을 찾았다는 표정이었다.

"누나, 연애에는 흥미없어요?"

이다가 모니터를 응시하며 성의없게 대꾸했다.

"엉."

"왜요? 연애해 줄 사람이 없어서?"

"설마."

이다가 콧등을 찡그렸다. 굳이 오늘 처음 본 이십대 남자애 앞에서 지난 경력을 줄줄이 까발릴 이유는 없다. 하지만 문득 그런 생각이 들기도 했다. 대체 왜 연애에 관심이 없게 되어버렸을까. 서른이 되기 전까지만 해도 그렇지 않았던 것 같은데.

"……필요가 없어서야."

"설마, 연애해 본 사람이 연애가 필요없다니. 그런 게 어딨어."

이다가 히죽 웃었다. 서른이 넘어 짓기 시작한 웃음이었다. 무감하고 무심해 보이는 생각없는 웃음. 게으른 웃음. 그런 웃음은 그녀를 편하게 만들었다. 누군가 잔소리를 해도, 외롭지 않냐고 물어도, 왜 그렇게 사냐고 힐난해도 그런 웃음 하나면 대충 해결이 되었다. 아마 연애도 그렇게 대충 웃음으로 때우게 됐을지도 모르겠다.

"서른 넘어봐라. 세상 살면서 필요한 거 몇 개 아니게 되어버리지."

"다 늙어서도 연애해요. 나이 든다고 연애 필요없으면 세상에 불륜이 왜 있어요."

"그러냐?"

"그렇다니깐."

"뭐, 그렇다고 치자."

"어어, 요점을 비켜가시네. 그러니까 누나도 연애 필요하다구요. 왜 연애를 거부해요?"

글쎄, 그녀도 그 사실이 궁금해지기 시작했다. 대제 왜 이렇게 되어버린 거지?

"몰라요?"

이다의 표정을 살핀 강유가 제법 예리하게 핵심을 찔렀다.

"……음. 난 나이 먹으면 자연히 그런 줄 알았지."

"나 참, 그럼 과거를 살펴봐요. 마지막 연애 언제 했어요?"

"마지막 연애? 음……."

마지막 연애라. 이다의 기억이 찜찜한 과거로 거슬러 올라갔다.

아마도 스물여덟 무렵이었을 것이다. 대학 중퇴 후 몇 년을 어영부영 흘려보낸 뒤 간신히 그녀가 할 수 있는 일을 찾았다. 사실 이다가 나서서 찾은 게 아니라 어쩌다 우연히 굴러들어 오게 된 일이 계기였지만.

고등학교 동창인 성아는 다시 한국에 돌아와서도 연락이 닿고 있었던 유일한 친구였다. 어느 날 그녀가 한밤중에 이다를 찾았다. 여행전문 잡지사에서 일하는 그녀로서는 지푸라기 붙드는 심정이었다고 했다. 삼 개월에 걸쳐 계획한 동남아 구석 관광 특집 기사가 작가 사정으로 펑크가 나게 생겼다는 것. 이미 지난호에 크게 광고가 나간 터라 작심하고 엎을 수도 없다고 했다.

"대충 아는 것만이라도 토해내 봐. 그럼 내가 알아서 수정하고 편집할게."

그렇게 그녀의 첫 글은 여행 칼럼으로 시작되었다. 삼 개월에 걸친 일이라 수입도 나쁘지 않았고, 성아는 의외로 이다가 글 쓰는 재주가 있음을 알게 되었다. 그렇게 알음알음 넘어오는 일도 있었고 흘러가는 일도 있었다. 글을 쓴다는 것은 꽤나 다양한 컨텐츠의 밑바탕이 되는 일이라 잡지사뿐 아니라 이곳저곳에서 일이 들어왔다.

그렇게 대충 먹고 살다가 모 홍보회사의 사람을 알게 되었다. 당시 스물여덟이었던 노이다보다 세 살이 더 많던 사람이었다.

무난한 사람이었고, 무난히 마음에 들었다. 그들이 했던 데이트도 무난했고 섹스도 무난했다. 그렇게 두 달쯤 지나자 무난함은 평범함이, 평범함은 권태가 되어 있었다. 그 순간부터 그라는 존재가 귀찮아지기 시작했다. 연애란 누군가를 사랑해서 하는 것일 수도 있지만 그저 연애 자체가 필요해서 할 수도 있다는 것을 깨달았다. 귀찮아지는 순간 연애는 필요없게 되었고, 자연히 그와도 안녕이었다.

"연애를 잘 못해서 그래."

이다의 마지막 연애담을 듣고 난 강유가 그렇게 말했다.

"연애가 얼마나 재밌는 건데. 그렇게 재미없게 하니까 질려버리지."

이다가 피식 웃었다.

"연애 별거있어? 남들하는 대로 다 했다구."

"남들 하는 대로 하는 게 무슨 연애예요. 연애 흉내지. 연애는 자신을 잊고 덤벼야 돼요. 내가 귀찮아서, 내가 싫어서, 내가 피곤해서…… 그런 건 연애가 아니라구요."

제법 그럴싸한 연애론이었다. 역시 재미있는 애야. 다음 소설 주인공으로 써먹어야지. 이다가 속으로 그런 계산을 차리고 있을 때였다. 강유의 손가락이 머리카락 속으로 슬며시 들어왔다.

"내가 진짜 연애 가르쳐 줄게요, 누나."

"……에?"

"시시한 연애 말고, 진짜 연애요. 누나한테 그런 거 필요하지 않아요?"

"에에?"

이다가 눈을 끔벅거렸다. 이거 이상한 자식이네. 나한테 뭐가 필요한지 아닌지 지가 어떻게 안다고. 그런 생각들이 빠르게 머릿속을 스쳐 갔다.

"하다못해 섹스는 어쩌구요. 연애는 귀찮아도 성욕은 계속 생기잖아요. 그거 해결 안 해요?"

마스터베이션은 지능이 아니라 본능이란다, 애야. 특별히 손이 불편한 장애인이 아니라면 누구나 즐길 수 있어. 강유가 말을 멈췄다면 이다는 그런 말을 해줬을 것이다. 강유가 그녀에게로 바싹 고개를 숙였다.

"나랑 해요, 누나. 나 잘한다구요."

"……."

이다가 멀거니 강유의 얼굴을 바라보았다. 서른이 넘으면 고막도 노화가 되는 걸까. 분명 저 예쁜 애가 뭐라고 한 것 같은데 왜 엉뚱한 말이 들려오지? 잘해? 뭘? 얼마 전에 강유가 신인연기 대상을 받았다고 하던데 연기를 말하는 건가?

"못 믿는 얼굴이네. 진짠데."

할 말이 없어진 노이다는 그냥 허허 웃어버렸다. 아주 오랫동안.

3. 규칙을 지키지 않을 시에 주어지는 패널티를 규정하라

토너먼트의 우승자가 아무리 강자라고 해도(힘으로든 돈으로든)

규칙을 100% 강요할 수는 없다.

자연 시간이 지나면 규칙을 강제하는 농도는 점자 엷어져 간다.

그럴 경우를 대비해서 패널티를 준비하라.

패널티는 가능한 잔인할수록 좋다.

'이 집에서 나가는 그날까지 음식물 쓰레기 담당' 정노의 산인함이라면

꽤 쓸 만할 것이다.

"……**뭐**야, 노 작가. 너 어제 못 잤냐?"

입을 짝 벌리고 하품을 하던 이다가 고개를 끄덕였다.

"당연하지. 지금 원고 보면서도 그런 말이 나오냐."

마감 전 초지기 밤샘이야 늘 있는 일인데 굳이 묻는 싱아가 더 이상했다. 이다의 앞에는 하얀 접시 위에 달콤한 머랭과 초콜릿 머핀이 휩트 크림을 잔뜩 얹은 커피와 함께 놓여 있었다. 용케도 마감 시간을 맞춘 그녀를 위한 편집자의 선물이었다.

"그러니까 묻는 거 아냐. 네가 이렇게 한 번에 척하니 마감을 쳐냈다는게 더 이상해. 분명 잠 못 들 일이 있었고, 넌 그래서 에라 모르겠다 일이나 해버린 거야. 맞지?"

이다가 눈을 끔벅거렸다.

"……어, 너 원래 이렇게 예리한 캐릭터였어?"

"내가 널 하루 이틀 봤냐. 잠 못 잘 일이 뭔데? 너 같은 강심장을 잠 못 들게 할 정도로 괴롭히는 일이 뭐야?"

"크헹, 잠 못 들긴."

"벌써 시인한 일을 뭐 자꾸 부정하려고 들어. 어서 얘기해 봐. 진파 씨가 드디어 결혼하자던?"

이다가 코웃음을 쳤다.

"왜 자꾸 유진 파 놈이랑 나랑 엮으려고 드는데, 그런 사이 아니라고 몇 번을 말했냐."

"아무리 봐도 그런 사이인 게 맞으니까 하는 말이다. 기어코 부정하는 네가 더 수상해."

이다가 쿠르륵 소리를 내며 커피를 들이켰다.

"어딜 봐서."

"진파 씨가 너 좋아하고 너도 진파 씨 좋아하잖아. 게다가 몇 년째 같이 살고 있고. 그런 사람들이 독신이라는 게 더 신기한 일이지."

그새 이다는 커피를 다 마셔 버렸다. 노이다의 혈액을 분석해 보면 헤모글로빈보다 카페인 함량이 더 높을 것이다. 이다가 번쩍 손을 들어 서버를 불렀다.

"이거 리필해 주세요."

"네?"

“원두로 리필해 주세요.”

서버가 난감한 표정을 지었다. 보아하니 리필이 안 되는 카페인 모양이다. 그러나 커피를 입에 달고 사는 이다는 이미 이런 일에는 단련이 되어 있었다.

“다른 데는 다 해주던데. 그냥 해주세요. 어차피 만들 것도 없이 따라주기만 하면 되면서.”

그러더니 실쭉 웃으며 서버에게 빈 잔을 안겨주었다. 그것으로 사건 해결. 이제는 갓 따라온 따끈한 커피를 기다리기만 하면 되는 것이다.

성아가 혀를 찼다.

“넌 중국이나 인도 가서도 깎아달라는 소리 한 번 못하면서 안 된다는 커피 리필은 그렇게 악착같이 받아내냐.”

“커피잖아.”

“뭐 어쨌든. 그리고 말 돌리지 마. 너 아직 내가 묻는 말에 대답 안 했어.”

“에이 씨, 하여간 공단은 그냥 못 넘기지. 그놈의 편집자 근성. 아무튼 유진파랑은 상관없어.”

“그럼 무슨 일인데?”

학교 졸업한 이후로 계속 잡지판을 떠돌던 친구는 격주간 영화잡지 엔스크린에 최종적으로 닻을 내린 듯했다. 기자 경력만 십 년이 다 되어가고, 엔스크린에서는 벌써 삼 년 차였다. 아마도 내년쯤에는 무난히 팀장급으로 승진하게 되지 않을까.

친구인 이다가 봐도 꽤 괜찮은 사람이었다. 열정적이고, 시원하고, 무엇보다 자신을 가꾸는 일에 소홀하지 않았다. 일 년에 네 차례 정도는 헤어스타일을 바꾸는 여자였다. 매일 예쁜 여배우들을 취재하고 다녀서 그런지 몰라도 메이크업과 의상에도 센스가 넘쳤다. 기자 월급이 박봉이긴 하다만 승진하고 나면 그래도 먹고 사는 데 지장이 있지는 않을 것이다.

성아에게 애인이 없다는 것은 이다가 생각해도 꽤나 묘한 일이었다.

"누가 연애하자더라."

이다의 입에서 아무렇지도 않게 흘러나온 얘기에 성아가 바싹 귀를 곤두세웠다.

"응? 누가? 진파 씨 말고?"

"유진파는 아니라니까. 그놈은 그냥 물주인 친구야. 돈 잘 벌고 성격 무난해서 부려먹기도 좋고 이용해 먹기도 좋지. 어쩔 땐 귀찮은 막내동생 같기도 하다만. 여튼 대충 그래. 연애하자는 사람은 딴 놈이야."

"헤에……."

성아가 팔짱을 끼더니 구부렸던 허리를 의자 등받이에 기댔다.

"그런 놈이 아직 이 세상에 남아 있구나."

이다가 성아를 노려보았다.

"내가 어때서?"

"몰라서 물어? 너 마지막으로 화장해 본 지가 언제야?"

마지막으로 연애할 때다. 그나마도 처음 한 달간이었지만. 할 말이 없어진 이다가 뒤통수를 긁적였다.

"뭐, 예뻐야만 연애하냐."

"아니, 물론 안 그래도 연애 잘해. 그런데 말야, 노이다. 네가 안 예뻐서 연애 못했던 게 아니잖아. 안 그래? 네가 외모 빼고 다른 건 되냐? 성격 좋아? 돈 잘 벌어? 그것도 아니면 성실해? 부지런해? 남자에 홀딱 빠지면 간쓸개 다 빼주는 성격이야? 몽땅 아니라고. 그러니까 신기하단 거지."

이다가 눈을 깜박였다. 연애라는 것은 참 묘한 것을 메리트로 바꾸어놓는다는 생각에 입맛을 다시며.

"어쨌거나, 그래서 지금 고민 중이라는 소리야. 노 작가?"

"아니."

의외로 딱 잘라 거절하는 이다를 향해 성아가 의아한 고갯짓을 했다.

"고민힐 깃도 없다? 그런네 밤을 샜어?"

"상대 나름이지. 나보다 열 살이나 아래라구."

그 말에 성아가 깔깔대고 웃었다.

"푸하! 제대로 걸렸네, 노 작가! 어제만 해도 열 살 차이가 딱 좋다며?"

말이 씨가 된다더니.

"나이 차이가 걸린다는 게 아니라…… 나랑 연애하자는 이유가 골 때려서 그런단 말이야."

"이유가 어떤데?"

"나한테 제대로 된 연애를 가르쳐 주겠대."

"흐음……."

그제야 성아는 진지해지는 표정이었다.

"누군지 오지랖 되게 넓네. 네가 그 나이 되도록 애인 하나 없이 있는 게 불쌍해 보였대?"

"아니, 내가 볼 때는 사랑의 전도사 같아. 내가 연애의 참된 의미를 매도하는 게 속상했나 봐. 이제까지 내가 한 건 진짜 연애가 아니라던대."

성아가 입을 딱 벌렸다.

"……너무 어린 거 아니야? 아니면 제정신이 아니든지."

"응, 뭐. 일단은 제정신이긴 해. 게다가 환장할 정도로 예쁘게 생겼어."

"하, 노 작가 너무 양심없는 거 아냐? 앞길 창창한 젊은애를."

"야, 꼬시는 건 그쪽인데 왜 내가 양심없는 게 되냐."

성아가 이다를 찬찬히 살폈다. 말은 그렇게 해도 흥미롭다는 기색이 역력한 표정. 잠을 못 자 그 김에 일을 해치웠다는 것만 봐도 그랬다. 노이다는 확실히 구미가 당기고 있었다. 그녀보다 열 살이나 어린, 젊은 남자애에게.

"그래서 어쩔 셈인데?"

"아직은 모르지 뭐. 근데 사실 그렇게 확신을 갖고 말하니까 왠지 신경 쓰이는 거야. 정말 진짜 연애라는 게 따로 있나 싶더라니까. 그거, 잘만 경험해 놓으면 앞으로 한 오 년은 우려먹을 수 있을 것 같지 않냐? 섹스 칼럼을 쓰든 소설을 쓰든 간에.”

몇 년 만에 노이다의 마음을 흔들어놓은 남자라. 그러나 성아는 그 일이 반갑지만은 않았다.

노이다, 하면 자연히 떠오르는 얼굴 유진파 때문이었다. 네가 그러면 진파 씨는 어쩌니, 이 모진 것아. 지난 몇 년간 속 끓이는 유진파를 보며 성아도 공연히 속을 끓였다. 그게 안타까웠다. 그저 연애를 원할 뿐이라면, 대체 왜 진파는 해당 사항이 없는 걸까.

“진파 씨한테는 뭐라고 하게?”

“유진파? 내가 연애하는데 지가 뭐라고 해. 뭐라고 하면 싱글족 히스테리지.”

이다가 포크를 입 안에 넣고 쪽쪽 빨며 저 혼자 히죽 웃었다.

“야, 근데 걔 귀엽지 않냐. 글쎄, 나더러 그러는 거야. 연애는 귀찮아도 매일 생기는 성욕은 어쩔 거냐고. 나 잘해요, 누나. 우리 같이 해요. 이러는데 엄청 귀여운 거 있지. 왜, 막내동생이 강짜 부리는 느낌이랄까.”

성아가 어이없다는 실웃음을 흘렸다.

“그래서 어린애 덮치겠다고?”

“야, 무슨 그런 막말을 하냐. 꼬시는 건 그쪽이라고.”

“넌 사람 마음이 그렇게 가볍냐? 어린애랑 장난으로 시작했다가 다른 곳으로 튀면? 상처 안 받을 자신있어?”

이다가 포크를 뱉었다. 탱강. 테이블 위에 작은 소리가 번졌다.

“엉.”

그게 노이다의 대답이었다.

“더 이상 사람한테는 상처 안 받아. 그러면 나 죽거든.”

“…….”

말 한마디로 분위기를 서늘하게 만든 이다가 엉덩이를 털고 일어섰다.

“커피 잘 마셨다, 윤 기자. 나 이만 간다.”

성아가 말릴 틈도 없이 이다가 자리를 떴다. 맞은편의 빈자리를 맥없이 바라보던 성아는 그제야 이다가 케이크를 남겼음을 깨달았다.

“너…… 확실히 뭔가 있긴 있구나.”

이다가 눈앞의 케이크를 보고도 식욕이 동하지 않을 때는, 꽤나 심각한 고민거리가 있다는 소리나 다름없었다. 남은 커피를 한입에 털어넣은 성아도 주섬주섬 가방을 챙겨 일어섰다. 어쨌거나 지금은 마감 기간. 다른 사람 연애사에 참견하기에는 너무 바쁜 시간이었으므로.

✻

“마지막으로 섹스 해본 게 언제예요?”

　대낮이라고 해도 연애를 하네 마네 하는 이야기가 오가는 남녀 사이는 제법 농밀하게 무르익기 마련이다. 거실에 앉아 강유와 함께 케이블 TV를 보고 있던 이다는 자꾸만 어깨 위로 넘어오는 강유의 손길을 의식하며 괜히 피곤한 기분이 되어 있었다. 피곤하니 졸음이 왔다.

　"흐암…… 글쎄, 몇 년 됐을걸."

　"그 마지막 연애하던 사람이랑요?"

　"아마도."

　"뭐 대답이 그래."

　"그런 거 일일이 기억하고 어떻게 사냐. 피곤해서."

　"누나는 섹스에 별 관심 없구나."

　"어릴 땐 많았어."

　"나이 들어도 많아야 정상이에요."

　"사람이 어떻게 그리 일괄적이냐. 그런 생각이 더 비정상이다."

　투니버스에서는 벌써 몇 년째 같은 아이템을 우려먹고 있었다. 이미 몇 번을 보았던 애니메이션 대운동회는 지겨워 하품이 나올 정도였다. 정말로 늘어지게 하품을 한 노이다가 어깨를 쭉 펴 기지개를 켰다.

　"어우, 졸려. 난 가서 좀 잘란다."

　"그래요?"

　그 말에 강유가 태연히 리모트 컨트롤을 들어 TV를 껐다.

“그럼 같이 자요. 나도 졸려.”

이다가 기지개를 켜던 그 자세 그대로 멈췄다.

“나 잘 거라니까. 진짜 졸려.”

“나도 졸리다구요.”

“그럼 넌 여기서 자. 어차피 내 침대는 싱글이란 말이야.”

그 말에 강유가 비죽 웃었다.

“싱글에서 하는 것도 각별하죠.”

역시 젊은애는 다르다며 이다가 한숨을 쉬었다. 어쩌면 저렇게 활기가 넘칠 수 있을까. 그녀는 샤워하는 게 귀찮아서라도 섹스는 영 내키지 않는데.

“관둬라. 늙은이 데리고 뭐 하냐.”

“그런 식으로 방어막 치는 거죠. 서른셋이면 아직 젊을 나이잖아요.”

강유는 굳이 분류하자면 토론형 인간이었다. 일단 주제가 있고 화제가 제시되면 자신의 의견을 피력하는 것을 절대 거부하지 않는 타입이다. 그 넘치는 에너지가 부럽기도 했으나 일단 지금은 너무 졸렸다.

“내가 젊으면 너한테서는 날비린내 나겠다. 여튼 난 이만.”

그렇게 이다가 몸을 돌리는데 강유가 그녀의 옷자락을 붙들었다. 고개를 돌리자 아래서 그녀를 올려다보는 빤한 눈빛과 마주치게 되었다.

“누나.”

그는 확실히 배우였다. 자신이 가진 매력을 적절히 사용할 줄 알았다. 단순히 예쁜 얼굴 하나로 세상을 거저먹은 게 아니었다.

"그럼 키스라도 해주고 가요."

그는 대체 무슨 생각인 걸까. 이다가 고개를 절레절레 흔들었다.

"난 아직 대답 안 했다. 네 연애질에 동참해 줄 거란 말 안 꺼냈어."

"누가 대답하래요, 그냥 키스해 달라는 거지. 애인 아니면 키스도 안 해요?"

생각해 본 적이 없다. 그러나 애인 사이도 아닌데 키스할 만한 일이 굳이 있나?

"그렇죠? 그럼 우리 키스부터 해봐요. 혹시 알아, 너무너무 근사할지도 모르잖아. 그럼 진짜로 애인 되는 거지."

오히려 너무너무 엉망진창일지도 모르지. 이 누나가 어디선가 듣기로, 키스는 자전거 타는 것과 같은 줄 알면 오산이래. 자전거야 한동안 안 타도 타는 법을 잊어버릴 일이 없지만 키스는 다르다나. 몇 년 안 하면 하는 방법은 물론이거니와 그것의 존재 이유까지 까먹게 되는 게 키스래.

"응? 누나아."

"뭐, 좋아."

될대로 되라는 심정이었다. 혹시 모르잖은가. 젊은 시절 국민 배우 강유와 키스했다는 사실이 훗날 나이 먹어서 동네 노인정을 평정할 추억 거리가 되는지도.

이다가 냉큼 고개를 숙여 뻔뻔하게 눈높이를 맞췄다.

"어디 해봐라."

이래도 할 마음이 드냐 이거였다, 이다의 의도는. 하지만 강유는 그 순간 좋아 죽겠다는 표정이 되어 이다의 목에 팔을 감았다.

"하라고 했죠."

그리고 잠깐의 틈도 없이 입술이 맞닿았다.

따듯한 혈기가 가득한 입술이었다. 조금씩 내밀어지는 혀가 어느샌가 입 안을 가득 점령해 버렸다. 목을 감았던 손이 귓가를 쓰다듬었다. 허리께에서도 그의 손이 느껴졌다. 키스는 부드러웠고 그의 숨결은 집요했다. 허리를 그러안던 손이 가슴을 덮었다. 천천히 곡선을 그리던 손바닥이 여유를 두고 가슴을 감싸 안았다. 꽤나 오랫동안 잊고 지냈던 감각이었다. 그 감각들이 일시에 확 피어올랐다. 이다는 자신의 반응이 놀라워 강유를 홱 밀어냈다. 잠이 싹 달아나 버렸다.

"……좋았죠?"

느긋한 웃음을 지으며 그가 말했다. 그 얼굴을 보며 이다는 인상을 구겼다. 이런 게 아니었는데. 제풀에 꺽이도록 빈정대며 비웃어줄 생각이었는데. 오히려 덜미가 붙잡힌 건 그녀 쪽일지도.

"계속 가요. 더 좋을 거야."

불공평한 일이었다. 이렇게 노골적으로 나오는데도, 강유는 흔히 다른 남자들이 그렇듯 한심해 보인다거나 하지 않았다. 아마도 저 파렴치할 정도로 예쁜 얼굴 탓이리라. 이다가 마른침을 꿀꺽 삼켰다.

"O.K?"

강유가 약삭빠르게 물었다. 그래서 이다는 의외로 단호하게 고개를 저었다.

"아니, 데이트도 한 번 안 해본 남자랑은 같이 못 자."

"촌스러워."

"삼십대에게는 삼십대의 생활 수칙이 있기 마련이라고."

강유가 가뿐히 몸을 일으켰다.

"까짓, 그럼 나가요. 데이트하지 뭐."

"……."

까짓 나가? 내가 듣기론, 분명히 대형 사고를 친 뒤 기자들을 피해서 생판 모르던 남한테 신세지기로 한 쪽은 바로 너일 텐데.

"가요. 모자 하나만 빌려주면 돼요."

그게 정말 네가 맞아? 꿀럭 넘어오는 이다의 물음을, 상유가 싱긋 미소 하나로 적당히 얼버무려 버렸다.

"어디 가고 싶어요, 누나?"

＊

벨소리가 울렸고, 진파는 그래서 짜증이 났다. 가영 씨는 점심 식사를 위해 스튜디오를 비운 상태였다. 스튜디오에서 진행하는 작업도 없는 터라 어시들도 한 명 없었다. 모처럼 복잡한 생각에 푹 잠겨 있는 시간인 셈이다. 받을까 말까 고민하며 폴더를 열었더니 발신자가 윤성아였다.

[안녕하세요, 진파 씨.]

그녀도 안 지가 벌써 십 년이 훌쩍 넘었다. 소원하고 서먹한 사이라 해도 고등학교 동창이긴 했으니까. 그래도 성아는 진파에게 말을 놓지 않았다. 무슨 고집인지 모를 일이었지만 진파는 성아의 의사를 존중해 주는 뜻에서 존대를 유지하고 있었다.

"예, 성아 씨. 잘 지냈어요?"

[덕분에요. 진파 씨도 별일없죠?]

기분 좋은 웃음소리가 흘러나왔다. 친구라고는 해도 이다와는 많이 다른 사람이었다.

"나야 그렇죠. 어쩐 일이에요?"

[아, 이번 원고 교정 때문에 노 작가랑 상의할 일이 있는데 전화를 안 받네요. 메신저에도 없고. 혹시 어디 갔는지 아세요?]

"집에도 전화해 보셨어요? 어제 핸드폰 잃어버렸다고 하던데."

[또 잃어버렸대요?]

"이번에는 집 안에서요. 어딘가에서 굴러 나오겠죠."

진파가 슬쩍 웃음을 흘렸다. 사실 노이다의 휴대전화는 어제 발견되었다. 유진파의 침대 매트리스 위에서. 그게 왜 거기 있었는지, 진파는 잠시 입을 다물기로 했다. 아마도 이다가 제 마음대로 그의 침대 위에서 그가 산 책을 보다 흘렸을 것이다. 진파는 이번 기회에 이다가 제 물건을 제대로 챙기는 습관을 키웠으면 했다. 없어진 전화기가 아쉬우면 자기가 알아서 집 안을 뒤지든 엎든 할 것이다.

[어마, 진파 씨 속상하겠어요.]

성아도 올해 들어 세 번째의 전화기가 유진파의 지갑에서 나왔다는 사실을 알고 있는 모양. 제발이지 성아가 알아주는 절반만큼만 노이다가 그의 수고를 알아줬으면 싶었다.

"한두 번도 아니고요. 괜찮습니다. 집에 전화해서도 없으면 잠깐 어디 나간 걸 거예요. 멀리 안 나가는 거 아시잖아요."

게다가 나갈래야 나갈 수도 없을 것이다. 집에 골칫덩이가 하나 들어앉아 있으니. 강유에게까지 생각이 미치자 유진파가 화들짝 놀랐다. 내가 뭐 하는 거지. 빨리 집에 들어가서 그 자식이 무슨 짓 안 하나 감시해야 할 판국에.

[네. 그럼 세가 다시 전화해 볼게요. 혹시 이다한테 연락 오면 제가 찾는다고 좀 전해주세요. 꽤 급하다고요.]

"알겠습니다."

[그럼 좋은 하루 되세요, 진파 씨.]

전화가 끊겼다. 진파가 몇 년 전 혼자 파리 여행을 나섰을 때 찍어온 사진들을 필름 파일에 챙겨 넣었다. 강유가 찍는다던 화보집의 전반적인 이미지 메이킹을 해보던 중이었지만 집에 가서 해도 크게 상관없을 듯했다. 진작에 그럴 걸. 평소처럼 아침에 출근한 게 후회가 될 정도였다.

진파는 가영에게 짧게 메모를 남긴 뒤, 겉옷을 입고는 스튜디오를 나섰다.

그와 엇비슷한 시각.

"데이트의 첫 코스. 일단 분위기 좋은 곳에서 밥을 먹는다."

오피스텔을 빠져나온 이다와 강유는 일단 택시를 잡아탔다. 혹시라도 알아보지 않을까 걱정이 일었지만 다행히도 택시 기사는 라디오에서 흘러나오는 트로트 가락에 도취되어 누가 타든 신경 쓰지 않는 눈치였다.

"여기 근처에 W호텔 있을 텐데. 거기로 갈까요, 누나?"

이다의 주머니 사정을 고려해 볼 때 물론 말도 안 되는 얘기였다.

"다시 들어가자."

"에이, 왜요."

"무슨 밥 한 끼 먹으러 호텔까지 가."

잠시 생각을 하던 강유가 그러면 아는 곳이 있느냐고 물었다. 그것 역시 물론 노이다가 알 리 만무했다. 식사는 늘 유진파의 홈메이킹으로, 혹은 미식가이자 탐식가인 친구 윤성아의 원조로 해결해 온 지 오래였으니까.

"성아한테 전화 한번 해볼까?"

"성아가 누군데? 누나 친구?"

"응. 이 근처는 걔가 잘 알아."

"이 근처 사세요?"

"아니, 뭐⋯⋯."

이다가 의도적으로 말끝을 흐렸다. 택시로 만 원 정도의 거리에 떨어진 곳에 사는 윤성아가 이 부근 식당을 바싹 꿰고 있는 것은 동네 주민인 노이다의 게으름 이외에는 설명할 도리가 없었으니까.

"그럼 전화해 볼게. 아저씨, 잠시만요."

이다가 습관적으로 호주머니를 뒤적거렸다. 어제 오후부터 잃어버렸다고 믿고 있는 휴대전화가 있을 리 없었지만.

"봉달아, 너 전화 있냐?"

"아뇨, 누나. 나도 맨몸만 달랑 왔는데요."

순간 머릿속을 스치는 불길한 생각.

"너 지갑은 있어?"

돈이나 들고 W호텔이니 Y여관이니 가사고 한 서니? 이다의 눈에서 그런 메시지를 읽어낸 강유의 얼굴에 잠깐 난색이 스쳐갔다.

"⋯⋯누나 예리한데요. 의외로."

이다가 한숨을 쉬었다. 돈도 없이 배가 고플 경우 써먹을 수 있는 방법은 딱 두 개가 있었다. 이다가 그중 첫 번째 것을 골랐다.

"아저씨, 서소문 사거리요."

강유가 물었다.

"거기는 뭐 있어요?"

"응."

이다가 심술맞게 웃었다.

"지갑 없어도 밥 먹을 수 있는 곳."

광장동에서 출발한 택시가 숨 막히는 교통 체증 사이를 요리조리 뚫으며 서소문동을 향했다.

"세상에⋯⋯."

마감이니 어쩌니 투덜대면서도 불려 나온 성아는 강유의 모습을 본 순간 그대로 입을 쩍 벌렸다. 서소문 사거리는 성아가 기자로 있는 엔스크린이 있는 동네였다.

택시 옆에 서서 성아를 기다리고 있던 이다가 그녀를 향해 손을 흔들었다.

"우리 배고파. 밥 사줘, 윤 기자."

"아, 저기⋯⋯."

"그리고 택시비도 좀 부탁해. 아저씨, 영수증 좀 끊어주세요. 결제 올려야 돼서요."

이다가 뻔뻔한 표정으로 성아에게 손을 내밀자 성아가 지갑을 통째로 이다에게 넘겨주었다. 만칠천팔백 원을 계산한 이다가 성아의 지갑에 얄밉게도 영수증을 챙겨넣어 주었다.

"법인 카드는 들고 왔냐?"

이다가 묻자 성아가 고개를 끄덕였다. 눈은 여전히 모자를 푹 눌러쓴 강유를 향한 채였다.

"그럼 부담 안 갖고 얻어먹을 수 있겠다."

이다가 배시시 웃는 얼굴로 강유를 돌아보았다.

"거래처로 오면 이게 좋다니까."

강유가 다정한 얼굴로 어깨를 으쓱한다.

"우와, 우리 누나 능력도 되는구나. 나 사람 너무 잘 고른 것 같아."

그들이 주고받는 대화에 어질어질한 건 성아였다.

"야, 노 작가. 너 이거 어떻게 된 건지……."

"알았어, 알았어. 다 말해준다고. 대신 빨리 밥 사줘. 유진파 놈이 밥도 안 해놓고 스튜디오로 튀었단 말이야. 계속 굶었어."

"너, 하여간……."

"하여간 뭐?"

"내가 네 물주지, 그냥."

"일 맡기는 사람 맞으니까 물주 맞지."

성아가 다시 지갑을 넘겨받으며 주변의 빌딩 숲을 한 바퀴 죽 둘러보았다. 국민배우 강유가 마음 놓고 식사를 할 만한 정도의, 은밀하고 침묵적인 식당을 찾아서. 마침 적당한 곳이 떠오른 성아가 그쪽 방향으로 걸음을 옮겼다.

"두고 보자, 노 작가."

작게, 바득바득 이를 갈면서.

"뭐 이런 데가 다 있냐?"

눈앞에 놓인 새카만 탄두리 치킨과 누르죽죽한 마살라 카레를 보며 이다가 한숨을 푹 쉬었다. 커다란 철 쟁반에 푹푹 퍼 담은 인도식 요리는 한눈에 보기에도 참 맛없게 생겼다. 게다가 내부는 왜 이리 어두운지. 빨간색 쿠션이 놓인 나무 의자에 걸터앉다가 노이다는 기절할 뻔했다. 의자 가운데가 푹 꺼져 있었던 것이다. 꼬질꼬질한 방석으로 대충 가려놓아 몰랐다. 테이블은 때가 타 끈적끈적했고, 사방의 벽에는 요염한 포즈의 인도 여자 사진들이 걸려 있었다. 게다가 손님은 딱 그들 셋이 전부였다.

"인근에서 유명해. 맛없고 비싸고 비위생적이라고. 그래서 손님이 없다 이거야."

"이 동네 땅값이 그렇게 만만했나? 어떻게 아직까지 버텨?"

"인도 사람이 직접 경영하는 인도 요리 전문점이라는 타이틀이 아직은 제법 먹히거든. 주말 저녁에는 꽤 붐벼. 대신 평일 낮, 그러니까 인근의 알 만한 사람이 점심 먹으러 오는 시간에는 파리 날리지만."

"그러냐."

이다가 붉으죽죽한 치킨 하나를 성의없이 들어올렸다.

"난 맛있는 게 좋은데."

"맛있는 데는 어디든 사람이 붐비거든. 노 작가 너야 상관없지만 강……."

강유의 이름을 말하려던 성아가 잠시 숨을 멈췄다. 아직도 충격 해소가 덜 된 모양이었다. 이다가 재빨리 그녀의 말을 대신 이어줬다.

"여기 있는 황봉달 씨도 꽤나 미식가라고. 입맛 까다롭거든."

"황봉달?"

성아가 비죽 웃었다. 비웃음이다.

"하필 그런 가명을 지었냐. 어디 어울려야 말이지."

성아의 말에 이번에는 강유가 웃었다. 옆에 앉은 이다의 어깨에 팔을 걸치는 모습이 자연스러웠다. 심지어는 노이다가 그 손을 철썩 내려쳐서 아파하는 모습까지 자연스러웠다. 둘은 벌써부터 익숙한 연인처럼 보인다며, 성아가 아찔한 현기증을 느꼈다.

"본명인데요."

"……에? 뭐라구요?"

"황봉달. 제 본명이라고요."

"저, 저런. 유감이네요."

"별로요. 가명이 제법 괜찮아서."

"아, 하하."

이쪽 업계에서 떠도는 강유의 평을 본다면 자기 관리가 확실한 남자, 약속 시간을 제법 지키는 남자, 고교 중퇴라고는 하지만 생각보다 박식한 남자, 거만해 보이지만 사실 계산 속도 제법 빠른 남자, 그리고 인터뷰어를 불편하게 하는 남자라고 했다.

그가 그저 꽃 같은 얼굴 하나만으로 세상을 거저먹은 게 아니라는 소리다. 전쟁터와 다름없다는 연예계를 맨몸으로 평정한 남자가 아닌가.

"어쨌든 밥 사줬으니까 어서 불어. 대체 이게 어떻게 된 거야?"

그 말에 강유와 이다가 서로 얼굴을 마주 보았다. 어떻게 입을 맞춰야 할지 고민하는 사이좋은 연인 같다. 성아가 저도 모르게 혀를 끌끌 찼다.

"노이다, 이 미친년……."

성아가 중얼거렸다. 미치고도 한참은 남은 년. 열 살 어린애가 수작을 걸어 연애를 고려 중이라고? 그런데 그 어린애가 하필 강유냐? 대한민국 사람 98%가 얼굴을 아는 사람이 바로 강유다. 그런 사람과 연애라고? 연애가 언제부터 미친 짓과 동일어가 됐냐.

"뭐, 아침에 잠깐 얘기했잖아. 아직은 그게 다야."

성아가 이번에는 강유를 쳐다보았다. 저 잘생긴 어린애가 대체 그의 친구이자 별 볼일 없는 가난뱅이 글쟁이인 노이다한테 무얼 바라는지, 의구심이 무럭무럭 솟아올랐다. 누가 봐도 말이 안 되는 일이었다.

"그렇다는 얘기 듣지 못했는데 강…… 아니, 황봉달 씨, 취향 정말 더러우시네요."

성아는 지금 이 순간 자신이 엔스크린 기자라는 사실을 잊고 있었다. 지금은 노이다의 하나밖에 없는 친구 윤성아가 우선이었다. 그리고 윤성아 개인으로 치자면 기자보다는 깡패가 더 잘 어울리는 성격이다.

강유가 애매한 미소를 지었다.

"더럽다니요?"

"대체 이게 무슨 생각없는 장난질이에요? 보다시피 애 어리숙하고 모자라요. 하지만 놀려먹기 좋다고 해서 다 놀려먹으면 안 되는 거잖아요. 그렇게 비열한 사람이었어요?"

그 말에 이다의 얼굴이 새빨갛게 달아올랐다.

"야, 윤 기자. 나 여기 있거든? 왜 없는 사람 취급하고 그러냐, 마음 상하게."

성아가 힐긋, 이다에게 짧은 시선을 주었다.

"마음 상하라고 한 말이다. 그리고 내가 거짓말한 거 아니잖아. 사실 난 그전까지 널 그렇게 구제불능이라고 생각한 적은 없었는데, 강…… 아, 젠장. 황봉달 씨 손에서 좋아라 놀아나고 있는 널 보니 그렇게 판단해도 무방하겠더라."

"놀아나? 내가? 어째서?"

"그럼 이게 놀아나는 게 아냐? 네가 오늘 아침에 한 말, 나 똑똑히 다 기억해? 뭐? 사랑의 전도사? 연애의 참된 메시지를 전달하고자 하는 열혈 청년이라고? 지금 그 말을 믿으라는 거야? 그런 표현을 쓴다는 것 자체가 네가 제정신이 아니라는 소리야, 이것아!"

말을 잇던 성아는 너무 흥분한 나머지 꼬질꼬질한 테이블을 손바닥으로 탕탕 두들기기까지 했다. 그러자 파리 한 마리를 쫓으며 시간을 죽이고 있던 가게 주인이 그들 테이블로 다가왔다.

"May I help you?"

사람 좋게 생긴 그가 만면에 웃음을 띠며 물었다. 성아가 그를 홱 노려보며 대꾸했다.

"아니, 됐어요! 바쁘니까 빨리 자리 좀 비켜줘요."

성아는 그가 한국말은 '감사합니다' 와 '아가씨 예뻐요' 밖에 할 줄 모른다는 사실을 무시했다. 왜냐, 지금은 정말로 두 눈에서 불이 나올 정도로 흥분했으니까.

그사이 탄두리 치킨의 다리 하나를 입에 넣고 우물대던 이다가 못 먹을 것을 먹었다는 표정으로 그에게 'Water, please!' 를 외쳤다. 그러자 가게 주인이 그게 용건이었냐며 얼른 물 한 컵을 가져다주었다. 이다가 빈 물 컵을 탕 내려놓자 강유가 낮은 목소리로 말했다.

"어째서 내가 그런 소리를 들어야 하죠?"

성아가 고까운 표정이 되어 팔짱을 꼈다.

"그런 소리 안 하는 인간이 더 이상한 거 아닌가?"

"왜 그게 당연하다는 듯 말씀하세요?"

"내가 이 바닥에서 기자 생활한 지 오 년이 넘어가요. 이 바닥에서 굴러먹던 인간하고 누가 어울린다면, 난 당연히 말릴 거야. 왜 그러는지 굳이 설명 안 해도 알 테죠?"

그 말에 노이다가 혀를 쑥 내밀었다.

"내가 네 딸이냐, 윤 기자."

"시끄러워, 딸년보다 더 손이 가는 주제에. 몇 년 만에 연애할 마음이 생긴다는 사람이 어째서 하필이면 이런 인간이야?"

"잠깐."

강유가 성아의 말을 끊었다. 그의 얼굴은 좀 무섭게 보이기도 했다.

"저 지금 좀 화가 나려고 하는데 말이죠."

"화나라고 일부러 이러는 거예요. 실컷 화내고, 그리고 자리 박차고 나가요. 그리고 두 번 다시 얘한테 엉뚱한 수작 걸지 말아요. 원, 이거. 바보 친구 둔 죄로 내가 왜 이래야 돼, 진짜."

"하!"

강유가 이다에게 시선을 돌렸다.

"누나, 이거 밥 한 끼 값치고 너무 비싼 거 아니에요?"

이다가 순간 낄낄대고 웃었다.

"뭐, 네가 정말 진심으로 나한테 덤빈다고 하면 한 번은 짚고 넘어가야 될 문제 아냐. 어디 한번 해명해 봐, 들어줄 테니까. 윤 기자, 잠깐 얘기나 들어보자. 나도 사실 봉달이가 나한테 왜 집적대는지 궁금하거든."

강유도 이다를 따라 씨익 웃었다.

"이 여자 진짜 성격 나쁘네. 바닥까지 뒤집어서 보여줘야 믿겠다는 거잖아. 내가 결혼하자고 한 것도 아닌데 말이야."

"너도 내 나이 되면 알게 될 거다. 연애 한 번 시작하기 이렇게 어려워져. 주변에서도 이렇게 어렵게 굴고, 나 스스로도 그래."

두 사람이 주고받는 대화를 흘려듣던 성아는 점점 기가 막힌다는 표정이었다. 노이다는 이미 절반쯤 기울어진 모양이었다.

"듣긴 뭘 들어, 시간 아까워. 더 듣지 않아도……."

"저 사고쳤거든요."

강유가 성아를 또렷이 보며 말했다. 강유의 존재감은 꽤나 독특한 편이었다. 아주 나른한 표정을 짓고 있어도 그는 날카롭게 느껴졌고, 지금처럼 또렷한 눈빛을 하고 있어도 어딘지 모르게 보호본능을 자극하는 무언가가 있었다.

"사고?"

"아직은 기사화하면 안 되는 사고요. 자세한 얘기는 제 입에서 흘리면 안 되고, 일단은 소속사 거쳐서 나가야 돼요."

성아의 눈이 번득였다. 지금 윤성아는 엔스크린의 수석기자라는 위치와 노이다의 친구라는 입장 사이에서 거칠게 표류하고 있는 중일 것이다. 너야말로 못 믿을 년이라며 노이다가 작게 중얼거렸다.

"그런데요?"

"뭐, 업계에서 뭐라고 떠들던 강유도 사람이라는 거죠. 가수하던 시절부터 한 일 년 전까지 애인이 있었어요. 젊고, 예쁘고, 잘나가던 사람이었고 나 말고도 애인이라고 부를 수 있을 만한 사람이 꽤 됐어요. 뻔한 거죠. 내가 어렸을 때는 대충 데리고 놀면서 만만한 섹스 파트너로 취급하더니 어느 순간 돈 좀 벌기 시작하자 갑자기 사람이 변하는 거예요. 사고도 치고, 돈도 요

구하고, 집착적으로 변하고…… 결국 헤어졌어요. 그리고 며칠 전에 우연히 클럽에서 부딪쳤어요."

강유는 거기까지만 말했다. 그러나 눈치 빠른 성아는 벌써 그 다음 일이 어떻게 진행되었는지 알아챈 모양이었다.

"폭행 치사?"

강유가 고개를 끄덕였다.

"대충. 술도 들어갔고, 그 애인의 새 애인이 거친 사람이기도 했고요."

"그 애인은 절대 이름이 밝혀져서는 안 되는 사람이고?"

"제 이름도 그렇고요."

"이런 얘기……."

"왜 술술 부냐고요? 두 가지 이유가 있어요. 첫 번째는, 그래서 황봉달이라는 남자가 예쁘고 화려한 사람에게는 질렸다고요. 돈 쓰는 생각 말고는 머릿속에 별다른 생각이 없는 사람이 대부분이니까. 뭐, 제가 아는 사람들은 대부분 그래요. 그리고 두 번째는……."

강유가 말을 끊고는 싱긋 웃었다. 과연 미인이었다. 그 어떤 수식어를 갖다 붙여도 그림처럼 어울릴 만한 미인. 너무 고운 선은 어떤 각도에서는 성별의 구분조차 어렵게 만들었다.

"이다 누나 친구 분이 하필 기자니까. 기획사에서 대충 스토리 만들어서 기사로 넘길 때면 제가 먼저 연락 드리는 정도의 일은 해드릴 수 있어요. 뭐, 보도용 자료니까 진실하고는 거리가 멀겠지만."

"……."

그리고 협상에 능한 남자.

"……이다 때문예요? 그렇게 공들이고 싶을 정도예요? 두 사람, 언제부터 알았다고요. 그렇게 깊이 마음 갈 정도 안 됐잖아."

그 말에 강유가 이다를 한번 쳐다보고는 성아를 돌아보았다.

"이런 여자 처음이거든요, 저는."

"뭐가?"

"최소한 나 말고도 좋아하는 게 열 가지도 넘는 사람이잖아요. 이런 여자 제 주변엔 없어서요."

"……."

그 말에 성아와 이다가 잠시 서로를 돌아보았다. 성아가 턱짓으로 강유를 가리켰다. 이다 역시 강유를 곁눈질로 보았다. 그리고 다시 두 사람의 눈이 마주쳤다.

십 년도 넘은 친구 사이라면 이 정도의 동작만으도로 통하는 얘기가 있기 마련이다. 지금 성아는 이다에게 '저 남자 어쩔 거야?' 라고 물었고 이다는 '글쎄, 잘 모르겠어' 라고 대답했다. 결국 성아가 뭐라고 결론을 내려줘야 할 상황이었다.

"난 몰라. 네가 알아서 해, 노 작가."

결국 성아는 두 손을 들었다. 그들을 바라보는 강유는 그럴 줄 알았다는 것처럼 확신에 찬 미소를 짓고 있었다.

4. 가능한 동거인 간의 연애는 금한다

이 내용이 얼마나 중요한지에 대해서는 입이 닳도록 말해도 부족하다.
이런 불미스러운 상황이 닥쳤을 경우에 동반되는 폐해에 대해서는
직접 경험해 보라는 한마디로 설명이 가능하다.
필자의 경험담을 얘기하자면, 한 달도 지나지 않아 친구 사이는 파국을 맞았고
애인 사이는 회복 불능으로 망가졌다. 갱년기 부부화되었다는 소리다.
동거의 목적이 무엇인지 가능한 자주 확인하라.
집에서 떨어져 나온 젊은 청춘들이 얄팍한 월급봉투에 기죽지 않고
도심지 생활을 영유하기 위함이라는, 동거의 위대한 사명을 잊지 말아야 한다.
상큼한 젊은 날에 갱년기의 구질스러운 권태로움을
굳이 미리 앞당겨 초대할 이유는 없다.

집은 텅 비어 있었다. 그리고 빈집 한가운데에는 유진파가 서 있었다.

그의 손에는 전화기가 들려 있었다. 그리고 집 안 어딘가에서 노이다 취향의 시끄러운 벨소리가 흘러나오고 있었다. 건담 MS08 소대의 오프닝 곡인가 그럴 것이다. 집 안을 울리는 벨소리가 의미하는 바는, 노이다는 아직도 휴대전화를 어디다 두었는지 기억하지 못하고 있으며, 따라서 맨몸으로 외출했으므로 현재 연락이 불가능하다는 뜻이다.

"……."

진파의 표정이 일그러졌다. 그래, 역시 불길한 예감이 맞았다. 기획사 내에 숨어 있는 것조차 위험하다던 강유가 외출을 했다, 그것도 노이다와. 강유가 위기감을 전혀 인식하지 못하는 멍청이라거나, 혹은 내장이 모두 간으로 이루어진 똥배짱 인간이라는 뜻이었다. 어느 쪽으로 결론이 나든 간에 강유가 골칫덩이라는 사실은 명확했다.

진파가 식탁 의자에 걸터앉았다.

집 안 공기는 어딘가 모르게 미묘한 변화를 겪고 있었다. 이다와 단둘이 있을 때와는 확연히 다른 느낌이었다. 낯선 사람의 체취도 그랬지만, 무엇보다 감정적인 변화가 있었다.

위협, 위기, 위험. 그런 느낌이 미약한 수준이나마 낯설다는 분위기에 조심스럽게 섞여 있었다. 빠릿한 긴장이 느껴졌다. 온몸에서.

"……젠장."

더 이상 강유를 집 안에 둘 수 없다는 생각이 들었다. 방콕이든 방글라데시든 당장 내일이라도 떠나야 했다.

진파가 휴대전화를 꺼내 들었다. 마치 대기라도 하고 있던 것처럼 김 실장이 냉큼 전화를 받았다.

[어이, 유 작가. 무슨 일이야?]

진파는 그에게 한 마디만 말했다. 이렇게.

"티켓 끊으세요."

[뭐? 어디? 나 알아서 하라고?]

"연락 주세요. 스케줄 조정해야 되니까."

찰칵.

진파가 그리고 전화를 끊었다. 결국 박 실장에게 내가 졌다는 얘기를 꺼내는 그의 얼굴은 아주 썼다.

"아, 배고파. 결국 음식에는 손도 못 댔네."

성아의 지갑을 털어 노이다는 택시비를 얻었다. 그 이름도 외우기 싫은 인도 요리 전문점을 나와 이다와 강유는 또 택시를 탔다. 이번에는 집으로 돌아가기 위해서였다. 돈이 없는 데이트는 비참하기 마련이라며 두 사람이 입을 모았다.

"아쉽다."

"뭐가?"

"첫 데이트인데 이렇게 끝나서."

"그래. 아마 두고두고 기억에 남을 거다."

이다의 시큰둥한 대꾸에 강유가 배시시 웃었다.

"다음엔 알아서 좋은 데로 모실게요."

"그거 호스트 작업 멘트 아니야?"

"호스트도 했었죠, 가난한 시절에는."

"호오."

이다의 눈에 반짝, 호기심이 스쳐 갔다. 그 표정을 보던 강유가 고개를 절레절레 흔들었다.

"위험해, 저 표정. 뭔가 캐묻고 싶어하는 표정이야. 맞죠?"

"응. 나 아직 호스트 바 못 가봤어."

"아, 이 여자. 너무한 거 아냐. 보통 애인한테 그런 과거가 있었다고 하면 가슴 아파하거나 아니면 충격을 받거나 둘 중의 하나 아니에요?"

"아니 뭐, 새삼 그런다고 뭐가 달라지나. 어쨌든 가고 싶다."

강유가 절레절레 고개를 흔들어댔다.

"돈 벌어서 가요."

"돈 많은 네가 좀 데리고 가주면 안 될까?"

"어림없어요. 정신 멀쩡한 사람이면 애인 데리고 그런 곳에 안 가지."

"왜에? 어떤 곳인데?"

"돈 벌어서 가라니까."

"쳇."

이다가 치사하다는 듯 혀를 찼다. 강유는 여전히 웃는 얼굴이었다. 그 웃음으로 이다의 마음을 뭉클어놓더니, 도둑질하듯 슬쩍 손을 간질여 왔다.

따듯하고, 건조한 손가락이었다. 보송한 느낌이 전해져 왔다. 손바닥의 감촉도 분명 좋을 것 같았다. 그의 손가락 장난을 즐기면서, 이다는 새삼 연애가 어떻게 시작되었던가 하는 생각에 잠겼다.

분명 처음에는 뭔가 다른 느낌이 있었을 것이다. 생각만으로도 마음이 간지럽고, 헝클어지는 그런 느낌이. 심장 박동도 빨라지고, 가끔 잠을 설치기도 하고.

나이가 들면서 연애는 심심하고 외로울 때 즐기는 심심풀이 여가가 되었다. 중독이라기보다는 만성이라는 느낌. 단물이 쪽 빠진 껌을 뱉기 귀찮아 계속 씹고 있는 기분이랄까. 그런 귀찮음과 너저분함이 쌓이고 쌓여서 연애란 것을 멀리하기 시작했을 것이다. 매 연애마다, 그리고 상대마다 다른 듯했지만 냉철히 분석해 보면 분명 패턴화된 인간관계의 한 종류라는 생각이 들곤 했다.

그런데 강유는 그게 잘못되었다고 한다. 진짜 연애는 분명히 다르다고. 다른 사람들한테 그런 얘길 들었을 때처럼 코웃음 한 번으로 넘어가는 일이 잘되지 않았다. 저렇게 진지한 표정을 보니 정말로 그가 해답을 알고 있을지도 모른다는 생각이 들기도 했다.

따듯하고 건조한 손가락. 강유의 손가락은 능숙하게 간지럼을 태우다가 힘껏 온기를 나눠주기도 했다. 옆모습을 물끄러미 바라보자 세상 다른 일을 잊어도 좋을 만큼 아름답게 생긴 사람이라는 생각이 들었다. 그리고 조금쯤은 설레는 기분.

이런 게 그가 말한 진짜 연애라는 걸까.

"왜 그렇게 봐요?"

그가 묻는다. 이다가 그를 보며 고개를 좌우로 기울였다.

"글쎄, 왜 그럴까?"

이다가 되묻자 강유의 대꾸가 냉큼 튀어나왔다.

"잘생겨서. 그러니까 연애하고 싶어서."

이다가 피식 웃었다.

"잘생긴 사람하고는 다 연애하고 싶어지는 거야?"

"꼭 그렇지는 않지만 나만큼 잘생긴 사람은 흔하지 않죠."

"넌 그런 말만 안 하면 더 매력적일 텐데 말이야."

들려오는 강유의 대답은 의외였다.

"불안해서 그래요."

"뭐가?"

"현재 내가 내세울 장점이라고는 잘생겼다는 것 하나뿐이잖아. 그런데 그 장점을 누나가 혹시 잊어버리고 생각 안 해줄까 봐 그래요. 다른 장점이야 한눈에 보여줄 수 없잖아. 시간을 들여서 천천히 보여줄 수밖에. 그런데 그 시간마저도 안 줄까 봐 그래요. 그러니까 좀 봐달라고."

"……."

진지한 얼굴이었다. 문득 이다는 자신이 드라마 속에 있는 것 같다는 착각이 들었다. 그들 앞에서는 카메라가 돌아가고 있고, 수많은 스태프와 보이지 않는 시청자가 있다. 강유는 어제 밤새 외운 대본의 대사를 능숙하게 읊고 있다…….

"킥."

이다가 갑자기 숨죽인 웃음소리를 냈다. 강유가 기분이 상한 듯 눈썹을 치켜 올렸다.

"유치해요?"

"아니."

이다가 고개를 도리도리 저었다. 리어뷰 미러를 통해 택시기사가 자꾸만 뒷자석을 훔쳐보고 있었다. 이런 위험하고 대책없는 외출은 앞으로 자제해야 할 듯했다.

"너랑 있으면 나이를 잊게 되어서. 내가 너만큼이나 어려진 것 같아."

강유가 꼭 잡고 있던 이다의 손을 들어 손등에 입술을 가져다 댔다. 그의 목소리는 아주 낮게 울려왔다. 꼭 심장 박동처럼.

"그런 게 바로 연애예요, 누나."

오피스텔에 들어서 엘리베이터를 기다리는 순간까지 강유는 이다의 손을 놓지 않았다. 그 손을 어떻게 처리할지 잠시 고민하던 이다는 그냥 모르는 척, 이 감정을 그대로 즐기기로 했다. 사실 스스로도 갈등하고 있다는 점을 인식하기 시작했던 것이다. 강유가 자신만만하게 외치는 대로, 이런 기분이 연애라면 그녀와 강유는 이미 연애를 시작했다고도 봐야 되지 않을까.

마침 엘리베이터에 올라타는 순간 '잠시만요!'를 외친 누군가가 오피스텔 현관 앞에 나타났다. 이다가 습관적으로 열림 버튼을 누른 채 그녀를 기다려 주었다. 나이는 스물대여섯쯤 되었을까. 길게 끌리는 트레이닝 복에 반팔 티셔츠를 입고는 손에 커다란 비닐봉지를 들고 있었다. 반투명 봉지를 통해 담배 몇 보루와 라면, 초콜릿, 과자 등등—그러니까 건강에 해롭다고 알려진 것들만—이 보였다.

"아유, 감사합니다."

허둥지둥 뛰어온 그녀가 막 엘리베이터에 오르는 순간, 문틈 사이에 발이 걸리며 그녀가 양팔을 휘저어댔다.

"어맛!"

툭!

비닐봉지가 떨어지고 그녀의 몸이 강유 쪽으로 팍 쏠렸다. 덕분에 강유가 이다의 손을 놓고 그녀를 붙들어야 했다. 그러나 덕분에 비딱하게 걸쳐 썼던 모자가 바닥에 툭 떨어지고 말았다.

"아이고, 감사하…… 에?"

그녀가 빤히 강유의 얼굴을 올려다보았다. 순간 강유와 이다의 얼굴이 딱딱히 굳었다. 그녀의 표정. 분명 뭔가를 알아봤다는 얼굴이었다.

"아, 혹…… 시?"

"네?"

강유가 일부러 고개를 푹 숙이고는 모자를 주웠다. 닥쳐 오는 위기감에 생각할 겨를이 없던 노이다가 강유의 앞을 은근슬쩍 가리고 나섰다.

"왜요?"

이다가 그녀를 빤히 쳐다보며 묻자 그녀가 애매한 표정을 지었다.

"아, 저기…… 혹시 강유 아닌가 해서요."

"풋!"

이다가 강조라도 하려는 것처럼 소리 내어 웃었다.

"에이, 설마. 농담이겠죠. 야, 봉달아. 너 강유 닮았대. 이게 말이나 되냐?"

"에…… 아니에요?"

"얘는 내 애인이거든요."

"어머, 진짜 닮았는데요?"

이다가 팍 인상을 찡그렸다.

"아니, 그럼 설마 강유가 나 같은 여자랑 사귀겠어요?"

그녀가 미심쩍은 얼굴로 이다를 살폈다. 이다가 일부러 얼빵한 미소를 지어주자 곧 표정을 바꿨다.

"하긴 제가 잘못 봤나 보네요."

의도하긴 했지만 그렇다고 상대가 저렇게 쉽게 수긍해 버리자 기분이 매끄럽지만은 않았다. 그 기색을 눈치 챘는지 강유가 이다의 등 뒤에서 킥킥대고 웃어댔다. 이다가 즉각적으로 팔꿈치를 들어 그의 배를 찔렀다.

"윽!"

땡!

마침 엘리베이터가 십육층에 도착했다.

“그럼 저흰 먼저 내릴게요. 좋은 하루 되세요.”

사람 좋은 척 인사말을 건넨 이다가 강유의 팔을 홱 잡아끌고는 서둘러 엘리베이터를 벗어났다. 그 뒤에서 강유와 부딪쳤던 아가씨가 비닐봉지에서 튀어나간 물건들을 주워 담으며 안타까운 표정을 지었다.

“아이 참, 나도 여기서 내려야 되는데…….”

스릉.

야속하게도 엘리베이터 문은 그녀를 기다려 주지 않고 그대로 닫혀 버렸다.

✳

“그러니까 누나 입으로 인정한 거야. 그렇죠?”

“야야, 어쩔 수 없는 상황이었잖아.”

“어쩔 수 없는 상황의 정의를 내려봐요. 어쩔 수 없는 상황이면 다 애인이라고 둘러대나? 생각해 보면 둘러댈 말이 그것 말고 없는 것도 아니었잖아.”

“이런 망할 자식, 도와줘도 말이 많아.”

“말이 많은 게 아니라, 이참에 우리 두 사람이 정식으로 애인이 됐다는 점을 짚고 넘어가잔 거예요.”

“생각 좀 해보고.”

“아니, 생각할 게 더 뭐 있어요? 우린 벌써 키스도 했다구요.”

"그거야 네가……."

띠리릭, 찰칵!

이다와 강유가 방금 전 있었던 일로 티격태격하며 집 안으로 들어섰다. 유감이라고 한다면 마침 집에는 유진파가 혼자 있었고, 그들이 떠드는 소리가 부실공사로 날려먹었을 게 뻔한 얄팍한 방음 시설을 타고 유진파의 귀에 아주 똑똑히 들렸다는 사실이었다.

"……."

이다가 현관으로 들어서자 거실 한가운데 서 있던 진파와 눈이 마주쳤다. 그는 지금 딱 혼자 섬에 남은 것을 알게 된 로빈슨 크루소 같은 표정으로 서 있었다. 집 안, 이 거실 한가운데서 그는 거칠게 표류하고 있었다.

"어라, 집에 있었어? 오늘 출근 안 했나?"

이다가 슬리퍼처럼 발볼이 넙적한 샌들을 벗으며 일부러 아무렇지 않은 척 물었다. 유진파가 무슨 말을 할 것인지 금세 알 수 있었다. 그래서 어떻게 해서든 숨고 싶은 기분이었다.

"혹시 성대결절 수술이라도 받고 온 거야? 왜 말을 안 해?"

"어디 갔다 온 거야?"

성대결절은 아닌 모양이다. 강유와 이다가 신발을 벗고 거실로 들어섰다. 두 사람이 자연스럽게 나란히 거실에 놓아둔 쿠션 위에 주저앉았다. 쓰고 있던 모자를 아무 데나 벗어둔 이다가 일부러 진파와 눈을 마주치지 않은 채 TV를 틀었다.

"밥 먹으러. 네가 밥도 안 해놓고 스튜디오로 튀었잖아. 어쩔 수 없었어."

"둘이서 나갔어?"

"응."

"어디로?"

이다가 인상을 팍 썼다.

"뭘 그리 꼬치꼬치 물어. 네가 엄마냐. 오늘따라 얘들이 왜 이렇게 귀찮게 굴어. 윤성이랑 너랑 둘 다."

진파가 목소리를 한 톤 낮추며 차근히 말했다. 겉으로 듣기에는 완벽하게 침착하고 부드러웠지만 사실은 화가 난 것을 억지로 누르고 있는 음성이었다.

"강유가 왜 여기로 온 건지 알잖아. 느긋하게 외출할 만한 상황이 아니라는 것도 알고 있고."

"아무 일 없었어. 그러니 됐잖아."

"그래?"

진파가 이다에게서 고개를 돌렸다. 그의 눈은 두 사람을 흥미롭다는 듯 노골적으로 지켜보고 있던 강유를 향했다.

"박 실장이 티켓 예약한다고 전화 좀 달래. 가능하다면 내일 당장 출국하는 게 어떻겠냐면서 좀 다그치라고 하더라고. 나머지는 전화해서 들어."

"에……."

강유와 이다가 동시에 서로를 돌아보았다.

"이런, 만나자마자 이별이에요? 이건 좀 가혹한데."

강유의 말이었다. 혼잣말이었지만, 혼잣말이 아니기도 했다. 일부러 들으라는 듯 목소리를 제법 크게 높였던 탓이었다.

이다가 반사적으로 진파를 바라보았다. 그녀가 정말로 강유와 연애를 시작하려면 어차피 진파는 넘어야 할 벽이었다. 친구인 그는 언제부턴가 새로운 연애를 시작할 때마다 벽이 되어 있었다. 그리고 솔직한 얘기를 하자면 이다는 그 벽이 달갑지 않았다. 그리고 유진파라는 벽에 부딪힐 때마다 이다는 방향을 잃곤 했다. 그녀는 그가 영원하길 바랐다. 영원히 두 사람의 관계가 이대로 지속되길 바랐다. 죽을 듯 사랑하다가도 헤어지면 그뿐인 애인 사이보다는, 평생을 가도 별탈이 없는 친구란 관계에 그녀가 더 집착하는 이유가 그것이었다. 그래서 유진파가 저런 표정을 지을 때마다 그녀는 어려웠다. 친구인 그들이 영영 길을 잃어버릴 것 같아서.

그래서 일부러 두고 보자는 생각이었다. 그녀가 강유와 연애를 한다고 하면, 과연 유진파는 어떻게 나올 건지.

"뭐라고?"

시간이 한참 흘렀다. 시간이 흘러가는 소리가 잡힐 듯 들려오는 와중에 진파가 간신히 말을 내뱉었다.

"내가 잘못 들은 것 같아. 다시 말해봐. 뭐라고?"

이다가 입을 열기 전, 강유가 잽싸게 나섰다.

"누나와 저 말이에요. 연애하기로 했다고요."

진파가 그 말에 이다를 바라보았다. 꽤 재미있는 얼굴이라고, 이다가 속으로 중얼거렸다. 무섭고 슬픈 얼굴, 그런 느낌이 들었다. 사실 유진파는 지금 무표정한 얼굴을 하고 있었지만.

"노이다 네가 말해봐. 뭐라고 했어, 방금?"

그래서 이다는 피곤하고, 조금쯤은 어려운 기분이 들어버렸다. 무표정한 유진파가 사실은 지금 화를 내고 있다는 것을 알아버렸기 때문이다.

"말할 것도 없어. 봉달이가 연애하자고 해서 그러자고 했어. 그게 다야."

진파가 그 얼굴로 되물었다.

"왜?"

"뭐가 왜야?"

"왜 그러자고 했냐고."

"왜냐니, 그러지 말자고 할 이유가 있어? 그러고 싶으니까 그러자고 한 거야."

"어째서?"

"뭐가 또 어째서야?"

"어째서 그러고 싶은 생각이 들었냐고."

이다가 보기 싫은 웃음을 흘렸다.

"너도 윤성아처럼 내가 네 딸이라고 말할 참이야? 왜 다들 쓸데없는 간섭이래."

"간섭……?"

그 말을 되씹던 진파가 한참 후에 이렇게 말했다. 이다와 비슷한 웃음을 흘리면서.

"비겁해, 노이다. 이런 일만 간섭이 되냐? 난 네가 잠 안 자도 왜냐고 묻고 아파도 왜냐고 물어. 네가 우울할 때, 네가 어려울 때, 네가 놀고 싶을 때, 네가 뭔가 갖고 싶을 때, 그때마다 난 왜냐고 물어. 그리고 그렇게 묻는다는 건 내가 널 사랑하고 있다는 소리야. 그리고 넌 네가 내킬 때마다 간섭이라는 표현을 써. 헷갈리게 굴고 있는 건 내가 아니라 너 아냐?"

진파의 말이 옳았다. 사실 치사하게 구는 쪽은 이다였다. 변함없이 번번한 주제로 그녀는 늘 그를 상처 주고야 만다. 그게 한심하고, 싫고, 그래서 더 진파에게 화가 났다. 매번 같은 내용인데 어째서 네놈은 날마다 뻔하게 상처받아 버리는 거야. 이제 그만 할 때도 되었잖아. 나도 정말 모르겠다고.

저도 모르게 목소리가 뾰족해졌다.

"너야말로 치사하게 구는 거야, 유진파. 그거랑 이거랑 같아? 난 네가 콘돔을 박스째 집 안에 두고 살이도 그게 뭐냐고 안 물었다고."

"그건……."

진파가 멈칫 입을 다물었다. 물론 이다는 그 콘돔 박스가 아직 개봉조차 하지 않은 새 거라는 것을 알고 있었지만 거기에 대해서는 입을 다물 참이었다. 그녀가 진파라는 존재에 대해 느끼는 모든 감정들이, 이런 식의 상처 주고 상처받는 시점에 다

다르면 아주 몹쓸 것처럼 망가져 버리기 일쑤였으니까. 지금도 그랬다. 이다는 얼마든지 치사해질 수도 있는 그런 기분이었다.

"그거 네 거야."

진파의 짧은 말은 꽤나 뜬금없이 들렸다.

"뭐?"

"그거 네 거라고. 지난번에 일본 갔을 때 사다 달라고 했던 거야."

"……."

억울하지만, 얘기는 그렇게 되어버렸다. 확실히 기억이 났다. 진파가 무슨 전시회 때문에 일본에 다녀올 일이 있다고 했을 때 하라주쿠 어딘가에 있다던 콘돔 마니아 매장에 들렀다 오라며 신신당부를 했던 일이. 진파는 이다의 말대로 콘돔을 사 왔지만 그녀에게 주지는 않았다.

"왜?"

이다의 간단한 말이 무슨 뜻인지 진파는 용케도 알아들었다. 하긴, 그와 그녀는 늘 그런 식이었다.

"네가 달라고 안 했잖아."

"그런 게……."

그런 게 어딨냐며 따지려던 이다가 입을 꾹 다물었다.

여자가 남자에게 콘돔을 사 오라는 이야기를 했을 때 발생될 수 있는 미묘한 상황이 재빨리 머릿속을 스치고 지나갔기 때문이다.

제기랄. 그녀가 아무리 노이다고 그가 다른 누구도 아닌 유진 파라고 하더라도, 그들은 남자와 여자였다. 이다가 아무리 기를 쓰며 다른 남자들과 연애를 해도 유진파가 이제껏 그녀를 사랑 해 왔다는 사실이 사라지진 않았다. 순간 이다는 깨달았다. 이 관계가 어쩔 수 없다는 것을. 신물이 날 지경이지만, 그래도 전 혀 엉뚱한 이유로 서로 상처 주고 상처받는 이 관계는 그나 그 녀가 다른 사람이 되지 않는 한 변하지 않을 것이라는 사실을.

그래서 화가 났다. 그에게, 그리고 자신에게. 화가 났으니 자 연 그녀의 말은 삐딱 선을 타기 시작했다.

"그래도 치사한 건 너야, 유진파. 왜 새삼 이제 와서 유세를 떠는 건데."

"아니, 유세 떠는 게 아니라 화내는 거야."

"네가 무슨 권리로 화를 내? 내가 연애한다는 데 왜 네가 화 를 내? 그 근거가 대체 뭐냐? 네가 나 먹이고 재워줘서? 그럼 내 가 네 거야? 네놈 사랑은 아빠 놀이냐? 그거 알아? 네가 사랑한 다고 하는 그 말이 가끔 얼마니 독재로 들리는지? 너는 왜 우리 가 이십 년 넘게 친구로 지내왔다는 사실을 너 좋을 대로 지워 버려? 강요하지 마. 난 가끔 네가 아빠 같아서 숨 막힌다고! 그 런 사람을 어떻게 사랑하라는 거야!"

진파가 여전히 표정없는 얼굴로 이다를 바라보았다. 이다는 차마 그 얼굴을 마주하지 못하고 고개를 홱 돌려 버렸다.

상처받든 말든 우린 친구니까. 그래, 친구가 연애한다는 이유로 상처받는 친구는 없어. 그런 건 친구가 아니야. 그러니까 난 유진파 놈이 어떻게 되든 신경 안 쓸 거야. 우린 친구니까. 절대로 친구니까. 그래서 조금 상처받았다고 해서 팩 토라져 안녕해버리는 그런 일은 절대로 없을 테니까.

노이다가 고집스럽게 중얼거렸다. 두 사람의 대치 상태를 그저 구경만 하던 강유가 진파 곁으로 다가갔다. 꽤나 심각한 두 사람과는 전혀 별개의 존재인 것처럼 강유에게는 여유가 있었다. 그가 진파의 어깨에 은근슬쩍 손을 올려놓았다. 마치 사이 좋은 친구마냥 위로랍시고 어깨를 두들겨 주려는 것처럼 보였다.

"기분 푸세요, 유 작가님. 당황하신 건 이해하겠지만 그래도 이건 축하할……."

강유의 말이 중간에 끊기고, 전혀 엉뚱한 소리가 들려왔다.

퍽, 그리고 쿵.

"……!"

이다가 입을 딱 벌렸고, 강유는 아직도 어리둥절한 얼굴이었다. 그러나 잠시 후 허리에서 느껴지는 둔탁한 통증에 신음 소리를 흘렸다.

강유의 손이 어깨에 닿자마자 진파가 깔끔한 엎어치기 한 판으로 그를 날려 버린 것이다. 의도적이라기보단 반사적인 듯했다. 반듯하게 처박힌 채 얼굴을 찡그리고 있는 강유를 내려다보며 진파가 예의 무표정한 얼굴로 중얼거렸다.

“미안. 싫은 사람이 건드리면 몸이 먼저 반응하는 타입이라서.”

그가 강유로부터 등을 돌려 이층으로 향했다. 그 앞을 이다가 썩 가로막았다.

“왜 봉달이한테 화풀이야?”

“반사적인 거라 어쩔 수 없었어. 사과도 했잖아.”

“우길 걸 우겨, 유진파. 나 때문에 화난 거잖아. 그럼 나한테 화내야지. 왜 다른 사람한테 그래?”

“그래서, 너도 날려 버리라고?”

진파가 피식 웃었다. 그녀의 어딘가를 마구 들쑤셔 놓는 웃음이었다.

“그렇게 못한다는 건 네가 더 잘 알잖아.”

“당연히 못 그러지. 왜냐하면 난 잘못한 게 없는데 네가 그냥 화내는 거니까. 그러니까 이건 말도 안 된다고. 네가 무슨 자격으로 화를 내는데? 이유도 없는 주제에.”

“아니, 틀려.”

“뭐가 틀려?”

“화낼 이유가 없어서, 네가 옳아서, 네가 잘못한 게 없어서 화를 못 내는 게 아니라고.”

“어절씨구, 그럼 뭔데?”

차라리 묻지 말 걸 그랬다는 생각이 들어버렸다. 묻지 말 걸. 그래서 대답도 듣지 말 걸. 왜 괜히 따지고 들었을까.

"그걸 몰라서 묻냐."

진파가 입을 열었을 때 이다는 벌써 후회하고 있었다.

"그……."

"너한테 나는 화 못 내. 지금보다 더한 얘기를 들어도 나는 화 못 내. 네가 내 심장을 뜯어가서 미키마우스를 조각한다고 해도 나는 화 못 내. 그리고 나 나간다."

맨 끝에 덧붙인 나 나간다는 말은 너무 작아서 이다는 진파가 그런 말을 했는지도 몰랐다. 정신을 차리고 보니 유진파는 이다를 지나쳐서 현관문을 나가 버린 뒤였다.

두 사람만 남은 거실 안은 다시금 미묘한 공기가 휘몰아쳤다. 결국 또다시 이렇게 되고야 말았다는 사실이 이다를 견딜 수 없게 했다. 유진파는 정말 좋은 친구였지만, 늘 이렇게 한 가지 사실로 그녀를 괴롭히곤 했었다. 그녀를 사랑한다는 그 말. 그녀에게 그가 아닌 다른 애인이 생길 때면 화가 난다는 그 말. 벌써 몇 년째 반복되어 온 그의 말은 어김없이 그녀를 괴롭히고 있었다.

"……."

"누나아."

잠시 후 강유가 처량맞게 이다를 불렀다.

"……으, 응?"

"나 아까부터 여기 이렇게 누워 있었는데. 좀 일으켜 줘요."

열 발자국 정도 떨어진 거리에서 이다가 바닥에 누워 있는 강유를 멀거니 바라보았다.

"일으켜 달라니까 뭐 해요?"

"너 혼자 일어나. 웬 어리광이래."

"에이, 치사해."

끙차 몸을 일으킨 강유가 이다의 곁으로 다가왔다.

"유 작가님 운동하셨어요?"

"응? 합기도 유단자야. 고딩 때부터 했어."

"어쩐지."

강유가 슬슬 허리를 문질러 댔다. 얼떨결에 날려졌지만 그닥 마음에 담아두는 기색도 아니었다. 그래서 그가 하자는 그 연애가 끌렸는지도 모를 일이었다. 그는 도무지 어떤 일에도 심각해질 것 같지 않아 보였으니까.

그가 손을 들어 이다의 머리 위에 올려놓았다. 이다가 언짢은 기색으로 고개를 홱 틀었다.

"뭐야, 인마. 이 손 치워."

"안 돼요."

"안 돼긴 뭐가 안 돼. 무겁고 불편해. 나 이런 장난 싫어해."

"지금 누나 후회하려고 하는 거잖아. 후회하는 거 안 돼요. 물리는 것도 안 돼. 우린 조금 전부터 애인 사이 맞다구요. 유 작가님이 아무리 미키마우스가 어쩌고 하는 멋진 얘기를 해도 넘어가면 안 돼요."

그 말에 노이다가 아하항, 하는 조금 이상한 웃음소리를 흘렸다. 바로 곁에서 표정을 살피지 않는다면 웃음소린지 울음소린지 도통 구분하기 어려운 소리였다. 그리고 노이다의 표정도 그랬다. 어느 쪽인지 본인도 잘 모른다는 듯한 애매한 표정이었다.

"그놈의 미키마우스."

"아하, 그거 그냥 멋지라고 한 얘기가 아니라 다른 뜻 있는 거예요?"

"응."

오래된 이야기였다. 아빠가 미국 출장을 다녀오면서 사다 준 미키마우스 인형은 부모님의 이혼과 함께 버려졌다. 보고 있으면 울컥하고 치밀어 오르는 게 있던 탓이었다. 그 인형을 사다 주던 아빠와 망설임없이 자신을 할머니에게 맡겨 버린 아빠는 도무지 동일화되지 않았다. 그 괴리감은 커다란 상처로 남았다. 결국 이다는 그 미키마우스를 쓰레기통에 처박고 발로 밟아주었다.

"내가 미키마우스를 아주 싫어하거든. 어릴 때 유진파네 집에 그 인형이 있었어. 예전에 내가 갖고 있다 버린 것과 똑같이 생긴 게. 그게 봉제 인형이 아니라 고무 인형이었거든. 목이랑 몸통이랑 분리되는 거. 그래서 모가지를 잡아 뽑아서 쓰레기통에 처박아 버렸어."

"……유 작가님이 뭐라고 안 했어요?"

"했지."

"뭐라고요?"

"네가 싫으면 나도 싫어. 갖다 버리자."

"……."

강유는 다른 말을 하는 대신 이다를 덥석 품에 안아버렸다.

"우와, 유 작가님 끝내준다. 진짜 멋져. 하지만 내 얼굴도 끝내줘요."

이다가 그를 밀어내며 시큰둥하게 말했다.

"뭐라는 거야."

"다짐하는 거야. 아무리 그래도 절대, 절대 안 된다고. 유 작가님한테 절대 안 뺏긴다고."

"사귄 지 하루 만에 그런 얘기 해봤자 생뚱맞은 아침 드라마 대사 같으니까 그만 해라. 애가 왜 이렇게 집착스럽냐."

시큰둥한 노이다의 말에도 강유는 그녀를 안은 팔에 한껏 더 힘을 주었다. 숨이 턱 막힐 지경이 되었다. 놓으라고 버둥거려도 제 양껏 안아버린다.

"아, 이 집착스러운 녀석!"

그때 집 안 어딘가에서 시끄러운 벨소리가 울렸다. 잃어버린 줄 알았던 휴대전화 벨소리였다. 이다가 환호성을 지르며 집 안을 뒤적이기 시작했다.

"봉달아, 너도 좀 찾아봐!"

처음 착신으로는 전화를 찾을 수 없었다. 세 번째 착신 때가 돼서야 혹시나 하고 이층에 올라가 본 이다가 진파의 매트리스 위에서 얌전히 울리고 있는 전화기를 발견해 냈다.

'부재중 통화 3' 이 기록되어 있는 액정을 살펴보자 세 번 모두 발신자가 유진파였다. 이다가 잠시 전화기를 손에 쥔 채 가만히 있었다. 집 안 어딘가에서 굴러다니던 전화를 발견한 사람이 유진파였던 모양이다. 그리고 그녀가 전화기를 무사히 발견하도록 일부러 전화를 걸어 벨을 울리게 해주었다.

뒤따라온 강유가 말했다.

"유 작가님이네? 왜 전화를 했지?"

그는 늘 그런 식이다. 아무리 토라지고 화내는 순간에라도 늘 그녀가 마음을 풀 수 있게 해주었다.

뭐라고 말할 수도 없이 복잡한 감정이었다. 얼굴을 잔뜩 찡그린 채 전화기만 바라보고 있던 이다가 발신 버튼을 눌렀다. 신호음이 세 번쯤 지나고, 유진파가 전화를 받았다.

[왜?]

이다가 숨을 꾹 참았다. 지금 이 순간이 무서웠다. 그녀로 인해 화가 난 진파를 붙들고 '화 안 났지? 화내지 마. 화 안 났다고 말해줘' 라며 애원해야 되는 순간이.

"배고파. 밥해주고 나가."

[…….]

이다의 말에 수화기 너머의 진파가 잠시 입을 닫았다.

"배고파. 밥해줘."

숨이 찰 정도로 간절했다. 더 이상 화내지 마, 이 자식아. 무서워 죽겠단 말이야. 하지만 진파는 그녀의 애원을 거절했다.

[제 3조항. 밥은 알아서 챙겨 먹어. 아, 그리고 4조항도 있어. 강유 내보내. 빠른 시일 내에.]

"……뭐라고? 3조항?"

그리고 철커덕 전화가 끊겼다. 이다가 한참 동안 전화기를 노려보았다. 이 자식, 이렇게 치사하게 나오다니.

강유가 호기심 어린 목소리로 물었다.

"3조항이 뭐예요?"

반사적으로 대답이 튀어나갔다.

"……연애자는 비연애자의 아픈 마음과 불편한 심기를 고려, 그에게 최적의 편의를 제공해야 한다."

"그런 조항은 대체 왜 정했어요?"

"혹시라도 유진파가 먼저 연애 시작하면 서러워질 것 같아서. 일단 걔가 집주인이잖아."

그리고 덧붙이자면, 제 4조항에는 애인은 절대 이 집에 데리고 와서는 안 된다는 내용도 있어. 이렇게 대답하는 이다의 표정은 정말로 아주 썼다. 세상 모든 한약을 한꺼번에 삼켜 버린 듯한 얼굴이었다. 그 얼굴에 대고 강유가 킥킥 웃었다.

"그러게 사람은 평소에 마음을 곱게 써야 된다잖아요."

"시끄러! 이게 다 네 녀석이……."

뭐라고 한 마디 쏘아붙이려는 이다를, 강유가 답싹 안아버렸다. 버둥댈 틈도 없었다. 가늘고 곱다고 해서 강유가 남자가 아닌 것은 아니었다.

"괜찮아요, 이 정도는. 대신 내가 옆에 있잖아요."

강유의 손이 다정하게, 그리고 무척 즐겁게 느껴지는 경쾌한 리듬으로 이다의 등을 두드려 주었다.

"유 작가님은 그만 잊어요."

5. 동거인의 과거를 기억하라

동거인의 과거를 알 기회가 있다면, 가능한 최대한 많은 것을 알려고 노력하라.

상대의 과거만큼 유용한 무기는 없다.

이 조항에 대한 모범적인 예시를 살펴보자.

A와 B는 동거인이다. A는 마침 그 주의 음식물 쓰레기 처리 담당이었다.

그러던 어느 날 B가 애인을 데리고 왔다. 유감스럽게도 A는

B가 또 다른 동거인 C와 한때 즐거웠던 사이라는 과거를 알고 있었다.

상상만 해도 즐겁지 않은가? 필자가 A라면 그날은 절대 외출하지 않을 것이다.

그리고 어떻게 해서든 B의 애인과 안면을 쌓을 것이다.

A의 협상 능력에 따라 그 주의 음식물 쓰레기 담당은 얼마든지 변동이 가능하다.

그뿐인가? 간만에 기름진 고칼로리, 고지방,

고콜레스테롤 음식으로 만찬도 가능하다.

"끄응차."

"왜 이렇게 늦었냐?"

광진구 광장동 삼성 오피스텔 1616호는 작업 공간이면서 동시에 주거 공간으로 전락해 버린, 애매한 공동 생활 구역(JSA: Joint Subsistence Area)이었다. 이 오피스텔의 소유주는 김성환. 방년 사십칠 세. 중년의 중년을 넘어선 나이답지 않게 트렌디한 감각으로 현재 주말 황금 시청률 전쟁의 최강자로 자리한 성공한 드라마 작가였다.

결혼은 일 년 전에 했다. 결혼 전까지만 해도 집에서 주구장창 작업만 하던 스타일이었는데, 결혼 후에는 아무래도 작업 공간을 분리해야겠다는 생각하에 오피스텔을 하나 장만했다(니코틴 장독이 매케하게 깔린 집에서 아내를 살게 할 수는 없었다).

문제는 보조작가를 둘 정도 더 영입하면서, 집에 들어가기가 영 힘겨워졌다는 사실이었다. 애초에 사무실로 쓰기에는 너무 편리한 오피스텔의 구조에 문제가 있었다. 하루 밤샘이 줄창 일주일 외박으로 이어지고 있는 게 요즘 실정이었다.

그래서일까. 요즘 들어 성격 까칠해졌다는 애길 심심찮게 듣고 있는 그였다. 담배가 없으면 못 살고, 커피가 없으면 절반쯤 미쳐 버린다. 상냥하고 세심한 아내가 담배 안 돼, 커피 줄여 라는 잔소리를 하지만 않았어도 그는 진작에 사무실에서 탈출해 아내 곁으로 날아갔을 것이다.

아무튼 쌀보다도 더 중요한 필수품인 카페인과 니코틴 독성 물질을 사 오라고 심부름을 보낸 막내 작가는 그의 예상 시간을 훨씬 초과했다. 덕분에 그는 오 분 정도 더 금단 증세에 시달려야 했다. 장이 배배 꼬여 성격도 그만큼 더 꼬였다는 뜻이다.

"서두르다가 엘리베이터 안에서 넘어져서 그래요."

그 밑으로 이 사무실을 쓰는 작가는 모두 넷. 그를 포함하면 다섯 명이다. 그 다섯이 모두 비슷한 차림새였다. 헐렁한 트레이닝 복에 다음번엔 빨지 않고 버려야 할 듯한 반팔 티셔츠. 눈가에는 거뭇한 다크서클과 푸석한 뾰루지 몇 개. 그리고 맨발에 슬리퍼.

"저런, 우리 식량은 무사하냐?"

"에, 선생님 너무하셔."

"시끄러, 자식아. 네가 몇 살인데 칠칠맞게 넘어지고 그러냐."

"아, 그게 말이지요오…… 엘리베이터 문이 콱 닫히려는 찰나에 제가 번개 같이 뛰어들어서는…… 아!"

막내가 갑자기 입을 다물었다.

"왜?"

비닐봉지를 거실에 놓아둔 소파에 올려둔 막내가 그에게 고개를 갸웃거렸다.

"그래서 넘어지려는 저를 마침 타고 있던 남정네가 턱 하니 받아줬는데, 그게 정말 강유 같은 거예요. 몇 마디 안 했지만 목소리도 닮은 것 같고. 어찌나 두근대던지. 나 참, 강유가 저보다 어리죠, 선생님?"

"음?"

비닐봉지를 뒤져 요번에 새로 바꾼 인디고라는 담배를 꺼내던 성환이 이빨로 포징용지를 뜯으며 말했다.

"어리지, 인마. 강유 고게 올해로 스물셋인가 그럴걸. 아직 날콩이야."

"아, 그럼 나이나 물어볼 걸."

"왜? 자기가 강유 맞대?"

"아니, 아니라던데요. 그 옆에 있던 여자가 도끼눈을 하고서는 얘는 내 애인이에욧! 이러던데."

성환이 피식 웃었다. 무사히 인디고 한 개비를 손에 든 그의 얼굴에는 삼십여 분간의 지난한 금단 고통이 이제야 끝났다는 안도가 번져 나가고 있었다.

"강유가 여기 나타나는 것도 생뚱맞다. 몸이 열 개라도 모자를 녀석 아냐, 지금. 나머지 담배는 애들 나눠 주고, 커피랑 홍차랑 싱크대에 넣어둬. 어디 두는지 알지?"

"아, 진짜 닮았었단 말이죠."

"그럼 물어보지 그랬어? 이름이 뭐냐고."

"그게…… 봉달이래요."

"봉달이?"

막내 작가의 말을 대수롭지 않게 받아들이던 성환이 갑자기 그 말에 빙긋 웃었다.

"에…… 왜요, 선생님?"

"정말 봉달이라고 그랬어?"

"예. 되게 웃기는 이름이라서 기억했죠. 그 여자가 확실히 봉달이라고 그랬어요."

"이런."

성환이 담배에 불을 붙이며 말했다.

"봉달이라면 강유 맞는데."

막내가 입을 딱 벌렸다.

"진짜…… 진짜요? 진짜 강유 본명이 봉달이에요?"

"아냐, 인마. 강유가 처음 데뷔했던 게, 가수가 아니라 아역

배우였어. 그땐 애가 자라는 중이라서 몰골이 좀 앙상했거든. 그래서 딱 한 편 시대물에 출연하고 말았더랬어. 왜, '봉자 씨 안녕'이라는 드라마 기억해?"

막내가 고개를 도리도리 흔들었다.

"거기 강유가 봉자 씨 막내동생으로 나왔거든. 그때 이름이 봉달이었다. 지금도 가끔 방송국에서 부딪치면 인사해. 안녕하시죠, 선생님? 저 봉달입니다, 이러고."

"우우우우와!"

막내의 입이 평소보다 손가락 두 마디만큼 더 벌어졌다.

"선생님, 갑자기 막 멋져 보이세요. 어떻게 강유를 그렇게 잘 아시는 분처럼 얘기하세요? 저 강유가 봉달이로 데뷔했다는 얘기 처음 듣거든요."

"'봉자 씨 안녕' 내가 썼다. 넌 아무리 막내라지만 어떻게 그런 것도 모르냐."

"아, 그런 거예요?"

넋이 나간 듯 멍하니 성환을 올려다보던 막내가 갑자기 벌떡 일어섰다.

"선생님, 저 잠깐 나갔다 올게요."

"어디 가, 인마?"

"봉달 씨한테 사인 받으려요."

"야, 너 오늘까지 원고 겁……."

그러나 성환이 잡을 새도 없이 막내인 인영 씨는 벌써 현관문을 열고 있었다.

✳

다시 1607호.

"밥이 없다."

냉장고 및 전기밥솥의 상태를 확인한 노이다의 말이었다. 그러자 등 뒤로 강유의 태연한 대꾸가 들렸다.

"시켜 먹어요."

"시켜 먹는 음식은 싫어."

"어째서?"

"맛없어."

간단한 대꾸에 강유가 어처구니없다는 듯 그녀의 둥근 등짝을 쳐다보았다. 저 어처구니없음은 뻔했다. '본인이 해먹을 능력이 없으면 입이라도 고급이질 말든지'.

"에이 씨, 유진파 나쁜 놈."

빈 밥통에 대고 소리를 지르는 이다를 보며 강유가 피식 웃었다.

"왜 본인한테 말 안 하고 밥통에 욕을 해요?"

"본인한테? 지금 자리에 없잖아."

"전화하면 되죠."

"또?"

"혼자 이러는 것보다는 훨씬 낫죠."

이다가 두리번거리자 강유가 거실로 걸어가 쿠션 위에 놓여 있던 휴대전화를 던져 주었다. 물론 이번에도 이다는 그것을 받지 못했다. 이다의 손을 아슬하게 빗나가 바닥에 떨어진 휴대전화는 배터리와 본체가 분리되어 버렸다.

"이 자식아!"

이다가 냅다 소리를 지르자 강유가 낄낄대고 웃었다. 이제 저 웃음소리가 편안히 귀에 들어왔다. 고작 하루하고 반나절 만에 강유라는 존재가 익숙해져 버린 모양이었다.

"난 잘 던졌다구요. 누나가 못 받은 거야."

"그러게 애초에 던지질 말아야지!"

"네네, 다음부터 주의하겠습니다."

"우이 씨."

이다가 투덜대며 다시 휴대전화를 합체시켰다. 다른 사람들에게는 매우 일상적인 일이고, 이다 역시 휴대전화를 사용하는 이상 충분히 익숙해지고도 남았을 법한 동작이었지만 그녀의 손은 꽤나 굼떠 보였다.

사실 이다는 지금 망설이고 있는 중이었다. 유진파에게 전화를 할 것인지, 말 것인지. 밥을 안 해놓다니, 이런 나쁜 놈. 그런 얘기를 하려는 게 이 전화의 목적이라면 어쩐지 어긋나 버렸다는 느낌이었다. 유진파에게는 물론 노이다를 성심성의껏 보살펴야 하는 의무 조항 같은 것은 없었다. 그러나 이십 년이 훌쩍

넘는 세월을 붙어 지내오면서 어느덧 그것은 두 사람의 우정을
유지하는 데 있어서 필수불가결한 요소가 되어버린 듯했다.

"너무…… 익숙해졌나."

이다가 저도 모르게 중얼거렸다. '예? 뭐라구요, 누나?'라며
강유가 목소리를 높였지만 이다는 강유의 목소리를 듣지 못했
다. 생각이 저 혼자 멋대로 흘러갔다. 문득 이다는, 유진파가 지
금처럼 까칠하게 그의 의무 조항을 팽개쳤던 날이 또 있었음을
기억해 냈다.

저녁 여덟 시 오십팔 분.

이다와 진파가 다니는 효성중학교는 마침 중간고사 기간이었
다. 일찍 수업을 마치고 돌아온 두 사람은 이다의 집에서 내일
있을 시험 과목을 공부하고 있었다. 함께한다고 해도 이다처럼
벼락치기가 아닌, 꾸준히 공부하는 스타일의 진파는 오히려 시
험 전날에는 더 여유로왔다. 그 여유를 이용해 유진파는 성실하
게 시험 범위 안의 내용을 정리, 이다에게 가르쳐 주던 중이었
다.

"사회는 보충수업 자료에서 70% 출제한다고 했어. 보충수업
자료는 다 있어?"

이다가 고개를 끄덕였다.

"가방 뒤지면 나올걸."

"안 모아뒀어?"

"매일 한 장씩 주는 걸 무슨 수로 모아."

진파는 현명하게도 이다를 나무라거나 저 혼자 의미 깊은 한숨을 내쉬거나 하진 않았다. 자신의 가방을 뒤져 복사한 자료 뭉텅이를 꺼냈을 뿐이다.

"그럼 내가 복사해 온 거 봐."

"우와."

이다가 진파에게 바싹 다가앉아 머리를 슬슬 쓰다듬었다.

"유진파, 예쁜 짓 했네."

"어서 이거나 봐. 교과서는 다 봐뒀어?"

"설마, 사회는 대충 볼 거야."

"왜?"

"그걸 무슨 수로 다 외워. 어차피 암기 과목은 날샜어. 대신 난 체육 공부할래."

"체육?"

"응. 거야 범위도 적고, 어차피 몇 문제 안 되니까 공부하기도 쉽잖아. 사회는 내일 아침에 봐야겠다."

그러나 사회는 범위가 제법 많았다. 도저히 아침 자습시간 오십 분 동안에 소화할 만한 분량이 아니었다.

"차라리 체육을 내일 아침에 봐. 사회가 공부할 게 더 많아."

"안 돼. 체육은 잘 볼 거야. 그건 백 점 맞는 애들 거의 없잖아. 그러니까 내가 백 점을 맞으면……."

"체육 백 점 맞느니 사회 팔십 점 맞는게 낫겠다는 생각 안

해? 체육은 이론을 잘 봐도 실기 못 보면 꽝이잖아.”

“그거야 그렇지. 그래도 난 체육 백 점 맞을 거야.”

“왜?”

“왜냐니. 체육은 공기택 선생님이잖아.”

이다가 실실 웃는 얼굴이 되었다.

“나 그 선생님 좋아한단 말이야.”

노이다가 언급하는 사람이 효성중학교의 체육 교사 공기택이라고 한다면 저 말의 진위는 다각도에서 꼼꼼히 관찰해 보아야 했다. 공기택은 대충 공털이라는 별명으로 불리고 있었다. 작고 땅딸한 몸에 털이 꽤 많았다. 보기 거북할 정도는 아니었지만 늘 더부룩한 머리과 까칠한 턱수염이 그런 이미지를 만들어낸 듯했다. 체육 교사답지 않게 박식하고 철학적인 사람이었지만 사춘기적인 감수성으로 좋아할 만한 인물은 아니라고 유진파는 생각했다.

“어디 가?”

“다 좋아. 재미있는 얘기 많이 해주잖아, 그 선생님.”

“그런다고…….”

“게다가 내기했다고. 이번 시험에서 백 점 맞으면 맛있는 거 사주신 댔어.”

“공털이?”

“아, 그 별명 진짜 싫어. 그렇게 박식하고 멋진 선생님을 왜 야만적으로 표현하냐고. 너 앞으로 그 별명 쓰지 마. 공기택 선생님, 이렇게 불러."

그리고 이다는 정말 체육책을 꺼내 들었다. 밑줄까지 짝짝 내리그으면서 큰 소리로 책을 읽기 시작했다. 암기 과목이 어쩌고 했지만 사실 이다는 이해력보다는 암기력이 좋은 편이었다. 저렇게 소리 내어 한 번 정독하고 나면 그 내용의 80% 정도는 어렵지 않게 기억했다.

문제는 정독시 필요한 집중력을 이다가 발휘하는 경우는 거의 없다는 것이다. 중1 때까지 이다는 도스도예프스키에 반해 줄창 카라마조프가의 형제들이라는 소설책을 읽는 데 인생의 태반을 낭비했다. 중2가 되어서는 김용의 영웅문에 빠져 헤어나오질 못했다. 날마다 소용녀가 어쨌고 양과가 저쨌고 중얼중얼 읊고 다녔다. 중3인 지금은 보들레르였다. 수학책 세 권을 합해 놓은 정도로 두꺼운 악의 꽃 완판집을 줄창 끼고 다녔다. 수업 시간에는 늘 한눈을 팔았다. 아마도 영웅문의 세계에서 사마외도의 무리를 처단하는 독고구패의 검을 휘두르고 있거나, 코끝이 시린 시베리아 벌판에 홀로 서서는 시은 쇠에 대한 벌을 받고 있거나 할 터였다. 그나마 시험 전날에 유진파가 붙들고 앉아서 벼락치기라도 시키지 않았다면 노이다는 진작에 학교에서 이탈했을 것이다. 하루 전날 밤샘하는 것치고 노이다는 성적은 꽤 괜찮은 편이었다.

"그래서, 사회 공부 안 할 거라고?"

"내일 할 거라니까. 체육 공부하고 열두 시에 잘 거야."

"그래?"

유진파가 오는 길에 학교 앞 문구점에 들러 복사해 온 보충수업 자료를 힐끗 보았다. 복사비가 무려 오천 원이나 들었다. 장당 백 원. 오십 장짜리 자료라는 뜻이었다. 개중에서 나올 만한 내용을 따로 표시해 두거나 추려두었다. 그러느라 보냈던 시간들이 바보처럼 느껴졌다.

"그럼 이거 필요없겠다."

목소리가 까칠해진 유진파가 자료를 휙 집어 들었다.

"어, 그래. 내일 아침에 줘. 여기 두면 잊어버리고 안 가져갈 테니까 아예 네가 챙겨라."

이다는 고개도 들지 않고 말했다. 그 모습에 공연히 약이 올랐다. 그래, 노이다. 그 공털에게 밥 한 끼 얻어먹기 위해 내 정성을 무시하겠다는 거냐.

"나 간다."

"어? 공부 안 해?"

"난 체육 공부 할 필요 없거든."

그리고 유진파는 가방을 챙겨 들고 이다의 방을 나섰다. 이다는 책상 앞에 앉아 등 뒤로 손을 한 번 흔들어주었다.

"잘 가."

그러나 다음날 아침 이다는 늦잠을 잤다. 제 시간에 깨워주는 진파가 없었던 탓이었다. 오전 아홉 시 정각, 1교시 시험 시간을 십 분 정도 넘어서 학교에 도착했으니 당연히 사회 공부를 할 시간 따위는 없었다. 이다는 체육은 백 점을 맞는 대신 같은 날 봤던 다른 과목은 모두 오십 점 밑을 기록했다.

이다의 성적을 확인한 후 가장 불같이 화를 냈던 사람은 유진 파였다. 이다에게가 아니라, 그 스스로에게였다. 잔뜩 부은 얼굴로 진파는 이다에게 말했다.

"어제도 화가 났었는데, 오늘은 더 화가 나. 어제 화난 건 너한테였었는데, 오늘은 나한테 화가 나. 너한테 화를 냈던 나한테 화가 나. 그러니까 내가 잘못한 게 맞지?"

이다는 굳이 그에게 이 귀여운 녀석, 이라는 솔직한 마음을 얘기하지 않았다. 대신 이렇게 말했다.

"용서해 줄게, 피자 사줘."

그 후로 일주일 내내, 이다의 저녁은 진파가 용돈을 털어 사주는 피자였다. 열여섯, 그들이 친구로 지낸 지 여섯 해째에 겪었던 일이었다.

아직 어린 진파와 이다는 그 감정이 질투였음을 끝까지 알아채지 못했다.

"그러니까 강유가 공틸 같다는 거야, 지금?"

"에? 그게 무슨 말이에요?"

혼자 모를 말을 뱉어낸 이다가 현관으로 걸어갔다.

"누나, 어디 가요?"

"전화 걸러."

"여기서 걸어요."

"싫어."

"누구한테 거는 건데요?"

"유진파한테."

"뭐라고 하게요?"

"왜 화내냐고 따질 거야. 넌 나오지 마."

이다가 대충 현관 바닥에 놓여 있던 아무 신발이나 신고는 밖으로 나갔다. 어째 발이 헐렁한 것이 제 신발이 아니라는 느낌이 오긴 했지만, 어차피 잠깐이니 별 상관 없다는 생각이었다.

그러나 그 신발은 강유의 것이었고, 뒤따라 나온 강유는 당연히 자신이 신발보다 훨씬 더 작은 이다의 샌들에 엄지발가락을 구겨넣은 채 깡총대야 했다.

"누나!"

이다는 강유가 부르는 소리가 들리지 않는 모양이었다. 왜 전화를 안 받냐며 수화기에 대고 신경질을 뱉어냈다.

"누나아!"

강유가 이다를 따라잡았다. 두 팔을 벌리고 이다를 막아선 그의 표정은 꽤 재미있었다. 굳이 잘 알고 있는 표정에 비유하자면, 그 뒤로 공털을 바라보던 열여섯 살의 유진파와 비슷하다고나 할까.

"전화하지 마요. 유 작가님 잘못한 거 없잖아요."

"잘못한 게 왜 없어. 지가 왜 나한테 화를 내."

“화내긴. 밥 한번 안 해준 거 가지고. 유 작가님이 안 해주면 밥 못 먹어요?”

“진파 밥이 제일 맛있단 말이야. 아, 그건 둘째 치고, 일단 화 나잖아.”

“왜요?”

“나한테 화내니까.”

“화 안 냈어요. 누나가 괜히 그렇게 생각하는 거야.”

“화났어! 까칠하게 굴잖아.”

“뭘 까칠하게 굴어요? 그 조항은 누나가 만든 거라며. 그런데 유 작가님한테 까칠하게 군다는 소리가 나와요? 누나가 이상한 거야.”

돌연 이다가 화를 냈다.

“그게 까칠한 거지! 그렇게 화가 났다면, 다른 말을 해도 되잖아. 어떻게 한번 말려볼 생각도 안 하느냔 말이야! 내가 뭘 하든 어떻게 되든, 상관없이 자기 좋을 대로 얘기하고 가버리면 그만이라는 소리야?”

“……”

순간 강유가 동작을 딱 멈췄다. 그리고 노이다를 한동안 말없이 바라보았다.

“누나, 유 작가님 사랑해요?”

“……뭐?”

이다는 이런 생뚱한 말을 꺼내는 강유에게 한눈에 척 봐도

'어이없음' 이라고 써 붙여놓은 것 같은 표정을 지어줄 작정이었다. 그런데 갑자기 헷갈리기 시작했다. 어이없다는 표정이 대체 어떤 표정인지 감이 오지 않았다. 지금 이 순간, 대체 무슨 표정을 지어야 하는 것일까.

"그게 무슨 말도 안……."

이다가 간신히 여기까지 말했을 때였다.

"헉……! 저 두 사람, 진짜 사귀는 거 맞는가 봐요."

정말로 생뚱맞게 누군가의 목소리가 들려왔다. 낯설면서도 낯설지 않은 목소리. 강유와 이다가 동시에 그 목소리를 향해 고개를 돌리자, 엘리베이터 안에서 부딪쳤던 트레이닝 복 아가씨가 눈에 들어왔다. 유감스럽게도 아가씨 혼자가 아니라 나이가 꽤 먹어 보이는 중년 남자를 대동한 채였다.

그리고 정말로 유감스럽게도, 그 중년 남자는 강유도 익히 아는 얼굴이었다. 눈이 마주치자 입에 담배를 물고 있던 그가 손을 번쩍 치켜들고 아는 척을 했다.

"어이, 잘 지냈냐, 봉달아. 우리 막내가 너 애인 생긴 거 맞냐고 묻는데? 진짜냐?"

"……."

이다는 침묵하고 강유는 인상을 구겼다. 이 상황을 어떻게 수습해야 될지 아득하기만 했다.

6. 이웃과 친목을 다져 둔다

어느 날 동거인과 미친듯이 싸우고 밖을 어슬렁거릴 때가 있다고 가정해 보자.

이웃은 많이, 가능한 친하게 지내두는 것이 좋다.

최악의 경우 동거 생활이 박살났다고 가정했을 때,

새로운 집을 구하는 자는 혼자 고립되어 외로운 자이다.

대부분의 사람들이 퇴근하고 난 시간이었다. 저녁 여덟 시가 조금 넘은 시간. 낮까지 정신없는 마감에 휘둘리던 성아는 그제야 기지개를 켰다.

"아아아······ 젠장."

서른셋이라는 나이가 되고 보니 나이라는 게 대수롭지 않다는 생각이 들면서도 젊었던 시절이 새삼 그립기도 했다. 조금만 책상 앞에 앉아 있어도 쿡쿡 쑤시는 뼈마디가 향수의 주원인이었다.

"······정말 젠장이다. 호적 나이만 서른셋이지 그냥."

그리고 신체 나이는 벌써 옛날에 환갑이 지났고.

성아가 다이너마이트 폭파 실험이라도 한 듯한 책상 위를 정리하기 시작했다. 어지럽게 널려 있던 메모지와 원고 출력 용지, 각종 화보와 서류들을 챙겨 넣자 제법 인간이 사용하는 책상다워졌다.

책상 한구석에는 액자에 끼워진 사진이 있었다. 진파와 이다, 성아가 고등학교 수학여행 때 찍은 사진이었다. 사진 속의 얼굴들은 지금에 비하면 한참씩 어렸다. 교복이 잘 어울리는 얼굴들이었고, 제각각인 표정 역시 그대로 다 잘 어울렸다.

무슨 일이 있었는지, 이 사진을 찍을 때 이다는 심통이 난 상태였다. 진파와 성아는 그런 이다의 눈치를 보는 중이었고. 그래서 사진의 각도는 참 난감하게 나왔다. 어정쩡한 친근함이 묻어나온다고나 할까.

"……"

깨끗하게 치워진 책상 위에 덩그라니 놓여 있는 액자에 눈길이 닿은 성아가 잠시 사진 속 얼굴들을 바라보았다. 가끔 술을 먹으면 성아는 이 시절이 아쉬워지기도 했다.

성아의 손가락이 사진에 닿았다.

"아주 가끔이야, 아주 가끔. 그렇게 심각한 건 아니니까 걱정마라, 노이다."

그때 성아의 책상을 제외하고는 불이 꺼져 있던 어두운 사무실 입구에서 인기척이 들렸다.

"누구세요?"

반사적으로 고개를 돌리자 누군가의 얼굴이 눈에 들어왔다. 순간 심장이 쿵 하고 떨어지는 소리가 들렸다. 성아의 내부에서.

"어머, 놀랐잖아요!"

성아가 가슴을 쓸며 외쳤다. 그러자 느닷없는 방문객이 쑥스러운 웃음을 흘렸다.

"이거 죄송하게 됐는데요. 사과로 술 한 잔 사면 안 될까요?"

"나 참…… 술 마시고 싶어서 찾아온 거네요?"

"뭐, 그래요."

성아가 그의 얼굴을 빤히 바라보았다. 타이밍이 영 맞지 않은 셈이었다. 그는 하필이면 왜 이런 시간에 찾아온 것일까. 마침, 성아가 술이라도 한 잔 들어간 것처럼 어렴풋한 향수를 느끼고 있을 때.

"그럼 잠시만 기다려요. 정리 좀 하고, 옷 입고 나가요."

성아를 바라보며 진파가 부드럽게 웃고 있었다.

"기꺼이요."

"이다 때문에 온 거 맞죠?"

성아는 대부분의 경우 직설적이었다. 돌아가는 법이 없는 사람이라서 진파는 가끔 이다에게 성아 같은 친구가 있다는 사실이 꽤나 고마웠다. 어쨌거나 이다에게는 현실을 냉철하게 알려 줄 만한 사람이 필요하긴 한 상태였으니까.

"반은 그렇고, 반은 아닙니다."

진파가 자그마한 스트레이트 잔을 기울이며 대꾸했다. 그의 옆모습을 보며 성아가 들리지 않는 한숨을 내쉬었다. 사진작가란 참 억울하겠어. 정작 자신은 찍지 못하니. 진파의 옆모습에 대한 그녀의 감상이었다.

"집에 있기가 좀 그래서 스튜디오로 돌아갔는데 일이 손에 안 잡혀서요. 친구 녀석을 하나 불러냈는데, 녀석은 올해 애 아빠가 되어서 그런지……."

"애기 자랑만 해요?"

"아뇨. 먹고 살기 힘들다는 얘기만 하던데요."

성아와 진파가 마주 보며 낄낄 웃었다.

서소문 사거리에 있는 고만고만한 바치고는 음악이 제법 괜찮은 편이었다. 어둑한 분위기도 좋았고, 이제는 상투적인 문구가 되어버렸지만 카르페디엠이라는 간판도 술집과 딱이라는 생각이었다. 술집 한구석에는 커다란 모형 나무가 있었다. 꽤나 정교하게 만들어져 가까이서 보지 않으면 모형이라는 것을 거의 모르고 넘어가는데, 그 나뭇가지에 매달린 나무판에는 짤막한 시가 적혀 있었다. 죽은 시인의 사회에서 키팅 선생이 읊어주었던 바로 그 시였다.

시간을 버는 소녀에게

시간이 있을 때

장미 봉우리를 거두라.

시간은 흘러

오늘 핀 꽃은

내일이면 질 것이니.

잠시 시선을 돌려 시를 바라보고 있자니 진파의 말이 들려왔
다.

"그래서 다른 술친구가 필요했습니다."

성아가 애매한 웃음을 흘렸다.

"이다는 왜 안 되는데요?"

그 물음에 진파가 잠시 답을 골랐다. 유진파에게 있어서 노이
다는 항상 정의 내리기 어려운 무엇이었다.

"두 가지 이유가 있어요. 첫 번째는 오늘 술이 필요한 건 노이
다 때문이고 두 번째는 나한테 이다는 친구가 아니니까."

한참 만에야 진파는 그렇게 대꾸했다.

"이다가 무슨 잘못을 했어요?"

"그냥 듣고 흘리기엔 데미지가 너무 큰 말을 하던걸요. 내 사
랑은 아빠 놀이 같대요. 독재라고, 숨이 막힌다고. 그런 사람 사
랑하라고 하면 자기더러 어쩌라는 소리냐고. 뭐랄까…… 내가
정말 그랬나 따져 보고 반성하려는 걸 떠나서 나한테는 너무 어
려운 얘기였어요. 들은 걸 해소하는 것만도 벅차요. 그래서 술

생각이 나버렸던 거죠."

성아가 술 대신 물을 들이켰다. 벌컥벌컥. 한 잔을 깨끗하게 비우고 나서 성아는 미안한데 욕 좀 할게요, 라는 양해와 함께 미친년이라고 중얼거렸다. 그 소리를 들은 진파가 애매한 웃음을 흘렸다. 성아가 정색을 하고는 다시 말했다.

"이다 애인 생겼어요. 아니, 생길 것 같아요. 그래도 진파 씨 한테는 이다가 친구 아니에요?"

"네. 그래도 거짓말을 할 수는 없으니까."

성아는 솔직한 진파가 좋았다. 가끔 유진파는 외골수적일 정도로 솔직했다. 거짓말이 꼭 필요한 상황에 닥친다면 진파는 거짓말하는 대신 사과를 할 것이다.

"유진파 씨, 그래서 손해 보는 것도 많을 거예요."

그 말에 진파는 약간 피곤한 웃음을 지어 보였다. 노이다를 빼곤 그다지 손해 보는 건 없어요, 라고 대답하며. 그 대답에 어쩐지 성아가 더 피곤해지는 기분이었다.

그녀의 손이 얼음 컵에 발렌타인 약간과 벡스 흑맥주를 따랐다. 이렇게 섞어 마시면 맛이 제법 괜찮았다. 흑맥주는 역시 벡스라는 게 그녀의 주지론(酒持論)이다. 그런데 오늘은 그 벡스의 맛이 영 텁텁하게 느껴졌다.

"너무 길다고 생각 안 해봤어요?"

이런 까칠한 말을 내뱉은 건, 역시나 믿었던 벡스의 맛이 영 거지 같기 때문이라고 성아가 얄팍한 변명 거리를 만들어냈다.

건드려서는 안 된다는 것을 알고 있는데도, 발렌타인의 독기가 올라서인지 제멋대로 혀가 움직여 버렸다.

"뭐가요?"

"이다, 바라보는 것."

돌아오는 진파의 시선에 성아가 주저없이 양손을 들어올렸다.

"싸우려고 그러는 거 아니니까 오해 말아요. 난 그저 순수하게 묻는 거예요."

"……."

말없이 진파의 술잔이 기울여 졌다. 한 잔, 두 잔 그리고 세 잔. 세 잔의 술이 들어가고 나서야 진파가 입을 열었다.

"단 한 번도 이다가 나쁘다는 생각을 해본 적은 없습니다."

"충분히 나빠요."

"나는 잘 모르겠는데 다른 사람들이 그렇다고 말들을 하더군요."

"누가? 니 말고요?"

"항상 나에게 선보라고 하시는 고모님."

며칠 전의 일이 생각났는지 진파가 슬쩍 눈썹을 찡그렸다. 그 표정에 성아가 가르륵 대는 웃음을 흘렸다. 그간 술이 너무 약해진 모양이다. 꽁꽁 묶어두었던 것들이 스스륵 풀려가기 시작했다. 발렌타인은 너무 독했다. 그런데 왜 하필 오늘 독한 걸까. 평소 같으면 한 병을 다 마셔도 끄떡없었는데.

진파의 얘기는 계속 이어졌다. 그들이 함께 살기 시작하면서 한두 번씩 마주치게 된 이다를 탐탁치 않게 생각하는 고모님과, 그런 고모님이 진파에게 있는지조차 모르고 사는 이다의 얘기를. 요점이 없는 얘기였다. 그저 술기운을 빌어 털어놓는, 진파의 사소한 걱정거리였다.

"주위 사람 의견에 한 번쯤 귀를 기울여 봐요, 진파 씨. 고모님이 그러시는 데는 의외로 명쾌한 이유가 있을지도 모르잖아요."

"글쎄…… 그러자니 고모님은 워낙 편견이 많고 변덕이 요란한 분이라서요. 대신 성아 씨 의견은 존중하죠. 성아 씨는 내가 알고 있는 사람 중에서 가장 직선적이고 공정한 사람이니까. 성아 씨도 내가 이다 뒤치다꺼리하는 걸 관두는 게 낫다고 생각해요?"

성아가 진파의 눈을 들여다보았다. 그는 장난처럼 웃고 있었다. 순간 술기운이 확 올랐다. 그는 이 대화가 그저 장난이고, 그저 푸념이라고 생각할 뿐이겠지만 적어도 발렌타인 18년산을 벌써 반 병이나 비워낸 성아에게는 아니었다.

성아가 눈을 깜박였다. 직선적이고 공정한 사람. 그래, 난 공정해. 그러니까 이건 절대 노이다를 제껴두고 반칙을 저지르는 게 아니라구.

"네."

"……."

성아의 대답에 진파가 얼굴에서 웃음을 지웠다.

"저런, 너무 솔직한 말도 상처네."

"진파 씨에게 상처 주려고 이러는 거 아니에요. 이다가 오늘 누구랑 나타났는지 알아요?"

진파가 고개를 끄덕였다. 불쾌하다는 표시를 내는 것은 아니었지만, 최소한 이다에 관한 논쟁에 시달리고 싶지 않다는 뜻은 분명히 드러나는 태도였다.

"아마도."

"두 사람, 연애 시작한대요."

"들었습니다."

"어떡하실 건데요?"

"이다가 시작했던 연애들과 다를 게 없겠죠. 그 녀석, 깊이 얽히는 건 딱 질색이니까. 길어야 한 달 만나고 말 겁니다. 사실 그게 더 화가 나요. 고작 그러고 말뿐인 연애라면, 왜 굳이 강유를 고른 건지."

"아니, 내 생각은 틀려요."

성아가 술잔을 들어 진파의 스트레이트 잔에 쾅 부딪쳤다. 그리고 절반이 넘게 차 있는 술을 한입에 털어 넣었다.

"언젠가 그런 얘기한 적 있죠. 이다가 언제 연애를 시작하느냐, 하는 거요."

"……."

"곰곰이 짚어보면 꽤 재미있는 가짓수가 나왔어요. 진파 씨가 이다에게 같이 살자고 했을 때, 진파 씨가 이다에게 언젠간 결혼하자고 했을 때, 진파 씨가 이다에게 호주행 비행기 티켓을 선물했을 때, 진파 씨가 이다에게 사랑한다고 말했을 때. 대부분 진파 씨가 어떻게든 두 사람의 관계를 바로잡아 보려는 시도를 했을 때 이다가 연애한답시고 설쳐 댔죠. 그거 알고 있었죠?"

진파는 굳이 대꾸하지 않았다. 어쩐지 말하기 더 쉬워졌다. 어질대는 고개를 흔들면서, 성아가 빠르게 말을 토해냈다.

"그래서 나도 진파 씨처럼 노이다가 하는 연애들을 우습게 봤어요. 아무리 봐도 그건 진파 씨에게 브레이크를 거느라 시작한 연애 같았으니까. 그 남자들도 우습고, 노이다도 우습고…… 나도 아는 일인데, 설마 진파 씨가 모를 리 없겠죠. 그러니까 상관없이 이다 곁에 있었던 거고요. 그렇죠?"

들켰다는 표정으로 진파가 술을 한 잔 더 따랐다. 그 모습을 보며 성아가 비죽 웃었다. 이 남자, 술을 무지무지 잘 마시는 인간이었다. 제법 쓸 만한 대작 상대가 될지도 모르겠다. 한창 젊을 때 성아는 혼자서 소주 여섯 병을 마셔본 적도 있다. 지금은 많이 줄어서 네 병이 고작이지만, 그래도 그녀의 주량을 쫓아올 정도의 남자는 아직 본 적이 없었다. 문득 유진파에게 주량이 어느 정도냐고 묻고 싶은 마음이 생겼다.

하지만 너무 늦은 질문이었다. 성아는 그 질문을, 유진파를 처음 알게 된 고등학교 때 했어야 했다.

"그런데 이번 연애는 달라요. 정말로 순수하게 상대방에게 끌리고 있어요. 비록 상대가 열 살이나 어린 난봉꾼이라고 해도 말이죠. 내가 볼 땐 그래요. 그리고……."

꼬았던 다리가 저려와 다리를 풀었다. 그러자 발끝이 옆 의자에 앉은 진파의 종아리를 스치고 지나갔다. 전신에 짜릿하게 술기운이 올라왔다.

미쳤구나, 윤성아. 네 브레이크는 어디다 팔아먹은 거야.

"진파 씨도 그걸 안다는 게 맞죠? 그러니까 술 마시자고 날 찾아온 거잖아요. 평소에 노이다가 연애 시작한다고 해도 이런 일 없던 사람이. 진파 씨가 먼저 나한테 술 마시자고 한 거 이번이 처음이에요."

진파가 술잔을 내려놓고 머리카락을 쓸었다. 머리카락 사이에 술방울이 묻었을 것이다. 그의 몸에서는 감각적인 향기가 날 것 같았다. 발렌타인의 향기가 적당히 뒤섞인.

"……대체 뭐가 문제지."

신파가 혼잣말처럼 중얼거렸다.

"동거를 시작하기 전 이다가 말도 안 되는 규칙들을 잔뜩 만들었습니다. 한두 가지야 동거 생활에 으레 필요로 하기 마련인 일들이었는데, 나머지는 죄다 내가 결혼을 하거나 혹은 연애를 하거나 했을 경우 자신에게 불똥이 튀지 않도록 미리 바리케이트를 치는 내용이었어요. 그래서 그 녀석도 아무 생각이 없지는 않구나, 그렇게 생각했었는데……."

진파가 눈썹을 찡그렸다.

"너무 잘 알아서, 그게 바로 문제일 거라고 생각했습니다. 우리 둘은 사춘기도 같이 지냈고 청춘도 같이 보냈어요. 흔히 이성을 가장 많이 필요로 할 시기에도 둘이 딱 붙어 지냈죠. 다른 사람은 필요하다는 생각은 단 한 번도 해본 적이 없습니다. 내가 누굴 만나면 가장 신경을 곤두세운 쪽은 이다였으니까. 그래서 친구 하나 고르는 데도 까다로왔죠. 뭐, 이건 그냥 지난 얘기지만."

"무슨 얘기인지 알 것 같아요. 둘은 아주 오래전부터 부부 같았다는 말이잖아요. 그래서 권태기도, 갱년기도 너무 일찍 온 거라고. 다른 이성에게 느끼는 흥미는 둘 사이의 권태로 인한 곁가지라고요. 그런 얘기 맞죠?"

진파가 의외라는 얼굴로 성아를 돌아보았다. 아직 꺼내지도 않은 말을 어떻게 알아들었는지 신기할 뿐이었다. 성아가 한숨 같은 웃음을 지어 보였다.

"왜냐하면 나도 그렇게 생각했던 적이 있었거든요. 그러면 두 사람의 이해 못할 관계가 조금은 정리될 듯싶어서. 그런데 진파 씨, 그건 아닌 것 같아요. 두 사람을 권태기에 빠진 부부라고 하기에는 이다가 너무 제멋대로예요. 그 애는 정말로 두 사람의 관계는 프리 그 자체로 놓아두고 있거든요. 그러니까 진파 씨가 다르게 생각해 봐요. 그게 맞는 것 같아."

"……어떻게?"

"노이다는 유진파를 이성으로는 사랑하지 않는다고."

성아가 다시 술을 한 모금 들이켰다. 진파의 표정을 바라보고 있자니 목이 탔다. 유진파는 좋은 사람이었다. 게다가 근사한 남자이기도 했다. 보통 이 둘이 양립하기란 무척 지난한 일이었지만, 유진파라는 사람은 그 둘을 멋지게 조화시키고 있었다. 성아는 그 사실을 고등학교 때부터 알아차렸다.

그러니까 결코 반칙이 아닌 셈이다. 그런 남자를 좋아하지 않을 여자가 대체 몇이나 될까. 성아는 그저 그런 여자들 중 하나일 뿐이었다.

"이다가 진파 씨를 왜 두고 보고만 있는지, 정확한 이유는 나도 몰라요. 나한테는 그저 진파 씨를 남자로 보지 않는다고만 하니까. 그러니까 그 말을 액면 그대로 놓고 보세요. 어쩌면 정말로 그게 진실일지도 몰라요. 아빠 놀이라…… 이다는 정말 진파 씨를 가족으로 생각하는 건지도 모르겠네요."

"……."

진파는 입을 꾹 다물고만 있었다.

한눈에도 그가 혼란스러워한다는 사실을 알 수 있었다. 순전히 이다의 편만을 들어준다고 쳐도, 노이다는 유진파와 맺어지는 게 맞았다. 그녀의 이기와 철없음, 제멋대로와 이해할 수 없는 고집을 모두 받아주고 책임질 남자는 유진파 외에는 없을 테니까. 그러나 이다는 서른셋이 될 때까지 진파를 받아들이는 것을 거부하고 있었다. 옆에서 볼 땐 아무리 그림 같은 짝이라고 하더라도 다른 사람들이 모르는 문제야 얼마든지 있을 것이다.

노이다가 끝까지 그를 아니라고 주장하는 데는, 정말로 그럴 수밖에 없는 이유가 있는지도 모를 일이었다.

"그런 마음으로 이다를 한번 지켜보세요. 진파 씨가 변하면 이다도 변할지 몰라요. 권태라는 건 원래 정체된 상황에서 나타나는 거잖아요. 진파 씨가 늘 한결같으니까 이다 역시 변하지 않아도 된다고 생각하는 건지도 모르고요. 그러니까 이번에는 진파 씨가 변해보세요. 곁에서가 아니라, 한 발짝 물러서서 이다가 연애하는 모습을 지켜봐요. 과연 걔가 어떤 마음인 건지. 그래서 정말로 진파 씨에 대한 여지가 없다고 하면, 진파 씨도 마음을 접어야 하는 거고요. 이대로 계속 지내다 보면 분명 두 사람 다 망가질 거예요. 진파 씨는 상처 때문에 골병이 들 테고 이다는 계속 그렇게 세상 만만하게 보고 살 테죠. 그건 두 사람 다한테 마이너스예요. 진파 씨가 있어서 이다가 그렇게 대책없이 사는 건지도 모르잖아요."

성아의 얘기는 이다와 진파가 같이 살기 시작한 지 몇 달만에 들통이 났던 사실이었다. 이다는 한없이 게을러지고 무책임하게 변해갔다. 성아는 그들의 동거 생활을 압축해 준 것에 지나지 않았다. 그녀의 말이 별다른 오차없이 사실이라는 얘기였다.

그래서 진파는 별다른 말을 꺼내지 못했다. 그녀의 얘기를 사실로 인정하고 옳다고 받아들이면서도 난 그렇게 못해, 라며 감정적인 거부감을 내세우는 것은 정말로 어린애 짓이라는 생각이 들었다.

"……성아 씨 말이 옳아요."

결국 진파가 이렇게 말했다.

"네. 내가 말 안 해줘도 진파 씨 역시 다 아는 얘기였어요. 인정하지 않았을지도 모르지만."

"그 말도 맞습니다. 결국 변화가 필요하다는 소리예요."

성아가 술잔을 들었다. 그새 얼음이 다 녹아 있었다. 그녀가 가볍게 잔을 흔들자 바텐더가 다가와 얼음을 몇 개 더 넣어주었다. 발렌타인 한 병이 거의 다 빈 것으로 보아 제법 긴 시간이 흐른 듯했다. 내일 출근하려면 이쯤에서 손 털고 일어나야 했다.

성아가 얼음을 하나 입 안에 넣고 깨물면서 장난처럼 말했다.

"진파 씨도 연애하세요. 다른 여자랑."

"후……."

그새 여유가 생겼는지 진파가 웃었다.

"해봤어요. 별 성과 없었지만."

"내가 맞춰볼까? 이다 때문에 그랬죠? 대다수의 사람이 진파 씨와 이다의 진밀감을 이해하지 못하니까."

진파가 눈을 찡긋하며 술잔을 성아의 술잔에 대고 부딪쳤다. 쩡, 하는 맑은 소리가 고막을 즐겁게 울렸다.

"역시 기자라서 그런가. 통찰력이 대단한데. 맞았어요."

"해답도 알려 드려요? 간단해요. 노이다와 함께 사는 걸 아무렇지도 않게 받아들이는 여자와 연애하면 돼요. 물론 그러기 위해서는 노이다와 진파 씨의 관계도 이해하는 여자여야겠지만."

진파가 쓴웃음을 지으며 고개를 흔들었다.

"그런 여자 만나기가 더 어려울걸요."

"아니."

성아가 고개를 흔들었다. 그녀는 어딘지 모르게 슬퍼 보이는 미소를 짓고 있었다. 지금 자신이 무슨 짓을 하고 있는지, 성아는 너무도 잘 알고 있었다. 사소한 반칙. 그러나 결국은 패널티 킥으로 이어져 상대방에게 결정적인 찬스를 주게 되는 반칙을 저지를 작정이었다. 마지막 승리는 상대방의 몫이라는 것을 알고 있으면서도, 당장 눈앞의 반칙이 못 견디게 유혹적일 경우도 있는 것이다. 지금 성아가 그랬다.

"눈앞에 있잖아요."

"……."

진파는 성아가 짐작했던 그대로의 표정을 지었다. 그래서 성아도 언젠가 이런 말을 했을 때 과연 어떻게 좋을지 고심했던 표정을 지어 보였다. 최대한 노력해서 뻔뻔하게 웃는 표정이었다.

"몰랐구나, 윤성아가 고등학교 때부터 유진파 좋아했던 거."

"……."

진파가 여전히 아무 말이 없자 성아가 그의 손을 끌어다 힘껏 움켜쥔 다음, 악수를 하는 것처럼 흔들어댔다.

"앞으로 잘 부탁해."

성아와 진파의 시선이 맞부딪혔다. 아무런 소리도 나지 않았지만, 두 사람 모두 고막을 가득 울리는 쾅! 소리를 듣고 있었다. 지난 이십 년간 지속해 왔던 관계가 급회전하는 소리였다.

문득 진파는 성아의 이런 얘기를 이다가 듣는다면 과연 뭐라고 할지, 참을 수 없을 정도로 궁금해지기 시작했다.

✳

"저요…… 선생님이 만날 혼만 내고, 정말 글 못 쓴다고 재능 없다고 구박만 하구요. 그리고 또…… 에, 새벽에 깨워서 라면 끓이라고 시키구요. 그리고 기껏 끓여준 라면이 맛없다고 투덜대도요, 매일매일 담배 심부름이나 시켜도요, 그래도 저 선생님 밑에서 일하는 거 죽도록 행복해요. 감사해요. 이거 진짜예요, 선생님."

성환은 막내가 눈물까지 글썽이며 하는 말을 진지한 표정으로 듣고 있었다. 그래, 술이 들어가니 이 녀석이 본심을 말하는 긴지도 모를 일이있다. 혹시라도 서 뒤에, 스승과 제자 사이에서는 도저히 용납할 수 없는 사랑 고백 따위가 나오는 게 아닐까. 하지만 안 된다. 그는 이제 고작 신혼 일 년 차일 뿐이다.

"짜식, 뭘 울기까지 하냐. 네가 지금 술이 취해서……."

"전 살면서 오늘 같은 날이 올 줄 정말 몰랐다구요. 흑……."

막내 인영이가 옆에 앉은 강유의 손을 덥석 잡아 뺨에 부비적거렸다. 확실히 술기운이었다.

"내가 살면서 강유랑 같이 술을 마시게 되다니……."
"하아……."
그 말에 일제히 한숨이 새어나왔다. 성환의 밑에 있는 보조작가는 모두 넷인데 그중 셋이 남자였다. 뭐랄까, 애초에 상대할 수 없는 인간이라는 게 있는 것이다. 그중 둘이 조용히 성환의 얼굴을 쳐다보았다. 의미야 빤했다. 선생님, 오늘 아주 미우십니다. 왜 하필 저 인간 같지도 않은 놈과 술자리를 마련하신 겁니까.
어색하고 불편하긴 강유와 이다도 마찬가지였다. 이다는 집에서 벌이는 술판이라는 말에 좋다고 합류했던 자신의 짧은 생각을 저주했다. 게다가 드라마 작가라니 뭐 하나 건질 구석이—언급된 적이 몇 번 안 되어서 그렇지, 이다 역시 엄밀한 작가였다—없나 하는 얄팍한 생각도 있었다. 결국 제 욕심에 덜미가 잡힌 꼴이었다.
'누나, 운명이라는 생각이 들죠?'
인영에게 잡힌 손을 슬그머니 잡아 뺀 강유가 이다에게 소곤소곤 말을 건넸다. 그러자 이다가 그에게 눈을 흘겼다.
'그래서 그냥 이대로 냅두자고?'
'별수없잖아요.'
'아니, 난 슬슬 내가 손해 본다는 생각이 들기 시작했어.'
'손해라구요?'
'그래. 오늘만 해도 너 때문에 맛없는 식당에 갔지, 유진파는 밥도 안 하지, 그리고 이렇게 엄한 곳…… 흠, 어쨌든.'
삼성 오피스텔 1616호. 성환의 작업실은 이다의 작업실은 저리 가라고 할 정도로 난장판이었다. 새 건물 특유의 깨끗함이 사라진 것은 아니었지만 모든 물건이 제자리를 찾지 못한 채 형이상학적인 도형을 집 안 곳곳에 연출하고 있었다. 이를 테면 소주잔이 세 개쯤 들어가 있는 맥주 컵이 오망성의 모양을 그리며 거실의 소파와 TV 사이에 걸쳐져 있는 식이었다. 멀찍이 떨어져서 팔짱을 끼고 본다면 도쿄 타워의 모습을 닮아 있는 것 같기도 했다. 나름의 주제 의식이 있는 주술일지도 모르겠다.

'누나가 전화 건다고 뛰쳐나가지만 않았어도 들킬 염려는 없었거든요.'

'이게 책임 전가까지 하네.'

'고통 분담하자는 거죠.'

'시끄러, 자식아.'

소곤소곤 귓말을 하는 두 사람이 신기한 모양이었다. 성환이 강유에게 마시던 술잔을 내밀었다.

"봉달아, 받아라."

"서런."

강유가 무척 싫고 난감하지만 선생님이 주시는 것이니 어쩔 수 없이 받습니다, 라는 의미를 매끄러운 웃음에 담아 표현하며 그가 넘겨주는 잔을 받았다.

"이것만이에요, 선생님."

"자식, 빼긴. 그래, 연애하니까 좋냐? 하여간. 그간 너 스캔들 하나 없을 때부터 수상하다 했어. 너는 뭐 인간 아니냐. 아무리 바쁘다지만 사람 사는데 기본적으로 필요한 짓은 하고 살아야지.”

그 말에 이다가 강유의 옆구리를 쿡 찔렀다.

‘이대로 그냥 넘어갈 거야?’

‘이 상황에서요? 해봤자 안 믿을걸요.’

‘그렇다고 그냥 가만히 있어?’

‘말할 게 뭐가 있냐구요. 누나 입으로 곧 우리 연애 시작할 거라고 했잖아. 오늘이나 내일이나 그게 그거지. 우리 애인 사이 맞다니까요.’

“아, 자식. 뭐가 그렇게 좋아서 둘이 속닥거리기만 해? 이거 안 마시냐?”

강유가 옆구리에서 이다의 손을 떼어놓았다.

“네, 선생님.”

그러나 그는 술을 마시지 않고 식탁에 내려놓았다. 그 모습을 보던 성환이 인상을 썼다.

“애인이 마시지 말라냐?”

“아뇨, 별로 마시고 싶지 않아서요.”

“아니, 그게 아닌데?”

성환이 이다의 얼굴을 뚫어지게 살폈다. 탐색하는 눈초리가 기분 나쁘지 않다고 하면 거짓말이다. 이다가 그를 향해 ‘그딴 식으로 쳐다보지 마’ 정도의 의미를 담아 눈을 부라렸다.

“야, 너 취향 많이 변했다?”

빨리도 나오는 소리였다. 강유가 싱긋 웃었다.

"왜요. 얼굴 보고 고른 건데."

"뭐? 이 얼굴을 보고?"

"저 얼굴 예쁜 사람 안 좋아해요."

성환이 피식 웃는다.

"하, 그러니 얼굴 보고 고른 게 맞네."

"욱……."

이다가 저도 모르게 불끈 주먹을 움켜쥐었다.

상대야 어쨌든 성환은 하고 싶은 말은 고스란히 뱉어내는 성격이었다. 대개 그런 성격이 아니면 드라마 작가라는 할 말 많은 직업을 성공적으로 꾸려 나가기 어렵다.

"그래도 자식아, 이 얼굴은 나이도 꽤 있어 보이잖아. 그건 좀 다른 얘기 아니야?"

점점, 듣고 있자니 가관이다. 그러나 강유 이 자식은 뭐가 좋은지 성환을 향해 배시시 웃고 있었다. 마치, 그의 말이 백번 옳다는 것처럼.

"아, 덥다."

이다가 손으로 부채질을 해댔다. 공짜 술이나 마시자고 냉큼 끼어든 자리였는데 그 계산이 잘못된 모양이었다. 목이 탄 이다가 방금 전까지 마시던 기린 맥주를 찾았다. 그러나 손이 닿는 곳에 놓여 있어야 할 맥주 캔은 보이지 않았다.

"……으?"

마침 그 캔은 성환의 손에 들려 있었다. 저 손버릇 안 좋은―안 좋을 게 뻔한—인간이 그녀의 캔을 제 것인 양 생각없이 마셨던 모양이다.

"그거 내 거예요!"

이다가 빽 소리를 높였다.

"······?"

다들 그녀를 돌아보았다. 성환이 황당한 눈빛으로 마시던 캔을 들어 보였다.

"······이거?"

"네! 내가 마시던 거잖아요. 이리 내놔요."

"······."

다들 조용해졌다. 사실 술잔 구분을 못하는 것은 성환의 나쁜 버릇 중 하나였다. 하지만 그가 누구던가. 보조작가들에게는 밥줄과 나머지 인생이 걸려 있는 절대적인 사람이었다. 몇 모금 안 마신 맥주를 모르는 사이 통째로 빼앗겨도 억울하다 말 못하는 게 당연지사. 때문에 성환은 자신의 버릇을 알아도 그게 나쁜 것인 줄 모르고 살아왔다.

"어이쿠, 이거 미안하네. 다른 거 마셔."

그러면서 성환은 태연하게 마시던 맥주를 마저 마셨다. 이다가 기가 막힌 얼굴이 되었다.

"그런 게 어딨어. 내 술인데······."

그 말에 성환이 확 인상을 썼다. 강유와 그의 인연이 예사롭지 않다는 것은, 스스로 갖는 드라마 작가의 자부심 같은 것이었다. 때문에 강유는 그에게 있어서 특별한 존재였고, 가끔 아주 어린 막내동생 같은 생각도 들어 기회가 닿는 대로 예뻐해 주고 있었다. 오늘 턱하니 작업실로 초대한 것만 해도 남다른 관심의 증거였다. 그런데 그가 애인이라며 달고 온 시답잖은 여자 하나가 비위를 긁어놓고 있었다. 그가 아무리 봉달이를 예뻐해도, 그의 싸가지없는 애인까지는 예뻐할 수 없다는 게 성환이 내린 결론이었다.

"여자가 무슨 술에 대한 집착이 그렇게 심해. 난 술 좋아하는 여자는 딱 질색이던데. 봉달이 너도 이런 여자 조심해라. 잘못 엮이면 그대로 인생 망치는 거야."

그 말에 이다의 입이 실룩거렸다.

"기가 막혀. 저런 생각으로 글 쓰면 그게 팔리나……."

"뭐? 뭐가 어쩌고 어째?"

성환이 마시던 캔을 탕, 하고 내려놓았다. 어쨌거나 얼마나 파느냐 하는 것은 드라마 작가에게 있어 가장 민감한 사항 아니던가. 때문에 사방으로 맥주가 튀었다. 근처에 앉아 있던 이다의 옷에도 시큼하고 끈적한 맥주가 들러붙었다.

"뭐예요, 지금! 옷 젖었잖아요!"

"지금 옷이 문제야? 지금 이 여자가 뭐라고 지껄인 거야? 야, 여기 내 집거든! 그거 몰라?"

야, 라는 막말이 나왔다. 이제 이다의 성격을 구경하는 것은 시간문제였다. 그들을 둘러싼 보조작가들이 슬금슬금 엉덩이를 뺐다. 술 먹은 성환의 심기가 한번 어지럽혀지면, 다시 회복할 때까지는 시간이 필요했다. 그리고 지금은 충분한 주의를 요하는 시간이었다. 그들이 강유에게 은근슬쩍 눈짓을 보냈다.

'아, 저거 좀 어떻게 해봐요. 좀 말려보든가.'

그러나 강유는 느긋하게 등을 기대며 물러섰다.

'왜요, 재미있겠는데 그냥 구경 좀 하죠.'

그게 그의 답이었다.

"야? 야라고 했어, 지금?"

처음 보는 사람에게 야, 라고 말할 수 있는 상황은 별로 없다. 혹시라도 그렇게 말하는 상황이 될 경우 야라는 (막)말이 상대에게 어떤 모욕감을 주는지 판단하고 있는 사람도 별로 없다. 쉽게 말해 이다는 지금 꼭지가 돌 정도로 화가 났다는 소리다.

"사과해요, 빨리!"

그 말에 성환이 담배를 하나 빼어 물었다.

"나 참, 어디서 이런 게 나타나서는…… 간만에 성격 버리네."

이다가 마침 실마리를 잡았다는 얼굴이 되었다. 유진파도 한때는 하루에 샐럼(Salem) 맨톨을 두 갑씩 비워내던 골초였다. 노이다는 그런 유진파가 단 한 달만에 비흡연자가 되도록 만든 전적이 있다. 그것도 담배 끊으라는 말 한마디 없이. 그녀의 눈빛과 손짓, 그리고 혼잣말만으로도 충분했다.

이다가 벌떡 일어나서 성환이 입에 문 담배를 홱 잡아 뺐다.

"아, 나 이거 참. 간만에 또 성질 더러워지네."

이다가 뾰족한 목소리로 말했다. 이미 덤빌 테면 덤벼, 라는 자세를 갖춘 이다였다.

"요새도 건물 안에서 담배를 피는 몰상식한 인간이 있나."

성환이 당장 쌍심지를 키웠다.

"야, 지금 뭐 하는 짓이야? 그거 못 내놔?"

"사과부터 해요! 지금 또 야, 라고 했잖아."

"그럼 내가 이 나이에 봉달이 애인한테 존대 쓰게 생겼어?"

"나이로 인간성 사요? 뭐야, 이거. 진짜 기본도 안 된 인간이네."

"뭐? 야!"

성환이 드디어 자리를 박차고 일어섰다.

"너 어디서 굴러먹던 애야?"

이젠 갈 데까지 가버렸다. 노이다 성격에 강유 얼굴을 봐서 대충 넘어갈 줄 알았다면 오산이다. 이다가 어울리지 않는 과격한 발길질로 식탁을 걷어찼다. 그것 가지고는 분이 안 풀리는지 식탁을 통째로 콱 엎었다.

"히이엑!"

쾅!

성환이 입을 딱 벌렸다. 성질 난다고 식탁을 엎는 여자는 처음 봤다. 그것도 단번에, 육 인용 대형 식탁을.

식탁이 엎어짐과 동시에 그 위에 놓여 있던 캔 맥주와 안주들이 우드득 흩어지고 쏟아졌다. 반쯤 술에 절어 있던 성환의 보조작가들이 눈을 채 크게 뜨기도 전에 이다가 벌컥 소리를 질렀다. 식탁을 엎고도 분이 안 풀리는지 발을 동동 구르면서 외치는 소리였다.

"듣자 듣자 하니까 웃기잖아, 이거! 대체 자기는 뭐 얼마나 대단한 줄 알고 그런 막말이야?"

"아, 아니. 이 여자가……."

"네가 강유 아빠라도 돼? 강유가 술 좋아하는 여자를 만나든 술 공장 다니는 여자를 만나든! 그쪽이 뭐라고 주제넘은 참견이야? 게다가 뭐? 어디서 굴러먹어? 너야말로 어디서 굴러먹었길래 성격이 그 모양이야? 앙!"

"이, 이게……."

"어쭈? 손 들면 뭘 어쩌게? 치게? 뭐야, 자기는 여자한테 손이나 올리는 주제에 남 인생에 충고야? 하, 이거 진짜 기가 막혀서……."

"이게 정말!"

참다못한 성환이 이다를 홱 떠밀 것처럼 양손을 앞으로 뻗었고, 그의 손에서 눈을 떼지 않고 있던 이다는 재빨리 뒤로 물러났다.

쿵!

그러나 문제는 이다가 조금 전에 식탁을 엎었다는 것이다. 뒷걸음질치던 이다는 흘러내린 맥주에 미끄러져 콰당 뒤로 자빠지고야 말았다.

“……”

성환의 작업실에는 알싸한 침묵이 시작되었다. 심지어는 강유조차도 꼼짝 않고 이다를 바라보고만 있었다. 지금 움직였다가는 걷잡을 수 없이 웃음이 터질까 봐 꼼짝없이 발을 붙이고 있는 것이었다.

“봉달아.”

성환이 떠듬 입을 열었다.

“네, 선생님.”

“너 그간 심심하진 않았겠다.”

그제야 강유가 커다란 웃음을 터뜨렸다. 사람들이 그를 따라 참고 있던 웃음을 터뜨렸다. 작업실은 이다와 성환이 마구 소리를 지르던 조금 전보다 훨씬 더 시끄러워졌다.

“푸하…… 뭐, 보시면 알겠지만요. 정말이지 못 견디게 마음에 들어요.”

강유는 그의 말에 이렇게 대꾸했다. 성환이 뭔지 알겠다는 표정으로 고개를 끄덕거리고 있었다.

어쨌거나 강유의 말대로, 그 둘의 사이를 원래대로 회복하기란 너무 늦어버렸다. 이렇게 난리법석을 피운 후에 사실은 아무 사이 아니었다고 발뺌해 봤자 믿어줄 인간이 몇이나 되겠느냔 말이다.

“끄응…….”

소란이 가라앉자 노이다가 눈물이 글썽한 눈으로 강유를 올려다보았다.

"이 자식, 넌 이런 상황에서 웃고 있냐? 어떻게 그럴 수가 있어?"

"에이, 뭐 심각한 일도 아닌데. 누나가 그냥 맥주 밟고 제풀에 넘어진 거예요. 기분 좋게 웃었으니 된 일이지."

"이 자식이…… 그게 아니란 말이야아."

"왜요, 일으켜 줘요? 아니면 부끄러워서 그래요?"

"아니. 일으켜 주는 게 아니라 안아줘야 될 것 같아."

강유가 씨익 웃는다.

"과격한 애정 표현을 원하는 거예요? 그새 많이 발전했네."

"이 자식아, 아냐. 그게 아냐."

노이다는 정말로 울고 있었다.

"나…… 허리 아파아."

"……."

강유는 현명하게도 노이다를 안아서 일으키는 대신 119에 전화를 걸었다. 이대로라면 내일판 스포츠 신문 일 면에 실리는 것은 일도 아니겠다며, 강유가 노이다를 따라 탄 구급차 안에서 한숨을 내쉬었다.

7. 환자가 생겼을 경우의 대처 방법

환자가 생겼을 경우 동거 생활은 당연히 차질이 생길 수밖에 없다.

머리 터지게 고민하고 피 터지게 싸워서 순서를 정한 각종 생활수칙 질서가

와르르 무너질 수밖에 없는 상황이기 때문이다.

건강에 자신이 있는 사람이라면, 즉시 며칠 있을 곳을 구한다.

그리고 출장이라는 둥 핑계를 대고 도망쳐라.

하지만 언젠가 자신이 환자가 될지도 모른다는 가능성이

조금이라도 남아 있다면, 보험 하나 드는 셈치고 몰아닥치는 가사 노동에

환자 간호까지 기꺼운 마음으로 떠안는 것이 현명한 방법이다.

기억하라. 보험은 빡세게 들수록 혜택 또한 크다.

〈『강유, 스케줄 펑크 내고 입원 중.』

……이자 톱스타인 강유(23세)가 현재 입원 중인 것으로 밝혀졌다. 원래 강유는 이번 주 화보 촬영을 위해 푸켓으로 출국한다고 알려져 있었으나, 이제저녁 강남구의 S의료원 응급실로 긴급 호송되었다. 예전 영화 촬영을 하며 입은 허리 부상이 도진 것.

한편 S의료원에서는 강유와 함께 구급차에 실려온 노모 씨(여. 33세)를 관계자로 착각, 같은 입원실에 배치하는 웃지 못할 해프닝도 벌어졌다. 이 행운의 여성도 역시 경미한 허리 부상을 입은 상태라고.

강유가 언제 퇴원할지, 화보 촬영은 언제쯤 끝마칠 수 있는지는 모두 알려진 바 없다.

—갓 구운 식빵처럼 빵빵한 인터넷 뉴스, 식빵 뉴스 기자 한종민.〉

나도 한마디

e뻔한세상:헉, 그 여자 누구래. 조낸 좋겠다 ㅠ_ㅠ 나두 강유우…….

낭만구렁이:ㅋㅋ 응급실 뒤집어졌겠다. 간호사들 다 기절한 거 아냐. 그러니까 모르는 여자 옆에 막 데려다 놓지.

농약먹고쿠우:그년 누구야!! 내 손에 걸리면 뒤졌어! @$#%^$^%#@#!! 아아아악—!!

콩쥐랑봤지:남녀가 허리가 다쳐서 같이 실려왔다라. 이거 뭔가 수상한데? 둘이 혹시 찐한 사이? ㅎㅎ

홀린데이:강유는 남자 아니냐. 짜식, 부럽다. ㅡ_ㅡ;

환장속 그대:근거도 없이 헛소문 유포하지 맙시다. 강유는 착해서 거짓말 안 한대요. 애인 생기면 팬들한테 말할 거라고 얼마 전 토크쇼에서도 말했어요. 댁들이 한 말 땜에 강유가 피해 입으면 책임질 거예요?

신세기의 애완개리온:위에 딱 봐도 알겠다. 강유한테 환장한 년이구만. 그런 놈들 다 똑같지 뭐. 둘이 그렇고 그런 사이이니까 병원에서도 한병실에 집어넣은 거 아냐. 그런데 어쩌냐. 둘 다 허리가 다쳐서 ㅋㅋ 좀 힘들었겠다.

잡초적본능:아, 이런 개념없는 캐종자들. 결국 로긴하게 만드는구나. 강유 우리 옆집 살거든?(우리 집 강남 ㅋㅋ) 거의 매일 저녁 보는

데 강유 여자 없어. 알지도 못하는 색히들이 더 떠들고 난리야.

지나가던 사람:응? 강유 일산 사는데?

지나치던 사람:응? 강유 부산 사는데?

지나치던 사람:응? 강유 울산 사는데?

숙취엔 견디셔:강유 강남 사는 거 맞아요. 대치동이라나? 방송국에 아는 사람 있는데 들었습니다. 어쨌거나 화보 촬영은 물 건너갔네.〉

"……똥낀 도넛:저 지금 S의료원에 전화 걸고 있습니다. 그 노 뭐시기라는 여자, 누군지 꼭 밝혀낼 겁니다. 서른셋이면 할망구 아냐. 나 참, 어이없어서, 를 비롯 기타 등등. 약 80% 비율로 삼십삼 세 노모 씨를 응징하자는 리플이 압도적이었어. 너무 공교롭다는 거지. 일부러 그런 게 아니냐는 말이 많아. 노이다, 당분간 너 몸조심해야겠다."

성아의 말에 이다가 한숨을 내쉬었다.

"……대체 이게 뭔 놈의 팔자냐."

그러나 말과는 달리 이다는 꽤나 느긋해 보였다. 예쁜 퀼트 쿠션을 등 뒤에 잔뜩 받쳐 놓고 말린 바나나 과자와 함께 맥주 캔을 들이키는 중이었다.

쿠션과 술, 안주 모두 강유에게 들어온 위문품이다.

"그런데 아이디가 왜 다 그 모양이야?"

성아가 대답했다.

"일부러 골랐어. 그나마 아이디라도 재밌으면 악플로 받을 상처가 덜할까 봐."

"어, 그래. 그리고 난 맥주보다 와인이 더 좋은데 말이지."

그래서 성아가 내뱉는 한숨이 훨씬 더 컸다.

"넌 위기상황에 대한 자각이란 게 있는 거냐, 노이다? 지금 와인 타령할 때야?"

이다가 과자를 먹던 손가락을 쪽쪽 빨았다.

"뭐 어때. 기사에는 다 강남구 S의료원이라고 떴잖아. 사실은 광진구 P병원인데."

"네티즌을 우습게 보지 마라. 네 정체가 까발려지는 건 순간일지도 몰라."

"괜찮아. 어차피 난 익명의 노모 씨니까. 대한민국에 서른 세 살짜리 노모 씨 찾아봐라. 수두룩할걸. 그중에서 또 강남구에 사는 노모 씨라고 초점이 비켜갈 테니 난 안전하다구."

결국 성아가 두 손을 들었다.

이다가 입원한 것은 어제저녁. 가벼운 염좌라고는 하지만 삼일 이상은 입원해 있어야 한단다. 허리를 쓰지 않는 게 중요한데 통원 치료시에는 이게 불가능하기 때문이다.

노이다는 하루 두 번씩 놔주는 진통제 덕에 통증도 별로 느끼지 못하는 듯, 환자라는 위치를 톡톡히 즐기고 있었다. 오늘 새벽에만 해도 한창 달게 자는 중인 성아에게 전화를 해 자신의 노트북을 가져오라며 성화를 부렸다.

이유는 아직 자신에게 화를 내고 있는 유진파에게 먼저 전화하기 싫다는 것이었다.

"유진파한테 말했어? 나 입원했다고?"

이다가 불쑥 묻자 성아가 고개를 끄덕였다.

"응, 알지. 오늘 새벽에 오피스텔 문 열어준 게 진파 씨니까."

순간 발칵 열이 오른 이다가 손에 들고 있던 바나나를 입원실 벽을 향해 집어던졌다.

"그런데 어떻게 전화 한 통 없을 수가 있어?"

그때 입원실 문이 열리며 누군가가 들어왔다. 기가 막힌 타이밍이다. 덕분에 이다가 던진 바나나는 정확히 누군가의 입가를 때렸다. 그 누군가는 어딘지 모르게 초췌해 보이는 유진파였다.

"왜냐하면 노이다 네가 휴대전화를 1616호에 떨구고 왔기 때문이지."

"……."

침대 옆으로 다가온 진파가 이다에게 휴대전화를 건넸다.

"받아. 입원했다는 얘기 듣고 전화했더니 1616호라고 찾아가라더라. 꼭두새벽에 모르는 사람들 깨워서 민망했다. 네가 전화를 어디다 팽개치고 갔는지 내가 어떻게 아냐. 말도 안 했는데."

"어. 그, 그러냐……."

이다가 떨떠름한 표정으로 진파에게서 전화기를 받았다. 폴더를 열어보니 충전이 된 상태였다. 역시 유진파답다. 그녀를 배려해서 충전까지 해온 모양이었다.

성아가 보조 침대 옆 자리를 비워주자 진파가 그곳에 앉았다.

"마실래?"

성아가 침대 옆에 놓인 작은 냉장고를 가리키며 물었다. 그곳에는 강유의 로드 매니저가 가져다준 위문품들로 그득했다. 맥주에 주스에 커피까지.

진파가 고개를 저으며 이다가 손에 들고 있는 캔맥주를 가리켰다.

"쟤 마셔도 된대? 일단 환자잖아."

"염좌라잖아. 크게 상관없대. 약 먹기 직전만 아니라면."

"노이다답다."

이다가 맥주에서 입을 떼고 성아와 진파 두 사람을 번갈아 보았다. 뭔가 이상했다. 딱히 꼬집어 말할 수는 없는데 두 사람의 분위기가 달라져 있었다.

그래서였을까. 이다가 진파를 향해 맥주 캔을 불쑥 내밀었다.

"같이 마시자. 혼자 마시기 좀 그랬는데."

이다가 술 마시자는 말을 꺼냈을 때 유진파가 거절한 적은 단 한 번도 없었다. 두 사람은 함께했던 유일한 여행인 1999년 호주행 비행 때도 각자 다섯 캔씩의 맥주를 비워댔던 경험이 있었다. 옆 자리 승객들은 물론, 플라이트 어탠던트들의 눈총과 관심을 한 몸에 받았던 사건이었다. 순전히 노이다가 제대로 필을 받아서 그렇게 된 것이었지만, 어쨌거나 그런 난감한 상황에서도 유진파는 선선히 노이다의 청을 들어주었다는 게 중요했다.

그러나 유진파는 지금 이다가 마시던 캔 맥주를 거절했다.

그것도 이다가 아파서 누워 있을 때.

그것도 그가 직접 한 것도 아니라 그 옆에 있는 노이다의 친구 윤성아가.

"거절해, 진파 씨. 오늘 대호 사무실로 가야 한다며. 운전해야 되잖아. 차 끌고 왔지?"

"응."

그렇게 두 사람은 이다를 쳐다보지도 않고 그녀의 청을 거절했다. 이다의 눈이 커다래졌다.

"니들, 정말 굉장히 수상하다? 이상하다. 응, 그래. 오늘 뭔가 이상하다."

그제야 성아가 이다에게로 고개를 돌렸다.

"응?"

"니들…… 니들…… 그래, 왜 반말해? 서로 존대했잖아!"

"아하."

성아가 이다를 향해 활짝 웃었다. 동시에 성아의 손이 옆에 앉은 진파의 옆구리 사이로 파고들었다. 그 말은 두 사람이 아주 다정하게, 턱없이 다정하게 팔짱을 꼈다는 뜻이었다.

"우리 애인됐어."

"에?"

"애인됐다고. 그렇지, 진파 씨?"

진파가 고개를 끄덕였다. 꽤나 담백한 모습이었다. 마치, 이

다와 강유가 서로 사귄다고 했을 때 아무렇지도 않은 표정이었
던 것처럼.

……툭.

노이다의 손에서 캔 맥주가 떨어졌다. 그리고 이다의 얼굴이
맥주만큼이나 노랗게 변했다. 부글부글 거품이 이는 표정도 맥
주처럼 시큼한 맛이 났다.

"어어어…… 어어…… 어, 어…… 어? 어, 그…… 어어?"

"뭐라는 거야, 노이다. 제대로 말해. 축하하는 거 맞아?"

"어, 어…… 어어어어…… 으어, 어……."

이다는 뭐라고 말하려 애쓰긴 했지만, 여전히 알아듣지 못할
소리만 되풀이했다. 보다 못한 진파가 일어서서 이다의 등을 툭
쳤다.

"괜찮아?"

딸꾹!

그러자 이다가 딸꾹질을 시작했다. 딸꾹, 딸꾹, 딸꾹. 성아가
호들갑을 떨며 물을 한 컵 먹여주고, 진파가 등을 두드려 주는
데도 이다의 딸꾹질은 멈추지 않았다.

"애, 갑자기 왜 이러지? 괜찮아?"

"어, 어으…… 어…… 딸꾹!"

"숨 쉬지 마. 물 마셔. 허리 쭉 펴."

"어어……버…… 딸꾹, 딸꾹!"

"숨 쉬지 말라니까!"

그렇게 작은 소동이 일어났을 때 다시 병실 문이 열렸다. 환자복도 입지 않은 나일론 환자 강유였다.

"어……? 무슨 일 있어요?"

딸꾹질을 하던 이다의 눈에는 눈물이 그렁그렁 고여 있었다. 폐가 너무 아팠다. 이렇게 독한 딸꾹질은 생전 처음이었다. 게다가 몸이 들썩이니 허리도 아파왔다.

"누나, 괜찮아요? 의사 불러다 줄까요?"

이다가 손을 내저어 그를 말렸다. 딸꾹질이 너무 심해 말도 못하는 그녀는 눈물을 뚝뚝 떨구고 있었다.

"누나!"

강유가 진파를 밀치고는 대신 이다의 등을 두드리기 시작했다. 그전에 잠깐 두 사람의 손이 스쳐 갔다. 어쩌면 강유가 진파의 손을 붙든 것인지도 몰랐다. 묘한 느낌에 진파가 강유를 바라보는 사이, 강유는 아무 일 없었다는 듯 이다에게 말을 걸고 있었다.

"고개 들고 숨 쉬지 말이요. 고피 났을 때처럼."

강유가 이다의 고개를 뒤로 젖혀주었다. 그리고 나서 손가락으로 코도 막았다. 어쩔 수 없이 입으로 호흡을 하자 딸꾹질이 잦아들었다.

"……하아."

이다가 눈물을 닦아내며 한숨을 쉬었다. 잠깐 동안 양 손등으로 가려진 탓에 그녀의 얼굴이 무슨 표정을 지었는지는 아무도 보지 못했다.

딸꾹질이 가라앉은 이다는 강유가 아닌 진파를 바라보았다. 꽤나 복잡한 표정이었다.

"가봐, 그만. 봉달이 왔으니까 여긴 괜찮아. 성아, 너도 가봐."

"……?"

진파가 쓰게 웃었다.

"어쩐지 너답지 않은데, 노이다. 네가 남 연애사 신경 써주는 타입은 아니잖아."

"두 사람이니까 보내주는 거야. 다른 여자였으면 어림없지."

이다가 배시시 웃었다. 그러나 그 웃음은 유진파의 것을 꼭 닮아 있었다.

"대신 아까 흘린 맥주 치워주고 가."

그럼 그렇지, 라고 성아와 강유가 동시에 중얼거렸다.

유진파가 아무 말 없이 더러워진 바닥을 휴지로 닦아내고 맥주 캔을 쓰레기통에 버렸다. 두 사람이 나가자 병실은 아주 조용해졌다.

"저 두 사람, 애인 한대요?"

눈치가 꽤나 빠른 강유였다.

"응."

이다가 건성처럼 대꾸했지만, 강유는 그 속에 담긴 감정을 재빨리 읽어냈다.

"그래서 심술부렸구나."

"뭐?"

"누나 딸꾹질이요."

이다가 강유를 말없이 바라보았다. 네가 뭐라고 그런 말을 지껄이니? 소리 내어 말하지 않아도 그녀의 눈은 그렇게 묻고 있었다.

강유는 그 눈을 솔직하게 들여다보며 웃었다. 상처받을 법도 한 표정이었는데, 그는 전혀 개의치 않는 눈치였다.

"나도 그랬거든요. 어렸을 때, 어른들이 하기 싫은 일 시키거나 꾸짖거나 하면 딸꾹질을 아주 심하게 했어요. 눈물 쏙 빠질 정도로. 지금 누나랑 똑같죠?"

"……."

이다가 다시 강유를 바라보았다. 그녀의 눈이 다시 묻고 있었다.

너, 나를 좋아한다는 말은 사실이니? 라고.

사무실 안의 분위기는 아주 침통했다.

"그러게 유 작가가 진작에 고집 안 부렸으면 되잖아."

박 실장의 목소리는 아주 우울했다. 진파가 그 말을 가볍게 흘려 넘겼다.

“박 실장님이 고집 안 부리셨어도 마찬가지였겠죠.”

“끄응…….”

박 실장이 할 말 없다는 듯 고개를 푹 숙였다. 커다란 덩지의 그가 꾸중 듣는 어린아이처럼 주눅 들어 있는 모습은 그야말로 없는 동정도 끌어내기에 충분했다. 평소 같으면 혀라도 차줬을 테지만 지금 진파는 냉정한 얼굴로 박 실장을 내려다보기만 했다. 지금 그의 기분이 어떤지는 아무도 알 수 없을 것이다. 사실 유진파 본인도 어떻게 하고 싶은 건지 도통 모를 지경이었다.

“그렇게까지 심각해 하실 것 없잖습니까. 적당히 날짜 지나고 비행기 타면 될 텐데요.”

박 실장이 울상을 지었다.

“그게 그렇게 간단하지가 않단 말이야.”

“어째서요?”

“그 자식이 친 사고 때문에 그렇지.”

“들통도 안 난 사고가 사고입니까.”

“그러니까, 그게 들통나면 난리도 아니라고!”

박 실장이 양손으로 머리를 쓸어 올렸다. 아침에 헤어젤과 스프레이를 이용해 누군가 멋지게 다듬어줬을 듯한 머리 모양이 엉망이 되었다.

“그래서 그전에 도망치게 하려던 거였는데! 난 이제 어떡해!”

박 실장이 혼자 좌절하는 모습을 지켜보던 강유가 마침 박 실장의 책상 위에 놓여 있던 계약서를 집어 들고 혼자 읽기 시작했다. 애초에 오늘 그가 대호까지 왔던 이유는 화보 촬영 계약 건 때문이었는데, 박 실장은 그를 붙들고 푸념부터 늘어놓기 바빴다.

박 실장과 일하려면 자기 일은 스스로 챙기는 빠릿함이 필요했다.

계약 조건들을 따지고 챙겨본 진파가 펜꽂이에 놓여 있는 만년필을 들어 사인을 했다. 나름 다른 작가들보다 더 생각해 줬다는 박 실장의 말은 사실이었다. 박 실장의 성격이 문제였지, 대호와 하는 일은 꽤나 만족스러운 편이었다.

진파가 사인한 계약서 한 부를 박 실장의 앞에 툭 던져 놓았다.

"저 갑니다."

그제야 박 실장이 펄쩍 고개를 들었다.

"뭐? 벌써 가?"

"사인했어요."

"오늘따라 사람이 왜 이렇게 매정해? 여기 계약서 사인하러 왔어?"

"네."

유진파의 대꾸는 오늘따라 정말로 매정했다. 그가 지금 현재 심신 모두 최악의 상태임을, 박 실장이 조금만 눈치가 빨랐더라도 금세 알아챌 수 있었을 것이다. 그러나 다른 사람의 기분을 살피기에 박 실장은 너무 아이 같은 사람이었다.

“유 작가, 정말 이러기야?”

그는 진파를 붙들고 한참은 더 울고 싶은 모양이었다.

“일이 이렇게 되어버린 데는 유 작가 책임도 있잖아아. 그걸 같이 해결해 줘야지 자기만 혼자 쏙 빠져나간다고 하면 나더러 그걸 다 어쩌라구우.”

그놈의 강유. 새삼 머리가 지끈댔다. 할 수만 있다면 고모댁에 다녀온 그날로 돌아가고 싶었다. 박 실장님 전화요, 라는 가영 씨의 말에 나 바쁘니까 당분간 연락하지 말라고 해버려, 라며 딱 잘라 말했다면. 그렇다면 이다와 그는 지금까지처럼 단둘이 평화롭고 무사안일한 생활을 영위하고 있었을 텐데.

그러자 쓴웃음이 배어나오는 것도 사실이었다. 평생 그렇게 살면, 대체 그의 인생엔 무엇이 남게 되는 것일까. 그리고 노이다의 인생은 무엇이 되는 것일까. 둘 다 그 무사안일함에 가로막혀 정말로 원하는 게 뭔지 생각조차 안 해보는 바보 인생을 살지도 모르는 일이었는데.

머리가 아파왔다. 차라리 이렇게 된 게 잘된 일일까. 아니면…….

“그치 인생 아닙니까. 알아서 해결하라고 하세요. 미성년자 아니잖아요. 본인이 하고 싶은 대로 하겠죠.”

그리고 거기에 노이다가 휘말리는 것도 노이다 본인의 문제다. 그는 그대로 이다가 살고 싶은 인생을 살도록 내버려 두어야 하는 것이었다. 그것도 아주 진작에.

진파의 말에 박 실장이 담배를 하나 빼어 물었다. 어울리지 않게도 그는 가장 니코틴 함량이 적은 얇은 여성용 담배인 버지니아 슬림을 선호했다. 그의 도톰한 손가락 사이에 끼인 얇은 담배는 담배가 아니라 우유 빨대처럼 보였다.

"그것도 문제야."

담배를 피우는 박 실장은 더 이상 아이 같아 보이지 않았다. 이제야 제 나이대로 보인다고나 할까.

"그 자식은 하고 싶은 게 없다고. 더 돈 벌려는 욕심도 없고, 해외 진출하려는 생각도 없어. 하라고 하는 일은 하지만 욕심을 갖고 제가 먼저 덤벼들진 않는다고. 그래서 우리가 더 안달하는 거고."

후우. 담배 연기가 길게 뿜어져 나온다.

"관리하기 어렵단 말이야. 게다가 그 녀석, 사실은 꼬였어. 배 배 꼬였어. 지금도 말이야, 사실은 될 대로 되라 하고 있을걸. 자기 일인데 도무지 관심이 없어 보인다고. 그래서 더 조심스럽단 말이지."

박 실장은 강유가 무슨 외계인이라도 되는 듯한 표정을 지었다. 하긴, 유진파가 이제껏 만나본 연예인들을 보면 강유가 이상한 축에 속하긴 했다.

그러나 그가 아무리 이상해도, 아무리 외계인이라도 그것은 노이다가 선택한 노이다의 몫이었다. 그가 끼어들 이유도, 끼어들 여지도 없었다.

“뭐, 그런가 보죠. 전 그럼 갑니다.”

진파가 결국 박 실장의 소파에서 몸을 일으켰다. 박 실장이 그를 붙들기 위해 손을 뻗었으나, 진파가 한 걸음 더 빨랐다. 그는 벌써 실장실의 문을 열고 있었다.

“유 작가!”

“저 붙들고 늘어질 생각 마세요. 제가 어떻게 해결 볼 수 있는 일 아니니까. 계약서 사인한 대로 저는 사진만 찍을 겁니다. 일정 잡으면 연락 주세요.”

유진파가 그대로 문을 나서려는 순간이었다. 때마침 실장실 안으로 누군가가 들어오려는 통에 그는 어쩔 수 없이 걸음을 멈춰야 했다. 그러나 그 누구는 꽤나 성질 급하고 예의없는 인간이었던지 유진파를 밀치고 그대로 안으로 들어가려고 했다.

진파가 뒤로 한 걸음 물러나 주자 고맙다는 인사는커녕 그를 힐긋 쳐다보고는 그대로 휙 고개를 돌렸다.

“어…… 엇?”

그 누군가의 얼굴을 확인한 박 실장이 떨떠름한 표정이 되었다.

“잘 지내셨어요, 박 실장님?”

이 예의없는 인간은 매우 독특한 음성을 가지고 있었다. 남자치고는 반 옥타브쯤 높은 듯한, 칼칼하고 가는 음성. 순간 그가 누군지 깨달은 진파가 저도 모르게 뒤를 돌아보았다.

“이철진?”

그도 한때는 꽤 잘나갔던 가수였다. 당시 그 때문에 한국에서 어설픈 비주얼 락 붐이 일어날 정도였으니까. 그는 짙은 메이크업과 요란한 의상, 몽환적인 분위기의 묘한 음악으로 꽤나 화려하게 공중파를 누볐었다. 스스로 관리를 잘했더라면 가요계의 거물로 살아남을 수도 있었을 테지만, 안타깝게도 음주운전으로 인해 꽤 큰 스캔들을 일으키고 사실상 퇴출되다시피 한 인물이었다. 음주운전 자체도 큰 문제였지만, 구속되면서 대마초와 필로폰 등의 약물 중독도 있던 게 알려졌기에 재기불능의 나락으로 치달았다.

그 뒤로는 모습을 완전히 감추었다가 삼 년이 넘게 지난 지금에서 나타난 것이었다.

"뭐야, 이 사람. 누군데 날 아는 척이야?"

그가 대뜸 아니꼬운 턱짓으로 진파를 쳐다보았다.

한창 잘나가던 때의 예쁜 얼굴은 그대로 남아 있었지만 그게 다였다. 그는 더 이상 매력적이지도, 남들과 달라 보이지도 않았다. 입가와 눈꼬리에 그늘져 가는 주름으로 나이 먹어간다는 것을 알 수 있는 사람일 뿐이었다. 대호 사무실을 드나드는 사람들이라면 그를 몰라볼 사람이 더 없을 텐데, 이렇게 정색을 하고 따지는 것을 보니 성격 참 더럽게 꼬였구나라는 생각이 들었다.

"싸우지들 마. 남의 사무실에서 왜 목소리 높이려고 그래. 유작가, 지금은 가고 나중에 또 얘기하지."

박 실장이 제법 점잖게 목소리를 바꿔 말했다. 조금 전까지 칭얼대던 사람처럼 보이지는 않을 것이다. 사람들 앞에서는 그 래도 대호 실장 같다는 가영 씨 말이 이제야 감이 왔다.

그러나 박 실장의 말에 이철진이 눈을 커다랗게 떴다.

"유 작가? 그럼 유진파?"

그 말에는 오히려 진파가 더 놀랐다. 그를 안다는 소리였다. 낯이 익을 정도로 친한 게 아니라, 이름 정도만.

그가 진파를 위아래로 훑어보았다. 싸한 눈빛이 전신을 더듬 는 게 어쩐지 한기가 느껴질 지경이다. 이를테면 이런 시선이 다. 거죽이 벗겨진 신선한 살코기를 부위별로 감정하는 정육점 주인 같은 느낌.

"뭐야, 이런 인간이었어?"

"하……."

기가 막힌 유진파가 네놈은 대체 뭔데 남더러 이런 인간이니 저런 인간이니 부위별로 토막 쳐서 그램수 재고 난리냐, 고 한 마디 던지기 전에 박 실장이 잽싸게 둘 사이에 끼어들었다.

"어이어이, 왜들 이래. 서로 아는 사이였어? 그럼 인사라도 좀 살갑게 하든지. 왜 얼굴 부딪치자마자 시비야."

박 실장이 이철진의 어깨에 손을 두르더니 그를 돌려 세웠다. 그러면서 유진파를 향해 고개를 돌리더니 내 얼굴 봐서 제발 그 냥 가줘, 라며 사정하는 눈빛을 보냈다.

"자자, 어서 앉아. 유 작가는 바쁜 사람이 왜 그러고 있어. 어서 가봐. 응? 내 이따 전화할게."

진파가 짤막한, 그리고 어릿한 웃음을 흘렸다. 안하무인인 연예인들이야 그동안 꽤 보아왔으니 그전처럼 그냥 무시해 버리면 될 일이었다. 그런데 지금은 이철진의 저 망가진 예쁜 얼굴에 한 방 먹이고 싶다는 생각이 들었다. 흠씬 두들겨 주면 시원할지도 몰랐다. 무엇이? 노이다가 다이너마이트 같은 연애 선언을 한 이후로 계속 꽉 쥐어짜 놓은 것 같은 이 속이.

어쨌든 폭력을 가라앉히는데 가장 좋은 것은 유머였다.

"그럼 파리 가는 겁니까?"

그의 말에 이철진은 뭐야 저거, 하는 표정으로 뜨악해했고 박 실장은 대뜸 얼굴을 붉혔다.

"유 작가!"

"그럼 그렇게 알겠습니다."

진파가 싱긋 웃고는 돌아섰다. 어린아이 놀리는 것만큼 재미난 게 없다는 노이다의 말은 사실이었다.

한 발짝 뗀 그의 등 뒤로 이철신의 뿡한 목소리가 들려왔다.

"뭐야, 고작 저따위였어? 대체 저 인간의 어디가 나보다 낫다는 거야?"

박 실장이 뭐라고 달래는 소리도 귀에 들어왔으나 잘 들리지 않았다. 순간 진파가 이상한 표정을 지은 것은 이철진의 말 때문이었다. 그는 분명 비교형 어법을 사용하고 있었다. 그와, 유 진파를.

하지만 왜? 그들은 오늘 처음 마주친 사이인데?

"너야말로 뭐냐……."

유진파가 작게 중얼거렸다. 어쩌면 스튜디오로 가는 길에 약국에 들러 진통제를 사야 할지도 몰랐다. 그것도 웬만해서는 대용량 박스 포장으로.

✳

"아, 정말 싫다. 누나 꼭 그래야 돼요?"

이다가 이 말을 알아들은 것은, 정확히 강유가 세 번째 같은 말을 했을 때였다.

"……응? 뭐가?"

"정신 차리라고요. 사람이 왜 이래?"

이다가 쌀밥처럼 밍밍한 표정을 지어 보였다.

"내가 뭐 어때서?"

강유가 한숨을 쉬더니 이다의 양쪽 어깨를 꼭 붙들었다.

"내가 아는 노이다는 말이죠, 날름 타버린 콩잡곡밥 같은 여자란 말이에요. 검은콩, 완두콩, 조, 팥, 보리, 현미, 수수가 몽땅 들어간 여자라구요. 검은콩이랑 완두콩이 같이 들어간 밥은 물론 난 못 먹어요. 조는 좋아하지만 팥은 한알한알 다 골라낼 자신도 있어. 어쨌거나 노이다는 그래요. 먹기 좋은 부분도 있고 정말 토해 버릴 것 같은 부분도 있지만 최소한 잘 지어진 쌀밥처럼 자존심없진 않다구요."

이다가 멀뚱한 얼굴로 대꾸했다.

"난 쌀밥이 제일 좋은데?"

"에이, 지금 무슨 얘기하는지 알잖아. 말 돌리지 마요."

"아니, 모르겠다. 대체 내 어디가 토할 것 같냐. 너 가끔 화법에 문제가 있어. 그런 말을 듣고 좋아할 여자가 세상에 어딨다고."

"그런 부분 있어요. 설마 지금 누나가 완벽하다고 내 앞에서 주장하려는 건 아니죠?"

"완벽한 건 쌀밥이지. 누가 그 맛을 따라가냐."

갑자기 강유가 손을 떼고는 피식 웃었다.

"그래. 이 맛이 완두콩과 팥이 타서 눌어붙은 맛이라는 거야. 진짜 토해 버리고 싶네."

자동 반사처럼 이다가 손을 들어 강유의 옆통수를 후려쳤다. 강유가 재빨리 몸을 피하기는 했지만 벌써 비껴서 한 대 맞은 뒤였다.

"어쨌든 어울리지도 않게 얼빠진 사람처럼 굴지 말라고요. 애인 앞에서 웬 다른 남자 생각이야."

이 말을 하면서 강유는 한 대 더 맞을 줄 알았다. 그래서 재빨리 이다로부터 두 발자국 정도 뒤로 물러났다. 그러나 이다는 병상 매트에 기댄 그대로, 멀거니 강유를 바라볼 뿐이었다.

"왜 그러는데요?"

“뭐가?”

“왜 안 때려요?”

“때려야 정상이야?”

“뭐…… 누나 기준에서는.”

그 말에 이다가 코웃음을 쳤다.

“기운없어. 환자잖아.”

“그럼 좀 전에는 왜 때렸대?”

“그거야 손 닿는 곳에 네 옆통수가 있었으니까.”

여기까지 말한 이다가 하얀 천장을 올려다 보았다.

마지막으로 입원했을 때가 언제였더라…… 아마도 초등학교 입학식 날이었을 것이다. 그날은 엄마와 아빠가 함께 있었으니까. 갑자기 배가 꼬여서 아프다고 울부짖었더니 엄마는 구급차를 불렀다. 물론 과잉반응이었다. 이다는 급성장염이었는데 찬 것을 너무 많이 먹어서 그렇다고 했다. 못된 꼬맹이들한테 잘 걸리는 병이라며 진찰하던 의사가 심술궂게 웃었던 것이 기억난다. 결국 이다는 아프다고 칭얼댈 때마다 엄마한테 하루 종일 잔소리를 들어야 했으며, 퇴근길에 동화책을 사들고 온 아빠는 별거 아니라는 말에 금세 집으로 돌아갔다. 그날 하루 입원한 이다를 위해 한밤중에 택시를 타고 온 것은 돌아가신 할머니였다.

“그날 기분이 이랬어. 뭔가 생각하려고 그래도 그게 정말 귀찮은 거야. 그래서 그냥 가만히 있었던 것 같아. 밤에 자는 것도 귀찮았고, 아프다고 표시하는 것도 귀찮았고.”

이다가 너풀대는 환자복 소매를 걷어붙이려 애쓰며 말했다. 강유가 눈치 빠르게 다가와 소매를 접어주었다. 다시 보니 참 곱게 생긴 손이라는 생각이 들었다. 더할 나위 없는 얼굴을 소유한 국민배우 K 씨는 손톱이 자란 모양도 잘생겼다. 아마도 그의 페니스 역시 산뜻한 미모를 지니고 있을 거라는 게 노이다의 추측이었다. 페니스를 둘러싼 음모도 남달리 생겼을지도 모른다.

“응? 내 페니스가 뭐라고요?”

강유의 말에 이다가 화들짝 놀랐다.

“뭐?”

“방금 뭐라고 중얼거렸잖아. 설마 페니스가 아니라 테니스라고 한 건 아니죠?”

이다의 얼굴이 확 붉어졌다.

“못 들은 걸로 해.”

“이, 뭐. 그렇다고 해줄게요. 난 너그러운 연인이니까.”

지랄하네, 라고 하는 것처럼 이다가 입을 비죽거렸다. 그래도 웃음이 비어져 나왔다.

강유는 어떤 경우에서든 자극적이었다. 예상치 못한 행동, 예상치 못한 말들. 완벽한 애인이 있다고 한다면 강유일지도 모르겠다. 잘생겼지, 벌어둔—그리고 앞으로 벌—돈도 많지, 재치있지, 데리고 놀면 재밌지, 날 좋아하지. 게다가 황금 궁합이라고 생각했던 열 살 차이 아냐.

그는 백이면 백, 모든 면에서 유진파와 달랐다.

진파의 경우는 세면대에 올려둔 칫솔이 왼편이 아니라 오른편을 향하고 있어도 전날 저녁 메뉴가 뭐였는지 알 수 있을 정도였다. 칫솔 방향이 오른편이라는 것은 유진파가 세면대 왼 편에 놓인 변기에 앉아 칫솔질을 했다는 것이다. 변기에 앉았다면서 있기 귀찮을 정도로 배가 아팠다는 것이고, 그렇다면 대충 설사 비슷한 걸 했다는 얘기다. 즉 전날 저녁에는 불닭이나 낙지볶음을 먹었다는 얘기였다. 그는 매운 것을 먹은 다음날에 설사를 하는 체질이었으니까.

"그날?"

양쪽 소매를 다 올려준 강유가 물었다. 이다가 고개를 끄덕였다.

"처음이자 마지막으로 입원했던 날."

"병원에 오면 소독약 냄새 나잖아. 그게 사람을 그렇게 만들어요."

강유가 태연하게 말해주었다.

"헤에, 진짜?"

"아마도."

"나 참, 정말 믿을 뻔했잖아. 뻔뻔한 녀석."

강유가 이다가 누워 있는 침대 한켠에 엉덩이를 걸치고 앉았다. 그는 오늘 낮에 로드 매니저가 들고 온 옷으로 갈아입었다.

심플한 진즈에 소매가 레이어드된 캐주얼 셔츠였는데 상표가 어디 것인지 몰라도 그와는 참으로 더럽게 잘 어울리는 모양새였다. 조명과 메이크업이 없어도 그는 정말 잘생긴 남자였다.

한번 고개를 흔든 이다가 원래 이야기로 돌아왔다. 지금 이렇게 무기력한 감각이 왜 전신을 헤집는지 그 이유를 스스로 밝히고 있던 시점이었으니까.

"어쨌거나 그날 기분이 딱 이렇게 꿀꿀해서 퇴원하면서 내내 울었거든. 심지어는 그 심술딱지 의사가 퇴원하기 싫으면 바이러스 주사를 놓아주겠다고도 했어. 그땐 그냥 무서웠는데 지금 생각해 보니까 또라이였던 것 같아."

"심술딱지 의사?"

강유가 묻자 새삼 설명하기 귀찮아진 이다가 홱 옆눈질을 했다.

"그냥 들어. 나이 먹어서 생각해 보니까 난 그때 되게 약이 올랐던 것 같아. 난 정말로 눈물이 쏙 빠지도록 아팠는데…… 아, 물론 아팠으니까 입원까지 했지. 일 박 이 일이었지만. 어쨌거나 못된 애들이나 걸리는 병이라는 말에 아빠는 물론 엄마까지 날 나일론 환자 취급했거든. 열 안 받아? 그래서 그냥 링겔 한 병 맞은 게 전부인데 퇴원하라니까 약이 올랐던 것 같아. 퇴원하고 한 삼 일은 밥도 안 먹고 말도 안 했을 거야."

강유가 이다의 머리카락을 쓰다듬으며 히죽 웃었다.

"하여간, 성질은 더러워서."

이다가 그 손을 찰싹 쳐냈다.

"뭐가 더러워."

"뭐, 그땐 어렸으니까 그랬다고 쳐요. 하지만 지금은 누가 나일론 환자 취급한다고? 내가 옆에서 불철주야 수발 들어주잖아."

"에……."

그 병수발이라는 게 가뜩이나 불편한 병상 베드 한켠에 자리를 차지하고 앉아 실실 놀리며 농담 따먹기나 하는 게 맞다면 말이지, 라는 표정으로 눈을 끔벅대는 이다를 강유가 무시해 버렸다.

"어쨌거나 누나 성질이 못되어서 그런 거네. 그런 거면 신경 안 써도 되겠다."

"그게 아냐. 어쩐지 지금은 그때보다 더 약이 올라."

이다가 불쑥 입을 내밀었다. 이다의 눈은 벌써 강유를 보고 있지 않았다. 누군가가 사라져 버린 병실 문을 보고 있었다. 그러면 그 사람이 다시 오기라도 하는 것처럼.

"유진파랑 안 해본 일이 거의 없는데 말이지, 내가 병원에 정식으로 입원해서 걔가 병수발 들어준 적은 한 번도 없단 말이야. 그런데 하필 내가 이럴 때……."

이다는 씨근덕대며 뒷말을 삼켰다. 강유가 이다의 표정을 살폈다. 그의 얼굴에 점차 엷은 미소가 번져 나갔다. 아주 엷고, 차가운 미소가.

"유 작가님한테 삐쳤구나."

"쳇, 그렇게 단순한 게 아냐. 꼴랑 둘이 사는데 말이지. 그럼 지가 아프면 나한테 그 정도 안 바랄 건가? 마찬가지 아냐?"

"누나가 틀려요. 그쪽은 이제 애인이 생겼잖아. 그 애인이 병 수발 들겠죠. 누나가 든다고 하면 실례야. 염장이고 심통이지."

"이씨, 누가 그런데? 그러니까 왜 하필 지금 애인이 생겼느냔 말이잖앗."

그러나 강유는 이다의 말이 거짓말이라는 것을 알 수 있었다. 지금이 아니라 아주 나중에 진파의 애인이라는 게 등장했어도 노이다는 분명 심술이 날 만한 핑계를 만들어냈을 것이다.

왜 하필 내가 입원했을 때가 왜 하필 내가 마감일 때, 왜 하필 내가 생리 중일 때, 왜 하필 내가 밥 먹을 때로 바뀌는 것쯤이야 간단했다.

두 사람은 생각보다 위험했다. 이십 년이 넘는 세월을 본드칠 을 한 것처럼 딱 붙어 살았다는 사실은 그의 생각보다 훨씬 많 은 것을 의미하고 있는 모양이었다.

"나쁜 놈."

이다가 혼잣말처럼 중얼거렸다. 씨근덕대는 얼굴로 보아 아 직도 한참은 억울한 모양이었다.

"왜 하필……."

이다가 뒷말을 삼켰다. 그리고는 불쑥 강유를 쳐다보았다. 눈 빛이 아주 복잡했다. 그리고 아주 유치했다. 답지 않게 한참을 주저주저하다 이다가 말을 꺼냈다.

"봉달아, 우리 연애하기로 한 거 아직 유효해?"

강유가 그럴 줄 알았다는 것처럼 가볍게 고개를 끄덕였다.

"네가 미치도록 사랑스러워서 연애하자는 거 아냐."

그것도 끄덕.

"그거 네가 말한 연애랑 다르잖아. 그래도 괜찮아?"

강유가 팔짱을 낀 채로 씨익 웃었다.

"물론 괜찮아요."

이다가 얼굴을 찡그렸다.

"너 참 속도 좋다. 누가 나한테 이런 말 하면 난 일단 한 대 치고 봤을걸."

강유의 미소가 짙어졌다. 독한 향기가 퍼져 나오는 것만 같았다. 그리고 그 향기에 가려 다른 것은 아무것도 느껴지지 않았다.

"누나니까."

강유가 손을 들어 이다의 이마를 툭, 쳤다. 그와 야한 짓을 하기라도 한 것처럼 이다의 얼굴이 벌겋게 변했다. 그는 알고 있었다. 방금 조금 전, 이다의 마음 한쪽이 툭 소리와 함께 열려버렸음을.

"누나니까 난 다 괜찮아요."

"……."

그날로 강유와 이다는 정말 연인이 되었다. 이제는 빼도 박도 못하게 되어버렸다.

8. 일관된 인격을 유지하라

가족이 아닌 타인과 부딪치다 보면 스스로의 인격에서 모자란 점을
많이 발견할 수 있을 것이다.
하지만 그렇다고 해서 억지로 다른 인격체가 되도록 노력할 필요는 없다.
동거 생활이 길어질수록, 성격 좋은 동거인보다는
속속들이 잘 알고 있는 동거인이 백배 더 낫다는 사실을 확인할 수 있을 것이다.
따라서 자신의 모난 인격을 감추려 들지 말고, 차라리 당당하게 과시하라.
초반부터 '쟤는 원래 저래' 라는 공식을 유도 주입하는 것이 중요하다.

"**노**이다님, 오후 회진입니다."

떵떵대는 시끄러운 노크 소리와 함께 문이 벌컥 열렸다. 마침 맥주 한 캔을 입에 물고 독서 삼매경에 빠져 있던 이다를 발견한 젊은 레지던드가 기겁을 했다.

"술이요! 지금 병실에서 음주라고요?"

이다가 뻔뻔한 얼굴로 대꾸했다.

"위문품인 걸 어쩌라고요."

"나 참, 이런 환자 또 간만이네."

그가 다가와 이다의 손에서 맥주 캔을 빼앗아 들었다.

"이거 압수입니다. 다른 것도 있어요?"

이다가 잠시 그와 맥주를 보며 갈등했다. 반항해야 할지, 아니면 잘못을 저지른 환자답게 얌전히 항복해야 할지 고민하는 것이다. 잠시 후 이다가 물었다.

"술 마시면 퇴원하는 데 지장 생기나요?"

"아무래도 약발이 덜 받죠."

그러자 이다가 깨끗이 두 손을 들었다.

"냉장고에 다섯 개 더 있어요. 버리긴 아까우니까 의사 선생님 드세요."

젊은 레지던트가 한껏 웃었다.

"어이구, 이런. 고맙습니다."

그가 이다를 뒤집어놓고는 허리를 몇 번 눌러보았다. 여기 아픈가요, 아니요. 그럼 여기는? 괜찮아요 등등의 빤한 대화가 오고 간 뒤 그가 기분 좋게 말했다.

"완전히 나일론 환자네. 오늘 밤에 퇴원해도 되겠어요."

그 말에 이다가 당장 반색을 했다. 이젠 심심해서 좀이 쑤실 지경이었다. 성아를 졸라 가져다 놓은 노트북은 과열 상태였다. 주구장창 게임을 해댔더니 어딘가 잘못됐는지 부팅도 되지 않았다. 집에 가자마자 유진파(놈)에게 A/S를 맡겨야겠다고—이런 일은 집주인인 진파 담당이었다. 이다는 A/S 센터의 전화번호가 어디 처박혀 있는지도 몰랐다—생각하던 중이었다. 강유가 가져다준 과자도 벌써 다 먹었고, 잡지 몇 권도 설렁설렁 다 넘겨보고야 말았다. 한마디로 말해 입원 생활의 한계가 닥쳤던 것이다.

이다가 히히거리며 웃고 있자 맥주를 꺼내 들던 레지던트가 빙긋 웃었다.

"좋으신가 봐요."

"그럼요. 퇴원하라는데."

"집에 뭐 좋은 거 두고 오셨어요? 보통 나일론 환자들은 병실 생활을 더 좋아하던데."

그 말에 이다가 정색을 했다.

"아니, 저 진짜 아팠거든요. 구급차 타고 왔다니깐요."

"에이, 사흘 만에 이렇게 호전된 거 보면 구급차 타고 올 만한 건 아니었는데."

문득 그날 일이 떠오르자 새삼 민망해졌다. 그리고 치료비는 대체 누구한테 청구해야 할지가 고민되기 시작했다. 아무래도 원인 제공자인 강유나, 일차적 가해자인 그 드라마 작가에게 청구하는 게 맞는 듯했다. 뭐, 청구하는 것과 정말로 보상을 받느냐 하는 것에는 분명 현실적인 차이가 있을 테지만.

"그나저나 퇴원하시면 그 잘생긴 애인도 더 못 보겠네. 간호사들이 서운해하겠는데요."

이다가 피식 웃었다. 진짜 강유일까 아닐까 저들끼리 말이 많을 것이다. 어제만 해도 애인 아니라고 잡아뗄 수 있었겠지만 지금은 그런 말도 못하게 생겼다. 이제 그들은 진짜 애인이 되었으니까.

"이젠 TV에서 보라고 하세요."

별생각없이 말해놓고는 스스로 아차, 싶었다. 강유는 지금 강남구 S의료원에 입원한 것으로 되어 있는데.

"에? TV요?"

레지던트가 안경 너머 눈을 번뜩였다.

"TV 나오는 사람이에요?"

이다가 머리를 긁적이며 어색한 웃음을 흘렸다.

"아니, 그게…… 하하, 거 왜 강유랑 많이 닮았잖아요. 물론 걔가 나이는 더 많지만."

과연 이런 빤한 거짓말을 믿어줄 것인가. 이다가 불안해할 사이도 없이, 레지던트가 고개를 갸웃거렸다.

"에, 강유를 닮아요? 전혀 안 닮았던데."

"엥?"

그 말에는 이다가 더 놀라 버렸다.

"강유보다 키도 더 크고…… 아, 그리고 강유처럼 어려 보이지도 않으시던걸요. 서른은 되어 보이던데."

"……."

순간 할 말을 잃었다. 누구지, 그 인간이?

"왜 얼굴 좀 가무족족하시고…… 머리는 짧고요."

"눈매는 좀 가느스름하구요? 이렇게, 옆으로."

이다가 양쪽 눈을 손가락으로 잡아 늘이며 묻자 레지던트의 얼굴이 환해졌다.

"아, 맞아요. 그분 애인 아니세요?"

유진파였다. 이다가 애매한 표정으로 가만히 있자 그가 미안하다는 듯 덧붙였다.

"밤마다 오셨거든요. 새벽쯤 제가 교대할 때 가시던데…… 덕분에 이번 주 나이트 담당들이 호강했어요. 매번 저희한테 나눠줄 간식거리 같은 거 사들고 오셔서."

"……."

어쩐지 마음이 심난해졌다. 이다의 표정을 살핀 그가 눈치 빠르게 그쯤에서 입을 다물었다. 젊은 커플이야 백이면 백, 다 저마다의 사연이 있게 마련이니까. 맥주 다섯 캔을 양팔에 끌어안은 레지던트가 이다를 향해 가볍게 눈인사를 했다.

"이건 잘 마시겠습니다. 이따 점심 드시고, 주사 한 번 더 맞고 편한 시간에 퇴원 수속하세요. 자세한 건 주사 놓아주러 오는 간호사한테 물어보시고요."

"……."

이다는 아직 말이 없었다. 잠자코 뒤돌아 나사려던 레지던트가 갑자기 걸음을 멈추더니 다시 돌아왔다. 그가 맥주 캔 하나를 이다에게 내밀었다.

"아무래도 너무 양심없는 짓 같아서…… 이건 퇴원 선물입니다."

"……."

이다가 영 말이 없자 그가 베개 옆에 맥주 캔을 내려놓은 다

음 병실을 나갔다. 탁, 하는 문소리가 들리자 이다가 뒤통수를
벅벅 긁어댔다.

"그 자식, 뭐 하자는 거야."

다시 벅벅.

✳

"나 오늘 퇴원한다!"

윤성아는 취재라도 나갔는지 계속 전화를 받지 않았다. 계속
해서 음성 사서함으로 넘어간다는 안내멘트가 흘러나오는 전화
기를 노려보며, 이다가 큰 소리로 메시지를 남겼다.

"선물 사들고 와!"

그리고 다음은 강유. 그러나 전화기를 한참 노려보던 이다는
그녀가 강유에 대해서 아는 것이 아무것도 없다는 사실을 깨달
았을 뿐이다.

"생각해 보면 아는 건 이름이랑 나이밖에 없잖아."

그를 생각하자 기분이 묘해졌다. 열 살이나 어린, 그림처럼
잘생긴 애인. 그와 함께 있으면 확실히 유쾌하고 재미있었다.
그야 귀찮은 일도 있었지만 까짓것 그 정도쯤은 감수해 줘도 될
것 같았다. 게다가 그는 큰소리쳤던 대로 키스도 잘하고, 한 꺼
풀씩 벗겨내는 재미까지 갖춘 남자였다.

굳이 꼭 지금 이 상태가 아니었더라도 강유 같은 남자가 연애

라는 미끼를 드리우면 한 번쯤 물어보고 싶어졌을 것이다. 결국 새삼 문제될 게 없다며, 이다는 치솟아오르는 의구심을 꾹꾹 눌러 버렸다.

“에에에, 그 다음은…… 유진파.”

이다가 휴대전화의 단축키 일 번을 눌렀다. 유진파는 그녀에게 휴대전화가 생긴 이래로 늘 일 번이었다. 사람들이 의심하는 대로 말 못할 애틋한 감정 탓이 아니었다. 전화 한 통화로 부려먹기 가장 좋은 사람 일 순위가 언제나 유진파였기 때문이다.

통화 버튼을 누르는 동안 어쩐지 심장이 덜커덩거렸다. 그건 요 며칠 동안 계속해서 들었던 불편한 감정 탓이었다. 사실 친구라면 이런 불편함 따윈 안겨주어서는 안 된다며 이다는 당장 폴더를 닫고 싶은 마음을 꾹 눌렀다. 잠시 후에 낯선 컬러링이 들려왔다.

“뭐야, 이거?”

화들짝 놀라 버렸다. 진파의 컬러링은 근 오 년 동안 단 한 번도 바뀐 법이 없었다. 그건 완벽한 유진파에게도 귀찮아하는 부분이 있다는 얘기였고, 그래서 노이다가 남들 앞에서 유진파의 흉을 볼 때 써먹는 유일한 약점이기도 했다.

헛, 그런데 애인이 생기자마자 컬러링을 갈아치우다니. 네놈이 무슨 십대냐. 그런 생각이 들자 공연히 장이 꼬이는 느낌이었다.

뭔지 모를 지루한 컬러링이 끊기고 상대방의 목소리가 들려
왔다.

[어, 누나. 전화했네요?]

순간 아픈 허리를 잊고는 펄쩍 뛸 뻔했다.

"……봉달이?"

[그럼 누구야.]

"어째서 네가 받아!"

[전화 건 게 누군데 그런 소릴 해요? 나 지금 바빠. 막 눈치 보
면서 받는 거란 말이에요.]

"어라, 난 유진파한테 걸었단 말이야."

[바보구나. 내가 바꿔놓은 거 몰랐어요?]

"언제?"

[그때 누나 낮잠 잘 때.]

"……."

빠른 녀석.

[그럼 할 말 없는데 전화한 거예요?]

"어, 어어…… 뭐, 그렇지. 나 오늘 퇴원해."

[이런, 나 오늘 새벽에 스케줄 있는데. 어떡하지?]

이다가 시큰둥하게 대꾸했다.

"어쩌긴 뭘 어째. 너 없으면 퇴원 못하냐?"

[흐음…… 뭐, 사실 그게 정답이지. 그래서 누나가 좋다니까.
그럼 혼자서 퇴원 잘하고 나중에 봐.]

그리고 전화가 찰거덕 끊겼다. 순간 말도 못하게 서운한 기분이 들었다. 훌륭한 어른이 며칠 동안 입원했던 병원에서 완쾌 뒤 혼자서 퇴원하는 거야 당연한 일이지만 억울한 마음은 뭉글뭉글 일어났다. 난 절대 꾀병이 아니란 말이야. 장염에 걸려봤어? 엄청나게 아프다고. 원인이 뭐든 아픈 건 확실해. 그렇게 아픈데 신경 좀 써줘도 되는 거잖아. 젠장, 허리라고 뭐 다를 게 있나. 아프다니까. 신경 좀 써줘.

전화기를 꼭 움켜쥔 이다가 생각에 잠겼다. 입원은 처음이라고 쳐도, 그간 아팠던 적도 몇 번 있었는데 왜 퇴원하는 날인 오늘따라 왜 이렇게 아픈 게 서러운 걸까. 한참을 생각하던 이다는 그 이유를 알아냈다.

유진파가 없어서였다.

감기에 걸렸을 때도, 생리통으로 몸져누웠을 때도, 하다못해 다리털을 면도하다 손가락을 베었을 때도. 생각해 보면 항상 진파가 약이며 밥이며 챙겨줬던 게 사실이었다. 그땐 그게 당연한 일인 줄 알았다. 그 둘은 같이 사는 사이였고, 아픈 쪽은 그녀였으니까.

그러나 따져 보면 그것도 이상한 일이기는 했다. 대체 왜 아팠던 쪽은 항상 그녀였던 걸까.

문득 무언가가 생각난 듯, 이다가 다시 폴더를 열고 번호를 누르기 시작했다. 그녀의 기억이 맞다면 유진파의 휴대전화 번호도 지난 오 년간 바뀌지 않았을 것이다. 익숙한 컬러링이

들려오고, 잠시 후 진파의 목소리가 전화기를 타고 흘러나왔
다.

[응.]

순간 숨이 턱 막혔다. 이유는 몰랐다. 왜 유진파가, 늘 알던
유진파가 아닌 다른 사람으로 느껴지는 것일까.

[이다 아냐? 여보세요?]

"아…… 음."

그녀가 한참 후에야 대꾸했다.

"저기, 나 뭐 물어볼 게 있어서."

[뭔데?]

늘 듣던 진파의 목소리도 새삼 다르게 들렸다. 뭐랄까…… 유
진파 놈 목소리가 이렇게 건조했나? 이렇게 낮고, 이렇게 가닐
대는 느낌이었나?

"……너 혹시 아픈 적 있었어?"

[음? 언제?]

이다가 공연히 시선을 천장으로 돌렸다. 마치 누군가의 시선
을 피하기라도 하는 것처럼.

"그러니까아…… 음, 우리 같이 살기 시작했을 때. 거, 하다못
해 감기라도."

진파가 잠깐 생각하는 듯 말을 멈췄다.

[음. 감기야 여러 번 걸렸지.]

"그랬어?"

진파가 그렇게 말하니까 생각이 날 것도 같았다. 나 오늘 스튜디오에서 잘게. 왜? 감기거든. 오피스텔에서 자면 옮을지도 모르잖아. 뭐, 알아서 해. 그런 식의 대화들이.

[그건 왜?]

"아니…… 아니야, 아무것도. 나 그럼 끊는다."

이다가 서둘러 전화를 끊어버렸다. 석연치 않은 전화였을 테지만 진파로부터는 다시 연락이 오거나 하진 않았다. 이상한 기분이라고 노이다가 혼자서 중얼거렸다.

"이상해, 이상해."

그 외에는 딱히 표현할 말이 없었다. 왜 이런 기분이 드는지 도무지 알 수 없었으니까. 즐거운 것과는 정반대인데, 그렇다고 누군가에게 화풀이를 하거나 닦달하고 싶다는 생각이 드는 것도 아닌 데다가, 결정적으로 눈물도 한두 방울 정도 흘리고 싶은 기분이었다.

한참을 고민하던 이다는 이게 질투라고 결론을 내렸다. 가장 친한 친구를 두 번째로 친한 친구에게 뺏겨서 생긴 질투라고.

이다가 다시 뒤통수를 벅벅 긁어댔다.

"뭐니, 진짜. 진짜 정말 미치도록 구질구질하다, 노이다."

이런 날은 사실 꽤나 오래전부터 생각해 왔다. 유진파에게 애인이 생겨서, 그가 애인에게 열중하느라 그녀를 소홀히 할지도 모르는 그런 날. 그런 날이 닥친다면 꿋꿋하게 이제껏 유진파의 불알친구로서 누려오던 권리들이 침해받지 못하도록 유진파의 애인과 맞서 싸울 각오가 되어 있었더랬다. 그건 어렵지 않았다. 유진파를 불러다놓고 아주 점잖게 그가 지금껏 가장 소중한 친구였던 노이다를 어떻게 홀대하는지 훈계하면 될 테니까.

그러나 이상과 실제는 꽤나 심각한 차이가 있는 모양이었다. 그간 진파도 감기에 걸리고, 면도하다 베이고, 생리통이야 없었겠지만 소화불량도 있었고…… 그랬다고 생각하니 마음 내키는 대로 실컷 엄살을 부리기도 어려워졌다.

"아으, 구질구질해."

꽤나 터프하게 스스로 머리통을 쥐어박은 노이다가 병상 베드에서 벌떡 일어섰다.

"자, 훌륭한 어른답게 혼자서 씩씩한 발걸음으로 퇴원 수속 밟으러 가자."

그리고 십 분 뒤 노이다는 어젯밤 유진파가 미리 병원비를 지불했음을 알게 되었다. 처음에는 그의 마음 씀씀이가 고마웠으나 나중에는 격하게 화가 났다.

"뭐야, 그 자식! 그러니까 오늘 퇴원해도 된다는 걸 알고 있었다는 거 아냐!"

✳

"진파 씨, 병원 안 가볼래? 노 작가 오늘 퇴원한다는데."

오후의 스튜디오에 뜻밖의 손님이 찾아왔다. 성아였다. 그날 이후로 어떻게 대해야 할지 난감해진 그녀. 친구의 친구, 아니, 명목상으로는 애인이니 뜻밖의 손님이라는 말은 실례일지도 모르겠다.

"전화했는데 안 받아. 낮에 취재 때문에 전화 못 받았거든. 삐쳤나 봐."

사실 그는 윤성아를 대할 때 어떤 표정을 지어야 할지 아직 정하지 못했다. 그러나 성아는 그를 보며 쾌활하게 웃어 보였다. 원래 이렇게 웃는 여자였나. 여자란 정말 모를 존재들이다.

"바빠?"

진파가 입에 물고 있던 커피 잔을 내려놓고는 고개를 흔들었다.

"아니, 생각 좀 하고 있었어."

"무슨 생각?"

대답할 수 없을 정도로 많은 생각들. 진파가 성아를 물끄러미 바라보았다.

고집스럽게 공대를 사용하던 고등학교 동창은 꼭 그만큼이나 자연스럽게 하대를 하고 있었다. 그녀를 따라 진파도 얼떨결에 반말이 입에 옮아버렸다.

"오늘 퇴원이라고? 벌써 저녁이잖아."

진파가 은근슬쩍 말을 돌렸다. 성아가 대충 알겠다는 듯한 미소를 지어 보이더니 그의 말에 대꾸해 주었다.

"밤에 퇴원하는 사람들도 많아. 그 다음날 출근해야 하는 경우도 있잖아. 어쨌든 안 가봐?"

"흠…… 올 사람 있지 않아?"

진파가 가능한 가장 태연한 표정을 지으며 물었다. 그리고 가능한 강유를 의식하지 않는다는 투로 말하려 애썼다.

"봉달이? 아니, 어딘가에서 들었는데 오늘 생방송 토크쇼 들어간대. 퇴원 기념. 입원한 일로 잡음이 많아서 가능한 바쁘게 움직여야 되는가 봐."

"그래?"

무심하게 대꾸했지만 신경이 바싹 곤두섰다. 제기랄, 그놈의 뚱땡이 박 실장. 어째서 그런 얘긴 해주지도 않은 거야. 대체 그놈의 화보 촬영은 언제 어디로 가야 되는 거냐고. 진파는 들리지 않게 박 실장의 욕을 해댔고, 성아는 그 혼잣말까지 다 알아들었다는 표정을 지었다.

"그러니까 신경 쓰지 말고 가자. 혼자 퇴원하는 거, 좀 그렇잖아."

진파가 다시 성아를 바라보았다. 그 시선에는 그렇다면 당신은 괜찮냐, 라는 짤막한 물음이 담겨 있었다. 그러자 성아가 어깨를 으쓱해 보였다.

"정 미안하면 밥부터 사주든지. 나 배고프거든. 누구 씨처럼 만들어달라고 하고 싶지만 그건 다음으로 미룰게. 그럼 괜찮아?"

그제야 진파가 고개를 끄덕였다.

"그래, 그럼."

"어차피 혼자서는 안 움직일 테니까 느긋하게 밥 먹고 가자. 진파 씨한테 맛있는 거 얻어먹었다고 놀려줘야지."

진파가 피식 웃었다. 성아의 놀림에 노이다가 화를 낸다면, 진파가 다른 사람과 저녁을 먹어서일까 아니면 저녁을 먹었다는 사실 그 자체일까.

진파가 책상에서 일어섰다.

"뭐 먹고 싶은 거 있어?"

성아가 자연스럽게 다가와 팔짱을 꼈다. 그녀의 손길은 생각보다 유연하고 나긋했다. 아마도 남자들이라면 이런 여자 친구를 자랑스러워하겠지. 미인에다 똑똑하고 잘나가는 커리어우먼이고, 이해심 많고 술도 잘 마시고. 성아가 말끔한 얼굴로 그를 올려다보았다.

"밥. 점심은 햄버거로 때웠거든."

"한정식?"

"안 거창해도 괜찮으니까 빨리 먹을 수 있는 걸로."

마침 적당한 식당이 생각났다. 옆구리에 와 닿는 성아의 팔을 의식하며 진파가 그녀를 밖으로 안내했다.

디저트로 나온 커피를 홀짝이며 성아가 물었다.

"그건 노 작가한테 배운 거야?"

"음?"

성아의 턱이 진파가 먹고 있는 달달한 초콜릿 케이크를 가리켰다.

"그거 말이야, 케이크."

"아냐."

진파가 어딘지 모록해 보이는 표정을 지었다.

"케이크는 내가 먼저 좋아했어. 노이다가 배운 거지."

"그래?"

성아 역시 진파와 비슷한 표정으로 웃었다. 쓴 커피가 잘도 넘어갔다.

"두 사람은 그게 문제야. 닮은 구석이 너무 많아. 그거 가끔 위태로워 보이는 거 알아? 유진파가 노이다 같고 노이다가 유진파 같아. 그래서 둘 중 하나가 사라지면 나머지 하나도 없어질 것 같아."

"그래?"

진파의 대꾸는 무심해서 얼핏 들으면 노이다가 누군지 전혀 모르는 사람의 대답처럼 들렸다.

"음, 두 사람은 전혀 몰랐어?"

"하나가 사라져 본 적이 없었으니까."

진파는 케이크 한 조각을 깨끗하게 모두 먹었다. 심지어는 한입 먹어보라는 말도 없었다. 전혀 달라 보이는 두 사람이었지만 이 순간만큼은 같은 사람처럼 보인다며 성아가 혼자서 웃었다.

"진파 씨, 위는 튼튼해?"

"소화불량 같은 건 없는데."

"잘됐다. 그럼 뭐 하나 묻자."

성아의 손가락에서 달그락, 소리가 났다. 커피 잔을 내려놓는 소리였다. 며칠 전 그에게 노이다가 아닌 윤성아라는 여자에 대한 이야기를 할 때도 그녀는 무언가를 마시고 있었다. 자신의 시끄러운 속을 다스리지 않으면 얘기를 할 수 없는 것처럼. 그게 커피든 술이든 마찬가지인 느낌이었다. 달갑지 않은 사춘기 감수성이라며, 성아가 혀끝을 살짝 물었다. 정신 차려. 정신 차려, 윤성아.

"이디, 어쩌다 사랑하게 됐어?"

진파가 고개를 들어 성아를 바라보았다. 그녀가 이제껏 살면서 포기하기 어려웠던 것들 중 하나였다. 유진파란 남자가 누군가를 쳐다보는 눈빛. 가끔 그의 눈빛은 아주 긴 영화 같았다. 그녀는 그라는 영화 한 편에 가슴 설레기도, 마음 아프기도, 울기도, 웃기도 했다.

"우습지 않아? 알 만한 사람들은 다 알잖아. 유진파가 노이다를 사랑한다는 것. 그런데 정작 어쩌다 사랑하게 됐는지는 아무도 몰라. 그러니까 내가 물어봐 줄게. 한 번쯤은 털어놓고 싶었을 거 아냐. 어쩌다가 그 여잘 사랑하게 됐어?”

그 말에 진파가 앞머리를 조금 잡아당기며 웃었다. 그 웃음에는 성아가 끼어들 여지가 없어서 그녀는 다시 재미없는 영화를 보는 기분이 되었다.

“어떻게 시작됐는지는 몰라.”

그리고 재미없게도, 이 남자는 하나 달라진 게 없었다.

“이런 게 사랑이구나, 싶었던 적은 있지만.”

“달라?”

“감정이 있었는데, 어렸을 때는 이름을 몰랐던 거지. 어느 순간 그 감정은 노이다가 아니면 생기지 않는다는 걸 알았던 거고.”

“그게 언제였는데?”

대답은 꽤나 의외였다. 진파가 짧게 웃었던 것이다.

“첫 번째는 처음 둘이 자기로 했을 때. 두 번째는 이다가 인도행 비행기를 탔을 때.”

순간 숨이 탁 막혔다. 커피가 너무 쓴 탓이라고, 성아가 속으로 웅얼거렸다.

“둘이 잤어?”

“응.”

“언…… 제?”

“대학교 합격자 발표 났던 날.”

“둘만의 졸업식이었겠네.”

꼭 그런 것만은 아니라며, 진파가 고개를 저었다.

그날은 어렸을 때부터 따로 살기 시작한 이다의 친엄마가 교통사고로 사망했다는 소식이 전해져 온 날이기도 했다. 그날 노이다는 두 가지 소식을 동시에 들고 그를 찾아왔다. 무슨 말을 해야 좋을지 몰랐던 진파는 이다를 데리고 춘천행 밤 기차를 탔다. 사람이 많지 않던 기차는 조용했고, 바퀴가 레일에 쓸리는 소리만이 그들이 정지해 있지 않다는 사실을 말해주고 있었다.

“엄마한테 딸은 뭘까.”

노이다가 불쑥 물었다. 물론 그 말에도 진파는 대꾸하지 못했다. 진파는 딸도 아니었고, 엄마가 될 수 있는 사람도 아니었으니까.

“딸이 있으면 알 수 있을까?”

아마도 그럴 거라고, 진파가 자신없는 목소리로 중얼거렸다. 그러자 노이다가 말했다.

“춘천 가면 우리 같이 자자. 나 딸 낳을래.”

“……”

당황한 진파는 아무 말도 하지 못했다. 그의 표정을 보며 이다가 천연덕스럽게 말했다.

“근데 만약 너 닮으면 어쩌냐. 난 앞뒤 꽉 막힌 애는 싫은데.”

순간 열아홉 살 소년 유진파의 머릿속에 노이다를 꼭 닮은 딸아이가 으앵, 하며 태어났다. 노이다처럼 동그랗고 납작한 얼굴에 피부는 옅은 핑크색, 작지만 또렷한 눈매와 살짝 눌린 코를 가진 딸이. 초등학교 2학년이 되면 앞니 사이로 멋지게 침을 뱉을 줄 알고, 중학교 때는 양과와 소용녀의 사랑 얘기를 들려주며 눈물 흘리는. 그리고 고등학교 졸업식 때는 학생주임의 차를 대못으로 죽죽 그어놓을 줄 아는.

순간 무언가가 확 끓어올랐다. 소년이 스스로를 한 남자로, 그리고 하나의 동물로 자각하는 일이 동시에 발생할 때 일어나는 화학적 변화였다. 이미 유진파의 마음은 수십 년을 앞서 가 '노이다를 꼭 닮은' 딸의 손을 잡고 눈물을 참으며 결혼식장으로 걸어 들어가는 장면까지 만들어내고 있었다.

소년 유진파가 노이다의 손을 꼭 움켜잡았다.

"딸이면 널 닮아야지."

아마도 그의 인생에서 가장 진지했던 날이었을 것이다.

"우리 꼭 딸 낳자."

노이다는 그를 보며 빙글빙글 웃기만 했다.

춘천에 도착한 것은 새벽 한 시 반이었다. 유진파와 노이다는 미성년자라는 이유로 숙박을 거부당하고는, 오들오들 떨면서 버스 정류장 한켠에서 밤을 샜다. 입고 있던 코트를 벗어 노이다에게 둘러준 유진파는 쌕쌕 잠든 이다를 보며 인생의 계획을 다시 세웠다. 대학에 들어가면 아르바이트를 시작해야지.

가장 돈벌이가 괜찮다는 육체노동으로 착실히 돈을 모아 애 하나쯤은 거뜬히 키울 수 있게 준비해야지. 가능한 애는 군대 가기 전에 낳아야지. 군대 다녀올 동안만 엄마한테 이다를 부탁하자. 군대 가 있는 아들 부탁이라면 쉽게 거절 못하실 거야. 제대 후에는 빡세게 공부해서 취업 준비도 미리미리 해놓고, 졸업하면 대기업에 입사해야지. 열심히 일해서 열심히 먹여 살려야겠다. 이다와 우리 딸, 아니, 가능하면 아들도 하나 더 낳자.

애기를 듣던 성아는 웃지 않으려 안간힘을 썼다.
"……그래서? 그래서 그냥 서울 왔어?"
"응. 날이 너무 추워서."
"후아…… 걸작이다. 평생 못 잊겠는데."
"노이다와 관계된 일은 대부분 그래."
결국 성아는 낄낄대고 웃어버리고 말았다.
"내가 그냥 노이다 친구라면 진파 씨더러 어째서 그런 여잘 사랑하느냐고 막 혼내줬을 거야."
"……."
진파가 표정을 멈추는 것을 보면서도, 성아는 한참을 더 웃어댔다. 어차피 엎지른 물이니까. 그게 그녀의 마음이었다. 이제 뒤는 돌아보지 말자. 그래도, 일단은 속이 이렇게 시원하잖아. 나중에 유진파에게 깔끔하게 채이거든 노이다한테 심통 부리면 되겠지 뭐.

웃음을 멈춘 성아가 탁자 위에 놓인 진파의 손을 살짝 잡았다 놓았다.

"이제 갈까, 진파 씨?"

그렇게 말하며 가방을 챙겨 들고 일어서려는 순간 진파가 다시 성아의 손을 붙들었다.

"……?"

진파가 그녀를 올려다보고 있었다. 그의 눈빛. 아주 긴 영화 같은 눈빛.

"할 말 있어. 앉아."

"진파 씨……."

"편한 거 아니니까 들어줬으면 좋겠어."

성아가 엉거주춤 다시 자리에 앉았다. 진파의 눈빛은 크리스토퍼 놀란 감독의 영화마냥 아주 복잡했다.

"술 탓이 클 거라고 생각했는데…… 아닌가?"

유진파는 망설이지도 않고 단숨에 말했다. 성아로서는 뭐라고 대꾸를 준비하기에도 너무 숨 가빴다.

"그런 거면 적당해도 된다고 생각했어, 비겁한 얘기겠지만. 아니라면……."

"아니라면? 술 탓이 아니라면?"

"그러면 적당히가 안 되겠지."

갑자기 술 생각이 났다. 끈적할 정도로 농밀한 흑맥주에 발렌타인 한 잔. 그럼 이 난감함이, 부끄러움이, 미안함이 술 탓이라며 알아서 흐물댈지도 모르는데.

진파가 그녀를 바라보았다.

"없던 일로 돌리자고 하지 않을게. 그리고 모르는 척하지도, 나 몰라라 덮어두는 척도 하지 않을게. 가능한 최선을 다할게. 그게 진심이라면."

"……."

순간 귀가 잘못됐을지도 모르는 생각이 들었다. 다른 남자도 아닌 유진파의 입에서 저런 얘기가 나올 줄은 몰랐다. 잘은 몰라도 유진파라면 '나에겐 노이다가 있으니까' 라며 둘러대야 하지 않을까.

"달라져야 한다고 말했지. 제일 먼저 달라져야 하는 건 마음이잖아. 내가 누군가를 어떻게 생각하고 있는 내 마음, 바꿔보려고. 지금은 고작 이런 말뿐이라서 미안하지만, 그래도 거짓말할 생각은 없어. 지금도, 그리고 앞으로도."

성아가 눈을 질끈 감았다.

유진파와 노이다. 서로 너무 닮아서 위태로왔던 그들. 그래, 결국은 어떻게든 달라질 수 있다는 거겠지.

자신의 마음에 이토록 진지하게 맞대응하는 것은, 역시 노이다에 대한 반작용인 것일까. 이다는 진파의 마음에 한 번도 진지했던 적이 없었다. 그래서 자신은 그렇게 하고 싶지 않은 노릇인지도 모르겠다. 어쨌거나 그녀는 생각지도 못했던 유진파를 발견했다. 흔들리는 유진파를.

그러니 선택의 여지가 없었다. 부딪쳐서 확인하는 수밖에.

성아가 몸을 앞으로 기울였다. 탁자 모서리에 닿는 아랫배가 아팠지만 어쨌거나 그의 입술에 덥석 입맞출 수는 있었다.

"좋아. 믿어줄게."

진파는 당황했고, 성아는 당황한 자신을 감췄다.

"이젠 노이다라고 봐주지 않을 거야."

결국은 그게 진심이었을 거라고, 성아가 자신에게 말했다. 결국은 유진파라는 남자를 갖고 싶었던 게 진심이었을 거라고. 틀림없이.

사랑 앞에 흔들리는 우정 따위, 에라 엿이나 먹어라. 노이다, 이제 우린 안녕이다.

＊

"……세상에."

며칠 만에 돌아온 집은 엉망이었다.

현관문을 열자마자 보이는 거실에는 이다가 보물처럼 아껴 마시던 와인 병들이 텅 빈 채 이리저리 굴러다니고 있었고, 다시 고개를 틀어 보이는 주방에는 설거지 거리가 산더미처럼 쌓여 있었다. 누가 손으로 톡 건드리면 와르르 무너져 내리며 저들끼리 난타 공연이라도 한바탕 벌일 모양새였다.

"이런 썩을 놈. 지 연애한다고 바빠 집안 살림을 내팽개쳐?"

이 집이 이렇게 더러웠던 적은 유진파가 한 열흘 이상의 장기 출장을 갔을 때를 제외하고는 한 번도 없었다. 자신이 어질러 놓은 집을 보는 것과 다른 사람이 어질러 놓은 집을 마주 대하는 것은 꽤나 다른 일이었다. 한 십 분쯤 그런 집 안을 보고 있자니 스멀스멀 화가 기어올랐다. 특히나 저 빈 병들에 대해.

이다가 당장 휴대전화를 꺼내 들었다.

"이 썩을 놈. 혼내줘야지."

그러나 습관처럼 또 단축키 일 번을 누르고야 말았다.

[아, 나 참. 오늘 밤 바쁘다니까.]

수화기 너머에서 어쩐지 즐겁게 웃고 있는 강유의 목소리가 들려왔다. 너한테 한 게 아니거든, 이라고 쏘아붙여 주려던 이다가 새삼 마음을 고쳐먹었다. 어쨌거나 그들은 연애를—그것도 정상적일 정도로 불같은 연애를—하기로 한 사이가 아니던가. 밤 늦게 전화한 열혈 애인이 그따위로 말해 버린다면 다른 애인은 분명 서운할 것이다.

"어, 그래. 미안하다."

[왜 전화했어?]

이제 강유는 대놓고 반토막 말이었다. 그래, 까짓것. 참는 김에 그것도 참아주마. 불같은 애인 사이니까 당연히 존댓말은 어림도 없겠지.

"집이 더러워서 청소를 해야겠는데…… 혼자 하려니 엄두가 안 난다."

[히엑, 그래서 나더러 와달라고요?]

한 번만 더 참아주마. 집안일에 대한 진중하고 엄격한 태도면에서 점수를 주자면 유진파를 백 점으로 봤을 때 이십 점도 주기 힘든 놈아.

"시끄러워. 그래서 청소하기 전에 용기를 불어넣어 달라고."

[아, 그런 거였어? 와, 기특하네. 빠샤빠샤 해주면 되나?]

"그런 개코딱지만큼도 도움 안 되는 거 말고."

[아, 쉽게 안 넘어가네. 그럼요?]

"다음에 볼 때 케이크 사줘."

[케이크?]

"응."

[흠…… 어떤 거?]

"초컬릿 퍼지. 아니면 초컬릿 생크림."

강유는 흔쾌히 예스라고 대답하고는 전화를 끊었다.

"히히, 케이크 벌었다."

한숨을 푹 내쉬며 다시 한 번 거실을 둘러 본 이다가 가장 먼저 빈 병 수거에 나섰다. 아끼던 와인들이 고작 며칠 사이에 탕탕 비어버렸다는 난데없는 비극은 이다의 맨가슴을 사정없이 후벼 팠다.

"사실 이건 케이크 하나로 입 닦을 게 아니잖아."

아무래도 유진파에게서 케이크 하나를 더 얻어내야 할 듯했다. 대충 늘어서 있던 쓰레기들을 정리하자 청소기를 돌릴 만한 여유가 드러났다. 혼자서 군말없이 퇴원 수속을 마쳤던 씩씩한 어른 노이다가 어른답게 능숙한 폼으로 청소기를 집어 들었다. 어쩐지 청소기를 든 게 아니라 기관총을 장전하는 모습처럼 보이긴 했지만.

위이이이잉.

청소기의 흡입력을 최대로 높인 이다가 거실 바닥을 북북 문질러 대기 시작했다. 쿠션도 들추고, 장식장도 밀고, 42인치 대형 TV도 번쩍 들어 옮긴 다음 그 밑까지 싹싹 청소기를 돌렸다. 내친김에 주방도 손을 봤다. 산더미 같은 설거지를 해치우고—식기세척기가 있고, 자신이 그 작동법을 모른다는 사실을 인지하고 있기 때문이 아니었다. 뭐든 손으로 박박 닦아내고 싶은 기분이었기 때문이다—냉장고를 열어 못 먹게 된 것들을 버리고 쓰레기를 내다 버렸다.

그리고 나시 내친김에 자신의 방까지 청소했다. 너저분하게 널려 있던 책들을 싹 다 책장에 꽂아 넣고, 책장이 모자리 꽂아 넣을 수 없는 것들은 책장 위로 올려 버렸다. 덕분에 최근 들어 잘 보지 않게 된 책들을 구분하는 일까지 옵션으로 주어졌다. 먼지를 털어내고, 구석구석 걸레질을 하고, 더러워진 걸레를 빨아서 걸레통에 담아놓자 허리에서 우두두둑 소리가 났다.

"으이 씨……."

이다가 눈물을 글썽대며 허리를 부여잡았다. 이제 남은 일은 재활용 쓰레기—빈 와인 병이 해당사항이다—를 일층 분리수거함에 넣고 오는 것뿐이었다. 기왕 하는 것 깨끗하게 해치우기로 '훌륭한 어른답게' 결심한 노이다가 와인 병을 그러안고는 밖으로 나갔다.

그리고 엘리베이터 앞. 띵하는 소리와 함께 문이 열렸다. 동시에 노이다의 입도 열렸다.

"……."

엘리베이터에서 내리는 사람은 유진파(놈)과 윤성아(년)이었다. 아, 열받아. 둘의 모습을 보자 떠오르는 생각이었다. 저도 모르게 양볼이 실룩거렸다.

"그게 뭐야?"

진파와 성아가 내리자 엘리베이터는 냉큼 저 혼자 내려가 버렸다. 이다가 퉁퉁 부운 볼을 달래며 진파의 말에 대꾸했다.

"뭐긴 뭐야. 청소했다."

"청소? 허리는 어쩌……."

"무지 아파. 다시 병원 갈란다."

이다가 툴툴대며 성아에게 턱짓을 했다.

"엘리베이터 좀 눌러줘. 나 손 없어."

진파가 이다의 손에서 빈 병들을 빼앗으려 들었다.

"이리 줘. 내가 갖다 버릴게."

"됐거든. 둘이 데이트나 마저 하셔."

“허리 아프다며.”

“다시 병원 갈 거라니까.”

“심통 부리지 말고.”

그러자 윤성아가 옆에서 툭 끼어들었다. 이다가 저도 모르게 갈퀴눈을 하고 성아를 돌아보았다.

“그래, 노이다. 심통 부리지 마라. 우리 지금 병원 들렀다 오는 길이야. 너 오늘 퇴원한다는 거 안 잊었어. 데리러 갔더니 너 혼자 벌써 가고 없더라. 심통 부릴 일 아니잖아.”

“하, 심통?”

아니다. 그들이 잘못된 거였다. 노이다는 지금 말 그대로 눈에 보이는 게 없을 정도로 화가 났으리까.

“말 제대로 가려 써, 이것들아! 남의 와인은 홀랑 다 마셔놓고 왜 심통 부리냐고? 나 같으면 엎드려서 싹싹 빌겠다! 빨랑 버튼이나 눌러!”

그 말에는 진파도 화가 난 표정이었다. 그가 꽤나 단호하게 노이다가 품에 안고 있던 병들을 빼앗았다.

“사줄게, 그게 문제라면. 병 놓고 들어가.”

“웃기지 마!”

이다가 손을 놓자 와인 병들이 우르르 쏟아졌다. 두 병하고도 반 병이 깨졌고, 나머지는 데구르르 복도 저편으로 굴러가 버렸다. 굴러가는 빈 병 꼬리를 보며 이다가 숨을 훅 들이켰다.

“웃기지 마, 유진파. 술 마셔놓고 다시 사준다고? 언제부터 그런 계산법이 나왔어?"

"네 술 마셔서 화났다며. 그럼 다른 계산법이 있어?"

"그러니까아!"

이다가 쾅쾅 발을 굴렀다. 며칠 전 그렇게 화풀이를 하다 허리가 삐끗했다는 생각은 벌써 기억 저편으로 사라지고 없는 모양이다.

"왜 술을 마셨냐고! 집에서! 내 술밖에 없는 거 뻔히 알면서!"

그리고 이다는 진파를 지나쳐서 복도를 구르는 술병들을 집었다. 그리고는 쾅쾅대는 걸음으로 비상구 문을 열고 나가 버렸다. 계단으로 내려갈 심산인 모양이었다.

"……."

진파가 이다의 뒷모습을 보고 있었다.

"난 잘 이해가 안 돼. 왜 저렇게 화가 난 거래? 어차피 마셔 버린 술 새로 사주겠다는데."

성아의 말에 진파가 대꾸를 달았다.

"술을 마셔서 화가 난 거니까."

"그래. 그러니까 새로 사주겠다는 거 아냐."

"틀려."

"응?"

진파가 훅, 숨을 내뿜었다. 마치 지금까지 호흡을 참고 있던 사람처럼.

"술을 마셔서 화가 난 거야. 자기 술을 마셔서 화가 난 게 아니라."

"……."

"이다 술은 건드리면 안 되거든. 그런데도 마셔서 화가 난 거
야."

알 것도 같고, 모를 것도 같은 얘기였다.

"그러니까…… 그렇게까지 술이 마시고 싶었냐고 화내는 거
야?"

"대충."

"……."

성아가 진파를 한참 바라보았다. 그는 아무런 표정도 짓고 있
지 않았다. 아니, 어쩌면 그가 짓고 있는 표정을 성아가 바라보
고 싶지 않은 것인지도 모르겠다. 노이다와 유진파 둘만 주고받
을 수 있는, 그녀가 닿을 수 없는 의사소통이 있다는 사실을 새
삼 깨닫기 겁이 나서.

"그럼 가서 달래줘. 허리도 불량인데. 여기 십육층이라구. 일
층까지 내려가는 거 이다한테는 중노동이야."

진파는 그 말에 고개를 저었다.

"아니, 그러면 안 될 것 같아."

"어째서. 이다 환자야."

진파는 대답 대신 성아의 팔꿈치를 붙들었다. 그를 향해 한
발자국 다가서던 성아가 움찔, 동작을 멈췄다. 진파가 무릎을
굽혀 바닥에 떨어진 병 조각을 주웠다.

“움직이지 마. 위험하니까.”

그리고 진파는 이다가 깨뜨린 병 조각을 줍기 시작했다. 성아는 그의 뒷모습을 계속 보고만 있었다.

9. 동거인과 친구 사이에 부등식을 세워야 할 때

가능한 동거인 쪽에 좀 더 비중을 두길 바란다.

단지 동거인과의 관계라고 할때면 대등한 위치에서 협상이 가능하지만,

친구일 경우 종종 손해 보는 일이 있어도 억울하단 항변을 하자니

치사한 인간이 되는 경우가 있기 때문이다.

띠리릭, 찰칵.

이다가 돌아오는 소리가 들렸다. 식탁에 앉아서 깨끗하게 닦여진 그릇들을 바라보고 있던 진파가 고개를 돌렸다.

이다는 그를 힐긋 보고는 그대로 자기 방으로 쏙 들어가 버렸다.

"후우……."

진파가 길게 한숨을 쉬었다. 화내는 이유를 말해줘, 노이다. 이런 건 정말 재미없으니까. 그가 이다의 방문으로 다가가 문을 두드렸다.

"이다야."

대꾸가 없었다.

"들어간다."

문을 열자 가장 먼저 눈에 들어오는 것은 어둠이었다. 이다는 아직 불도 켜지 않았던 것이다.

"불도 안 켜고 뭐 해?"

모니터의 뿌연 불빛이 어른어른 이다의 얼굴을 비췄다. 테가 두꺼운, 촌스럽고 우스운 안경을 낀 노이다가 잡아먹을 것처럼 모니터를 노려보고 있었다.

"뭐 하냐니까."

"게임."

"소리 안 들려."

"스피커 껐어."

"왜?"

"집중이 안 되어서."

가끔 이다는 잘 때도 형광등 불을 환하게 켜고 잔다. 서른세 살이나 먹고도 어두운 걸 무서워했다. 그런 이다가 어둡고 조용하게 있을 때는 무서운 무언가가 생각이 나지 않을 정도로 여유가 없다는 뜻이었다. 생각할 여유가, 그리고 마음의 여유가.

진파가 이다의 곁으로 조용히 다가왔다. 이다는 마우스 움직이는 손을 멈추지 않았다. 현란하게 움직이는 모니터상의 원색 캐릭터들이 눈을 아프게 했다.

"나가자."

진파가 말했다.

"싫어."

어디냐고 묻지도 않고 이다가 대꾸했다. 진파가 다시 말했다.

"술 사러 가자. 사줄게."

"싫어."

진파는 왜냐고 묻는 대신 이다의 옆에 앉아 머리를 기울였다. 그러자 이다가 앉은 의자 팔걸이에 기댈 수 있었다.

"잘못했어, 술 마신 거. 그만 화 풀어."

"……."

"너 화내면 나 아무것도 못하잖아. 빨래 며칠 밀렸어. 세탁기 돌려야 되니까 화 풀어줘."

"……."

"케이크 사줄까?"

"……."

"아니면 여행 갈래?"

결국 이다가 화를 냈다. 벽 뒤쪽으로 마우스를 집어 던졌던 것이다. 빠직 소리를 내며 마우스가 바닥으로 떨어졌다.

"내가 애냐?"

진파가 싱긋 웃었다, 어두웠던 탓에 이다는 볼 수 없었지만.

"누가 애래?"

"그런데 먹을 걸로 꼬시려 들어?"

"제일 빠른 방법이잖아."

“아니야!”

“그래? 그럼 뭐야? 네 화를, 내가 가장 빨리 풀어줄 수 있는 방법이 대체 뭐야?”

“그런 거 없어! 나가!”

“이다야.”

“나가라니까!”

이다가 이번에는 모니터를 들어올렸다.

“안 나가면 이거 던진다. 벽에다 던지는 게 아니라 네놈 머리에다 던질 거야. 그럼 수리비가 이중으로 들걸? 머리 수리비랑 모니터 수리비. 나 같으면 이쯤에서 얌전히 나가겠다.”

진파가 최대한 뻔뻔한 목소리로 응수했다.

“네 술값으로 나가는 돈이나 그 돈이나 비슷비슷할걸.”

“대신 이쪽은 고통도 있걸랑. 이거로 얻어맞으면 아플 거라는 생각은 안 들어?”

“어차피 네가 화 안 풀면 마음도 아파. 차라리 한 대 얻어맞고 말겠어.”

“어휴…….”

씩씩대던 이다가 결국 모니터를 내려놓았다.

“이게 어디서 그런 말을 배워서는…….”

진파가 정색을 하고 대꾸했다.

“카피가 아니라 오리지널이야. 너 화내면 진짜 아파.”

“하, 그러셔? 그래서 지금은 어디가 아픈데?”

"배."

"뭐 잘못 먹은 거 가지고 뒤집어씌우는 게 아니라?"

"아냐, 인마."

"그런데 왜 뜬금없이 배가 아파?"

"네가 지금 생리통 앓을 때처럼 성질부리니까 그렇지."

이다가 다시 모니터를 들어 진파의 머리를 내려쳤다. 모니터가 둘로 쪼개질 정도의 일격은 아니었고, 그저 퉁 하고 머리를 한 번 튕기는 수준이었다.

"정당한 이유가 있어서 화내는 거잖아. 환자가 집 청소 해야겠냐?"

앉아 있던 자리에서 일어선 진파가 이다에게서 모니터를 받아 제자리에 놓았다. 그의 손이 이다의 어깨를 짚었다. 이다에게서는 아직 병원의 소독약 냄새가 났다. 아픈 냄새. 노이다는 정말로 아팠던 모양이다. 그래서 그 역시 아파졌다. 언제나 한결같이 소중한 마음으로 돌보고 싶었는데, 그럴 수 있으리라 생각했는데 이다가 정말 아플 동안 그는 그렇게 하지 못했다.

진파가 이다의 어깨에 얼굴을 묻었다.

"내버려 두지 그랬어."

꽤나 오랜만이라는 생각이 들었다. 그들이 서로 어깨에 기대 위로해 주던 일은 일상과 다름없었는데. 모의고사 성적이 떨어졌을 때, 혹은 할머니와 다퉜을 때, 아끼던 컵을 깨먹었을 때, 기껏 썼던 원고가 퇴짜 맞았을 때, 혹은 큰맘먹고 열었던 전시

회가 혹평 속에 막을 내렸을 때에도.

"네가 술 마셨잖아."

"취하지 않았더랬어."

"누가 헤롱대느라 청소기 못 돌려서 그랬대?"

이다는 그래서 화가 났다. 그가 그녀의 술을 마셔서. 술병이 비어서 화가 난 게 아니라 그가 건드려서는 안 되는 줄 알고 있는 그녀의 술을 마셔야 할 정도로 술이 필요할 상황에 있었다는 게 그녀가 화를 내는 이유였다. 집이 엉망이 되었다는 이유는 그간 유진파도 엉망이었다는 얘기였다. 며칠간 새벽마다 병원에 들렀다면서, 대체 이렇게 엉망이 될 시간이 어디에 있었을까.

진파가 이다의 어깨를 안았다. 몽클한 어깨가 좋았다. 가끔 그녀의 어깨에 기댈 때마다 그는 두 가지 감정을 느끼곤 했다. 하나는 기댈 때마다 이유를 묻지 않는 이다의 어깨가 죽도록 좋다는 것이었고, 다른 하나는 이대로 그녀의 옷을 벗겨내고 싶다는 것. 지금도 같은 마음이었다.

진파가 눈을 감았다. 이전까지 이런 마음은 그저 갈망이고 욕망이었지만 지금은 금지였다. 그들은 며칠 전부터 달라지기로 했으니까. 그도, 그녀도. 그들은 이제 다른 사람과 함께하고 있었다.

고등학교에 다니던 그 무렵처럼, 이다가 진파의 어깨에 팔을 둘러주었다.

"남의 술은 훔쳐먹으면 안 돼, 자식아."

진파가 입을 벌려 건조하게 웃었다.

“아하…… 사실 네 술 거의 다 내 돈으로 산 거다.”

“됐거든. 네 돈이 내 돈인 게 하루 이틀 일이냐.”

“그럼 네 술, 내 술 구별도 말아야 하는 거 아냐?”

“그건 어림없어. 환갑 지나면 그땐 한번 생각해 봐주지.”

“어째서 환갑까지 기다려야 하는데?”

“그때 되면 죽을 날 얼마 안 남았을 거 아냐. 그땐 네가 해달라는 거 대충 다 해줄 생각이었어.”

진파가 낄낄 웃었다. 술은 한 방울도 들어가지 않았는데 꼭 술에 취한 기분이었다. 지금 그는 윤성아가 된 기분이었다. 두근대고, 조바심나는 이 느낌. 그리고 미안한 마음도 일어났다. 그는 성아에게 미안해졌고, 동시에 이다에게도 미안해졌다. 이 느낌은 그래서 사라져야만 했다.

“그럼 환갑 지나면 결혼해 줘.”

“꼬부랑 할머니랑 결혼하고 싶은 생각이 드냐?”

이다가 그의 머리를 가볍게 밀어냈다. 휘청했던 유진파가 다시 고집스럽게 이다의 어깨에 머리를 기댔다.

“대신 지금 해달라는 소리는 안 해. 지금은…… 그래, 지금은 아닌 것 같으니까. 아니게 되어버렸으니까. 그건 이제 나도 받아들였으니까.”

아니라고 몇 번씩 되풀이하는 진파의 말이 대체 왜 서운하게 들리는 것일까. 이다는 눈을 질끈 감고 이 서운함을 무시했다. 그녀의 목소리가 뾰족해졌다.

"지금만 아닌 게 아니라 원래부터 아니었어. 우리 친구잖아."

"결혼해서 잘사는 친구 사이도 많아."

"그런 것들은 욕먹어야 돼. 친구도 아닌 것들이 친구인 척하고 지낸 거야."

진파가 하하, 메마른 웃음을 흘렸다.

"그 녀석이 잘해줘?"

"봉달이?"

"응."

"나름 노력해."

"그래서 행복해?"

"심심하진 않아."

"그렇구나."

그 가벼운 말을 끝으로 진파가 고개를 들었다. 그는 어딘지 모르게 한결 가벼워진 듯한 표정을 짓고 있었다. 어쩌면 가벼워지려고 노력하는 표정일지도 모르지만.

그가 이다의 머리를 툭툭 두드려 주었다.

"화이팅, 노이다. 재미있는 연애해라, 울지는 말고."

그리고 진파는 몸을 돌려 이다의 방을 나갔다. 가벼운 걸음으로. 정말 친구 같은 등짝을 한 채.

어둠 속에서 웅크리고 앉은 이다는 진파가 나간 문을 오래도록 바라보고 있었다.

*

"강유 씨 이상형은 어떤 사람인데요? 뭐, 본인이 워낙 예쁘시니까 사실 여성분 얼굴은 별로 안 따지실 것 같아요."

"저요? 음, 키 크고 피부가 검은 사람 좋아해요. 지적이고 섹시하면 더 좋고요. 의외죠?"

"오, 꽤나 구체적인데. 혹시 누구다라고 딱 짚어서 말하는 사람 있어요?"

"에이, 여기서 밝히면 내일 인터넷이며 뉴스며 난리나죠. 그럼 다음부터 저 이 프로 출연 못해요."

그리고 이어지는 웃음. 와하하하하.

강유가 출연한 심야 토크쇼를 멍청히 보고 있던 이다가 리모트 컨트롤을 들어 만지작거리기 시작했다.

"재미없네. 봉달이 자식은 툭 까놓고 봤을 때가 더 재밌는데."

TV에서 보는 강유는 그녀의 봉달이와는 조금 다른 사람처럼 다가왔다. 곁에서 두고 보는 것과 화면을 통해 서리김을 두고 보는 것과의 차이점일까. 한결같이 예쁘고 세련된, 화려한 사람들 틈에서도 강유는 단연 돋보이는 존재감을 드러내고 있었다.

"봉달이가 정말 강유이긴 한가 보다."

맥 빠지게 중얼거린 이다가 TV를 껐다. 불을 켜지 않은 거실은 다시 어두워졌다. 별생각없이 쿠션에 기대어 천장을 올려다보고 있는데, 이층에서 진파가 말을 걸어왔다.

"이다야."

심장이 쿵 떨어질 정도로 놀랐다. 자고 있는 줄 알았는데. 그래서 볼륨도 아주아주 낮게 틀어놓고 잠깐 봤던 건데.

"깼어?"

"아니, 안 잤어. 뭐 좀 물어보게."

"뭘?"

"강유 어디가 마음에 들었어?"

"음……."

이다가 쿠션 하나를 끌어안았다. 일층과 이층에서 나누는 대화치고는 둘 다 목소리가 작은 편이었다.

"신선할 거라는 기대? 뭐, 그 정도. 봉달이가 나 꼬시면서 그랬거든, 자기랑 진짜 연애하자고. 어린애가 너무 확고하게 말하니까 진짜 연애란 게 정말로 있나 궁금해지는 거야."

"진짜 연애라, 그런 건 어때야 되는데?"

"뭐라더라…… 저절로 되는 것. 그런 거래. 데이트하려고 만나는 게 아니라 보고 싶어서 만나는 것. 이런 것들."

"그 녀석한테는 그렇게 되니?"

"글쎄, 그렇다니 그런가 보다 하는 거야. 뭐, 그래도 그 녀석 귀여워. 딴 남자들이 하면 엄청 유치한 것도 그 녀석이 하면 제법 봐줄 만하거든. 신기하지."

"……."

진파가 잠시 말을 멈췄다.

사실 진파와 나누는 봉달이 얘기는 재미없었다. 서로 잠들기로 하기 전, 이다의 작업실에서 나눴던 둘만의 얘기가 훨씬 더 재미있었다. 갑자기 무언가가 끼어든 느낌이었다. 이다는 이 재미없는 얘기는 그만 접어야겠다고 생각했다. 앞으로 유진파 놈과는 절대 봉달이 애길 하지 말아야지. 기분이 이상해.

"왜 안 자고 그러냐. 그런 시답잖은 얘기 꺼낼 거 같으면 자. 너 요 며칠 잠 못 잤잖아."

"내가 잠 못 잔 걸 네가 어떻게 알아? 너 병원에 있었잖아."

왜냐하면 내가 쿨쿨 잘 동안 네놈이 새벽 내내 내 병실에 왔다갔다고 누군가한테 들었으니까.

"집안 꼴이 이 모양인데 그럼 네가 그간 멀쩡했겠냐."

"흐음……."

"……."

또 대화가 끊겼다. 유진파가 매트리스 위에서 뒤치락대는 소리가 잠시 들려왔다. 답답한 밤이었다. 어쩐지 조금 더운 것 같기도 했고.

"이다야."

또다시 진파가 부르는 소리가 들렸다.

"왜, 자식아."

"안 자?"

"응."

"그럼 뭐 하려고?"

“나도 몰라. 너는 왜 자꾸 사람을 불러대. 너야말로 안 자냐?”

“피곤하긴 한데 잠이 안 와.”

그의 말에 이다가 씨익 웃었다. 잠이 안 올 경우 특효약이 있긴 했다. 물론 노이다 식이긴 했지만.

“재워줄까?”

“어떻게?”

“지갑 챙겨서 내려와.”

유진파가 이불에 대고 쿡쿡 웃는 소리가 들려왔다. 그래도 그는 파자마를 갈아입고 지갑을 든 채 거실로 내려왔다. 이다가 어릴 때처럼 그의 손목을 잡고는 현관을 나섰다.

밤바람이 시원했다. 삼층까지 상가로 구성되어 있는 삼성 오피스텔은 제법 늦은 시각이 되어도 불이 환했다. 전혀 어둡지 않은 밤거리로 내려간 두 사람은 좁은 골목길 사이로 접어들었다.

“어어…… 여기 너무 어두운데.”

진파의 말이었다.

“사람들 없는 데로 끌고 가서 삥 뜯으려는 거야?”

진파보다 반 발자국 앞서 걸어가던 이다가 뒤꿈치로 그의 슬리퍼 앞을 지그시 밟아주었다.

순식간에 발을 밟힌 진파가 지갑을 들어 이다의 정수리를 툭 내려쳤으나—내려치려고 했으나—그의 공격 패턴에 이미 익숙해져 있는 노이다는—그들이 함께 보낸 시간은 무려 이십 년이 넘었다—재빨리 다른 쪽 발도 마저 밟아주었다.

"……하여간 성격 하고는."

진파가 인상을 쓰며 중얼거렸다.

"그러게 누가 덤비래."

"한번 봐주면 안 되냐?"

"환갑 지나면 고려해 보지."

"독해."

말은 그렇게 하지만 두 사람은 모두 웃고 있었다. 노이다는 열여섯 살 그 무렵처럼 잡고 있는 손의 손바닥을 간질이며 그를 계속 못살게 굴었다. 그 역시 끊임없이 이다의 옆구리 살을 찔러댔다. 한 사람이 숨을 돌리는 사이, 다른 사람이 재빨리 공격하는 식이었다. 한참을 티격태격하던 그들은 자그마한 지하도를 넘어 한강 고수부지로 나오게 되었다.

"후아……."

진파가 숨을 들이켰다.

"시원히나?"

이다가 활짝 웃으며 물었다. 좋은 일 해주마라며 생색내는 표정 같아 진파도 마주 웃어버렸다.

"그렇긴 한데 잠은 싹 달아나 버렸어."

"바보냐. 누가 여기서 재워준대. 시원한 데 나와서 새벽까지 놀다 보면 잠 잘 와. 그러니까 잠은 집에 가서 자."

이다는 계속 진파의 손을 잡고 고수부지를 지나 한강변으로 다가갔다. 새벽이 다가오는 시간임에도 밤의 한강을 즐기려는 사람들은 제법 많았다. 아직도 환하게 불이 켜져 있는 간이 매점으로 다가간 이다가 진파에게 손을 내밀었다.

"지갑 내놔."

"널 믿고?"

"까불래?"

"……잘못했습니다."

진파가 지갑을 건네자 노이다가 지갑 안을 살폈다. 각종 카드들과 신분증, 면허증, 그리고 현찰 오만 원 정도. 카드로 결제하는 생활에 익숙해진 뒤로는 진파의 지갑에 현금이 그 이상 들어 있는 경우는 거의 없었다. 애개, 하고 혀를 내민 이다가 잔뜩 실망한 표정이 되었다.

"가난한 녀석. 이 돈 다 써도 돼?"

그녀가 빤한 얼굴로 묻자 진파가 고개를 저었다.

"안 돼."

"어째서."

"넌 우리 집 생활비가 한 달에 얼마라고 생각하는 거야. 절대 안 돼."

"그럼 얼마까지 쓸 수 있어?"

"만 원."

이다가 혀를 쑥 내밀었다.

"엑, 너무 짜."

진파가 이다의 머리를 부비적 쓰다듬었다.

"만 원만 남겨, 내일 점심 값으로."

이다가 히죽 웃는다.

"무슨 만 원짜리 점심을 먹어. 돈 없으면 편의점에서 컵라면 사 먹으면 되지. 그럼 이천 원만 남긴다."

"뭐 사려고?"

이다가 대답 대신 히히 웃었다. 사실 그것은 이다의 못된 버릇 중 하나였는데, 이다는 너무 기분이 좋을 때면 입을 다무는 버릇이 있었다. 말로 기분을 표현하기 어려운 모양이었다. 대신 계속 웃기만 한다. 그럴 때면 새삼 아까울 게 없다는 생각이 들어버리는 게 문제였다.

좋아. 내일 점심은 정말 컵라면 먹는다. 진파가 새삼 굳은 각오를 다졌다.

그사이 노이다는 특대형 소프트 아이스크림을 사서 그의 손에 쥐어주었다. 물가가 비싼 한강 고수부지 매점에서는 개당 가격이 무려 삼천 원이나 하는 비싼 아이스크림이었다. 내일 진파의 점심 한 끼보다 비싼 셈이었다(노이다가 하는 일이 매일 그 모양인지라 새삼 억울하다거나 아니면 스스로가 불쌍하다거나 하는 생각은 접은 지 오래였다).

"예? 얼마라고요?"

뭔가를 잔뜩 골라든 이다가 큰 소리로 되물었다. 매점 주인의 냉정한 대꾸가 들려왔다.

"오만천 원. 아이스크림 값까지."

그러자 이다가 주머니를 뒤적였다. 손에 잡히는 동전들을 꺼내자 이백 원이 나왔다. 이번에는 이다가 진파의 주머니도 뒤적거렸다. 다행히 그의 주머니에 오백 원짜리 동전이 두 개 있었다.

"아, 다행이다."

이다가 그의 지갑에서 꺼낸 오만 원과 함께 오백 원짜리 동전 두 개로 계산을 마쳤다.

덜렁이는 비닐봉지를 받아 든 이다가 진파의 지갑을 그의 바지 호주머니에 찔러 넣어주었다.

"간수 잘해. 거금 들었어."

순간 진파는 손에 든 아이스크림을 이다의 얼굴에 문질러 버릴까 고민했다.

"사기꾼. 이천 원 남겨준다며."

"돈이 모자란 걸 어떡해. 대신 내 이백 원 넣었어. 그게 어디야."

남의 지갑을 강탈해 놓고도 큰소리치는 여자다. 이럴 때 노이다는 미치도록 사랑스러워 그는 가끔 돌아버릴 것 같은 기분을 느끼곤 했다.

후아. 진파가 심호흡을 했다. 오늘은 새삼 별다른 날이 아니었다. 그저 늦은 밤, 잠들기 어려운 밤일 뿐이다. 노란 고무줄로 빙빙 두 바퀴 돌려 묶은 머리를 한 이다도 평소와 똑같은 이다다. 새삼 유달리 예쁜 이다가 아니라.

그런데 그 사실이 더 문제로 다가왔다. 이다와 늘 단둘만 있던 그런 시간 속으로 되돌아가 버렸던 것이다. 그들 옆에 있는 다른 사람들이 늘 소외감을 느끼던 그 시절로. 진파의 머릿속에서는 요 며칠 사이에 일어났던 복잡한 일들이 깨끗이 사라져 버렸다. 그는 유진파였고, 그녀는 노이다였다. 그리고 그는 그녀를 사랑했다. 적어도 며칠 전까지는. 그리고 그는 지금 며칠 전으로 되돌아간 상태였다.

이다의 손에 비닐봉지가 들렸기에 두 사람은 조금 전처럼 손을 잡고 걷지는 못했다. 찰랑이는 물이 코앞으로 보이는 강둑에 자리를 잡고 앉은 두 사람은 열심히 아이스크림을 핥았다.

"이 맛이라니까. 아이스크림은 여름밤에 먹어야 제맛이지."

뭐, 지금이 겨울이었다면 이다의 말은 조금 바뀌었을 테지만—한겨울에 먹는 아이스크림이 제맛이지, 라는 식으로—확실히 늦은 시각 이다와 함께 먹는 아이스크림은 맛있었다.

"한강 물 아직 괜찮나?"

아이스크림을 반쯤 먹은 이다가 아래를 가리키며 물었다. 밤이라서 물이 어떤 상태인지 제대로 보이지 않았다. 이다를 너무도 잘 아는 진파가 지레 겁을 먹고 그녀를 말렸다.

"아니, 말도 못하게 더러워. 피부가 닿으면 즉시 썩어 들어갈걸."

만일 그가 '응. 아직은 깨끗하대'라고 말했다면 이다가 즉시 슬리퍼를 벗고 발을 풍덩 담글까 봐 걱정이 되었던 것이다.

"헤에, 그래?"

마침 뒤에서 누군가가 폭죽을 쏘아 올렸다.

피웅! 퍼퍼벅!

불꽃 하나가 날아오르며 색색으로 밤하늘 아래 퍼져 나갔다. 유쾌한 소리를 내는 불꽃들의 절반은 어둠 속에 사라지고 절반은 강 아래로 숨어들어 갔다.

"우이 씨! 새치기당했다!"

이다가 비닐봉지를 흔들며 외쳤다.

"내가 먼저 하려고 했는데!"

그의 지갑을 강탈해 장만한 것들이 모두 불꽃놀이용 폭죽인 모양이었다. 그만한 양이면 적어도 한 시간 반 동안은 줄창 불만 붙여대야 할 것이다.

"이것 좀 들어봐! 나도 빨리 해야지."

이다가 오른손에 들고 있던 아이스크림을 진파에게 떠밀듯 넘겨주었다. 하지만 서두르던 나머지 아직 제법 층이 남아 있던 아이스크림이 툭 떨어지며 이다의 손을 더럽혀 버렸다.

"아까워!"

이다가 징징 소리를 냈다. 진파가 땅에 떨어진 것보다 훨씬 많이 남은 그의 아이스크림을 이다의 왼손에 쥐어주었다.

"이거 먹어."

게다가 그로서는 끈적대는 손을 닦는 게 더 급선무처럼 여겨졌다.

"손부터 닦아야겠다."

이다가 오른손을 들고는 그를 멀뚱히 바라보았다.

"휴지 없잖아."

"가서 사 올까?"

"쳇. 가서 이백 원 어치만 주세요, 하려고?"

맞다. 그에게는 내일 점심값 이백 원밖에 남아 있지 않았다.

"그럼 화장실 가자."

"잠실대교 근처까지 걸어가야 화장실 있어."

잠실대교라면 그들이 넘어온 천호대교 근처에서 도보로 삼사십 분은 족히 걸어야 하는 거리였다. 진파가 씨익 웃었다.

"그럼 그냥 강물로 씻자."

예상대로 이다가 펄쩍 뛰었다.

"살이 닿기만 해도 썩을 거라면서 겁준 게 누군데? 절대, 절대 안 닦아!"

"그럼 뭐, 방법이 없네."

어깨를 으쓱한 진파가 고개를 숙여 이다의 손에 혀를 대었다. 짜고, 끈적대고, 게다가 달기까지 한 이상한 맛이 났다. 노이다가 아이스크림과 뒤섞인 맛이었다. 노이다 같은 아이스크림 맛이던 가. 아니아니, 그게 아니라 아이스크림 같은 노이다의 맛이던가. 어쨌거나 맛있었다. 방금 전에 먹던 그냥 아이스크림보다 훨씬.

포동한 손목 안쪽까지 혀가 닿자 한층 더 묘한 맛이 났다. 그 게 맛이 아니라 감각이라는 것을 진파는 잠시 후에야 깨달았다. 손목 안쪽의 정맥이 두근대며 울리고 있었던 것이다. 저도 모르게 고개를 들어 이다의 얼굴을 바라보았다.

이다는 종잡을 수 없는 표정으로 그를 바라보고 있었다.

"잘 먹네. 맛있냐?"

이다의 말이었다.

"응."

그리고 그의 대답. 혹은 질문.

"너도 먹을래?"

"으…… 음?"

대답이 너무 늦었다. 혹은 너무 많은 망설임이 들어가 있었던가.

진파가 이다의 고개를 돌려 입술을 포갰다. 먼저 그녀의 입술을 핥아주었다. 그의 혀에 남아 있는 미지근한 달콤함이 그녀의 입술에까지 전해지도록. 잠시 멈춰 있던 이다가 혀를 내밀어 입술을 핥았다. 아마도 달짝지근했을 것이다. 이다의 입이 좀 더, 라고 말하는 것처럼 살짝 벌어진 채 멈춰 섰다. 진파가 이다를 힘주어 안고는 양껏 그녀의 입술에 키스를 새겨넣기 시작했다.

"좀 잘해봐. 왜 핥다 마는데?"

방금 전 첫키스를 마친 유진파에게 노이다가 감상을 말해주는 순간이었다. 열아홉 살 진파의 얼굴이 벌겋게 달아올랐다.

"그냥 간질간질하잖아."

가장 먼저 자존심이 상했다. 그녀에게도 첫키스였던 키스는 진파에게도 첫키스였다. 처음 해보는 키스가 어떤가 하는 감상은 그 다음이었다. 노이다, 저 독한 계집. 꼭 그렇게 말해야 했냐. 난 너무 떨려서 정말로 첫키스를 할 때 귀에서 종소리가 들리는지도 확인할 여유가 없었던 말이다.

"영화에서 보면 서로 잡아먹을 것처럼 하잖아. 입도 크게 벌리고. 우린 왜 그게 안 돼?"

라고 물어봤자 그에게서 제대로 된 대답이 나올 리 없었다. 숫총각일 확률이 아직 60%를 웃도는 대한민국의 남고생은 대다수가 정말로 순진하단 말이다.

"에이, 내가 해볼래. 네가 눈 감아."

그러니까 노이다 네 그 말투가 더 주눅들게 만든단 말이야.

하지만 속으로 뭐라고 불평을 토해내든 간에 진파는 얌전히 눈을 감았다. 사실 너무 떨려서 아무 소리도 내지 못할 것 같았다. 첫키스에 임할 때 노이다가 행한 저 매너없는 행동은 차후에 탓해주리라.

일단은 그래, 일단은 키스 먼저.

일단 이다는 입술부터 갖다 댄 그와는 달리 먼저 그의 목에 팔을 두르는 센스를 선보였다. 혹시 어제 친구들과 봤다던 포르노 영화에서 나왔던 것일까. 노이다는 그를 앞질러 포르노 영화를 봐버렸다. 왜 그렇게 된 건지 정확한 이유는 듣지 못했는데, 대충 말하기로 여자애들 몇이 모여 오래전부터 계획한 '빈집에서 포르노 보기' 모임에 이다가 우연히 끼어들었던 모양이었다(삼년 반장에 모범생에 우등생, 게다가 성격 좋고 얼굴까지 잘생긴 유진파의 가장 친한 친구라는 이유로 노이다는 여자애들 사이에서 제법 인기가 좋은 편이었다). 어쨌거나 세 시간 내리 두 편의 포르노를 보고 왔다는 이다는 갑자기 키스를 하면 어떤 기분인지 궁금하다며 유진파를 상대로 생체실험을 감행하기 시작했다.

"에…… 그리고……."

혼자 뭔가 더듬어 생각해 내는 듯 이다가 중얼댔다. 확실히 노이다는 위험했다. 포르노를 봤다고 따라 해볼 생각을 하다니. 그리고 가장 만만하고 손쉬운 상대에게 냉큼 손을 뻗다니. 물론 손쉬운 상대인 유진파는 반쯤은 걱정으로, 나머지 절반은 기대으로 달아오르는 중이었지만.

"이렇게 하던가?"

이다가 진파의 입 안으로 불쑥 혀를 밀어 넣었다. 화들짝 놀란 진파가 고개를 젖히자 이다의 입술이 주르륵 그의 목으로 미끄러졌다.

"에이, 너 키가 너무 커서 나랑 안 맞잖아."

주먹으로 입술을 슥 문지른 이다가 그에게 고갯짓을 했다.

"너 아예 침대에 누워."

헉! 뭐라고?

여기가 우리 집이고, 안방에는 부모님이 둘 다 계시다는 걸 알고서 하는 소리야?

그가 흠짓 놀라는 표정으로 이다를 바라보고 있자 이다가 양손에 힘을 줘서 그의 어깨를 홱 떠밀었다.

“누우라고.”

진파가 침대 위로 풀썩 넘어지는 통에 그를 밀던 이다도 동시에 그 위에 엎어졌다. 거기까진 괜찮았는데, 너무 순간적인 일이라 두 사람의 입술이 그대로 확 부딪쳤다는 게 문제였다.

“악!”

두 사람이 동시에 비명을 질렀다. 이다의 앞 이빨에 제대로 물린 진파의 아랫입술에 이빨 자국이 찍혀서 피가 새어나왔다. 이다도 괜찮지 않았다. 진파처럼 정면은 아니었지만 한쪽 끝이 벌겋게 부어올랐던 것이다.

아프다며 얼굴을 감싸쥐고 한참 징징대던 이다가 결연하게 선언했다.

“다 나을 때까지 보류야!”

피 맛이 짭짤하게 감도는 입 안에 아직도 이다의 감촉이 남아 있던 진파가 조금은 서운한 표정이 되었다.

노이다, ㅏ는 벌써 다 나은 것 같은데. 너도 그냥 다 나은 걸로 하면 안 될까?

“좀 잘해봐, 유진파. 왜 핥다 마는데?”

이다가 멍청하게 중얼거렸다. 진파의 얼굴은 금방이라도 다시 키스를 할 것처럼 바싹 붙은 채였다.

“다시 하라고?”

“헉! 아니, 아니.”

이다가 그를 홱 밀어버렸다. 너무 바싹 다가와 있었던 진파에게서는 여름의 땀 냄새가 났다. 너무도 남자 같은 냄새가. 아니, 어쩌면 땀 냄새가 아니라 그저 진파에게서 나는 남자 냄새였을지도 모르겠다.

"그냥 옛날 생각 했던 거야."

이다의 말에 진파가 빙긋 웃었다.

"아하, 우리 첫키스했을 때."

첫키스라고 해도 연인 사이에서 추억하는 첫키스와는 많이 달랐다. 애틋하고 에로틱한 기억 대신 엄청 서툴렀던 것과 부딪친 입술이 아팠던 기억이 남아 있었다. 더구나 유진파는 피까지 줄줄 쏟았던가. 정말로 소꿉친구가 아니라면 가지지 못할 추억인 셈이었다. 어쩌다 생각이 나면 유진파와의 우정을 다지는, 즐거운 안주거리로 써먹는 얘기이기도 했다.

그런데 이상하다. '우리 첫키스했을 때'라는 유진파의 말투는 왠지 그들이 늘 키스하는 사이 같다는 느낌이 묻어나는 걸까.

이다가 고개를 흔들어댔다.

"진짜 엉망이었지."

"처음이었잖아. 게다가 순진했고."

"그래, 숫총각 유진파는 순진했지. 그땐 정말 그랬다니까. '어휴, 저거 어디 가서 여자나 제대로 꼬실 수 있을까'."

이다의 말에 진파가 소리 내어 웃었다. 듣기 좋은 웃음이었다. 문득 이다는 저렇게 소리 내서 웃는 진파를 본 지 오래되었다는 생각이 들었다. 요새 진파와 사이가 좀 멀어진 듯한 느낌이 들었는데. 대체 왜 그런 거지. 분명 이유가 있었는데. 유진파에게 봇물 터지듯 서운한 감정이 팍팍 들던 이유가. 그게 대체 뭐였지? 뭐였을까…….

"지금도 그래?"

진파의 목소리에 이다가 다시 화들짝 제정신으로 돌아왔다.

"뭐, 뭐가?"

"내 키스. 아직도 걱정이야?"

뭐라고 말해줘야 할까, 진정한 친구 사이라면. '음, 지금은 장족의 발전을 이뤘더군. 훌륭해' 이따위로 말하면 그녀가 그의 키스를 즐겼다는 것을 인정하는 꼴이 된다. 친구 사이에 이게 가당키나 한 말인가? 차라리 거짓말을 해야 할까? '하, 당연히 걱정되지! 키스도 못하는 프리랜서 따위 아무도 안 거들떠본다고! 그런 키스밖에 못하겠다면 지금이라도 당장 공무원 시험이나 준비해!'.

이다가 갈등을 겪는 사이 진파가 다시 물었다.

"대답이 안 나오냐? 다시 하면 알 것 같아?"

"응!"

그러나 이다가 벌떡 일어서는 것으로 보아 다시 키스를 하겠다는 대답은 아닌 듯했다.

"응! 대답이 안 나와!"

이다가 그에게서 고개를 돌렸다.

"젠장, 넌 윤성아 애인이잖아. 내 가장 친한 친구의 애인이라고!"

말을 마친 이다가 휙 몸을 돌려 고수부지 둔덕을 올라가기 시작했다. 속에서 무언가가 부글부글 끓고 있었다.

이런 나쁜 놈. 왜 지 애인 놔두고 나랑 키스하는데. 양손에 떡 움켜쥐고 놀겠다는 심보야? 아니, 진파에 대한 욕은 왠지 지금 상황에서 최우선은 아닌 듯싶었다. 그럴 수밖에 없었던 상황이라고 치자면, 화살이 돌아가야 될 사람은 윤성아였다.

이런 나쁜 년. 왜 하필 유진파랑 연애질이람. 왜 그래서 유진파랑 키스한 내가 이런 죄책감을 느끼게 만드냐고. 하지만 생각이 여기까지 이어지자 그것도 못할 짓이라는 생각이었다. 따지고 보면 이다에게는 그 둘의 사이를 가로막을 이유가 하나도 없었으니까.

그렇다면 이 기분은 대체 뭘까. 대체 뭐가 끓어오르는 것일까.

"끄응……."

엉망진창이다. 그중 가장 최악인 것은, 이 기분이 대체 어디서 비롯된 것인지 그녀가 똑똑히 알고 있다는 사실에서 비롯했다. 노이다는 지금 흔들리고 있는 것이다. 가장 친한 친구의 애인에게.

"말도 안 된다고!"

입술 위에는 아직도 진파의 감촉이 얼얼하게 남아 있었다. 그래, 확실히 말이 안 되는 일이긴 했다.

10. 감가상각을 잊지 말 것

부동산은 완벽한 재산이 아니다. 그것은 세월에 따라 노후하며 닳아간다.

즉 원래의 자산가치는 사용도에 따라 감소하는 것이다

(그 일대 땅 투기나 도시개발 따위가 없다고 가정하자).

그것은 사람의 마음도 마찬가지다.

감가상각비처럼, 동거 마인드이라는 탄탄한 각오와 결심 역시

세월에 따라 마모되어가며 쇠약해져 간다. 따라서 언제 어디서든

감가상각비를 계산해 내는 자세가 필요히디.

"잠깐, 노이다. 좀 기다려."

유진파가 뒤에서 이다의 팔꿈치를 붙들었다. 벌써 열 번째였
다. 고수부지에서 오피스텔에 도착할 때까지. 흥, 하지만 어림
없다. 아직은 그를 용서해 줄 수가 없었다. 아니, 사실 잘못은
그들 둘이 했지만. 대체 어쩌자고 유진파가 제멋대로 키스하게
내버려 둔 거람. 윤성아, 미안하다. 다음에 만나면 한 대 패도록
해. 아, 물론 나보다 유진파가 좀 더 많이 맞아야 하지만 말이
야. 이다의 생각은 스스로의 도덕심에 비추어봤을 때 틀린 점이
없었고, 유감스러운 점이라면 진파의 걸음걸이가 그녀보다 훨
씬 더 빨랐다는 것이었다.

"애기 좀 하자니까!"

진파가 결국 이다를 붙들어 세웠다. 하지만 돌려 세워진 이다는 자신의 팔을 붙들고 있는 진파의 손을 덥석 물어버렸다.

"악!"

진파가 비명을 질렀다. 이다가 그를 향해 있는 힘껏 갈퀴눈을 해준 다음, 냉큼 엘리베이터의 닫힘 버튼을 눌러 버렸다.

"이다야!"

진파가 재빨리 버튼을 눌렀지만 소용없었다. 엘리베이터는 이다만 태운 채 위로 올라가기 시작했다.

혼자가 된 이다가 가장 먼저 한 일은 스스로 머리통을 쥐어박는 일이었다.

"노이다, 이 미친년!"

서른셋. 그간 만난 남자는 적다고 할 수 없었다. 어차피 결혼을 염두에 두지 않는 상대였기 때문에 쉽게 만났다 쉽게 헤어질 수 있었다. 그녀의 인생에 있어서 결혼, 혹은 다른 형태로든 안착하게 되는 일은 없을 거라는 생각에서였다. 그녀는 충분히 그럴 작정이었고, 그렇게 될 수밖에 없다고 생각했다. 누군가를 평생 믿는 일 따위, 그녀는 도저히 할 수 없으리라는 것을 잘 알고 있었기 때문이다.

그렇기 때문에 유진파는 아니었다. 다른 사람들처럼 그렇게 단순한 기분으로, 외로움을 달래기 위해, 혹은 심심함을 위로하기 위해 그를 이용하고 싶지 않았다.

게다가 노이다는 무려 열 살 때부터 그를 알아왔다. 그가 첫 몽정 후 당황해하는 모습도 봤었고, 그가 모의고사 성적이 떨어졌다고 찔끔찔끔 우는 모습도 봤다. 맨살에 트렁크 한 장만 입고 선풍기 바람을 쐬는 모습도 봤고, 우울증에 걸린 그가 열흘간 샤워도 안 하고 엎어져 있던 몰골도 알고 있었다. 그런 것들이 모두 평생 그와 그녀를 안전지대에 있게 할 줄 알았다. 그런 사람에게서 연애 감정을 느낄 수는 없을 거라고. 유진파는 다른 의미로 노이다였다. 너무 속속들이 알고 있기에 과연 다른 존재인가도 의심스러울 정도로.

그런데 그 안전지대라는 것이 과연 있었는지 의문이었다. 유진파(놈)는 키스 한 방으로, 그와 그녀를 안전하게 지키고 있던 무언가를 박살내 버렸다. 아무리 억지로 첫 몽정에 얼굴이 붉어지던 유진파를 떠올리려고 해도, 다음 생각은 그의 옷을 갈기갈기 찢고 있는—흡사 야수 같은—자신에게로 이어지고 있었다.

쾅, 쾅!

이다가 엘리베이터 벽에 이마를 들이받았다.

"정신 차려!"

그 순간 엘리베이터 문이 지잉 소리를 내며 열렸다.

"무슨 일 있어요?"

고개를 들자 TV에서 튀어나온 듯한 강유가 그녀를 내려다보며 서 있었다. 이다가 저도 모르게 움찔 뒷걸음질을 했다.

스르륵. 엘리베이터 문이 닫혔다. 헉, 어쩌지? 고민할 사이도 없이 다시 문이 열렸다. 강유가 버튼을 누른 모양이었다.

"왜 도망가요?"

"아니, 그건 아닌데……."

"빨리 내려요. 뭐 해요?"

"아, 그게……."

그 순간 엘리베이터 맞은편에 있는 비상구 문이 활짝 열리며 유진파가 나타났다. 참으로 바람직하게도, 그는 온통 땀투성이에 헐떡대고 있었다.

"노이다! 그렇게 달아나는 게 어딨……."

그러다 진파와 강유의 눈이 마주쳤다. 진파를 바라보던 강유가 천천히 고개를 돌려 이다를 바라보았다. 이다는 둘 중 누구를 바라보아야 할지 난감한 상황이 되어버렸다.

"뭐야, 두 사람. 좀 이상한데요?"

진파가 강유를 밀치고 엘리베이터 안으로 손을 내밀었다.

"내려, 노이다. 아까 하던 얘기 마저 하자."

스릉. 그때 엘리베이터 문이 다시 닫혔다.

"윽!"

팔이 끼인 진파가 신음 소리를 토해냈다. 당황한 이다가 문 열림 버튼을 누른다는 게 반대로 닫힘 버튼을 눌러 버렸다. 진파의 팔을 한 번 찍고서 열리던 문이 도로 닫혀 버렸다.

"으악!"

진파가 좀 더 큰 소리를 질렀다. 그러자 강유가 뒤에서 진파의 허리를 안고는 그를 끌어당겼다. 팔이 쑥 빠져나가며 엘리베이터 문이 닫혔다. 지잉. 엘리베이터가 이다만 태운 채 아래로 내려가기 시작했다.

"젠장."

진파가 강유를 밀쳐 내고 숨을 몰아쉬었다. 그의 등 뒤에서 강유가 팔짱을 꼈다. 알지 못할 미소를 짓느라 입가가 비틀려진 상태였다.

"땀 좀 봐. 유 작가님 지금 엄청 섹시한데요. 이 여자 새삼 흔들리는 거 아닌지 몰라."

진파는 그의 말을 가볍게 무시해 버렸다. 여전히 숨이 차고 다리가 후들대는 터라 그대로 엘리베이터 앞에 주저앉았다. 어차피 노이다는 다시 올라올 테니까 무리해서 쫓아가는 것은 바보짓이었다.

어깨를 으쓱한 강유가 진파 옆에 나란히 엉덩이를 붙이고 앉았다. 진파가 넌 뭐냐는 식으로 힐긋 노려보니 그가 빙긋 웃는다.

"저 여기서 한 시간째 누나 기다리는 중이었어요. 전화도 안 받고, 벨 눌러도 조용하고. 사고 났나 싶었다니까요."

진파가 고개를 돌렸다. 여전히 꼴 보기 싫은 인간이었지만 그래도 이다한테는 제법 정성을 쏟는 모양이었다. 그의 손에는 커다란 케이크 상자가 들려 있었다. 이다를 위한 선물일 게 뻔했다.

"그런데 정말 사고 난 모양이네. 그것도 누나 혼자서가 아니라 유 작가님이랑 같이."

강유의 목소리는 낮았지만, 고막이 따끔한 질투는 충분히 느껴지고 있었다. 뭐, 그렇다고 해서 진파가 그에게 미안해할 이유는 없었다. 강유는 이다를 얼마나 사랑하는 걸까? 하루, 이틀? 길어봤자 사흘? 유진파는 무려 이십삼 년 동안이었다.

일층까지 내려간 엘리베이터가 다시 올라오고 있었다. 진파가 계속 말이 없자 강유가 그를 채근하듯 목소리를 높였다.

"누나 그만 포기하세요."

순간 어이가 없었다. 이다와 그의 관계를 충분히 알고 있는 사람에게서 그런 말을 들었다고 하더라도 기분이 나쁠 판이었다. 그런데 고작 며칠 알고 지냈을 뿐인 생판 남이 태연하게 저런 소리를 지껄이다니.

"누나 내 애인인데. 왜 모르는 척하세요?"

강유의 앳된 목소리는 꽤나 부드러웠지만 그 말속에 담겨 있는 뼈가 제법 굵직했다.

"더구나 애인도 있으신 분이."

그리고 결정타. 문득 진파가 쓴웃음을 지었다. 남들이 보면 고작 그런 것일 뿐이다. 이다와 그의 관계라는 것은. 굳이 형용하자면, 이다는 그의 반쪽이었다. 지금까지 살아온 인생의 2/3을 이다와 함께했다. 그에게서 이다를 도려내는 것은, 그를 반으로 쪼개놓는 일과 같았다. 쪼갠다면 쪼갤 수야 있겠지만 대신 그는 그 허전함에, 그 불균형에, 그 외로움에 오래도록 휘청여야 할 것이다.

그래도, 아무것도 모르는 사람들은 태연하게 저따위로 말해 버린다. 그만 쪼개라고. 그만 놓으라고. 그래야 하는 거 아니냐고.

모를 일이다. 과연 남들의 말대로 하는 게, 그게 그렇게 쉬운 일일까.

"알고 있어."

진파가 대꾸했다. 그가 입을 열자 의외라는 듯 강유가 눈을 크게 떴다.

"헤, 안다고요?"

"지금이 어떤 상황이라는 것 정도는."

노이다는 열 살이나 연하인, 그림으로 그려놓은 듯한 미남과 바람직한 연애를 시작하기로 마음먹었다. 그리고 그는 노이다를 벗어난다는 핑계를 들어 그녀의 가장 친한—그리고 하나뿐인—친구와 진지한 관계를 도모하기로 약속했다. 망해가는 소극장의 비좁고 더러운 객석에서 니힐리즘과 싸구려 모더니즘으로 포장된 삼류 블랙 코미디를 한 편을 보는 기분이었다.

뭐냐, 대체. 이 엉망진창인 관계는.

"이제 누나 사랑하지 마세요."

강유가 마치 어르듯 부드러운 목소리로 중얼거렸다.

"그리고 가능한 아무도 사랑하지 마세요."

“……?”

조금 이상한 이야기에 진파가 고개를 들 때였다.

땡!

엘리베이터가 도착했다. 두 사람 모두 노이다가 어떤 표정을 지을지 궁금해하며 엘리베이터 안을 바라보았다.

그러나 엘리베이터는 텅 비어 있었다.

＊

“내 팔자야.”

성아가 중얼거렸다.

“이년이 이제 심심하면 날 찾네.”

만 원이 조금 못 되는 택시비를 계산하며 성아가 늘어놓은 불평이었다. 어깨를 한번 으쓱한 이다가 그녀에게 불룩한 비닐봉지를 내밀었다.

“대신 이거 가져.”

“이게 뭔데?”

“유진파의 선물이야.”

비닐봉지를 열자 그 안에는 조잡한 포장지에 싸인 불꽃놀이용 폭죽이 가득했다.

“그 남자 이런 취향이니?”

“아니, 진파는 시끄러운 거 별로 안 좋아해.”

"근데 이게 왜 진파 씨 선물이야?"

"내가 고르고 진파가 돈 냈으니까."

성아가 살고 있는 동대문구의 이십삼 평 임대 아파트는 지금은 해외에서 도피행 연수 중인 그녀의 오빠 소유였다. 어차피 임대가 안 되니 너라도 쓰라며 주고 갔다는 그 얘기에 난생처음이다는 외동딸로 태어난 자신의 운명을 한탄했다.

"하여간……."

아파트 입구로 들어서며 성아가 진파의 흉을 봤다.

"통은 커가지고. 이거 몇 만 원 어치는 되겠다."

"사만오천 원."

"미쳤어, 미쳤어."

성아가 혀를 차는 사이 이다가 엘리베이터 안으로 들어섰다.

"빨리 타."

"오냐."

성아의 집은 오층. 진파에게 애인하자는 말을 꺼낸 뒤로는 계단을 이용하는 중이었지만 성아는 별다른 말없이 이다를 따라 엘리베이터에 올라탔다.

오층까지는 금방이었다. 이다가 불쑥 입을 열었다.

"유진파 생각보다 체력이 괜찮은 거 같아."

"응?"

"글쎄, 십육층까지 계단으로 뛰어올라 왔는데 엘리베이터랑 거의 차이가 없었어."

"저런. 어쩌다 그랬는데?"

"내가 그냥 올라가 버렸거든."

성아가 눈썹을 찌푸렸다.

"바보 아냐? 기다렸다가 타고 가면 됐잖아."

"내가 화가 나 있어서."

"……."

성아가 말을 멈추고 이다를 노려보았다. 이다가 묵묵히 그녀의 시선을 받아냈다. 왠지 그녀가 자신을 도끼눈으로 노려보는 이유를 알 것도 같아서였다.

"이런 얘기 들으면 어떤 기분이 들어?"

"한 대 패주고 싶어."

"그래, 아무래도 그렇겠지."

띵. 엘리베이터가 열렸다. 이다와 성아가 약속이라도 한 듯 입을 다물고 집 안으로 들어갔다. 늘상 마감에 치여 사는 삼십 대 독신녀치고 성아의 집은 말끔한 편이었다. 정리정돈이 잘되어 있었고, 제자리를 지키지 않는 물건은 하나도 없었다. 썰렁할 정도로 깔끔한 인테리어는 성아의 성격을 그대로 말해주고 있었다. 윤성아라면, 오늘 자신과 진파가 저지른 애매한 짓 따위는 절대 하지 않았을 것이다. 수학 정석의 별매 책자인 해답지처럼 윤성아는 노이다의 솔루션과 같은 존재였다. 그녀는 언제나 명쾌했고, 가끔 조언을 구할 시에는 복잡함을 깨끗이 털어내 주는 고마운, 그리고 유용한 친구였다.

주방 겸 거실 한가운데서 걸음을 멈춘 이다가 성아를 바라보
며 복잡한 표정을 지었다.

"너 왜 그래?"

답답한 모양인지 성아가 먼저 말을 꺼냈다.

"어디 좀 앉아."

그래 봤자 방으로 들어가지 않는다면 앉을 데라고는 식탁 의
자밖에 없는 집이었다. 이다가 성아에게 물었다.

"내 머리숱이 너보다 많지?"

성아가 고개를 끄덕였다.

"그래, 내가 매일 부러워하잖아. 내 머리숱 두 배는 될걸."

"그래, 그럼 좀 덜 억울하겠다. 말해도 괜찮아?"

"머리숱하고 관계있는 일이야?"

이다가 침을 꿀꺽 삼켰다.

"아마도."

"앉아서 하면 안 되는 얘기이기도 하고?"

"아마도."

성아가 흐음, 하며 고개를 저었다.

"뭐, 좋아. 까짓 좀 더 이성적인 내가 봐주지. 얼른 말해봐."

곧장 이다의 말이 들려왔다.

"나 유진파랑 키스했어."

순간 손이 번쩍 올라갔다.

"뭐?"

“잠깐!”

이다가 성아의 손을 힘껏 붙들었다.

“내 머리끄덩이를 잡고 싶은 마음은 이해하는데, 그래도 먼저 얘기부터 들어주면 안 될까?”

“후아……..”

성아가 심호흡을 했다. 하나, 둘, 셋. 그녀가 숫자를 중얼대는 소리가 들려왔다. 꽤 깜찍한 짓을 저질렀는데, 노이다. 그런데 양심을 못 이겨서 솔직히 이실직고하러 왔단 말이지. 뭐, 좋아. 친구 된 도리로서 변명은 들어주고 징벌을 내리지.

“짧게.”

“응.”

그제야 노이다가 식탁 의자를 하나 빼서 앉았다. 답지 않게 어깨를 축 늘어뜨리고 있는 모습이 왠지 불쌍해진 성아가 냉장고 문을 열고 물었다.

“오렌지 주스, 석류 주스, 녹차, 그리고 물. 어떤 거?”

“제일 비싼 거.”

“상황 파악 좀 하면 안 되냐? 내가 고운 기분일 때라도 지금처럼 말하면 엄청 재수없다고, 너.”

그래도 성아가 길쭉한 유리컵에 색이 고운 석류 주스를 가득 따라 왔다. 컵이 하나뿐임을 알게 된 이다가 물었다.

“넌 안 마셔?”

“다이어트 중이야.”

이다가 성아의 위아래를 한 바퀴 훑어 내렸다.

"살 안 쪘는데?"

"당연하지. 요새 독하게 마음먹고 관리 중이야."

"새삼 왜?"

"왜긴. 여름 휴가 때 애인하고 수영장 다니려고 그런다."

"……."

뒤통수를 긁적이던 노이다가 컵을 내려놓았다.

"그럼 나도 안 마실래."

성아가 식탁을 탕 소리 나게 내려쳤다.

"마셔!"

그리고 목소리도 제법 컸다. 찔끔 놀란 이다가 눈을 둥그렇게 뜨고 성아를 바라보았다. 성아가 고압적인 자세로 팔짱을 끼고는 말을 이었다.

"웃기지 마셔, 노이다. 네가 언제부터 몸매에 신경 썼다고? 빨리 마시고 얘기나 해봐, 네년이 어쩌다 내 애인하고 키스하게 된 건지."

그녀의 살벌한 눈초리에 잔뜩 주눅이 든 이다가 꿀꺽꿀꺽 주스 한 잔을 다 마셔 버렸다. 깨끗해진 컵을 내려놓은 이다가 혀를 쑥 내밀었다. 무슨 주스가 맥주처럼 시금털털하냐, 그런 불평을 해주고 싶었지만 현명하게도 노이다는 그 점에 대해서는 입을 다물었다.

"잠이 안 와서."

“뭐?”

“잠이 안 와서 둘이 한강 갔어. 그래서 아이스크림 먹다가 내가 흘렸는데…….”

성아가 손을 들어 이다의 말을 끊었다.

“정황은 됐어. 내가 알고 싶은 건 왜 새삼 둘이 키스했냐는 거야. 그 남자랑 너랑 둘 다 아무 사이 아니었던 거 아니었어? 둘 다 애인까지 생긴 마당에 새삼 왜 그래?”

죄진 쪽은 자신이라고 반성하던 노이다는 일단 성아에게 숙이고 들어갈 참이었지만, 그녀의 딱딱한 말투에 살짝 빈정이 상해 버렸다. 더구나 유진파와 노이다의 관계는 무려 이십삼 년이다. 그런 것을 고작 며칠 된 새내기 애인이 소유권부터 떽떽 주장하고 나서면 벨이 꼴리는 것도 당연하지 않겠느냔 말이다.

“어마, 아무 사이도 아니었던 건 아니지. 유진파가 날 좋아하던 사이였다고.”

퍽!

성아가 식탁 밑으로 노이다의 발을 걸어찼다.

“아파!”

“아프라고 그랬지! 지금 내 앞에서 새삼 유세 떠는 거야? 너 지금 여기에 마킹하러 왔냐? 유진파 네 거니까 손 떼라는 말 하려고?”

성아의 뾰족한 목소리에 새삼 이다는 그녀가 얼마나 불안해하고 있는지 알 수 있었다. 백 번 입장을 바꿔놓고 생각해 봐도,

백 번 성아에게 불리한 상황이었다. 성아는 진심이었다. 진심으로 유진파를 좋아하고 있었다. 안달하고 불안해하며 친구를 몰아세울 만큼.

이다가 한숨을 푹 내쉬었다.

"아냐, 그런 거 아냐. 사과하려고 온 거야."

"웬 사과? 그것도 여유로 보여, 노이다. 다 가졌다고 자랑하면서 선심 쓰는 것 같단 말이야."

"너무 까칠하게 굴지 마. 진짜 그래. 진짜 사과하고 싶어."

이다가 빨간 액체가 바닥에 얇게 깔려 있는 빈 잔을 만지작거렸다.

"우리는…… 그래, 아직 둘 다 서로에 대해서 어른이 못 되어서 그래. 둘이 거의 함께 자란 것과 다름없잖아. 진파가 성장기를 쓰면 80%는 나랑 일치할걸. 같이 자라와서 서로의 존재가 잘 구별이 안 되는 거야."

"……."

성아는 고맙게도 이다의 말을 끊지 않았다. 안심한 이다가 꾹꾹 눌러 담아두었던 속마음을 어렵사리 끄집어냈다.

"왜, 처음이 어려운 거잖아. 유진파랑 나는 첫키스도, 첫 경험도 같이했을 뿐이야. 그런데 두 번째, 세 번째가 늦어서 첫 번째가 아직 잊혀지지 않은……."

"잠깐!"

성아가 훅, 입김을 뿜어냈다. 온몸으로 나 지금 무지무지 열

받았어, 라는 오로라를 풍기는 그녀는 무서울 정도였다.

"뭐라고? 두 사람, 같이 잔 적도 있어?"

"……응. 내가 얘기 안 했나?"

"한 적 없어. 아니, 진파 씨 얘기로는 둘이 춘천 갔다가 미성년자라서 숙박 못하고 그냥 돌아왔다는데?"

"그건 고등학교 때고."

"그럼?"

"같이 잔 건 대학교 1학년 때."

"어우야!"

성아가 벌떡 일어섰다. 도무지 이 분노를 참지 못하겠다는 듯, 그녀가 식탁 주위를 빙빙 돌기 시작했다.

"어쩌다?"

"뭐긴. 둘 다 섹스에 대한 경험치가 필요했던 거지. 어차피 계속 살 거면 누구와든 섹스는 하게 될 거 아냐. 어차피 해야 되는 거라면 처음은 유진파가 제일 낫겠다 싶었어. 유진파도 그랬을 걸."

"이년아!"

성아가 참지 못하고 이다에게 달려들었다. 그녀가 이다의 어깨를 붙들고 흔드는 통에 이다가 의자와 함께 바닥으로 넘어갔다. 물론 윤성아도 함께였다. 얼떨결에 몸이 포개지면서 성아의 팔꿈치가 이다의 목을 누르게 되었다.

"으헤에…… 엑…… 살려…… 줘어!"

이다가 숨 넘어가는 소리를 질렀다. 성아는 이다를 이대로 죽게 내버려 둘까 하는 생각도 잠시 있었지만 곧 마음을 다잡고 재빨리 팔꿈치를 치워주었다. 하지만 일으켜 주지는 않았다. 노이다도 주방 바닥에 누운 채 일어날 생각을 하지 않고 있었다. 잠시 침묵이 흘렀다. 성아는 식탁 의자에 앉아 턱을 괸 채 이다를 내려다보고 있었고, 이다는 멀거니 천장의 형광등을 바라보고 있었다.

“성아야.”

이다가 낮게 그녀를 불렀다. 대꾸하는 성아의 목소리는 곱지 않았다.

“치사한 년.”

“다 지난 일인데 왜 새삼 열 내고 그래. 유진파 인생 절반 동안 노이다가 있었단 거 몰랐던 것도 아니고.”

“구체적으로 다가오니 새삼 어마어마하게 느껴져서 그런다. 그리고 정말 지난 일이야? 웃기지 마. 그럼 오늘 키스한 건 뭔데?”

“그건……”

뭐라고 대답하려던 이다가 뒷말을 삼켰다. 혼자서 꾸물꾸물 생각에 잠기더니 이런저런 말을 꺼내려 시도해 보다가, 다시 입을 닫았다. 애쓰는 모습이었다. 그런 이다의 어깨 위로 진파의 모습이 겹쳐 보였다. 진파 역시 그랬다. 진지해지려고 노력할게, 라면서 애쓰고 있었다. 역시 저 두 사람은 어려웠다, 맞서 싸우기가.

이다가 입을 벌려 소리없는 웃음소리를 흘려보냈다. 그 모습을 보고 있자니 갑자기 맥이 턱 풀려 버렸다. 어째서 모른 척했던 걸까. 윤성아의 친구 노이다는 사람이, 그리고 사랑이 제일 어려운 사람이라는 것을.

"내가 가진 것 중에 제일 크고, 제일 소중하고, 제일 비싼 게 뭔지 알아?"

이다의 말이었다. 성아가 이다처럼 뒤통수를 긁적거렸다. 벌써 전의가 상실되어 가는 것을 느꼈다. 아니, 이러면 안 되지. 아직 마지막 패는 까보지도 않았는데. 조금만 더 버티자, 윤성아.

그러나 그런 결심은 공허하게 마음 밖을 맴돌 뿐이었다.

"네가 뭐 가진 게 있어야지. 노트북이냐?"

이다가 고개를 흔들었다.

"아니, 유진파야."

"……."

"그 녀석 잘생긴 거 나도 알아. 성격 좋은 것도 알고, 돈 잘 버는 것도 알아. 너 그 녀석 샤워하는 거 본 적 있냐? 나 가끔 훔쳐보는데 그 녀석 몸매도 끝내줘. 봉달이 벗겨봐야 비교도 안 될걸. 게다가 유진파만큼 나 사랑해 주는 사람 이 세상에서 없다. 정말로 창조주가 있다고 해도 그 녀석보다 더 날 사랑해 주지는 못할걸……."

이다의 목소리가 작아졌다. 원래 눈물이 섞이면 목소리는 작아지기 마련이다. 눈물 소리는 언제나 목소리보다 크기 마련이었으니까.

이다가 그렇게, 말소리보다 눈물 소리가 더 많은 음성으로 중얼중얼 입을 움직였다.

"그래서…… 유진파가 없는 노이다는 정말로 아무것도 아닌 게 되어버려. 난 그게 무서워, 성아야. 유진파 말대로, 우리가 결혼해서 부부가 돼서 계속 같이 산다고 쳐도 말이야…… 그래도 그것도 아무것도 아닌 게 될 수 있어. 서류 한 장이면 유진파랑 다시 아무것도 아닌 사이가 되어버려. 난 유진파가 날 사랑한다고 하면 소름이 돋아. 그 사랑이 언젠가 끝나 버릴 거라는 생각을 하면 너무 무서워서 소름이 끼쳐."

"……."

"미안, 이젠 사랑하지 않아. 그렇게 말하면 그 다음에는 떠나는 거잖아. 우리 엄마가, 우리 아빠가 서로 헤어지고 나랑도 헤어지고, 결국 헤어진 채로 죽어버린 것처럼 더 이상 사랑하지 않게 되면 그 다음에는 헤어지는 거잖아. 사라지는 거잖아. 유진파가 내 인생에서 사라지면, 그러면 난 죽어……."

이다가 양팔로 얼굴을 가린 채 흐느껴 울고 있었다. 듣고 있자니 마음이 착잡해지기 시작했다. 언젠가 진파가 이런 말을 했던 기억이 났다.

"이다는 가끔 세상을 바닥까지 봐버렸다는 듯이 말을 해요.

득도가 아니라 뭐랄까, 득탈이랄까. 밑도 끝도 없는 허무주의자 같은 느낌이에요. 아무리 맛있는 것도 먹으면 없어진다는 걸 알고, 아무리 예쁜 계절도 지나가 버리고 나면 그만이라는 걸 아는 거죠. 내 사랑도 그래. 지금 이렇게 절실한데, 녀석한테는 언제나 아무것도 아닌 게 되어버려요. 세상 다른 것들과 마찬가지로."

진파도 이런 이다를 어렴풋이 이해하고 있던 모양이었다. 그래서 재촉하지도, 요구하지도 않고 묵묵히 기다려 왔던 모양이다. 세상에 영원은 없지만, 흉내 내어 볼 수는 있노라고. 앞일은 모르지만 앞일을 만들어내려 노력할 수는 있노라고. 너는 내 사랑이 사라질까 염려하지만 나는 사라지지 않겠노라고. 그렇게, 나는 널 사랑하고 있노라고.

"이런 씨, 망할 인간들."

결국 그들은 서로 미친 듯이 사랑하고 있다는 얘기였다. 노이다는 노이다 식으로, 유진파는 유진파 식대로. 주위가 어떻게 변해가든 그들은 그런 식으로 계속 서로를 사랑할 것이다.

성아는 갑자기 성질이 났다. 그녀가 어떻게 노력해도, 새치기하며 반칙을 저지르고 작정한 채 친구를 배신해도 그 둘은 정말 어쩔 수 없는 걸까.

"뚝 그쳐, 노이다. 이게 웬 투정이야. 진파 씨가 떠날까 봐 무서워서 사랑 못하겠다고? 그럼 난? 진파 씨가 결국은 나랑도 헤어질 거 아니까 지금은 양보해 주겠다는 거야? 하, 기가 막혀.

그건 또 무슨 여유래."

이다가 양팔 사이로 성아를 노려보았다.

"그게 왜 그런 얘기가 되는데? 너랑 난 다른 인간이잖아. 내가 내 대신으로 널 내세우는 것도 아니고."

"지랄하네. 엄살 그만 부리고 일어나셔. 꼴 봐주기 싫으니까."

성아가 이다의 팔을 붙들고 인정사정없이 홱 잡아당겼다. 이다가 으악, 비명을 지르면서 몸을 일으켰다.

"망할 년. 팔 빠지겠네."

"그래. 팔 대신 머리끄덩이를 잡아당겨 주는 건데 말이야. 나, 분명히 말하는데 이대로 맥 빠진 채 진파 씨 양보할 생각 없어. 알아? 네 말대로 세상에 영원한 게 어딨냐. 다 흘러가고 변하는 거지. 진파 씨가 나한테 뭐라고 했는지 알아? 노력한댔어. 널 바라보는 게, 정말 끝이 없는 일이라고 한다면 그만두겠다고. 내 마음이 진실하면 자신도 진실해지도록 노력한다고 했단 말이야. 우리 정말 진지해. 내년 말에는 아마도 청첩장 찍고 있을걸. 그땐 너 안 불러, 이년아. 오늘 염장당한 거 생각하면 친구의 연도 끊고 싶어."

성아가 따다다 쏘아대는 말에 눈물 자국을 닦아내던 이다가 그녀를 노려보았다. 성아는 문득 그 표정이 재미있다는 생각이 들었다. 절대 유진파 따위는 남자로 보지 않는다고 도리질을 치던 이다보다 지금의 이다가 더 그녀답다는 느낌이었다.

"마음대로 해. 대신 유진파랑 결혼해도 나랑 같이 살아야 될 걸? 셋이서 잘살아보자고."

"어쭈, 너 말하고 행동하고 따로 논다? 그게 어디 양보한다는 사람 태도야? 너 정말 진파 씨랑 키스한 거 나한테 미안해? 사실 진파 씨가 나랑 잘되는 꼴 보기 싫으니까 네년이 작정하고 그 사람 꼬신 거 아냐? 친구의 탈을 쓰고 그런 짓 해도 되는 거야?"

이다도 목소리를 높였다.

"사과하러 온 사람한테 그게 할 소리냐? 일부러 그렇게 배배 꼬인 척 말 받는 게 어딨어? 그런 의도 아니었다고 말하잖아."

"닥쳐, 이년아. 난 너처럼 철없고 이기적인 년 처음 본다. 뭐? 사랑하면 결국 떠나는 게 무서워? 무슨 삼류 희곡 쓰냐. 사람이 떠나는 이유가 사랑하길 관둬서 그런 것뿐이래? 진파 씨는 언제라도 너 떠날 수 있어. 교통사고 나서 두 시간 후에 죽을 수도 있고, 덜컥 죽을병에 걸릴 수도 있어. 안드로메다에서 개념 찬 외계인이 쳐들어와서 지구가 당장 멸망할 수도 있다고. 아니, 좋아. 거기까진 아니더라도 두 사람 웃긴 동거, 정식 애인으로서 내가 두고 볼 수 없다면 어쩔 거야. 그럼 넌 그 집 나와야돼."

"뭐? 그럼 난 어디서 살라고?"

"내가 진파 씨랑 진파 씨 오피스텔에서 살 테니까 네가 이 집에서 살아. 그럼 되잖아."

성아의 말에 이다가 펄쩍 뛰었다.

"그건 친구 영역이야. 애인이 뭐라고 끼어드는 건데?"

"친구? 지랄한다. 친구라면 남 애인하고 키스해도 되는 거야? 친구라면 남 애인 등쳐먹고 지쳐 빠지도록 가사노동에 부려먹어도 되는 거냐? 지금 네가 진파 씨 애인처럼 굴고 있잖아, 이 잡것아. 진짜 애인인 내 앞에서!"

사실 너무 흥분한 나머지 성아도 잠시 잊고 있었지만, 노이다의 성질머리 역시 어디에 내놓는다 하더라도 결코 빠지지 않을 만한 것이었다.

이다가 의자를 박차고 일어나 식탁 위로 올라섰다. 살기등등한 눈빛으로 성아를 노려보는 이다의 표정은 결연했다. 오, 새로운 모습인걸. 진파 씨는 대체 어쩌자고 저런 애를 끝도 없는 허무주의자라고 표현한 거래?

"아, 나 진짜. 간만에 얘가 성질 돋우네. 아까부터 자꾸 애인 애인 하는데, 애인하자는 말만 하면 다 애인이야? 그래서 유진파가 너 사랑해? 너네가 진짜 애인이냐고! 무르익기는커녕 아직 싹도 안 튼 사이인 주제에 어디다 대고 선점권 주장이야? 그런 말은 유진파 놈 한 번이라도 따먹고 나서 얘기해!"

낄낄. 그 대사 걸작이다, 노이다. 이제야 본색을 보이는구나.

성아도 의자를 제치고 벌떡 일어섰다.

"뭐야? 내려보면 다냐? 다리도 짜리몽땅한 주제에. 지금 내 앞에서 진파 씨랑 먼저 잤다고 유세하는 거야? 같이 잔 게 그렇게 중요해? 대체 언젯적 사고방식이야, 그건. 그러는 너도 대학교 때 고작 한 번이라며. 진파 씨랑 나는 앞으로도 평생 같이 섹스할 거야. 하루에 두 번씩만 해도 네가 감히 그따위 얘기 못 하지!"

"한 번? 누가 그래? 그 뒤로 적어도 세 번은 더 잤어! 그리고 진파 놈이 뭐라고 그랬는 줄 알아? 자기는 나랑 하는 게 너무너무 좋다면서 이대로 사정 안 하고 평생 이어져 있었으면 좋겠다라고 했단 말이야."

사실 거짓말이다. 이다가 내뱉은 말은 모 동인지의 명대사로, 당시 스무 살의 유진파는 너무너무 순진했던 터라 저런 식의 노골적이고 현실적인 어휘는 구사할 수 없었을 것이다.

그러나 아무것도 모르는 성아는 뒷골이 당기는 것을 느꼈다.

"뭐라고? 지금 그 말을 믿으라는 소리야? 노이다 넌 샤워하기 귀찮아서 섹스도 귀찮다는 주의잖아. 침대에서도 보나마나 손가락 하나 꿈지럭하지 않았을 게 뻔한데 진파 씨가 그런 너랑 하는 게 좋아서 죽을 것 같다고 했단 말이야?"

"흥. 지금에야 그렇지, 유진파랑 할 때는 안 그랬어."

사실 이것도 거짓말이다. 자꾸만 치사해져 가는 스스로를 느끼며 이다는 알 수 없는 희열을 느꼈다. 잘 표현할 수는 없지만, 속 시원하도록 통쾌한 기분이었다. 그녀가 진파에 대해서 그 어떤 거짓말을 해도 성아는 모를 테니까.

"이런 치사한 년!"

"그러니까 내 앞에서 유세 부리지 말란 말이야."

"유세 좀 부리는 게 어때서! 진파 씨 애인은 난데! 어째서 내가 진파 씨 친구란 년한테 이딴 소리나 듣고 있어야 해?"

"애인이면 다냐! 애인이 면죄부야? 애인이 뭐든 간에 유진파한테 제일 소중한 건 나라고!"

"웃기지 마! 이젠 안 그러기로 했단 말이야! 진파 씨가 평생 네 뒤치다꺼리해 주리라고 믿어? 진파 씨가 평생 그런 바보짓 하도록 내가 내버려 둘 것 같아?"

"네가 무슨 권리로!"

"입 아픈데 자꾸 말하게 할래? 내가 애인이니까! 네가 아니라!"

"너야말로 계속 말도 안 되는 논리 갖다 댈래? 네까짓 게 아무리 애인이라고 설쳐 봤자 유진파는 내 거란 말이야아!"

……뭐, 세상만사 그렇다. 위기의식이 닥치면 인간은 내면 깊숙한 곳의 자가보호 욕구를 최우선적으로 발동시킨다. 그간 노이다가 유진파에 대해서 친구라는 이름으로 별다른 경계의식을 발동시키지 않은 것은, 윤성아처럼 위협적인 존재가 나타나지 않았던 탓일지도 모른다.

이다가 진파를 두고 해왔던 이십 년간의 가슴 아픈 고민은 내 거니까 내놔, 라는 현실적인 위협 앞에 깨끗이 날아가 버렸다.

정신을 차리고 보니 두 사람은 서로의 옷깃을 쥐어뜯고 있었다. 호시탐탐 기회를 엿보던 윤성아는 결국 노이다의 머리끄덩이를 낚아챌 수 있었다.

"으아악!"

새된 비명 소리가 들리고 성아의 주먹에는 이다의 머리카락이 뭉텅 뽑힌 채 잡혀 있었다. 그제야 사태의 심각성을 깨달은 성아가 양손을 들어 이제 그만두자는 제스처를 취했다. 그러나 그때는 이미 이성을 잃은 이다가 성아의 옷소매를 붙들고 늘어진 후였다.

부욱!

소매가 뜯겨 나갔다. 성아가 소리쳤다.

"내 옷! 어제 산 건데!"

"우이 씨! 그러게 누가 머리카락 뜯어놓으래?"

"아깐 이해한다며!"

"그거야 대화하기 전이었잖아!"

"말해두지만 네년이 대화랍시고 지껄인 얘기가 더 열받았단 말이야!"

"남 얘기하듯 말한다? 먼저 열받게 한 건 너 아냐!"

"이게 그냥……!"

이렇게 가다가는 밤을 새워 싸워도 모자를 것이다. 누구 한 사람이 병원에 실려가야 끝나게 될지도. 성아가 결국 이다의 등짝을 밀어냈다.

"가! 니네 집에 가!"

"어어…… 이제 막 쫓아내기냐? 나 택시비도 없단 말이야."

"지금 나더러 택시비 달라는 소리야? 이게 아직 덜 맞았구나."

"말 나온 김에 내가 왜 맞아야 하는 거……."

"그럼 넌 날 왜 때렸는데?"

"에? 그거야……."

마침 엘리베이터는 오층에 머물러 있었다. 성아가 엘리베이터의 문을 열고 이다를 처박듯 그 안으로 밀어넣었다.

성아가 이다를 향해 손을 흔들었다.

"잘 가, 노 작가. 오늘부터 우리 우정은 끝이란 걸 알고 있겠지? 이제는 인정사정 볼 거 없이 맞붙어주마."

"뭐, 뭐? 야야, 윤성아. 그게 무슨 소리야?"

"무슨 소리긴. 오늘부터 우리가 적이라는 소리지. 두고 봐, 절대 안 봐줄 테니까."

엘리베이터의 문이 닫혔다. 그 틈 사이로 성아가 씨익 웃어주었다.

"안녕."

이다가 가버리고 난 성아의 아파트는 두 사람이 벌였던 몸싸움의 흔적이 곳곳에 널려 있었다. 깨진 컵과 어질러진 식탁 주변을 정리하던 성아가 갑자기 꿍차 바닥에 주저앉았다. 간만에 기운을 썼더니 늦은 청소가 힘에 부친 모양이었다.

"하여간, 이 도움 안 되는 년."

성아가 잔뜩 찌푸린 얼굴로 중얼거렸다. 울고 싶기도 했고, 웃고 싶기도 했다. 결국 유진파와는 여기까지가 한계인 모양이었다. 잠깐이나마 그를 가질 수 있다는 희망에 서른이 훌쩍 지나 버린 마음이 주책없이 흔들렸지만, 사실 성아는 지금이 훨씬 더 개운한 기분이었다. 노이다가 저렇게 핏대를 세우며 유진파에 대한 독점권을 주장하고 나선 지금이. 아귀가 맞지 않던 무언가가 딱 소리와 함께 스스로를 채운 것을 지켜본 기분이랄까.

그래서 웃고 싶었고, 그래서 울고 싶었다. 안녕, 유진파. 내 부질없던 짝사랑. 애초에 왜 노이다가 유진파를 먼저 만났던 거야.

성아가 바닥에 앉은 채로 깨진 유리 조각을 조심조심 모았다.

"두고 봐라, 노이다. 네가 나한테 빚진 건 톡톡히 받아낼 테니까."

성아는 조금 비뚤어진 웃음을 짓고 있었다. 완벽히 반듯하기에는, 어느 한구석이 살짝 빠져 버린.

*

"전화 아직 안 받아요?"

"……응."

"이거 미치겠네."

한편 진파의 오피스텔에서는 두 남자가 땅이 꺼질 듯 두 시간째 계속 서성이고 있었다. 말할 것도 없이, 감쪽같이 실종되어 버린 노이다의 행방을 걱정하는 중이었다.

하지만 자세히 보면 정말로 걱정이 되어 미칠 지경인 쪽은 유진파 혼자인 듯했다. 강유는 진파를 놀리듯이 그의 뒤를 어정어정 따라다니다가, 이윽고 흥미를 잃었는지 식탁 의자에 앉아버렸다.

그러더니 다시 벌떡 일어섰다. 엉덩이 밑에 뭔가 배겨왔던 것이다.

"이거 누나 전화죠?"

강유가 내민 검은색 휴대전화를 보던 진파가 손에 쥐고 있던 자신의 전화로 전화를 걸었다. 잠시 후 강유의 손 안에서 이다의 휴대전화가 반짝반짝 발광하기 시작했다. 노이다의 못된 취미 중 하나였다. 가끔 귀찮아지면 휴대전화의 배터리를 뽑아두는 대신 무음으로 바꿔놓은 다음 어딘가에 숨겨 버린다. 배터리를 뽑아두면 전화를 건 사람들이 노이다가 어떤 상태인지 귀신같이 알아차린다는 게 그녀의 해명이었다.

"왜 안 받는지 이제 알았네."

강유가 중얼거렸다. 전화를 끊은 진파가 한동안 전화기를 노려보았다. 전화기가 마치 노이다 본인이라도 되는 것처럼(그래서 한 대 때릴지 말지 고민하는 것처럼).

"두 사람 무슨 사고쳤어요?"

강유가 물었다. 이 자식, 예리하군. 진파의 생각이었다.

"무슨 사고를 쳤길래 누나는 내 얼굴을 보고 도망가고 유 작가님은 이렇게 안달이 나서 누나를 찾는 걸까…… 흐음, 궁금해 죽겠네."

생각 같아서는 참견 말라며 쏘아주고―사실 때려주고―싶었지만 그래서는 안 된다는 것을 알고 있었다. 서로 연인관계라는 것은 그런 것이었다. 타인이 주장할 수 있는 권리라는 것에 제한적이고, 한편으로는 무제한적인 거부를 사용할 수 있는 것. 말이야 거창하다. 쉽게 말하면 그저 오장육부가 꼬이는 것일 뿐일 테지만.

"오해가 있었어."

진파가 작게 말했다. 하지만 스스로 생각해도 변명이 되지 않았다. 오해? 어떤 점에 대해서? 감정은 명확했다. 그는 이다에게 키스하고 싶었고, 그들이 막 고등학교를 졸업했을 때처럼 서로에게 가장 필요한 존재가 되어 있길 원했다. 아니, 어쩌면 원했다는 그 사실 자체를 망각했을지도 몰랐다. 그때 그는 딱 그런 느낌이었으니까. 이다와 진파가 키스는 나누는 짧은 시간 동안 가졌던 오해는 감정에 대한 오해가 아니었다. 시차에 대한 오해였다. 그도, 그녀도 서로 애인이 생겨 버린 이 우스꽝스러운 현재를 벗어나 십 년 전으로 돌아갔을 뿐이었다.

진파의 얼굴이 얼크러졌다. 무책임한 짓이었다. 성아에게 되는 대로 거짓을 둘러댄 것도 아니었고, 멋진 남자인 척하려던 것도 아니었는데 결과적으로 비겁한 일을 저지른 게 되어버렸다. 어떻게 그의 인생에서 이다를 놓을 수 있다고 생각했던 걸까. 이다를 대신해 다른 누구를 사랑할 수 있으리라고 생각했던 걸까.

스스로가 한심해서 미칠 노릇이었다.

"내가……."

그렇게 진파가 입을 열려던 순간이었다. 진파가 손에 쥐고 있던 휴대전화가 울리기 시작했다.

"여보세요?"

수화기 너머에서는 경쾌한 목소리가 들려왔다.

[나야, 진파 씨. 전화했었지?]

성아였다. 그가 어떻게 해서든 미안함을 갚아야 하는 그녀.

"음. 저기……."

[왜 전화했는지 알아. 이다 때문이지? 이다 여기 왔었어. 지금은 갔지만. 이다랑 얘기하느라 전화 온 줄 몰랐네. 걱정했지?]

그랬구나. 타이밍이 묘했다. 그와 키스를 하고 나서, 그로부터 달아나 성아에게로 갔다라…….

[진파 씨, 나한테 할 말 있지 않아?]

성아가 여전히 유쾌한 어조로 물었다. 오늘따라 그녀의 말은 빠르다는 느낌이었다. 너무 빨라서 그로서는 도무지 따라갈 수 없다는 느낌. 무언가가 그녀의 안에서 그만큼 빠르게 움직이고 있는지도 몰랐다.

"응. 그래, 맞아. 그런데 지금 이다가……."

[그래서 말인데 지금 여기로 오지 않을래?]

"아니, 지금은 일단 이다가……."

[이다 부탁이야.]

"……뭐?"

[오늘 두 사람 키스했다며. 아무렇지도 않은 일 아니잖아. 이다가 와서 얘기했어. 당분간 진파 씨 얼굴 보기 힘들 것 같대. 나한테 진파 씨 좀 불러내라고 하던데. 뭐, 본인은 그쪽 애인인 봉달 군하고 따로 할 얘기도 있는가 봐.]

"……."

[이다 지금 그쪽으로 가는 중이니까, 마주치지 않으려면 빨리 움직여야 할 거야.]

"성아 씨, 난 이다와……."

성아가 재빨리 진파의 말을 끊었다.

[이다 계속 보려면 그렇게 해. 나한테 미안하고 봉달 군한테 미안해서 어쩔 줄 몰라 하던데 뭐. 그 집 나오겠다는 얘기도 한 거 보면 말이야. 게다가 나도 진파 씨 입으로 해명을 들어야 되지 않겠어? 지금 진파 씨가 그 집에 있으면 이다가 갈 데가 없잖아. 그러니까 이쪽으로 와. 가능한 빨리.]

그리고 성아는 전화를 끊었다. 다른 변명은 듣지 않겠다는 심산이었다. 잠시 고민하던 진파가 성아의 말을 따르기로 결정을 내렸다. 이다를 붙들고 얘기하고 싶은 마음이야 끔찍할 정도였지만, 이다가 정말 그를 볼 수 없다고 결정을 내렸다면 당분간은 그 의사를 존중할 필요성이 있었다. 어쨌거나 그에게는 지금 이다가 무사히 돌아오는 것이 가장 중요했으니까.

"뭐래요?"

뭔가 아는 것처럼 강유가 느긋한 얼굴로 물었다. 진파가 대답 대신 겉옷을 챙겼다.

"이다는 오는 중이래. 여기서 기다려 줬으면 하는데."

강유가 뜬금없는 표정을 지었다.

"예? 저더러 하시는 말씀이세요?"

"응."

진파는 이미 겉옷을 입고 밖으로 나가려던 참이었다. 진파의 등짝을 향해 강유가 숨 가쁘게 말을 해댔다.

"주인도 없는 빈집에요? 게다가 전……."

신발을 신은 진파가 강유를 바라보았다. 짧게, 그리고 정면으로.

"이다 애인이니까."

일단은, 이겠지만. 속으로 덧붙인 진파가 쓴웃음을 지었다. 이다와 그는 늘 이랬다. 어떤 게 옳고 어떤 게 바람직하다는 결론은 늘 소용없었다. 결국은, 이다가 무엇을 원하느냐가 가장 중요한 문제였다. 지금 이다가 강유를 원한다면, 젠장. 그게 무엇이든 그는 그렇게 할 수밖에 없었다.

현관문을 열던 진파가 급히 덧붙였다.

"그리고 이 집은 절대 조항이 있으니까, 내가 돌아오기 전까지는 가졌으면 해."

강유가 빙긋 웃었다.

"네. 세 번째 조항이죠?"

갑자기 진파의 얼굴이 서늘해졌다. 망할 녀석. 벌써 자기가 이 집에서 뭐라도 된 것처럼 구는군. 기분 나빠. 이다가 제창하고 유진파가 합의한 '상부상생의 열한 가지 절대 조항'은 어디까지나 두 사람의 동거를 위한 원칙일 뿐이었다. 그걸 강유가 잠깐 아는 척했다는 이유로 진파는 말도 못할 만큼 기분이 상했다.

"아니, 네 번째야."

이렇게 말해준 진파는 그대로 문을 쾅 닫았다. 마음속으로는 강유가 이다에게 절대조항의 원문을 보자고 조르기 전에 세 번째 조항과 네 번째 조항의 순서를 바꿔놓아야겠다고 생각하면서.

11. 제삼자에게 협력을 구하는 방법

상기한 모든 노력에도 불구하고,

정말 손 쓸 도리가 없는 분쟁에 휩싸일 수도 있다.

그럴 경우 되도록 공정한 누군가에게 조정을 요청하는 것도 현명한 방법이다.

하지만 이 공정함이 문제다. 동거인 A, B 그 어느 편도 들지 않은 채

사건의 진실만을 보며, 분쟁 타도를 위한 원만한 해결책까지 제시해 줄 정도로

명석한 사람을 찾는 일은 결코 쉬운 일이 아니기 때문이다.

따라서 이 만약의 일을 대비해 제삼자를 미리 물색해 놓는 정도가 좋다.

개인적으로 우유 배달 아주머니나 신문 배달 아저씨를 추천한다.

물론 분쟁의 조절을 부탁하기 전에, 우유 대금이나 신문 구독료는

정확히 등분하여 부담한다는 사실을 미리 알려야 한다.

"**난** 진파 씨가 거짓말했다고는 생각하지 않아."

그에게 술잔을 내밀며 성아는 웃고 있었다. 그 웃음의 의미를 파악하기 어려웠던 진파의 표정은 저 밑으로 가라앉아 있었다.

"마셔."

진파가 술잔 대신 성아의 얼굴을 바라보자 성아가 한쪽 눈을 찡긋했다.

"이 술 뭔지 알아? 샤또 오 브리옹 92년산이야. 노이다한테는 맛도 못 보게 했던 거라구. 서른 살 생일날 외삼촌한테 선물 받았지."

루비처럼 새빨간 와인에서는 달콤한 바닐라 향이 났다. 진파가 저도 모르게 피식 웃었다. 그들 둘만 이렇게 비싼 와인을 마셨다는 사실을 알았을 때 이다가 어떻게 나올지 대충 짐작이 갔다.

성아가 자신의 잔을 진파의 잔에 살짝 부딪혔다. 두 사람의 긴장을 깰 듯 맑은 소리가 울렸다.

"이거 주면서 삼촌이 그러시더라구. 비싼 술이니까 특별한 날에 마시라고. 생일이면 충분하지 않아요, 했더니 기분 좋은 날은 굳이 좋은 술 마실 필요 없다셨어. 그러면서 실연당하거든 그날 마셔라. 내 한 병 더 사줄게, 그러시는 거야. 정말이지 애주가들은 술에 관해서는 후하다니까."

진파가 술잔을 입으로 가져가던 손을 멈췄다. 그러자 성아가 깔깔대고 웃어댔다.

"혼내려는 거 아니라고. 나 그렇게밖에 안 봐?"

진파가 계속 말이 없자 성아가 저 혼자 술을 마시기 시작했다. 확실히 좋은 술은 위험했다. 근사한 남자만큼이나.

한때 노이다의 와인 취향을 이해 못했던 적이 있었다. 심지어 흉을 보기까지 했다. 돈도 못 버는 주제에 입만 고급이라고. 술은 역시 소주랄까. 브랜디도 좋고 맥주도 나름 마실 만했지만 소주를 한입 탁 털어넣었을 때 오는 그 카타르시스는 그 어떤 술도 따라오지 못했다.

그러니까 지금의 샤또 오 브리옹은 유진파를 위한 술이다. 비싼 술인 것도 알고, 목 넘김이 근사하다는 것도 알겠지만 그녀에게는 어딘지 모르게 허전한 느낌이랄까. 왜 이런 술은 마실수록 소주 생각이 간절해지는 것일까. 모르겠다. 하지만 한 가지는 확실히 알 것 같다. 분명 노이다라면 이런 술에 눈이 돌아갔을 테지.

"뭐 어쨌든, 할 말 있을 테니까 그것 먼저 듣자. 나한테 무슨 말이 하고 싶어?"

성아가 무슨 생각으로 이런 말을 꺼내는지, 진파는 알 수 없었다. 다만 그것과는 상관없이 자신의 말을 해야 한다고 생각했다.

진파가 고개를 드는 순간, 두 사람의 시선이 마주했다. 달아나고 싶을 정도로 어려운 순간이었다.

"누나!"

"……으헉!"

오피스텔 입구에 들어서던 이다가 화들짝 놀란 표정이 되었다. 로비 한구석에 쭈그리고 앉아 그녀를 부르는 강유 탓이었다.

"여기서 뭐 해?"

"뭐 하긴요. 웬 내숭이야, 안 어울리게."

강유가 슬슬 엉덩이를 털며 일어섰다.

"누나 기다리고 있었을 게 뻔하잖아."

"너 오늘 바쁘다며?"

"그러니까 이 시간에 왔지. 케이크 사달라며. 특대 사이즈로 사 왔다구요."

특대 사이즈 케이크라는 말에 이다가 강유의 앞뒤를 살폈다.

"에? 빈손이잖아."

"와, 이 여자 진짜 너무하네. 고생했다고, 미안하다고 그런 말 못해줘요? 나보다 케이크가 목적이야?"

"고생했냐?"

강유가 잠시 고민했다.

"……뭐, 그다지."

"그럼 됐지, 뭘 생색내고 그래."

"하여간 져주는 법이 없다니까. 애교라는 훌륭한 미덕을 좀 배워보시죠?"

"그런 게 미덕이면 너나 하지 그러냐?"

강유가 하하 소리 내어 웃었다.

"이래서 누나가 좋다니까."

강유가 이다의 어깨에 팔을 둘렀다.

"어쨌거나 올라가요. 밤늦게 마실 다녀오느라 고생 많으셨습니다, 누님."

그러나 이다는 움직이지 않았다.

벌써 새벽이 다가오는 시각. 눈이 돌아갈 정도로 예쁜 남자와 머리 한쪽이 뜯겨 나간 여자가 고급 호스트 바에서나 있을 법한 대화를 나눈다. 남자는 한 번 스치기만 해도 누군지 알 만한 얼굴이었고, 여자는 그런 남자와는 도무지 연관이 없어 보이는 차림새였다. 남들에게 들켜서 좋을 게 하나도 없는 사람들이었지만, 둘 다 보고 있기 답답할 정도로 느릿느릿 움직여 대고 있었다.

"봉달아, 나 할 얘기 있는 거 같아."

그러면서 강유를 바라보는 이다의 표정은 아주 복잡했다. 무슨 말을 할지 그 표정만 봐도 알 수 있었다. 언젠가 그녀의 입으로 듣게 될까 봐 늘 무서웠던, 그런 말이라는 것을.

강유가 입꼬리를 살짝 말아 올려 웃었다. 한쪽 입술로만.

"뭐요? 누나 유 작가님이랑 사고쳤다고요?"

"음?"

이다가 얼굴을 잔뜩 찌푸렸다.

"그게 그렇게 거창한 거였어?"

"나야 모르죠. 하지만 유 작가님 표정 아주 가관이던데요. 게다가 누나는 이런 얘기나 하고. 두 사람 사고쳤다고 생각하는 게 정상 아닌가?"

이다가 쓴 약을 잔뜩 삼킨 것처럼 보기 싫게 입술을 오므렸다.

"그렇게 표시나니?"

이 뻔뻔한 여자. 결국 이럴까 봐, 결국 그래서 유진파와 둘이

서만 행복하게 될까 봐 기를 쓰고 쫓아다녔는데. 결국은 이렇게 나오시는군.

그래도 안 돼. 유진파는 안 돼. 다른 사람이라면 몰라도 유진파는 안 돼.

"뭐, 일단은 내가 누나 애인이니 더할 거예요. 남들보다 더 민감할 수밖에 없으니까."

아쉽게도 비교 대상이 되는 남들이 없기에 강유의 말은 증명할 길이 없었다. 어쨌든 이다는 고개를 끄덕이며 엘리베이터를 향해 있는 강유의 등을 돌려 세웠다.

"어쨌든 그만 가봐, 황봉달. 나중에 편할 때 얘기하자."

강유가 몸을 홱 돌려 이다를 마주 보았다. 그런 다음 등을 떠밀던 이다의 손을 양손으로 꽉 붙들었다.

"왜 나중이야?"

그의 입김이 서늘하게 다가왔다. 그 표정에 이다가 저도 모르게 겁을 집어먹었다.

"비겁해요. 스스로 알고 있죠? 이제 와서 넌 아니니 그만 헤어지자고 말할 참이었어요? 헤어지는 게 그렇게 간단한 일인가? 누나 이렇게 비겁한 사람이었어요?"

"야아…… 왜 그렇게 말을 해. 난 그냥 오늘은 너무 늦었고, 게다가 너도 요새 바쁘고……."

강유가 그녀를 비웃었다.

"아쉬울 때 되니까 남 생각 해주는 척하네. 누나 진짜 이기적이야. 대체 유 작가님은 이런 여자 어디가 좋다는 거지?”

“거기서 왜 유진파 얘기가 나와? 그리고 이 손 놓고 얘기해. 너 이러니까 좀 살벌해 보인다. 이런 거 반칙이라고. 대체 왜 남자들은 쓸데없이 힘자랑하는 걸 좋아하…… 아!”

이다가 강유의 손을 뿌리치려 든 것과 그들 등 뒤로 몇몇 사람이 엘리베이터를 타기 위해 다가온 것, 그리고 ‘어? 저거 강유 아냐?’라는 소리와 함께 강유가 이다를 힘주어 안은 것 모두가 거의 시차를 두지 않고 일어난 일이었다.

“이 자식이 미쳤나. 이거 안 놓…….”

버둥대는 이다를, 강유가 덥석 안고는 입을 막아버렸다. 물론 그의 입으로. 다가오던 사람들이 입을 쩍 벌리고 그들을 바라보고 있을 것이다. 저 좋을 대로 한참 그녀의 입을 막고 있던 강유가 고개를 들었다. 그러자 구경하던 사람들과 눈이 마주쳤다. 유감스럽게도 누군지 익히 아는 사람들이었다.

“봉달아, 사랑싸움이냐?”

그 사람이었다. 1616호의 김성환과 그의 보조작가들. 그를 발견한 강유가 일부러 그런 것처럼, 무대에서나 선보일 듯한 환한 웃음을 터뜨렸다.

“결혼하자니까 말을 안 듣네요. 그래서 조만간 제가 발표하려고요.”

강유가 그들을 향해 예의 바르게 고개를 까닥거렸다. 이다의 표정도, 그리고 구경꾼들의 표정도 모두 엄청났다. 그리고 이런 엄청난 일을 저질러 버린 강유가 이다를 거의 들치기하듯 옆구리에 끼고는 로비 현관으로 걸음을 옮겼다.

"야, 야 황봉달? 너 미친 거 아냐? 그게 무슨 소리야? 저기요, 우리 결혼 안 해요!"

"우리 결혼할 거예요. 그리고 그 사람들 벌써 엘리베이터 탔어요."

"결혼 너 혼자 하니? 내가 왜 너랑 결혼해?"

"내가 하고 싶으니까."

결국 이다가 욕설을 내뱉었다.

"야 이 쌍놈 새끼야! 대체 뭐라는 거야? 너 제정신 맞아?"

"아니, 실은 약간 미친 것도 같아요. 나 왜 이렇게 돌아버릴 정도로 화가 나지? 음, 맞다. 누나가 방금 전 사고쳐서 그래. 그러니까 사고 친 사람은 알아서 조용히 합시다."

"사고는 무슨 사고! 이거 못 놔? 콱 물어뜯는다?"

"마음대로 해요. 잘못한 사람이 누군데 큰소리야."

이다를 질질 끌고 간 강유는 지하 주차장에 주차시켜 놓았던 차 안에 그녀를 억지로 집어넣었다.

"야, 야!"

이다는 정말로 어디든 물어뜯으려 덤볐지만 강유는 제법 노련하게 이다를 피해 운전석에 올랐다.

"문 열어! 문 열란 말이야!"

조수석의 문을 열려고 애쓰던 이다가 이번에는 강유의 옆통수를 후려쳤다.

“열라고, 이 자식아!”

이다의 주먹이 계속 닥치는 대로 강유를 때렸지만, 그는 이다가 뭘 하든 아랑곳없이 차를 출발시켰다. 강유의 날렵한 스포츠카는 기세 좋게 주차장을 벗어나 차가 거의 없는 한적한 도로 위를 달리기 시작했다.

“야앗!”

때려도 별 반응이 없자 이다는 이번엔 핸들을 빼앗으려 들었다. 그러자 강유는 아예 핸들에서 양손을 놓아버렸다.

끼이이익!

차가 멋대로 굴러가 하마터면 중앙선을 넘어 마주 오던 차와 부딪칠 뻔했다. 아슬아슬하게 비켜간 차를 바라보며 이다가 식은땀을 흘리는데 여전히 두 손을 뗀 상태인 강유는 비죽거리며 액셀러레이터를 더 밟아댔다.

“야, 이 자식아아!”

이다가 울 것 같은 얼굴이 되어 외치자 강유가 피식 웃음을 섞어 대꾸했다.

“죽기 싫으면 핸들 돌려줘요. 그리고 반항도 관두고. 사고 나기 딱이라니까.”

“멈춰! 내려줘!”

강유가 고개를 돌려 이다를 바라보았다. 그는 심장이 쿵 멎을 정도로 차가운 얼굴을 하고 있었다.

"이대로 나랑 같이 죽고 싶어요? 나야 상관없는데."

부우우웅!

속도계가 160km/h를 가리키자 이다가 참지 못하고 핸들을 놓아버렸다. 그러자 강유가 재빨리 핸들을 잡고 속력을 낮췄다. 도로 위를 퉁기듯 달리던 차가 겨우 안정적으로 제자리를 잡았다.

"말 듣는 김에 안전벨트도 매요. 걸리면 골치 아파."

"……."

"말 들어요."

무서웠다. 열 살이나 어린 강유가 무섭다는 게 아니라 말이 통하지 않는다는 사실이 무서웠다. 지금의 강유는 이다가 슬슬 놀려먹던 그 강유가 아닌 듯했다. 누나라며 살갑게 굴던 그와는 또 달랐고, 그녀에게 달콤한 말을 속삭이던 때와도 또 달랐다. 이다는 강유가 어떤 사람인지 종잡을 수 없게 되었고, 그런 불신은 무섬증을 일으켰다.

"말 안 들어요?"

"……."

이다가 결국 안전벨트를 맸다. 그녀가 저항하면 강유는 더 나빠질 뿐이라는 것을 알 수 있었다. 잠시 숨을 고르던 이다가 한결 차분해진 목소리로 물었다.

"어디 가는 거야?"

"궁금해요?"

"당연히 궁금하지."

"흐음…… 생각 안 해봤어요. 일단 우리 집에 데리고 가는 게
나을 것 같아."

"너희 집?"

"음. 여기서 가까워요. 다리 하나만 지나면 되거든요."

강유의 말대로 그들이 탄 차는 청담대교를 지나고 있었다. 창
문 너머로 검게 넘실대는 깊은 강이 보였다. 공연히 무서워지는
이다가 속으로 중얼거렸다. 쫄지 마, 노이다. 저 녀석은 어린애
라고. 나보다 열 살이나 아래야. 쫄지 마, 제발. 쫄지 마…… 젠
장. 근데 정말 무섭네. 아, 쪽팔려. 나이는 대체 어디로 먹은 거
지.

"쫄지 마요, 나쁜 짓 안 할 테니까. 지금 당장 유 작가님하고
그 집에서 단둘만 있게 하는 게 싫어서 그래요."

그 말에 이다가 입을 비죽거렸다. 어머, 남 일에 웬 참견이람.

"원래 단둘이 살던 집이거든."

"알아요. 그래서 그동안 마음에 안 들었어."

강유는 청담동의 한 고급 빌라 단지로 들어섰다. 널찍한 지상
주차장에 차를 댄 강유가 이다를 끌고는 빌라 안으로 들어섰다.
사실 빌라라기보다는 단독주택을 여러 개 모아놓은 듯한 느낌
이었다. 한 건물마다 테라스를 놓고 티 파티를 해도 좋을 만한
정원이 딸려 있었고, 건물 하나가 한 가구인 듯 큼직한 로비 대
신 아담한 현관문이 자리하고 있었다.

"우와."

이다가 반납치 상태인 자신의 처지를 잊고 솔직한 감탄사를 얘기했다.

"근사하다. 이거 건물 하나가 집 하나야?"

"아뇨. 반으로 나눠서 두 가구가 써요."

"몇 평이나 돼?"

"칠십 평 정도."

"이야, 너 진짜 부자구나."

"이층이라서 사실 그렇게 넓어 보이진 않아요. 그건 그렇고 누나 정말 태평하다."

이다를 향해 이죽이는 웃음을 흘려준 강유가 그녀의 팔을 붙들고 집 안으로 들어섰다. 불을 켜자 집 안 구석구석이 눈에 들어왔는데 인테리어 역시 죽을 정도로 근사했다. 강유의 말에 따르면 인테리어 업체가 공짜로 협찬해 주고, 대신 집 안을 인테리어 잡지에 공개했다고 했다. 가구나 장식품 등도 대부분 협찬이라고 했다. 이다는 진심으로 부러움을 느꼈다.

"아깝다. 이럴 줄 알았으면 유진파도 진작 연예인 시키는 건데."

강유가 툴툴거렸다.

"연예인 아무나 해요?"

이다 역시 그를 향해 눈을 흘겼다.

"유진파가 어때서. 그만하면 잘생겼지."

“뭐…… 하긴.”

두 사람이 거실의 소파에 앉았다. 강유가 술 한 잔 할래요, 라고 묻자 그제야 이다가 자신의 상황—강제납치—을 깨닫고 심각한 표정이 되었다.

“아니. 이왕 이리 된 것, 진지하게 얘기나 하자. 나 집에 보내주라.”

강유가 히죽 웃는다.

“어림없어요.”

“야야. 오늘 가둬둔다고 내일도 가둬둘 수 있겠냐? 그리고 네가 날 왜 가둬.”

“애인 보호차원에서.”

“뭐? 누가? 누굴 누구로부터 보호해?”

강유가 딱 잘라 말했다.

“사랑하는 사람을, 그 사람을 사랑한다고 믿고 있는 사람한테서.”

“……하아.”

이다가 한숨을 쉬었다. 나도 정상에서 살짝 비켜간 삶을 살고는 있지만, 너도 진정으로 나 못지않구나. 대체 며칠 본 여자 어디가 그렇게 마음에 들어서 이따위로 나오니. 갑자기 둘 다 아주 한심하다는 생각이 들어버렸다. 새삼 유진파를 놓고 안달하는 자신과 그런 자신을 보며 달라져야 할 강유 모두.

“봉달아.”

“편하게 말해요.”

“성급해.”

“뭐가요?”

강유는 비싼 듯 보이는 가죽 소파 위에 편안히 누운 상태였다. 좀 전까지만 해도 그는 무슨 일을 저지를지 모를 정도로 격해 보였지만 지금은 노이다 따위는 콧등으로 보고 있는 듯했다. 달라진 그를 어떻게 받아들여야 할지 난감했지만, 노이다는 노이다. 그대로 할 말은 해야겠다는 생각이 들어버렸다.

“너 이러는 거.”

“내가 뭘 어쩌는데?”

“결혼이니 보호니 이런 얘기 꺼내는 거. 너 강유잖아. 왜 네 인생을 그렇게 막 가지고 노니?”

이다의 말에 강유가 발작적으로 커다란 웃음을 터뜨렸다. 한참 웃던 그는 정말로 웃음을 참지 못하겠다는 듯, 눈물까지 찔끔 흘려댔다.

“이야…… 이거 걸작인데. 노이다랑 결혼하면 강유가 인생 막 굴리는 거예요? 누나야말로 그 얘기 자신한테 너무 심한 거 아닌가?”

이다는 침착했다. 그녀야말로 노이다가 아닌 것처럼.

“아니, 그런 얘기가 아니야. 난 성급함을 얘기하는 거야. 잘은 모르겠지만 넌 앞으로 계획이 더 많은 사람 아니니? 이제 고작 스물셋이잖아. 정말로 결혼하고 싶은 여자를 만났다고 할지라

도, 네 인생 계획에 맞춰서 결혼 계획도 잡아야 할 거 아냐. 그
리고 그렇게 하고 싶다는 여자를 만나야 할 거 아니니. 그런데
난 아냐. 난 널 사랑하지도 않고, 너 같은 것보다야 내 인생이
몇만 배 더 소중해. 그러니까 난 아니라고. 왜 아무 곳에나 주사
위를 던져. 어디든 누구든 상관없다는 것처럼.”

강유가 이다의 침착함을 흉내 내서 대꾸했다.

“누나가 그런 말 할 자격 있나? 누나야말로 막 살고 있잖아
요.”

이다의 얼굴이 빨개졌다.

“누가 그래?”

“내가 본 바론 그래요. 진지하게 일하는 것도 아니고, 적당히
대충대충 유 작가님 등에 얹혀살잖아.”

“……이 나쁜 놈.”

이다의 입에서 욕설이 튀어나갔다.

“그런 말 한다고 내가 미안해할 줄 알아? 어림없어, 어림없다
구. 네가 왜 그딴 얘기를 하는 건데.”

“나한테 미안해할 건 없죠. 유 작가님한테 해야지. 그래서 하
는 말인데, 그만 독립해요. 경제적으로도 독립하고 정신적으로
도 독립해. 그럴 때 되지 않았어요?”

“참견 마. 네가 뭔데 그런 소릴…….”

“그러니까 나와 결혼하자구요.”

소파에 누운 강유가 옆 눈으로 이다를 바라보았다. 그의 얼굴

은 묘하게 진지해 보여서 농담을 하는 것 같지는 않았지만 그래도 영 미심쩍은 얼굴이었다. 무엇보다 이 뜬금없는 청혼이 대체 무얼 의미하는지 이다는 도통 감이 잡히지 않았다.

"유 작가님 돈 쓰느니 내 돈 쓰며 살아요. 유 작가님 집에서 살 거 여기서 살면 되잖아. 누나는 아무것도 달라질 게 없어. 이전처럼 살던 대로 살면 돼요. 단지 그 사람이 아니라 나와 사는 거야."

이다가 물었다.

"내가 왜 그래야 되는데?"

강유가 시선을 천장으로 돌리며 대꾸했다.

"사랑하니까."

"누가 누구를?"

"누나가 나를."

"……."

이다가 세차게 고개를 흔들다가 주먹으로 머리를 퉁퉁 두들겨 댔다. 앞, 옆, 뒤 제법 골고루 내려치더니 그제야 좀 개운한 표정을 지었다.

"봉달아, 미안한데 그건 아니지."

"……."

강유는 그 말을 듣지 못한 것처럼 입을 다물었다.

"뭘 바라는 거니. 난 잘 모르겠다. 너는 연애를 가르쳐 주겠다고 했지 사랑해 달라고 하진 않았어. 그리고 날 사랑하겠노라고 하지도 않았어. 그런데 내가 결혼하자는 네 말을 믿어야 해? 그건 좀 잘못된 거 같지 않아?”

“…….”

잠시 입을 닫고 있던 강유가 몸을 일으켰다.

“진짜 뭐 마시지 않을래요? 와인은 없지만 괜찮은 술 많은데.”

“봉달아.”

“맥주는 종류별로 있어요. 버드아이스, 괜찮죠? 유 작가님이 이 술 좋아할 텐데.”

“황봉달.”

“그래서 나도 맥주는 그것만 마셔요. 미국 맥주는 텁텁해서 싫어했는데, 버드아이스는 확실히 좋던데요. 아무리 마셔도 안 질리는 거 있죠. 유 작가님 정말 취향 좋다니까. 여자 보는 눈만 빼고.”

저걸 그냥 확 두들겨 패버렸으면. 이다가 이런 생각으로 이를 박박 갈고 있는데 주방으로 갔던 강유가 맥주 캔을 들고 나타났다.

“받아요.”

강유가 캔 하나를 이다에게 던졌다. 하지만 말을 너무 늦게 했든지, 아니면 캔을 너무 빨리 던졌든지 하는 바람에 그가 던진 캔은 이다의 이마를 툭 때리고 바닥을 굴렀다.

“아!”

"저런, 미안해라."

이다도, 강유도 움직이지 않고 캔이 테라스 문 앞까지 굴러가는 모습을 지켜보았다.

무언가 이상하다는 생각이 든 것은 바로 그 순간이었다.

"너…… 나한테 왜 이래."

이다가 물었다.

"내가 뭘요?"

여느 때처럼 부드러운 목소리였다. 그러나 조금 달랐다. 아주 조금, 무언가 다른 것이 그의 목소리 안에 있었다.

"오늘 한 모든 일. 아니, 나한테 했던 모든 일."

"응? 누나가 무슨 말을 하는지 잘 모르겠는데요?"

"저 캔, 나 일부러 맞힌 거잖아."

"……."

잠시 침묵을 지키던 강유가 빙긋 웃었다.

"저런, 들켰네."

"……."

이번에는 이다가 할 말을 잃었다. 몸이 딱 굳어버렸다. 대체 그가 누군지 알 수 없게 되어버렸다. 설마, 설마…….

"농담이야. 내가 그럴 리 없잖아."

강유가 마시던 맥주 캔을 내려놓고 이다에게 다가왔다. 그녀의 발치에 앉아 이다의 무릎 위에 고개를 올려놓은 그가 한숨처럼 조용히 내뱉었다.

“화났다구요. 그거 몰라요? 내가 오늘 그대로 누나 두고 왔으면 누나는 그대로 숨어버렸겠죠. 전화야 어차피 안 될 테고. 내가 찾아가기 전에는 만나자는 말도 하지 않았을 거야. 그리고 내가 억지로 시간 내서 가면, 유 작가님이랑 사이좋게 있다가 그렇게 말하겠지. ‘미안, 봉달아. 나 사실은 이 남자 사랑해. 그러니까 우린 안녕하자’. 그럼 나더러 어쩌라고요? 나 그 꼴 그대로 보고 있어야 했어요?”

현실감각이 전혀 느껴지지 않는 달콤한 말이었다. 강유가 하는 말은 그랬다. 귓속을 똑똑히 파고들지 못한 채 귓바퀴를 빙빙 돌기만 했다.

“……봉달아.”

“사랑해요, 누나. 사랑한다구요. 나와 결혼해요. 누나 해달라는 대로 다 해줄게요. 결혼이 싫어요? 그럼 그냥 같이 살기만 할까요? 누나 좋다는 대로만 할게요. 그러니까 다른 사람 말고 날 사랑해요. 나랑 결혼해요.”

“……”

이다가 고개를 흔들며 강유를 밀어냈다.

“미안한데, 그건 내가 싫다. 나한테는 너와 결혼할 이유가 하나도 없어.”

“유 작가님 때문에요?”

“다른 사람하고는 상관없어. 몇 번을 얘기하지만 난 너랑 결혼 생각은커녕 널 사랑하지도 않아. 사랑이 뭔데? 그게 뭔지는 나도 모르지만 만나서 밥 몇 번 먹고 즐겁게 얘기했다고 그게 사랑이 되는 건 아니잖아."

몇 번의 시도 끝에 결국 소파에서 일어날 수 있었다. 이다가 빠른 걸음으로 현관을 향해 갔다. 막 손잡이를 잡아 문을 열려는데, 뒤따라온 강유가 그녀를 덥석 붙들었다.

"유 작가님 사랑해요?"

"상관없는 문제라니까."

"나한테는 상관있어. 그 사람 사랑해요?"

"놔줘. 갈 거야."

"유진파 사랑하냐구요!"

강유는 거의 소리를 지르듯 큰 소리를 냈다. 순간 귀를 막고 싶어졌다. 대체 나한테 왜 이러냐고, 따져 묻고 싶었다. 이런 게 사랑이라고 한다면, 거짓말이 분명했다. 사랑이 상대에게 감당하기 싫은 괴로움을 억지로 떠안기는 것은 분명히 아닐 것이다.

"그래! 사랑해! 내가, 진파를 사랑해!"

이다도 소리를 질렀다.

"그러니까 보내줘! 놓아달라고!"

"……파아."

강유가 길게 한숨을 토해냈다.

"제기랄…… 왜 이렇게 되는 거야."

한숨과 거의 구분이 가지 않는 말이었다. 눈을 감고 잔뜩 표정을 구기던 강유가 이다를 쥔 손에 아플 정도로 힘을 주었다.

"그래서 나 누나 못 보내요. 여기 있어요."

이다가 눈을 꼭 감았다. 봉달이 애는 미쳤어. 제정신이 아냐. 아니, 어려서 그런 걸까. 나로서는 흉내도 못 낼 정도로 열정적이라서? 아니, 그러니까 미쳤다는 거지. 왜 하필 그런 열정의 상대가 나냔 말이야. 그러니까 미친 게 분명해.

결론을 내린 이다가 발꿈치를 들어올렸다. 강유가 멀쩡한 대화를 통해 멀쩡한 길로 돌아서도록 설득할 수 있을 만한 멀쩡한 상황이 아닌 다음에야, 자력으로 탈출하는 수밖에 없었다. 눈을 힘껏 감은 이다가 그대로 강유의 코를 향해 힘껏 박치기를 시도했다.

퍽!

"윽!"

강유가 비명을 지르며 뒤로 넘어졌다. 여전히 그에게 단단히 붙들려 있는 이다도 함께 엎어졌다. 딱 소리를 내며 두 사람이 현관 바닥에 부딪힌 순간, 열려 있던 문으로 누군가가 들어왔다.

"……이건 뭐래?"

"……응?"

이다가 인상을 쓰며 고개를 돌려 방문객을 확인했다. 놀랍게도 어디선가 많이 본 듯한 얼굴이었다. 그리고, 그의 목소리를 들은 강유의 얼굴이 새하얗게 질려 버렸다.

"코피부터 좀 닦아라, 자식아."

그가 친근하게 무릎을 굽혀 강유의 코밑에 소매를 갖다 댔다. 강유는 몸 전체가 굳은 것처럼 그를 가만히 바라보고만 있었다. 그 틈을 탄 이다가 재빨리 그에게 붙들린 손목을 비틀었지만, 강유가 재빨리 이다의 꽉 움켜잡았다.

"그래, 어쩌다 이렇게 됐어?"

이다도 알고 있는 목소리였다. 조금 높고, 카랑카랑하게 쇳소리가 나는 목소리. 어떻게 들으면 예쁘고 독특하게 울리는 희한한 목소리였다. 한때 그녀도 이 목소리가 부르던 노래를 즐겨 듣던 때가 있었다.

그는 가수였다. 음주 운전 및 대마초 관련법 위반으로 한동안 TV에서 모습을 감추긴 했지만. 관심이 없던 이다는 모르고 있었지만 그는 최근 다시 방송활동 재개를 선언함으로써 언론의 도마 위에 올라 있었다.

"프러포즈했더니 이 여자가 이마로 들이받았어."

강유가 인상을 쓰며 대답했다. 그 말에 이철진이 낄낄대고 웃었다.

"프러포즈? 확실해?"

"결혼하자고 했으니 프러포즈 맞지."

"……뭐? 진짜?"

이철진이 날카로운 턱 선을 돌려 이다를 바라보았다. 그때까지 강유와 낑낑 씨름하던 이다가 그의 시선을 받고는 움찔 몸을 움츠렸다. 적의가 느껴지는 눈이었다.

"이 여자랑 결혼한다고?"

"그래."

이다가 황급히 고개를 저었다.

"아니에요. 이 자식이 멋대로 이러는 거라구요."

그러자 이철진이 그럼 그렇지, 라는 표정으로 고개를 까닥였다.

"놀랐잖아."

"진짜라니까."

강유가 험악한 얼굴로 이다를 노려보았다. 가뜩이나 힘껏 쥔 손목을 한껏 더 아프게 비틀어대기까지 했다. 얌전히 있어요, 라는 뜻이다. 하지만 어림없다. 고분고분한 여자를 기대했다면 애초에 노이다에게 수작을 걸지 말았어야 했다.

"결혼은 네 마음대로 하냐?"

이다가 꿋꿋하게 되받아치자 강유가 한숨을 내쉬었다.

"보다시피 이쪽은 아직 마음의 준비가 안 됐지만. 뭐, 곧 하게 될 거야."

"누구 마음대로. 결혼은 유진파가 하자고 그래도 환갑 때까지는 고민해 볼 거란 말이야."

"아, 그럼 환갑 지나서 나랑 해요. 그 정도야 기다려 줄 수 있으니까. 들었지? 어쨌거나 우린 결혼할 사이 맞아."

이철진이 싱긋 웃으며 강유의 말을 받았다.

"거짓말인 거 다 알아."

"어째서?"

"이 여자, 그 여자잖아."

"에?"

이 말에 강유와 이다가 둘 다 놀랐다.

"날 알아요?"

이다의 말을 귓등으로 무시한 이철진은 강유만 바라보며 말했다.

"그 사진작가 여자 아냐? 그러니까 네가 이런 수작질이겠지."

"……?"

이다가 황당한 표정이 되었다.

"뭐? 지금 뭐라고요? 유진파가 상관있어요?"

그 말에 이철진이 코웃음을 쳤다. TV로 볼 때와는 전혀 다른 모습이었다. 그는 말 한 마디, 동작 하나마다 사람을 기분 나쁘게 만드는 재주가 있는 남자였다.

"이 여자 되게 멍청하네. 그럼 강유가 정말 좋아서 너 같은 걸 따라다니는 줄 알았어? 대체 뭘 믿고?"

이다의 입이 쩍 벌어졌다. 강유가 자신을 사랑하느냐 하지 않느냐 하는 문제는 이미 머릿속을 떠나 있었다. 정말 중요한 것은 강유가 과연 누굴 사랑하느냐였다.

"설…… 마?"

"젠장."

강유가 대답 대신 욕을 해댔다.

그 설마가 맞는 모양이었다. 강유가 사랑하는 것은 이다가 아니었다. 그리고 아마도, 이다가 아닌 그 누구는 유진파인 모양이었다. 그제야 느닷없이 강유가 등장하고 벌어졌던 일들이 아귀가 맞아떨어졌다. 이다가 심호흡을 했다. 제기랄, 이 망할 진파 놈. 페로몬을 줄줄 흘리고 다니는 거냐. 대체 왜 사방 도처에 다 라이벌들이야. 여자로도 모자라 이번에는 남자까지냐.

"너 그럼……."

이다가 떨떠름하게 말을 끊자 강유가 기분 나쁜 표정으로 고개를 돌렸다.

"그렇게 쳐다보지 말아요. 미안한 데다 기분 나쁘니까."

"아, 그래? 그럼 이 손이나 놔줘."

"그건 안 돼. 유 작가님한테 가서 다 말할 거잖아. 그건 죽어도 싫어."

"그렇다고 날 평생 네 옆에 두고 감시할 수도 없는 노릇 아냐."

"그래도 지금은 싫다구요."

"고집 피우긴. 어쨌거나 아프니까 놔줘. 네가 왜 이런 짓을 저질렀는지 얘기해 주면 진파한테 말 안 할게."

물론 생각해 보고 난 뒤에라는 단서가 붙긴 하겠지만, 어쨌거나 그것은 노이다의 혼잣말이었다.

잠시 생각해 보던 강유가 꽉 붙들고 있던 손을 놓아주었다. 피부가 화끈대는 게 아무래도 멍자국이 남을 듯했다.

"그런데 그전에 이 사람 먼저 보내고요."

강유가 이철진을 턱짓으로 가리키며 말했다. 친근하게 구는 이철진과는 달리 강유는 그를 싫어하는 기색이 역력했다.

"어이, 왜 그래. 내가 뭘 어쨌다고 오자마자 가라고 그래?"

이철진을 바라보며 강유가 빠르게 말을 내뱉었다.

"누나, 조심해요. 이 사람 절반쯤은 미쳤으니까."

"……응?"

"사람 때리는 것쯤 우습게 안다구요. 특히나 여자라면 질색하니까 누난 더 조심해야 돼."

"여자를 왜 싫어해?"

"물컹한 가슴이 너무 싫대요. 움직일 때마다 출렁대는 게 돼지처럼 보인다나."

"……."

잠시 대화가 멎었다. 이철진이 얼굴을 붉히며 강유에게 손가락질을 해댔다.

"이거 왜 이래? 다 말해서 뭐 어쩌자는 거야?"

강유가 그에게서 시선을 떼지 않으며 차갑게, 그리고 빠르게 내뱉었다.

"나 혼자만 아웃팅 당할 수는 없잖아."

두 사람의 시선이 빠르게 오갔다. 그리고 노이다 역시 두 사람을 쳐다보느라 정신이 없었다. 하룻밤 사이 엄청난 이야기들을 들어버렸다. 강유와 이철진, 한때까지 포함하면 한국에서 가장 많은 소녀 팬들을 거느린—거느린 전적이 있던—두 사람은 사실 둘 다 호모 섹슈얼이었고, 게다가 친근하게 구는 태도를 보아하니 아무래도 보통 이상의 사이인 듯했다.

이철진이 강유를 보며 으드득 이를 갈았다.

"너……."

"여기 왜 왔는지나 말해보시지. 바쁘니까 빨리 말해."

"……바쁘긴 뭐가 바빠?"

"당신한테는 바빠. 별로 시간 내주고 싶지 않거든. 그러니까 빨리 얘기해."

강유의 차가운 말에 이철진의 안색이 딱딱히 굳었다. 그가 굳은 턱 근육을 억지로 잡아 늘여가며 웃었다.

"우리 사이에 정말 이러기냐? 넌 옛날 일 다 잊었어? 나 사랑했잖아."

"잊기는."

강유도 그를 보며 웃었다. 역시 억지로.

"하나도 빠짐없이 다 기억해. 당신이 나한테 무슨 짓을 했는지, 하나도 남김없이 모두."

아마도 좋은 기억이 아닌 모양이었다. 추억을 저렇게 씹듯이 뱉어내는 사람은 없을 테니까. 이철진의 억지웃음이 좀 더 벌어졌다.

"그래. 그래도 사랑했잖아."

"옛날 일이야."

"과연 그럴까?"

이철진이—용의주도하게 준비해 온—무언가를 툭 던졌다. 강유의 무릎을 맞고 현관 바닥에 떨어진 것은 사진 몇 장이었다.

"생각나지? 이태원 G."

"응? 이태원 G 바?"

아는 척하고 나선 것은 강유가 아니라 이다였다. 이태원 G 바. 이른바 게이 문화의 메카라는 곳 아니던가. 주말 되면 입장조차 버거울 정도로 많은 이반들이 몰린다는 그곳. 전국에서 가장 물 좋은 게이 바라고 하던 그곳이었다(그래서 언제고 막연히 취재 한번 가고 싶다고 동경의 장소로 남겨놓은 곳이었다).

"봉달이 너 거기 갔었어?"

그렇게 사람이 많은 곳이라면, 모르긴 해도 위험천만하지 않을까. 이다의 질문은 그런 의도였다. 사진을 집어 든 강유가 한숨을 푹 쉬면서 이다를 바라보았다.

"갔으니까 이런 사진이 나왔겠죠."

"무슨 사진인데?"

이다가 빼앗듯이 사진을 건네받았다. 강유가 젊고 예쁜 누군가와 부둥켜안고 있는 사진이었다. 사진마다 상대가 각기 달랐다. 하나같이 잘생기고 스타일 좋은 남자들이라는 점은 같았지만. 워낙 어두운 사진이라 또렷하게 보이진 않았지만 강유의 표정은 고급 포르노물에 나올 법하게 느껴졌다. 강유에게 이렇게 에로틱한 느낌이 있다는 것을 이다는 처음 알았다.

"이야, 표정 죽이는데. 봉달이 너 색기가 줄줄 흐른다."

이다의 말에 강유가 사진을 홱 빼앗았다.

"이건 약 먹어서 그래요. 이 여자 못하는 소리가 없어."

"약?"

"누가 내 술에다 뭘 탔단 말이에요. 그러니까 그때 상태가 이 모양이었지."

강유가 인상을 썼다. 그가 쳤다던 초대형 사고의 실체는 바로 이것인 모양이었다. 어떻게 부풀리느냐에 따라서 금세기 최고의 스캔들 감이 되고도 남을 정도였다(모 여배우가 재벌가의 이혼남과 비밀리에 결혼했다는 루머 따위는 한 방에 잠재우고도 남으리라). 알 만한 누군가가 호모 섹슈얼이라는 점 하나로도 문제가 되고도 남는 나라에서, 집단 부킹에—집단 연애라고 하는 게 더 나을까?—약물 사용까지. 스스로 생각해 낸 단어들의 조합이 주는 느낌이 너무 섬뜩한—경우에 따라서는 짜릿한—나머지 이다가 부르르 몸을 털었다.

"너 사고 한번 화끈하게 쳤다."

"내가 친 게 아니에요."

강유의 대꾸는 의외로 단호했다.

"사진 보면 몰라요? 저 사람이 약 탄 거라구요. 그래 놓고는 이런 증거 자료 만들어서 재계약 따낸 거죠. 박 실장 그 성격에 발발 떨었겠지 뭐. 어쩐지. 저렇게 갈 데까지 간 퇴물이 다시 기어나오는 데는 다 그만한 이유가 있었어."

강유의 설명에 이다는 이해가 간다는 듯 고개를 끄덕였고(그것도 간 크게 당사자를 앞에 두고), 이철진은 분노했다. 그가 현관 앞에 이다와 나란히 앉아 있던 강유의 멱살을 움켜쥐고는 그를 일어나게 만들었다.

"뭐라고? 지금 뭐라고 그랬어?"

"내가 틀린 말 했어?"

차갑게 대꾸해 준 강유가 그의 손을 홱 뿌리쳤다. 잔뜩 긴장한 이다가 슬그머니 손을 뻗어 현관에 놓여 있던 슬리퍼 한 짝을 손에 쥐었다. 여차하면 강유의 편을 들어 그것으로 이철진을 두들겨 패줄 생각이었다.

"어차피 얻어낼 건 다 얻어냈잖아. 재계약 정도면 과분하다고 생각 안 해? 나한테 뭘 더 내놓으라는 거야?"

강유가 목소리를 높이고, 이다가 슬리퍼를 치켜들었다. 하지만 두 사람이 만반의 대비를 하는 가운데 이철진은 전혀 의외의 표정을 한 채 말했다.

"……다시 만나자."

"……."

"다시 만나자. 예전에는…… 그래, 내가 잘못했어. 내가 너무…… 어쨌든 다시 만나자. 그간 네 생각 많이 했어."

이철진의 카랑한 목소리를 들으며 이다가 잽싸게 속으로 손가락을 꼽았다. 이철진이 데뷔한 게 그녀가 고등학교 때. 그때 대학가요제로 데뷔했으니 그녀보다 두세 살 정도는 더 많다는 얘기였다. 그렇다면 강유와는 무려 띠동갑이다. 강유가 그룹 활동을 하던 때부터 사귀던 애인이라고 했으니…… 헉, 거의 범죄 수준이다.

"돌았네."

강유의 대답에는 생각의 여지가 전혀 없었다.

"그게 말이 되는 소리라고 생각해?"

순간 울컥한 이철진이 강유의 옷자락을 더 바싹 움켜쥐었다.

"뭐? 고작 그렇게밖에 말 못해?"

"것 봐. 당신은 아직도 이런 식이잖아. 마음 내키면 예뻐하다가 조금이라도 마음에 들지 않으면 두들겨 패지. 그럴 거면 차라리 펫을 키워. 어차피 당신이라는 사람의 수준도 짐승과 다를 게 없잖아."

강유가 말을 마치는 순간, 이다가 벌떡 일어났다.

"이야앗!"

강유가 했던 발언의 위험 수위를 봤을 때, 분명 이철진이 폭력을 행사할 거라고 지레짐작했던 것이다. 이다의 손에 들린 슬리퍼가 이철진의 머리통을 경쾌하게 때렸다.

“악! 뭐야, 이 여자!”

손을 들어 슬리퍼를 막으려는 통에 이철진은 강유를 놓아줄 수밖에 없었다. 강유가 재빠르게 이철진의 다리를 찼다.

“윽!”

그가 앞으로 고꾸라지자 강유가 이다의 손에서 슬리퍼를 빼앗아 이철진의 뒤통수를 한 대 때렸다.

딱!

경쾌한 소리. 이철진이 비명처럼 새된 소리를 질렀다.

“이 자식! 죽여 버릴 거야!”

“할 수 있으면 어디 해봐.”

두 팔로 바닥을 짚고 일어서는 이철진의 엉덩이를 발로 차며 강유가 비웃음을 던졌다. 그가 다시 풀썩 자빠지는 순간, 강유가 이다의 손을 붙들었다.

“누나, 가요!”

“응?”

“도망가자구요!”

말과 동시에 강유는 이다를 끌고 주차장으로 향하고 있었다.

✳

“어, 어디로 가는 거야?”

“몰라요. 일단 도망치려구요.”

이다가 단호하게 말했다.

"그럼 집으로 가. 이철진도 거긴 모를 거 아냐."

"거긴 싫어요."

"왜?"

"왜긴요. 얌전히 유 작가님한테 데려다 주기 싫어서죠."

"이 자식……."

이다가 이를 갈았다.

"유진파한테 말 안 한다니까. 나 못 믿어?"

"믿을 사람을 믿지. 내가 누나 몰라요?"

이다의 말을 콧등으로 무시해 버린 강유가 마음 내키는 대로 핸들을 움직였다. 밖이 컴컴했던 탓도 있었지만 집 밖으로 거의 나오지 않는 이다로서는 어딘지 도저히 알 수가 없었다.

"아, 누나. 우리 바다 보러 갈래요?"

아무 일도 없었다는 것처럼 강유가 빙긋 웃음과 함께 말을 꺼냈다. 이다가 한숨을 푹 쉬었다.

"집에 가고 싶다니까. 바다는 무슨."

"결정. 바다로 가요, 그럼."

"어어…… 야!"

"그렇게 좋아요?"

강유는 정말로 고속도로를 탔다. 부산 방향이라는 표지판을 본 이다가 기절할 듯 놀랐다.

"야야, 너 제정신이야?"

"나 바다 본 지 오래됐거든요."

강유는 좀 전처럼 이다의 말과는 상관없이 자기 얘기만 해댔다.

"마침 보고 싶었는데…… 잘됐다. 누나랑 가서 더 잘된 거 같아요."

"야 인마, 황봉다알!"

강유가 손을 들어 이다의 머리 위에 얹었다. 툭툭, 그의 손이 머리를 토닥였다. 꽤나 묘한 느낌이었다. 어쩐지 손이 불편해졌다. 이런 식으로 위로받아야 하는 사람은, 그녀가 아니라 강유일 것 같은데.

"나 좀 봐줘요, 누나. 어디든 가버리고 싶은데 혼자가 되는 게 무서워요. 누나가 같이 있어주면 진짜 안심일 것 같아."

"……."

이다가 잠시 고민했다. 생각해 보면 강유가 한 말 중에 진실과 거짓을 확연히 구분 지을 수 있는 말은 거의 없었다. 애인이 되자는 말도, 결혼하자는 말도, 사랑한다는 말도 모두 거짓이었다. 과연 지금 그가 하는 말을 진실이라고 믿을 수 있을까.

"나 말고 다른 사람이 필요한 건 아니고?"

"……."

그 말에 잠시 숨을 멈췄던 강유가 갑자기 커다랗게 웃어버렸다. 너무 웃어서 눈가에 눈물도 고였다. 그는 옆에서 듣는 이다가 무서워질 정도로 웃고 또 웃었다.

"아, 이거 정말…… 반칙이야, 반칙."

"뭐가."

"누난 왜 이렇게 날 잘 알아요?"

"내가 널?"

"반칙이다. 이러면 내가 누나를 미워할 수가 없잖아요."

"……."

"잔뜩 괴롭혀 줄 생각이었는데…… 에이."

툭툭. 강유의 손이 다시 움직였다. 이다가 고개를 홱 돌려 그의 손을 피했다.

"어, 이제 나 싫어졌어요?"

강유가 태연한 목소리로 물었다. 이다가 입을 꾹 다문 채 고개를 저었다.

"그럼 왜요?"

"왜 이러는지 알 것 같아서."

"내가 왜 이러는데?"

"위로받고 싶은 거잖아. 네가 그러는 것처럼, 누군가 토닥토닥 해주길 바라는 거잖아."

강유가 하하, 아주 건조한 웃음소리를 흘렸다.

"누난 진짜 미워하기 어려워. 큰일났다."

"시끄러, 이 자식아. 그런 것 같으면 내려주든지."

"그거 안 돼요."

"왜?"

"아무도 없으면, 정말로 큰일이 나버릴 것 같아서."

"……."

이다는 문득 인도행 비행기를 타던 때가 생각났다. 어디든 가버리고 싶었던 그 기분을, 정말 아무것도 없는 곳에 아무도 모르는 곳에 있고 싶었던 기분이 한순간 되살아났다.

삶이 너무 퍽퍽해서도 아니었고, 죽은 할머니가 마음 아파서도, 외삼촌들이 꼴 보기 싫어서도 아니었다. 아무것도 없다는 생각에서였다. 그녀를 붙들고 있는 것이, 이곳에는 어떤 것도 없다는 생각에. 그 반발심으로 더 튀어나가고 싶었다. 생각해보면 그것은 어쩌면 아무한테나 좀 붙잡아달라는 시위가 아니었나 싶기도 했다.

마치, 지금 강유처럼.

"……얌전하네. 이제 포기했어요?"

입을 다물고 창밖만 바라보고 있는 이다를 향해 강유가 불쑥 말을 꺼냈다.

"아니."

"그럼?"

"바다 같이 가줄게. 네가 정 그렇게 사정한다면."

"내가 지금 사정하고 있어요?"

"응. 온몸으로 사정하고 있는데 뭘. 성격이 꼬인 탓에 제대로 부탁할 줄 몰라서 그렇지."

강유가 어깨를 으쓱하며 웃었다.

"누나한테 이렇게 시니컬한 면도 있었구나. 그런 말 들으니 무서운데."

"봐, 그게 꼬인 거야. 그냥 고맙다고 하면 될 걸 가지고."

이다의 말을 끝으로 잠시 침묵이 이어졌다. 매끄럽게 굴러가는 바람 소리만 간간이 들려왔다. 텅 빈 고속도로는 레이스라도 하듯 빠르게 달려가는 차들만 언뜻 보일 뿐, 어둠이 가득했다. 마치 세상에서 떨어져 나와 강유와 단둘이 있는 것 같았다.

그게 아주 이상한 기분이었다. 정말 엉뚱한 느낌이랄까. 그들은 오래도록 알아온 친구도 아니었고, 못 견디게 사랑하는 연인도 아니었다. 그런데 세상을 벗어난 곳을 향해 단둘이 가고 있었…….

그런 곳이라면 유진파와 함께 가고 싶다는 생각이 들었다. 그가 아니라면, 무섭고 불안하다고. 억울하다고. 그가 아니라면 싫다고.

"왜 아무것도 안 물어봐요?"

강유의 물음이었다. 이다가 무기력하게 고개를 돌렸다.

"뭘?"

"모조리 다. 방금 전 그 인간에 대한 것도 그렇고, 유 작가님에 대한 것도 그렇고. 안 궁금해요?"

이다가 새카만 어둠 속을 바라보았다.

“사실 궁금해. 하지만 내가 얘기해 보라고 하면 실례잖아.”

“누나가 언제 그런 걸 따졌다고요?”

“나도 누가 나 후벼 파는 거 안 좋아하거든.”

“흐음······.”

줄곧 앞만 바라보던 강유가 이다를 향해 시선을 돌렸다. 그녀의 옆얼굴을, 그를 보지 않는 시선을 한동안 바라보던 그가 빙긋 웃었다.

“아무래도 부산은 너무 멀겠죠? 가까운 데로 가요.”

✻

바다에 도착하니 해가 막 떠오르고 있었다.

사람이 아무도 없는 조용한 바닷가였다. 강유의 말에 따르면 경포대 근처의 조그마한 해수욕장인데 시즌이 시작되기 전까진 항상 이렇게 한가한 곳이라고 했다. 아는 사람이 거의 없어서 그런지 주변에 민박이라는 허름한 간판을 달아놓은 집도 딱 한 군데뿐이었다. 경포대 주변에 흔히 있는 으리으리한 리조트 시설 따위는 찾아볼 수도 없었다.

“고등학교 올라갈 때 친구들하고 왔었어요.”

하얀색이 금빛보다 더 많이 섞인 고운 모래사장에 앉은 두 사람 중 강유가 먼저 입을 열었다.

“원래는 경포대 가려고 그랬거든요. 예쁜 애들 꼬셔서 같이 놀자고. 그런데 지도를 봐도 영 못 찾겠더라구요. 그래서 엉뚱하게 여기로 왔죠. 사실 여기서 경포대 되게 가까워요.”

이다는 바다만 가만히 바라보고 있었다. 얼핏 보면 그가 무슨 얘길 하든 상관하지 않는 것도 같았다. 그래도 강유는 신경 쓰지 않았다.

“2박3일 놀았나. 정말 재미있게 놀았어요. 수영도 하고, 밥도 해먹고, 헌팅도 하고…… 사실 집에다는 말 안 하고 왔었거든요. 어차피 나한테는 관심도 없어서 말하든 안 하든 똑같을 거라고 생각했죠. 그런데 서울 와보니 엄마가 죽어 있었어요.”

강유의 이야기는 계속 이어졌다.

“내가 없어서, 그래서 더 신나게 두드려 팼던 것 같아요. 평소에는 내가 말렸으니까. 그런데 하필, 하필 그날 내가 없어서……..”

말을 끊은 강유가 이상한 표정을 지었다. 무슨 표정을 지어야 할지 잘 모르겠다는 표정이었다. 이다가 그제야 고개를 돌려 그를 바라보았다.

“말해.”

“……엄마가 죽었어요. 내가 여기서 친구들하고 놀고 있는데. 도저히 같은 집에서 못살 것 같아서 집을 나왔어요. 그때가 고등학교 1학년 때였는데, 같은 동네 사는 친구네서 며칠 있었어요. 사실 집을 나왔다고도 할 수 없었죠. 오 분만 걸어가면 집이었으니까. 하다못해 동네 수퍼를 오가면서도 마주치는 거리였다구요. 그런데 아무도 찾으러 오지 않았어요. 내가 집을 나갔다는 사실이나 알았나 몰라."

강유의 이야기는 그랬다. 그런데 이철진 그 사람은 달랐다고. 그에게 집착하고 그를 구속했다고 했다. 처음엔 그게 사랑일 거라 믿었고, 나중이 돼서야 그게 사랑이든 아니든 상관없어졌다고 했다.

"사춘기 같은 거였죠. 왜, 그때만 해도 사랑이 이 세상의 전부 같잖아요."

하지만 이철진이 약을 하면서 상황은 점점 더 나빠져 갔다. 원래도 멀쩡한 사람은 아니었지만, 약에 취해 있을 때면 손 쓸 도리가 없을 정도라고 했다. 사랑에 대한 잘못된 정의에서 벗어난 것은 그에게 내장이 꼬이도록 두들겨 맞고 병원에 실려갔던 때라고 했다.

"독하게 치렀네, 사춘기."

이다의 말에 강유가 고개를 끄덕였다.

"뭐, 남들보다는요."

그리고 그때 병원에 그를 데려다 준 사람이 유진파라고 했다. 당시 진파는 모 유명 작가의 어시스트였을 거라고, 아마도 얼떨결에 심부름 삼아 온 걸 거라고 강유는 말했다.

"급하다고 누가 보내서 왔을 텐데, 엄청 상냥한 거예요. 왜냐고 묻지도 않고 아플까 봐 걱정해 줬어요. 게다가 좀 잘생겼어야지. 정말로 한눈에 반해 버렸어요. 유 작가님 때문에 그 인간한테 맞은 게 좀 덜 서러워지던걸요."

강유가 잠깐 말을 멈추고 웃었다.

"하지만 그러면 뭐 해. 유 작가님은 벌써 임자가 있었다는데."

비틀린 사춘기를 지나 새로 시작된 감정은 여전히 어렵고 버거웠다. 단순히 사랑하는 사람이 있는 사람을 사랑하는 게 아니라, 사랑하는 여자가 있는 남자를 다른 남자가 사랑해서 그랬다고 했다. 유진파가 개인전을 열 때면 스케줄을 펑크 내서라도 보러 갔지만 진파는 그를 전혀 알아보지 못했다. 그게 못내 서운하면서도 서운함과 비례해서 감정은 켜켜이 쌓여만 갔다.

"이반이 일반을 사랑하면 정말로 골치 아파져요. 사랑이라는 거 자체가 골 아픈 노릇인데, 거기에 인간으로서의 문제도 하나 더해지거든요. 그냥 누군가를 좋아할 뿐인데, 그게 죄의식하고 병행돼요. 간단히 말하면 죄의식인데, 이건 정말 밑도 끝도 없어요. 어쩔 땐 정말 그냥 죽어버리고 싶기도 하고."

강유의 말에는 허세나 과장이 없었다. 아주 담담한 목소리일 뿐인데도 정말로 그랬겠구나, 라는 생각이 들어 기분이 씁쓸해졌다.

"참 이상하죠? 이런 얘길 하게 된 사람이 하필이면 누나라니. 말하자면 라이벌인데, 라이벌한테 곧이곧대로 속마음 다 말하는 바보가 어딨어."

이다가 약간 잠긴 목소리로 말을 꺼냈다. 아닌 게 아니라 밤새도록 이리저리 끌려 다녔더니 목이 잠길 만도 했다. 벌써 피로가 몰려와 모래밭에 쓰러져 자버릴까 하는 마음도 일었다.

"아니, 너 나한테 거짓말한 거 많잖아."

"별로 없어요. 유 작가님 좋아한다는 말 빼곤."

"어쭈, 넌 처음부터 다 거짓말투성이였잖아. 사고치고 우리 집으로 도망쳐 왔다는 것도 거짓말 아냐?"

"과장이 좀 섞이긴 했지만, 완전 거짓말은 아니에요. 일단 이 철진 그 사람한테 들키면 좋을 거 없었으니까."

"그리고 너 나한테 결혼하자느니 이딴 소리도 막 했잖아."

"그건 진담인데."

발끝까지 밀려드는 파도에 손을 갖다 대며 강유가 빙긋 웃었다.

"그럼 어쩔 수 없이 우리 셋이서 같이 살아야 되잖아. 그것도 나름 재미있을 것 같지 않아요?"

"사양이다."

이다가 손에 묻은 모래를 툭툭 털면서 대꾸했다.

"너랑 있으면 어째 매일 사고에 휘말리는 것 같아. 유진파는 유진파대로 말썽이지, 넌 오늘만 해도 이상한 사람한테 두들겨 맞을 뻔했지……. 아, 그런데 그 사람은 어떡해? 이철진 말이야.

확 신고해 버리면 속 편하겠지만 그럴 수는 없잖아. 너나 그 사람이나 애인 사이였다는 거 밝혀지면 곤란할 텐데."

"소속사에서 알아서 하겠죠 뭐."

"여유있다. 그 사진 공개되면 어쩌려고?"

"에이, 안 그래요. 아무나 찍은 게 아니고 이철진이 찍은 거잖아. 그럼 그 사람 외에 다른 루트로 공개될 건 없죠."

"그 사람이 공개하면?"

"그럴 일 없어요."

강유가 딱 부러질 것만 같은 목소리로 대꾸했다.

"겁이 많은 데다 욕심은 더 많은 사람이거든. 그게 공개되면 소속사에서 어떻게 나올진 뻔하죠. 그야말로 같이 죽자는 얘긴데 그럴 만한 위인은 아니에요. 그나저나 누나도 참."

강유의 얼굴에 반짝임이 돌아왔다. 그녀에게 바싹 얼굴을 들이대며 우리 연애해요, 라고 말할 때와 비슷한 표정이었다.

"내 걱정이 돼요? 나 괘씸하지 않아요?"

물론 괘씸했다. 쳇, 망할 녀석. 어디 넘볼 사람이 없어서 유진파를 넘봐! 게다가 그런 용의주도한 방해 작전이라니. 내가 까닥해서 정말로 네놈을 좋아하게 되는 불상사가 벌어졌으면 어떻게 책임지려고 그랬냐. 그러나 이다는 그런 말을 굳이 하는 대신 가슴 밑바닥에 묻어버렸다.

그를 이해한다거나, 그래서 용서한다거나 하는 수준이 아니었다. 그저 화낼 필요가 없다는 것을 알고 있었을 뿐이다. 그녀가 모르는 유진파를 그가 알고 있다는 사실이 조금 묘한 느낌으로 다가왔다. 그와 그녀는 그렇게 아주 조금을 닮아 있었다.

이다가 조금 망설이다 그의 어깨를 토닥토닥 두드려 주었다. 놀랐다는 듯 강유가 어깨를 움츠렸지만 곧 긴장을 풀고 그녀의 어깨에 이마를 기댔다. 이다가 그런 강유에게 작은 목소리로 대답해 주었다.

"불쌍해서, 이렇게 불쌍해서야 어디 괘씸해할 맛이나 나겠냐."

"나 불쌍해요?"

"그럼 넌 네가 안 불쌍해?"

"불쌍하다고 생각하기 시작하면 끝도 없잖아요. 그런 생각이 더 위험한 거 아닌가?"

"아냐, 인마. 불쌍한 건 불쌍한 줄 알아야지. 그래야 힘내서 남들만큼 안 불쌍해지지. 자기가 불쌍한 거 감추고 불쌍한 줄 모르는 거, 그게 정말 불쌍한 거야. 너 불쌍해. 나보다 더 불쌍한 거 같아서 괜히 미안해질 만큼."

강유의 입에서 메마른 웃음이 흘러나왔다. 파삭하게 마른 모래와 비슷한 웃음이었다.

신발에는 벌써 젖은 모래가 붙어버려서 바닷가에 왔다는 사실이 한층 더 실감나기 시작했다. 조금 전까지만 해도 해를 닮아 붉던 바다가 이제는 선연한 하늘빛을 품고 있었다.

“누나.”

강유가 이다를 불렀다.

“왜?”

“누나, 나랑 정말 결혼하지 않을래요?”

“뭐?”

“나 누나하고라면 정말 잘살 수 있을 것 같아. 누나는 나 이해하잖아요. 난 사실 지금 누나와 내가 닮은 것 같다는 생각도 드는걸. 그러니까 결혼해서 나랑 여기서 살아요. 아무도 없는 데서.”

이다가 피식 웃어버렸다.

“안 속아. 그리고 난 서울 갈 거야. 누가 너랑 같이 초야에 처박히고 싶대.”

“한 번 정도는 더 속아줘도 좋을 텐데. 서울 가면 유 작가님한테 사랑한다고 말할 거예요?”

하지만 말처럼 미련이 떨어지는 얼굴은 아닌 듯했다. 그는 어쩐지 재미있다는 미소를 짓고 있었다. 결국 그런 것이다. 아마도 그가 유진파를 두 번 정도 더 사랑하게 되더라도 노이다를 진심으로 미워할 수는 없을 것이다. 그의 말처럼 그와 그녀는 닮은 구석이 너무 많았다. 너무, 너무도. 이런 사람이 있어 다행이라는 생각이 들어버릴 만큼.

이번에는 이다가 생각 뒤에 고개를 저었다.

“글쎄…… 자신없어. 그건, 아직은.”

“왜요?”

“말해야 해?”

“나도 다 말했잖아.”

이다가 발로 젖은 모래를 쭉 밀어냈다. 의미없는 동작이었다. 그저 온 김에 바다를 즐기고 싶은 건지도 몰랐다.

“좀 복잡해. 감정이라는 게 원래 그렇지만.”

이다의 감정처럼, 제법 매서운 파도가 일어났다가 밀려 나갔다.

“나는 유진파가 행복하길 바라. 세상 그 누구보다도, 잘살고 잘되고 곱게 늙기를 바라. 거짓말 같아도 진심이야. 지금 내가 가진 것 중 가장 소중한 게 그 녀석이야. 어쩌면 유일한 걸 수도 있고. 그래서 자신이 없는 거야. 지금까지 그래 왔는데, 새삼 관계를 바꾸게 되면 어떻게 될지. 내가 변할 수도 있고 유진파가 변할 수도 있잖아. 그래서 그 녀석이 나 때문에 행복하지 않다고 느낄 수도 있잖아. 그런 걸 생각하면 너무너무 무서워.”

어쩌다 보니 성아에게 했던 얘기가 반복되었다. 그러나 반복해서 말하다 보니 정말 그렇다는 확신이 들기 시작했다. 그녀는 진심으로 무서웠다. 혹시라도 유진파가 없는 세상에 혼자 남겨지게 될 그녀가. 그 이후의 시간이.

강유가 그녀를 조용히 바라보았다.

“배가 불렀다, 누나.”

“뭐?”

"영원해야만 사랑이에요?"

뜬금없는 질문에 이다가 잠시 생각에 잠겼다. 영원과 사랑이라. 하긴 대부분 그 둘을 같이 놓고 보지만 서로 같은 존재는 확실히 아니지. 그런데 그게 뭘 어쨌다고?

"순간도 사랑이잖아. 짧다고 해서 사랑이 아닌 건 아니죠. 누난 그냥 배가 부른 거야."

이다가 인상을 쓰며 입을 벙긋거렸다. 딱히 대꾸할 만한 말을 찾지 못해서였다. 영원, 사랑. 언제나 사람을 기만하는 거짓말. 하지만 강유는 그 두 개가 꼭 같은 것이 아니라고 말한다. 그래, 사실…… 같은 것은 아니지. 정말 같은 게 아니야.

"어차피 사람도 영원히 사는 거 아니잖아요. 그런데 사랑만 영원하길 바라면 너무 대책없지 않아요? 누나가 교통사고로 내일 당장 죽을 수도 있어요. 물론 유 작가님이 그럴 수도 있고. 그럴 땐 어쩌려구요? 아, 유진파가 죽었으니까 유진파 사랑도 끝이구나. 역시 사랑 안 하길 잘했어, 이렇게 생각할 거예요? 누난 그냥 말도 못하게 이기적인 거야. 유 작가님만 고생한 거지 뭐."

논리적인 비약이 있었지만 강유의 말은 핵심을 짚어내고 있었다. 유진파가 죽는다면, 혹은 그녀가 죽는다면. 둘 중 누구 하나가 사라진다면, 그렇다면 그녀는 아직 시작되지 않은 그들의 관계에 안도할까? 아니면…….

"죽도록 후회할 거야."

이다가 끄응, 하는 신음 소리와 함께 말했다.

"죽도록, 죽도록, 죽도록 후회하다 정말 죽어버릴지도 몰라."

"정답이네. 하지만 죽고 나서 후회하면 늦어요."

"그렇지만 말이야. 그렇지만……."

말을 하는 대신 이다는 양 무릎 사이에 고개를 파묻었다. 그것도 모자라 파묻은 고개를 마구 흔들어대기까지 했다.

"어려워요?"

끄덕끄덕. 대답 대신 고갯짓이 나왔다.

"뭐가요?"

이번에는 고갯짓으로 대답할 수 있는 질문이 아니기에 그저 침묵. 강유가 드러난 이다의 목덜미를 보며 묘한 표정을 지었다.

"누나가 이러니까, 내가 옆에서 자꾸 방해하고 싶어지는 거라구요."

끄응, 잔뜩 눌린 신음 소리가 나왔다.

"봉달이 너, 유진파 건드리기만 해봐. 가만 안 둬."

"그럼 뭐 어쩌라는 거야. 정작 본인은 무섭다면서 다른 사람들까지 보고만 있으라니. 너무 바보 같다는 생각 안 들어요?"

"하지만 말이지, 그게……."

"아, 진짜."

강유가 벌떡 몸을 일으켰다.

"사람 귀찮게 만드네. 다 결론 나버린 일을 아직도 갈등해요?"

이다가 고개를 들지 않고 발을 쿵쿵 굴렀다. 바른 해석이 맞는지는 모르겠지만 한 마디만 더 안다고 설쳐 봐. 죽어, 대충 그런 뜻인 듯했다. 강유가 고개를 끄덕였다.

"뭐, 좋아. 내가 잘못한 일도 있고 하니 좀 도와줄게요."

그 말에 이다가 어떻게? 라며 묻기도 전이었다.

"으랏차차!"

기합 소리와 함께 달려든 강유가 이다를 홱 떠밀어 버렸다. 엄마야! 라는 커다란 비명 소리를 남기며 이다가 바닷물에 풍덩 빠졌다. 온몸이 흠뻑 젖는 대참사였다.

"봉달이 너! 죽을래!"

짠 바닷물이 눈에 들어간 관계로 눈을 꼭 감은 이다가 주먹을 휘둘러 댔다. 바짝 약이 오른 표정이었다. 강유가 낄낄대고 웃으며 그녀에게 바닷물을 뿌려댔다.

"시원하죠? 머리 좀 식어요?"

"네가 빠져 봐! 그럼 알 거 아냐!"

기를 쓰고 기어나오는 이다를, 바다에 들어간 강유가 뒤에서 잡아당겨 버렸다.

"으헤악!"

괴상한 신음 소리가 들려오고 이다가 바닷물 속에서 벌렁 자빠졌다. 당황한 나머지 물을 한 사발 마셔 버렸다. 죽이네 마네 소리소리 질러대던 그녀가 결국 강유를 바닷물 속으로 끌어들였다(사실 일부러 넘어진 듯했지만). 그러자 강유가 날렵한 동작으로 젖은 모래를 한 움큼 들어 이다의 옷자락 안에 집어넣어 버렸다. 거의 울 듯한 얼굴이 된 이다가 그에게 마구 물을 끼얹었다.

강유가 폐가 터져 나가도록 크게 웃었다. 그때까지 비명 일색이던 이다도 결국에는 그를 따라 소리 내어 웃어버렸다. 조용한 바닷가는 그 두 사람으로 인해 아주 소란스러워졌다.

12. 동거인을 위한 바캉스 계획 세우기

바캉스라는 것은 주로 짤막한 여름 휴가를 위한 대안일 경우가 많다.
빡빡한 일정에 맞춰 바캉스 동행인을 구하지 못했다면,
애석하게도 일정이 비슷한 사람이 동거인밖에 없다면
집 안에서의 바캉스 계획도 나름 시원한 맛이 날 것이다.
삼 일간의 바캉스 계획을 잡았다면 삼 일치 쇼핑을 한꺼번에 해둘 것.
그리고 삼 일간은 가사 노동을 미룬다. 욕조에는 찬물을 잔뜩 받아놓고
집 안에서의 복장은 수영복, 또는 속옷으로 제한한다.
그럴 경우 남들이 치 티고 오기며 쓰는 시간의 삼 분의 일 정도민
청소에 투자하고, 남는 시간까지 포함해 즐겁게 보낼 수 있다.
이런 대안적인 바캉스가 싫다면, 물론 진짜 바캉스 계획을 잡을 수도 있다.
그럴 경우에는 바캉스 동행인이 동거인이라는 사실에서 잠시 해방될 것을
권유한다. 집과 여행지가 별 차이 없게 느껴질 수 있으니까.

[**너** 어디야, 이 자식아!]

전화가 연결되자마자 튀어나오는 비명 소리에 강유가 인상을 쓰며 수화기를 멀리했다. 생각했던 대로 유진파는 새카맣게 달아올라 있던 모양이었다.

"걱정 마세요, 저는 잘 있으니까."

강유가 태연하게 그를 놀렸다. 이다나 진파나, 반응이 즉각적이라 놀려먹는 재미가 있는 사람들이었다.

반강제로 물놀이에 동참한 그녀는 오전 내내 신나게 놀다가 진이 빠졌는지 죽은 듯이 잠이 들어버렸다. 그간 강유는 시내 쪽으로 차를 몰고 나와 새 옷가지와 먹을거리를 산 다음 진파에게 전화를 걸었다. 물론 그들이 어디 있는지는 비밀이었다.

[너야 어떻게 되든 말든! 이다 어딨어?]

유진파는 안달복달이었다. 강유가 쓰게 웃었다. 저런 사람 앞에서 다른 사람이 사랑하느니 마느니 하는 문제는 아무것도 아닌 일이 되어버린다. 그의 사랑도 벅차서 다 감당을 못하는 지경이니. 스무 해가 넘도록 알아왔다는 사람이 어쩌면 저렇게 한결같이 열성적일 수 있는지 그게 더 궁금해질 판이었다.

강유의 목소리가 한층 더 유들해졌다.

"저 누나한테 청혼했어요. 그러니 남 애인에 관한 관심은 이만 꺼주셨으면 좋겠는데."

그 말에 단박에 고함 소리가 터져 나왔다.

[그 말 믿을 줄 알아!]

다시 귀가 뜨끔해진 강유가 또다시 수화기를 멀찍이 떼어냈다.

"참. 이러면 대화가 어렵잖아요, 유 작가님. 계속 소리 지르시면 전화 끊습니다?"

휴대전화를 챙겨오지 않아 지금 강유는 공중전화를 이용하고 있었다. 연락할 길이 막막한 유진파로서는 일단 지고 들어가야 하는 입장이다. 유진파도 그 상황을 이해했는지 수화기 너머에서 한참 숨을 골랐다. 다시 그가 입을 열었을 때는 믿기지 않을 만큼 차분히 가라앉은 목소리가 들려왔다.

[이다 어딨어? 말해.]

"이제 좀 대화가 가능하게 된 것 같네요. 어쨌거나 우리 축하해 주실 거죠?"

[헛수작 부리지 마, 이 자식아. 얘기 다 들었어.]

"어라? 무슨 말씀이시죠?"

[이철진, 그가 다녀갔어.]

"……체."

강유가 혀를 찼다. 비열한 놈이라는 사실은 알고 있었지만 설마 하니 이렇게 나올 줄은 몰랐다. 대체 그 늦은 시간에 유진파 주소를 어떻게 알아냈는지 의문이었다. 어지간히 약이 올랐던 모양이다. 어쨌거나 말 꺼내기가 더 수월해졌다.

"뭐, 그렇다면 길게 얘기 늘어놓을 필요도 없겠네요. 누나 제가 데리고 있습니다."

[원하는 게 뭐야?]

간결한 대꾸에 강유가 눈을 찡긋했다. 그가 곁에서 보고 있기라도 한 것처럼.

"뭐든 해주실 거예요? 이런, 그럼 다시 생각해 봐야겠는데."

[장난하지 마. 대체 무슨 짓을 하고 있는 거야?]

"별거 아니에요. 그저 누나가 미워서 말이죠. 며칠 더 두고 보다가 어떻게 할지 결정하려고요. 종종 안부 전할 테니 마음 놓으시죠. 그럼 전화 끊습니다."

강유가 일말의 여유 없이 철컥 전화를 끊었다. 통화를 끝낸 뒤 유진파가 어떻게 분노할지 지켜보고 싶은 마음도 일었다. 아마도 곁에서 보고 있기 괴로울 정도로 화를 낼 테지. 좋아, 지금 그 마음 잊지 말라고. 사랑은 가끔 그런 추진력이 필요할 때가 있으니까 말이지. 이렇게 중얼거린 강유가 공중전화 부스를 나와 아무렇지도 않은 것처럼 길가에 주차해 놓은 차로 걸어갔다. 지나가던 사람 몇이 그를 알아봤는지 자기들끼리 수군대고 있었다. 그러다 사진이라도 찍어서 올린다면 그가 몇 월 며칠 어디에 있었는지 금세 기사가 되어 떠돌 것이다. 그렇다면 유진파가 알아서 뭐든 하겠지.

거기까지 계산을 마친 강유가 빙긋 웃었다. 이렇게 재미있는 일은 정말 간만이라는 생각이었다.

"유진파 걱정할 텐데."

이다가 세 개째의 케이크 조각을 해치우면서 말했다. 볼 양쪽에 크림을 잔뜩 묻혀가며 맛있게도 먹고 있었다. 유진파가 본다면 이런 애를 걱정한 내 자신이 한심해, 라고 말할지도 모를 일이었다.

"난 누나 위가 더 걱정인데. 밤새도록 빈속이었을 텐데 눈 뜨자마자 케이크가 먹혀요?"

"난 원래 이게 아침이야."

단 하나 있던 민박에 마침 방이 하나 남아 있었다. 강유가 옆에 있든 말든, 밖에 나갔다 오든 말든 새근새근 반나절을 잔 이다는 막 일어나 기지개를 켜고 아침 식사를 즐기는 중이었다.

“아, 이 케이크 맛있다. 호박 크림이라고? 이런 거 처음 먹어봐.”

사정이야 어떻든 간에 이다는 꽤나 만족스러운 얼굴이었다. 무사태평한 여자다. 아마도 이런 여자를 사랑하게 된다면 꽤나 안달복달해야겠다는 생각이 들었다. 사랑하는 두 사람의 관계는 꽤나 모호해서 더 조바심치는 쪽이 지기 마련이니까. 어디로 튀어버릴지 모른다는 이 느낌이 노이다가 가진 매력인 걸까.

강유가 문득 생각이 난 것처럼 크림이 잔뜩 묻은 노이다의 손을—대체 포크를 사용하는데 왜 손에 크림이 묻느냔 말이다—잡았다.

“……에? 너도 달라고?”

“아뇨. 그냥 잡고 싶어서.”

“뭘?”

“뭐긴 뭐예요. 누나죠.”

이다가 그의 얼굴을 빤히 들여다본다. 사랑하는 사람이 사랑하고 있는 사람을 마주 본다는 것은 확실히 쉬운 일이 아니었다. 사랑하는 사람이 느껴지기도 하고, 때로는 사랑하는 사람 본인이 된 듯한 착각이 일기도 한다. 강유는 유진파가 이 여자를 사랑하는 이유를 여전히 이해하진 못하겠지만, 느낄 수 있을 것 같다는 착각마저 들기 시작했다.

“너 아직 그 장난 포기 안 했나?”

“좀 다른데요.”

"그렇다고 새삼 내 매력에 풍덩 빠졌다는 소리도 아니잖아. 넌 대체 유진파 좋아하는 거 맞아? 내가 볼 땐 그냥 재미 삼아 괴롭히려는 것 같단 말이야."

"괴롭힌다기보다는 욕심낸다는 말이 더 맞아요."

강유가 이다의 손을 놓고 그의 손에 묻은 크림을 핥으면서 대꾸했다.

"누나를 보고 있으면 내가 유 작가님이 된 것 같아. 그 반대도 가능해요. 유 작가님을 보고 있으면 나는 누나가 되고 싶어요. 두 사람, 어떻게도 끊어놓기 힘들 정도로 끈끈하잖아. 그런 두터운 관계 속에 나를 놓아보고 싶어요. 말이 안 되는 걸 아니까 욕심이라고 표현하는 거고요."

크림의 잔해가 내려앉은 강유의 손등을 보던 이다가 작게 말했다.

"너 그거 그냥 외로운 거야. 병처럼 심각하게 외로운 거야."

강유가 고개를 끄덕였다.

"알아요."

"다른 사람 만나서 외로워지지 마. 그럼 돼."

"아무나 만나긴 싫어서요."

"까다롭긴. 외로운 주제에 그렇게 따지면 안 돼."

"그렇게 따지니까 외로운 주제가 된 거겠죠."

빙긋 웃은 강유가 이다에게 손을 내밀었다.

"케이크 다 먹었으면 출발해요. 이제 돌아가야죠."

*

"유, 유 작가아! 진정해, 진정하라고!"

"내가 뭘 어쨌다고요?"

그러나 천연덕스럽게 되묻는 유진파는 왠지 똑바로 마주 보기가 겁날 만큼 서늘한 얼굴이었다. 손에 기관총이 들려 있다면 주저없이 난사해 버릴 것 같은 느낌이랄까. 박 실장이 흐르지도 않은 이마의 땀을 닦으며 그에게 자리를 권했다.

"여기 좀 앉아. 응? 좀 앉으라고."

"아니요. 그럴 여유가 없습니다. 강유가 어딨는지나 말해주세요."

"아, 몇 번을 얘기해. 우리도 모른다고. 지금 이쪽도 그 자식 찾느라 난리가 났어."

"별로 난리난 것처럼 보이지는 않는데요."

대호 사무실을 한 바퀴 휙 둘러본 유진파가 낮은 어조로 대꾸했다. 대호의 사무실은 평소처럼 돌아가고 있었다. 둘 중의 하나라는 소리다. 첫 번째, 강유의 행방을 사무실에서 알고 있다거나 두 번째, 강유의 실종이 늘상 있는 일이거나. 물론 두 번째의 경우 사무실에서 대충 그의 행방을 짐작하고 있다는 결론이 나온다.

진파가 손가락을 꼽았다.

"다섯 셀 때까지 말씀 안 해주시면 경찰에 신고할 겁니다."

경찰이라는 말에 박 실장이 펄쩍 뛸 듯이 놀랐다.

"뭐, 뭐? 경찰?"

"네."

"무슨 근거로!"

"납치, 협박."

진파의 얼굴은 종이짝이라도 베어낼 수 있을 것처럼 진지했다. 오히려 이 엄청난 말에 박 실장이 실없는 웃음을 터뜨릴 지경이었다.

"하, 하하…… 아니, 무슨 그런 말을. 경찰에서 그 말 믿겠어?"

"통화 내용 녹음해 뒀습니다. 경찰 조사 들어가면 그 외 알리고 싶지 않은 상황까지 알리게 될 텐데, 저는 책임 못 집니다."

말을 마친 진파가 가뿐히 몸을 돌렸다. 사실 통화 내용을 녹음해 두었다는 얘기는 거짓말이었다. 그럴 만한 정황은 아니었으니까. 그러나 사실을 알 리 없는 박 실장은 소파에 앉아 있던 채로 펄쩍 날아올라 그를 붙들었다.

"유 작가, 유 작가! 유 작가가 나한테 이러기야? 이런 게 어딨어? 그 통화 내용이 뭔데, 대체!"

평소 같아도 슬쩍 짜증이 올라오는 박 실장의 징징 얼굴이다. 지금 같은 상황에서 마주 대하니 정말 어디 한 군데 두드려 패고 싶다는 욕구가 물씬 일어났다.

"박 실장님은 알 것 없습니다. 경찰이 알 일이죠."

"유 작가! 아 나, 이거 진짜…… 그러지 말고 좀 앉아! 앉아서 얘기하자고!"

"저는 한시가 급해서요."

진파가 박 실장을 매정하게 뿌리쳤다.

"어이쿠야!"

박 실장이 과도한 비명—누가 들어도 어색할 게 뻔한—을 지르며 소파 위로 넘어졌다. 그 소리에 사무실에 있던 사람들이 몇몇 모여들었다.

"실장님! 괜찮으세요?"

"어이어이…… 안 괜찮아. 나 병원 좀…… 병원에 가야 될 것 같아. 누가 좀 부축해 줘야……."

유진파가 속으로 흥, 하는 콧바람을 냈다. 저런 식으로 시간을 끌어보려는 수작일 텐데 어림없었다. 그가 박 실장을 향해 고개를 까닥해 보였다.

"그럼 병원 잘 다녀오세요. 저는 이만 가보겠습니다."

그리고 몸을 돌리는데 조금 전까지만 해도 부축해 달라며 몸을 못 가누던 박 실장이 또다시 펄쩍 날아올라 유진파를 붙들었다.

"가긴 어딜 가?"

"병원 안 가세요?"

"아, 지금 병원이 문제야!"

박 실장이 큰 소리로 고함을 쳤다.

"나도 알고 싶다고! 대체 강유 그 자식이 어디 있는지! 지금 스케줄 밀린 것 좀 보란 말이야! 이거 둘러대려면 또 어디가 아팠다느니 그런 거짓말 줄줄 늘어놔야 되는데 그게 그렇게 쉬운 일인 줄 알아?"

"그러니까 경찰에 맡기자고 하지 않습니까."

"아닛! 그러니까아!"

박 실장이 발을 동동 굴렀다.

"경찰은 좀 빼고 얘길 하자고오. 나 유 작가한테 이것밖에 안 되는 사람이야? 응? 그렇게 내 사정 못 봐줘? 응응? 유 작가랑 나랑 둘이서, 둘이서 좀 차근히 얘길 해보자고. 응? 강유가 왜 그런 짓을 했는지는 유 작가가 더 잘 알 거 아냐. 그 녀석 불쌍하지도 않아? 응?"

차근히 얘기할 만한 상황이 전혀 아니라는 것을 박 실장은 대체 왜 모르는 걸까. 지금은 전혀 남 사정을 봐줄 만한 때가 아니었다. 강유가 그를 오래도록 좋아했다는 말에는 정말 할 말이 바로 생각나지 않을 정도로 당황스러웠지만, 그렇다고 이다에게 해코지하려는 것까지 곱게 봐줄 수는 없는 노릇이었다. 허용할 수 없는 수위를 넘어버린 쪽은 강유였다.

턱 근육이 저도 모르게 잡아당겨지는 것을 느낀 유진파가 박 실장의 손을 허리에서 떼어냈다. 지금 하는 말이 최소한의 양보라는 사실을, 그가 똑똑히 알아듣길 바라며.

"전화하세요."

"응? 어디…… 어디에?"

"경찰에요. 강유가 실종됐다고 하세요. 그러면 그쪽에서 손을 쓰겠죠."

"아니, 저기 그건 좀……. 기껏 수선 피우면서 찾았는데 실종이 아니었다면 뭐라고 할 거야?"

"그건 그때 가서 해결하세요."

"유 작가, 이쪽 사정도 좀 봐주라. 그러지 말고 우리끼리 어떻게 방법을 좀……."

진파가 휴대전화를 꺼내 들었다.

"그럼 제가 할까요?"

그 간단한 동작에는 이런 의미가 숨겨져 있었다. 네가 전화 안 하겠다면, 내가 한다. 대신 네가 하는 것처럼 거짓말을 하진 않을 거다. 강유가 뭐라고 지껄였는지 내 입으로 똑똑히 알려주겠다.

낚아채듯 수화기를 빼앗은 박 실장이 진파에게서 눈을 떼지 않은 채 외쳤다.

"어이, 이봐! 경찰서 전화번호가 어떻게 돼? 경찰서 전화하려면 몇 번 눌러야 돼?"

저 멀리서 야속한 대꾸가 들려왔다.

"그냥 112 누르세요!"

✳

"봉달아, 여기가 어디야?"

마음 푹 놓고 늘어지게 자던 이다가 드디어 잠에서 깼다. 어리둥절한 표정으로 살핀 주변은 다시 어둑어둑해져 있었다.

"아직 서울 도착 안 했어?"

앞 좌석에서 운전 중이던 강유가 고개를 조금 돌렸다.

"네, 누나. 아직 멀었어요. 조금 더 자요."

강유의 대답에 이다가 하품을 해댔다.

"어째 올 때보다 더 먼 것 같아. 보통은 돌아가는 길이 더 짧게 느껴지지 않나."

"누나가 졸려서 그래요."

"우웅…… 그런가…….'

물론 도착하려면 멀었다. 정확히, 서울에 도착하려면. 강유는 지금 다음 행선지를 어디로 잡아야 할지 고민하는 중이었다. 일단 동해안 국도를 따라 남쪽으로 내려가고 있긴 했다. 이대로 경상도 쪽으로 내려가 정말로 부산에 갈까 하는 생각도 해봤다. 부산은 그가 호스트 생활을 하던 곳이었다. 별로 유쾌한 기억은 아니었지만, 개중 친구라고 생각할 만한 사람은 몇 남아 있었다. 그는 간만에 할 일 없는 느긋한 휴가를 즐기는 기분이 되어 있었다.

"봉달아아, 나 전화 좀 하면 안 될까?"

이다가 여전히 졸린 목소리로 물었다.

"나 핸드폰 없어요, 누나."

"그래? 움…… 나도 없는데에…… 서울까지 얼마나 남았어?"

강유가 웃으면서 대꾸했다.

"글쎄요, 나도 잘 모르겠는데. 두 시간 정도면 도착하지 않을까?"

"두 시간? 뭐, 그 정도면……."

이다가 다시 하품을 했다. 진파가 걱정하고 있을 거란 생각은 들었지만 고작 두 시간 정도면 괜찮을 것이다. 두 시간 동안 지구가 멸망하는 것도 아닐 테니까. 여전히 졸음에 겨운 이다가 부스럭대며 몸을 돌려 누웠다.

"서울 도착하면 깨워줘."

"네, 누나. 실컷 자요."

"응……."

이다가 잠에서 깨어난 것은 그로부터 네 시간이 지난 뒤였다.

"엑, 여기서 자라고?"

눈앞에 있는, 휘황찬란한 불빛이 번쩍이는 러브호텔을 마주한 이다가 졸린 듯한 목소리를 냈다.

"미안해요, 누나. 근데 지금 가봤자 계속 헤맬 게 뻔하고……아무래도 하루 잔 다음 해 뜨면 출발하는 게 나을 것 같아요."

강유의 변명은 이랬다. 즉 길이 밀려서 샛길로 접어들었는데 아무래도 낯선 곳이다 보니 길을 잃었다. 여차저차 계속 운전해 왔지만 여기가 어딘지는 도무지 모르겠다. 어두워서 아무것도 안 보이고 하니 하루 잔 다음 내일 서울에 올라가자는 것이었다.

이다가 불신감이 감도는 눈으로 그를 바라보았다.

"내일 아침엔 정말 길 잘 찾을 수 있어?"

"그럼요."

"너 솔직히 말해. 사고 친 거 무서워서 도망 다니는 거지? 나는 여차하면 인질로 써먹을 작정이고."

"영화 너무 많이 봤다. 그 인간이라면 걱정할 거 없다고 했잖아요. 소속사에서 잘 처리했을 거라니까요. 그리고 내가 왜 인질이 필요해요? 은행 털고 해외로 뜨려는 것도 아닌데. 정말로 그냥 길을 잃어버렸다구요."

자신은 정말 결백하고 이런 의심이 미치도록 억울하다는 강유의 표정을 꼼꼼히 들여다보던 이다가 중얼거렸다.

"그래도 뭔가 수상해. 너 안 바빠? 이런 데서 죽치고 있어도 되는 거야?"

"그러니까 말이죠. 나도 하루바삐 서울로 올라가야 된단 말이에요. 길 잃어버린 건 정말 어쩔 수 없는 사고라니까."

"아, 나 진짜……."

번쩍이는 호텔 간판이 영 마음에 걸렸다. 아무리 급해서 하룻밤 묵어가는 곳이라지만 이 천박함은 너무하지 않냐는 느낌이

뭉클 일었다. 차라리 호젓한 바닷가의 민박집이 백배 낫겠다. 여긴 너무 엄하잖아.

이다가 도리도리 고개를 흔들어댔다.

"그러지 말고 도움을 청하면 안 될까? 아는 사람한테 전화해서 이러저러하니 찾으러 오라고 하자."

"누구, 유 작가님이요?"

"뭐, 유진파도 괜찮고."

"귀찮게 왜 그래요. 내일이면 올라갈 건데."

"그래도 걱정하고 있을 것 아냐. 그 뒤로 얘기도 제대로 못했는데."

"그럼 전화하면 되죠."

"으음……."

"지금쯤이면 자고 있지 않을까요? 벌써 한 시가 넘었는데. 유작가님 내려오려면 또 몇 시간 걸릴 테고, 그럼 너무 시간 낭비죠. 어차피 여기서 출발하는 시간도 비슷할 텐데."

"음……."

이다가 뭐, 그것도 그렇지라며 고개를 끄덕이자 강유가 살았다는 표정을 지었다.

"그럼 일단 올라가요. 난 정말로 샤워하고 싶어."

그건 이다도 마찬가지였다. 민박집 샤워 시설이 너무도 열악한 나머지 제대로 씻지 못했던 것이다. 이다가 강유를 향해 확고한 목소리로 못을 박았다.

"웃기지 마, 인마. 샤워는 내가 먼저야."

강유가 어깨를 으쓱했다.

"뭐, 좋을 대로 하세요."

두 사람이 씩씩한 걸음으로 러브호텔 안으로 들어섰다.

"물침대로 주세요!"

"아니, 그냥 평범한 걸로 주세요."

"물침대요! 나 물침대 써보고 싶단 말이야."

"그거 의외로 불편해요. 써본 내가 알아요."

"어어, 이 자식. 침대 하나 내 취향대로 못 골라?"

"하, 이 여자. 너무하잖아. 혼자만 좋으면 땡이야?"

"어쨌거나 물침대로 주세요."

"안 된다니까."

"시끄러! 너만 써보다니. 그런 게 어딨어, 흥. 나도 써본 다음에 평가해 줄게."

"질투할 걸 질투해요. 누군 뭐 써보고 싶어서 써본 줄 알아요? 괜히 나중에 방 바꾸자고 징징대지 말고 고집 그만 부려요."

"싫어! 여기까지 왔는데 해보고 싶은 건 해봐야겠다고."

"아우, 정말."

고개를 절레절레 흔든 강유가 결국 졌다는 듯 말했다.

"물침대로 주세요."

“이히히. 만세!”

뒤에서 이다가 작게 소리쳤다. 그러자 프런트를 지키고 있던 직원—변두리 러브호텔 주제에 유니폼까지 갖춰 입고 있었다. 지방 도시답게 불륜 손님들이 많이 찾는 모양이었다—이 그 둘을 보며 싱긋 웃었다.

“여자 분이 되게 적극적이시네요. 여기, 508호입니다. 즐거운 시간 되십시오.”

그 말에 열쇠를 받아 든 강유가 어색한 헛기침을 했다. 이다 역시 자신이 너무 체통없이 굴었음을 깨닫고 민망한 얼굴이 되었다. 강유의 옆구리를 쿡쿡 찔러 걸음을 재촉한 이다가 엘리베이터에 타고 나서야 한숨을 쉬었다.

“이 자식. 그러게 반항은 왜 해? 덕분에 민망하게 됐잖아.”

“그러게요. 내일 아침 스포츠 신문에 강유, 묘령의 여인과 호텔 투숙. 알고 보니 여인은 작업녀? 이따위 기사 실리면 곤란한데.”

이다가 잔뜩 인상을 썼다.

“어어, 들켰으면 어쩌지?”

“설마.”

어깨를 으쓱하는 강유는 모자를 푹 눌러쓰고 선글라스까지 낀 차림새였다. 목에는 계절 감각 없어 보이는 스카프까지 두르고 있어서 어지간해서는 그가 강유라는 사실을 알아보기 힘들 것이다.

이다가 그를 보며 툴툴거렸다.

"나도 선글라스 사주지. 치사한 녀석, 혼자만 얼굴 가리고."

"누나도 부끄러워하는 게 있어요?"

"방금 전 같은 상황은 충분히 부끄러워. 쳇, 나 샤워 세 시간은 할 거야. 넌 그럼 세 시간 동안 기다려야 된다고."

"마음대로 하세요."

엘리베이터가 멈추고 두 사람은 508호실 앞에 섰다. 문을 열고 들어선 이다의 입에서 솔직한 감탄사가 튀어나왔다.

"우와아, 근사하다."

인테리어가 이렇게 새끈한 러브호텔도 그리 많지는 않을 것이다(잘은 모르지만). 모딜리아니의 초상화가 걸려 있는 침대 머리맡 벽은 질감이 두텁게 하얀색 회칠이 되어 있었다. 그 맞은편으로는 작은 꽃무늬가 은은한 패브릭으로 도배가 되어 있었고, 화사한 아이보리 핑크색 시트가 둘러진 커다란 원형 침대가 창가 쪽에 놓여 있었다. 침대 위로는 촘촘한 레이스로 된 캐노피가 멋지게 둘러져 있어 보고만 있어도 로맨틱한 감수성이 일어났다. 침대 맞은편으로는 하얀 도자기 조개 같은 세면대가 설치되어 있었다. 수도꼭지 역시 세면대와 같은 재질로 되어 있어서 재밌다는 느낌이었다.

구석구석 세심하고 고급스러운 취향이 묻어나는 인테리어였다. 강유가 인테리어를 담당한 시공사를 알아내 협찬을 받아내겠다고 중얼거리는 소리가 들렸다.

"그럼 난 샤워한다."

"그래요. 혹시 배고파요?"

"아니, 괜찮아."

"앞으로 세 시간 동안 하면 배고파질 텐데."

이다가 대답 대신 인상을 써주고는 욕실로 들어갔다. 방음시설이 좋은지 물줄기가 내려오는 소리는 들려오지 않았다. 그래도 욕실 안에서 무슨 일이 일어나는지 궁금하진 않았다. 침대 맞은편에 있던 커다란 벽거울은 실은 욕실과 이어진 유리창이었다. 안에서 불을 켜면 이쪽에서 내부를 볼 수 있도록 만들어진 모양이었다.

강유가 침대에 느긋하게 등을 기대고 앉아 욕실 안을 바라보았다. 옷을 벗는 이다를 보며 저도 모르게 혀를 차주고 싶었다. 저렇게 물렁하다니(보는 것만으로도). 걸을 때마다 덜컹대서 어떻게 살지? 역시 여자는 정이 안 가. 사람 살이라면 역시 탄력이 있어야지. 너무 하얀 피부보단 검은 쪽이 더 좋아. 잠시 이다를 훔쳐보던 강유가 곧 흥미를 잃었는지 앞으로 어떻게 할 건지를 고민하기 시작했다.

더 이상 이다를 속이기는 불가능했다. 내일이면 틀림없이 서울에 갈 거라고 믿고 있을 테고, 만약 그렇지 않겠다고 한다면 어떻게 나올지는 뻔했다. 그의 지갑을 훔치거나 차 열쇠를 훔치거나 할 것이다.

"어떡한다……."

일단은 유진파가 어떻게 하고 있는지 알아보는 게 나을 듯싶었다. 강유가 침대 옆에 놓인 전화기를 집어 들었다.

"나 전화할래. 여기 전화는 어떻게 쓰는 거야?"

샤워를 마치고 나온 이다가 물었다. 커다란 목욕 가운에 파묻힌 그녀는 여전히 말캉해 보이긴 했지만 꼼꼼히 뜯어보면 제법 귀여운 구석이 있었다. 젖은 머리카락은 수건으로 돌돌 말아 올렸고, 따듯한 물 탓에 피부는 핑크색으로 상기되어 있었다. 수건을 풀고 젖은 머리카락을 얼굴에 드리우면 이 여자는 어떤 느낌이 날까.

강유가 전화기를 슬쩍 몸으로 막았다.

"여기가 무슨 호텔인 줄 알아요? 모텔 전화는 프런트용이에요."

"엥? 그럼 나가서 하고 와야 해?"

"네."

"우이 씨."

"그러게 핸드폰 좀 가지고 다니죠."

"덥석 붙들고 끌고 온 게 누군데 충고야. 시끄러워."

목욕 가운 차림으로 밖에 나가긴 싫었던지 이다가 그대로 침대에 주저앉았다.

"뭐, 지금은 어차피 잘 테니까 내일 해야겠다."

"그렇게 걱정돼요?"

"너 같으면 걱정 안 되겠냐. 동거인이라고는 덜렁 둘뿐인데."

"흐음."

강유가 애매한 표정을 지었다.

"유 작가님 집에 계시려나."

"응? 그게 무슨 소리야?"

"누나 집에 오기 전에요, 애인이 불러서 외박한다고 했단 말이에요."

이다의 표정이 묘해졌다.

"……애인? 윤성아?"

"네. 전화 받고 나가던데요. 누나 오면 재밌게 놀라고까지 말했단 말이죠."

"에에……."

이다의 얼굴이 제멋대로 일그러지기 시작했다. 윤성아와 주고받았던 대화가 떠올랐다. 절대 이대로 양보 못한다고 했던가, 그년이. 보기에 진파가 오락가락하는 것 같으니까 몸으로라도 붙들려고 작정한 걸까. 갑자기 속에서 울컥 솟아오르는 게 있었다. 유진파 이놈은 왜 그 모양으로 우유부단한 거냐. 네놈이 그 따위로 헷갈리게 구니까 남자고 여자고 할 것 없이 따라붙는 거 아냐. 아, 그리고 생각해 보니 윤성아 그년도 나쁘네. 망할 년. 지는 뭐가 아쉽다고 하나 있는 남 재산을 넘봐. 세상에 남자가 유진파밖에 없냐, 이것아.

사실 진파와 이다의 관계에 있어서 가장 큰 문제는 본인이었지만 그쪽으로는 전혀 생각을 못하고 있는 이다였다.

이다가 침대를 박차고 일어섰다.

"나 서울 가야겠다."

그러자 강유가 뒤에서 이다의 가운을 잡아당겼다. 버둥대던 이다가 침대 위로 넘어졌다.

"뭐야?"

"그럴 필요 없을걸요."

"뭐?"

"유 작가님 아마도 지금 여기로 오고 계실 거예요. 뭐, 약간의 성의만 있다면요."

"어째서!"

왜냐하면 그가 진파에게 전화를 했으니까. 그래서 대충 얄팍한 암시를 흘린 뒤 그대로 전화를 끊었으니까. 물론 진파의 휴대전화에는 발신 번호가 남을 것이고, 조금의 수고를 아끼지 않는다면 지역 번호 등을 유추해 이곳이 어디인지 알아낼 수 있을 것이다. 게다가 전화번호부라는 고전적인 방법을 택한다 해도 인명편과 상호편이 나뉘어 있을 테니 찾기도 한결 수월할 것이다.

"이 상황, 너무 근사하다고 생각 안 해요? 짜맞춘 것 같잖아. 한눈에 보기에도 딱 알 수 있는 러브호텔에, 누나는 샤워 가운만 입고 있지. 여기서 나만 옷을 벗으면 누가 들이닥치든 간에 오해하기 딱 좋은 상황이라니까요."

"야, 이 자식!"

이다가 참지 못하고 그의 머리통에 주먹을 날렸다. 강유가 그 것을 재빨리 피해내자 이다가 옆에 놓여 있던 쿠션을 들어 그를 내려쳤다.

퍽!

"이 집착스런 자식아! 아직도 포기 안 했냐?"

"글쎄…… 이건 그냥 서비스예요. 한때 사랑했던 사람과 그 사람이 사랑하는 사람을 위한 작은 배려랄까. 각본, 주연, 연출 모두 대국민배우 강유."

동시에 강유가 손을 뻗어 이다의 양쪽 손목을 움켜쥐었다. 그 상태로 몸을 반 바퀴 뒹굴자 이다가 침대 위에서 그의 배 아래 깔린 상태가 되었다.

"문은 안 잠갔어요. 이대로 유 작가님이 저 문을 열고 들어선 다면 볼만하겠죠?"

이다가 방긋 웃었다.

"코는 괜찮아?"

"……뭐라고요?"

"그때 내가 박치기해서 너 코피 났잖아. 그 코 괜찮냐고."

그 말에 강유가 질색을 하며 고개를 흔들어댔다.

"안 괜찮아요. 말이 나왔으니 말인데 정말 코뼈가 부러졌을지 도 모른다고요. 그런 코에 다시 박치기하고 싶어요?"

"네가 계속 이런 식으로 치사하게 나온다면 그것 가지고도 모자라지.”

“폭력을 빼고 얘기하면 안 될까?”

“어림없어. 셋 셀 테니까 놔줘. 아니면 박아버린다. 하나, 둘, 셋!”

그러나 이다의 박치기는 강유가 재빨리 고개를 움츠리는 바람에 빗나갔다. 이마와 이마가 부딪치며 딱 하는 소리가 울리자 이다는 거의 울 듯한 얼굴이 되어버렸다.

“이 자식…… 진짜 아프잖아.”

“어후, 내 말이. 누나 무슨 머리가 그렇게 단단해요?”

“내가 할 소리라고, 그건!”

그리고 노이다는 그 누구도 생각지 못할 일을 저질렀다. 기를 쓰고 아픔을 호소하는 그 와중에서도, 강유가 방심한 틈을 타 정말로 그의 코를 다시 받아버린 것이었다.

“윽!”

결국 강유가 코를 감싸 쥐느라 이다의 손목을 놓아주었다. 날쌔게—답지 않게—침대를 미끄러진 이다가 가운 차림으로 제까닥 문을 열었다. 그러자 마침 막 방에 들어오려던 누군가와 눈이 마주쳤는데…….

“엑?”

전혀 의외의 사람이었다. 그녀의 눈앞에 서 있는 사람은 금방이라도 기절할 것처럼 상처받은 유진파 본인이 아니라 위기 시 유진파의 전권 대리를 맡고 있는 스튜디오의 가영 씨였다.

"누구…… 세요?"

물론 진파의 스튜디오에 다닐 일이 없던 이다로서는 처음 보는 얼굴이었다. 이다를 이모저모 꼼꼼히 뜯어본 가영 씨가 그녀에게 무언가를 불쑥 내밀었다.

"이거 본인 게 맞나요?"

유진파가 얼마 전에 사주었던 이다의 휴대전화였다. 이다가 반가운 마음에 덥석 그것을 쥐었다.

"네, 맞는데요. 그런데 누구세요?"

"그럼 잠시만 들고 서 계세요."

"……에? 왜요?"

"본인 확인이 필요해서요."

이다가 전화기를 받아 들자 가영 씨가 이다를 밀치고 호텔 룸 안으로 들어섰다. 침대 주변에는 이다의 옷가지가 흩어져 있었고, 강유는 티슈로 코를 막은 채였다.

"어쩜……."

가영 씨가 입을 딱 벌리고 그를 바라보았다.

"진짜 강유잖아."

강유가 눈살을 찌푸렸다.

"그러는 댁은 누구시죠?"

그 말에는 대꾸없이 가영 씨가 휴대전화를 꺼내 어딘가로 전화를 걸었다. 몇 마디 주고받은 뒤 전화가 끊기자 잠시 후 이다의 전화가 울리기 시작했다. 발신자는 유진파.

"여보세요?"

이다가 전화를 받자 유진파의 애인—자칭—목소리가 쟁쟁하게 고막을 후려쳤다.

[야! 너 거기가 어디라고?]

"아, 귀 아파. 여기가 어디냐면……."

[아니, 말하지 마. 듣고 있으면 더 열받을 것 같으니까.]

아니, 이년은 왜 자기가 열받고 난리람. 이년, 저년 하면서 욕하고 있던 쪽은 나라고, 윤성아.

"너야말로 어딘데 새벽에 이런 행패냐? 그리고 이 사람은 누구야?"

성아가 기가 막히다는 듯 혀를 찼다.

[어떻게 나도 아는 사람을 네가 모르냐? 가영 씨잖아, 스튜디오에서 일하는.]

그제야 이다가 아아, 라며 아는 척을 했다. 어정쩡하게 문가에 서서 침대 위에 앉아 있는 강유를 힐금힐금 훔쳐보고 있는 가영 씨는 이다가 생각했던 것보다 훨씬 더 예쁘장한 얼굴이었다. 그 작은 사실이 공연히 거슬렸다. 오냐, 유진파. 이렇게 예쁜 아가씨—사실 아줌마지만—랑 매일 붙어 있었다 이거지.

[너한테 과연 그런 자격이 있는지는 모르겠지만, 진파 씨는 어떨지 모르니까 일단은 물어볼게. 아, 어디까지나 일단은이야. 올 거야, 안 올 거야? 물론 난 네 얼굴 보고 싶진 않아.]

"……뭐? 거기가 어딘데 이 시간에 오라 마라야?"

[하여간. 올 건지 안 올 건지나 말해. 안 와?]

"왜 사람 떠보고 그래. 어딘지나 알아야 가지."

[춘천 성심병원!]

"……응? 어디?"

[진파 씨 사고 났단 말이야! 너한테 가다가! 지금 병원 응급실에…….]

"헉!"

이다의 손에서 전화기가 툭 떨어졌다.

그 뒤로 시간이 잠시 멎었다. 텅 비어버린 머릿속을 걷잡을 수 없이 헤집는 것들이 생겨났다. 끼익대는 소음. 앞뒤로 부딪히는 유리들. 어딘가로 굴러가는 차들. 피가 묻은 비명 소리. 매캐한 연기, 공포. 그 속에서 진파가 눈을 감고 있었다.

"허억, 나…… 그……."

알 수 없는 소리를 뱉어내던 이다가 휘청대며 주저앉았다. 엉덩이에 와 닿는 딱딱한 바닥의 감촉이 신기했다. 어째서지, 이렇게 캄캄한데. 어째서 난 저 새카만 구덩이 아래로 떨어지지 않는 걸까. 가만, 그런데 왜 내가 떨어져야 하지. 아, 그래. 방금 전 이상한 얘길 들었구나. 방금 내가 죽었다는 그 비슷한 소리를 들은 것 같아. 그런데 왜……?

"뭐예요, 누나. 왜 그래요? 누구 전환데?"

강유가 큰 소리로 물었지만 이다는 대꾸하지 않았다. 아무 소리도 들리지 않는 모양이었다. 가영 씨가 강유를 돌아보며 작게

'유 작가님 사고 나서서 병원에 가셨어요'라고 말해주었다. 강유 역시 창백하게 질린 얼굴이 되었다.

"그럼…… 그럼 어서 가봐야죠. 누나, 좀 일어나요."

이다는 주저앉은 채 바닥을 더듬대고 있었다. 어떤 의미가 있는 동작인지는 이다도 알지 못했다. 온통 새카맣게 보이는 이다의 표정을 조심조심 살피며, 마침 옆에 서 있던 가영 씨가 재빨리 전화기를 집어 이다의 손에 쥐어주었다.

"병원 가실 거죠? 저랑 같이 가요."

"……."

이다가 입을 벙긋대며 그녀를 바라보았다. 누구세요, 라는 말이라도 할 것 같다. 답답해진 강유가 다가와 이다를 흔들어댔다.

"아, 답답해! 안 어울리게 지금 뭐 하는 거예요! 지금 내 말 들려요? 듣고 있어요? 유 작가님이 사고 났다고요! 죽은 게 아니라 사고가 났대요! 그러니까 빨리 가봐야 할 거 아니예요! 이러고 있다가 장례식에 가려고 그래요?"

"아…… 저, 그……."

"정신 차려, 이 여자야!"

강유가 인정사정없이 이다의 등짝을 한 대 내려쳤다. 좀 전에 당했던 박치기에 대한 복수도 어느 정도 실려 있는 듯, 가차없는 소리가 철썩 울려 퍼졌다. 가영 씨가 흠칫 놀라며 인상을 쓸 정도였다. 잠시 후 이다가 멍한 표정으로 강유를 올려다보았다.

“갈 거예요, 안 갈 거예요?”

“……응? 어디?”

“병원에!”

“병원……? 왜…… 아!”

갑자기 이다가 벌떡 일어섰다. 전화기를 붙든 채 허둥지둥대는 눈빛을 보내던 이다가 가영 씨를 붙잡아 거꾸로 놓고 털 듯한 얼굴로 말했다.

“병원! 병원 가야지! 여기서 이러고 있으면 어떡해요! 차! 차 가지고 왔어요? 열쇠 있죠? 열쇠 주세요!”

“아, 병원 여기서 안 멀어요. 저 유 작가님 응급실 실려가는 거 보고 나서 왔거든요.”

“아니, 그럼 열쇠가…….”

머릿속이 뒤엉켰는지 할 말을 정리하지 못한 채 발을 동동 구르던 이다가 가영 씨의 어깨를 붙들어 문 밖으로 돌렸다.

“가요!”

“아니, 가는 건 좋은데 일단 옷이라도 갈아입어야 되지 않겠어요?”

“지금 옷이 문제예요!”

이다의 기세에 눌려 가영 씨는 차마 머리에 두른 타월 얘기는 꺼내지도 못했다. 불이 난 목욕탕에서, 혹은 말 못할 사연이 생겨 버린 러브호텔에서 막 도망친 모습으로 이다가 호텔 밖으로 뛰어나갔다. 그 뒤를 가영 씨가 뒤따랐고, 그새 혼자서만 옷매

무새를 가다듬은 강유가 다시 그 뒤를 따라나섰다.

*

"굉장하다."

성심병원 응급실에 들어서는 이다를 보며 성아가 입을 쩍 벌렸다. 이다가 헉헉대며 달려와 성아를 붙들었다.

"허어……억…… 진파…… 유진파는?"

성아가 대답 대신 이다가 터번처럼 돌돌 말아 두르고 있던 머릿수건을 벗겨냈다. 젖은 머리카락이 뺨에 쓸리자 이다가 막 목욕을 마친 개처럼 몸을 한번 털었다. 그러고 나니 시야가 좀 맑아지는 느낌이었다.

"진파 어딨냐니까?"

"엑스레이 찍으러 갔어."

"그럼 괜찮은 거야? 어디가 다쳤어? 어떻게 된 거냐고!"

이다는 악을 쓰듯 외쳤고, 그런 이다를 내려다보는 성아는 전화할 당시의 차가운 고자세를 유지하고 있었다. 안타깝게도 성아의 키는 170㎝ 가까이 되는 장신이었다.

"발가락을 찧었어."

잠시 후 들려온 대꾸는 이랬다.

"……뭐?"

"차를 탈 때 발을 잘못 디뎌서 차 문에 발가락을 찧었어. 별거 아닌 줄 알았는데 춘천 도착할 때쯤 되니까 부어오르더라고. 그래서 병원으로 오자고 했지. 발톱이 빠졌대. 뼈가 부러졌는지는 엑스레이 찍어봐야 알고. 하지만 진파 씨가 너 보기 전까지는 병원 안 오겠다고 버티잖아. 그래서 대신 가영 씨를 먼저 보낸 거야.”

가영 씨가 그들과 함께 오게 된 사연이란 말로 설명하기에는 좀 길었다. 강유의 실종이라는 특종 사건을 접한 경찰서는 도무지 생각처럼 빨리 움직여 주지 않았던 것이다. 대스타의 실종 뒤에는 사실 자작극이라든지, 혹은 본인의 가출이라든지 하는 싱거운, 게다가 범죄로 발전할 가능성도 별로 없는 결말이 있기 마련이라는 사실을 익히 알고 있는 그들은 의례적으로 실종 신고 접수만 받아놓았다. 경찰도 저렇게 나오니 할 말이 없다는 식으로 유진파를 달래던 박 실장은 결국 사실대로 말하자는 그를 말리려 정말 갖은 애를 다 썼고, 그 와중에 경찰서 내부에서 소란을 피운다는 죄목으로 두 사람은 쫓겨나게 되었다. 그 뒤로 경찰서 앞에서 이러느니 저러느니 다투던 두 사람은 격한 몸싸움을 잠시 벌였고, 유진파는 주머니에 넣어둔 휴대전화를 흘리게 되었다. 몇 번의 주먹질을 하던 둘은 잠시 합의 끝에 다른 경찰서로 이동하게 되었고, 그사이 진파의 휴대전화를 습득한 친절한 경찰 한 명이 단축키를 눌러 스튜디오로 연락을 줬기에 가영 씨가 경찰서를 방문해 휴대전화를 찾아왔다. 그때 마침 강유가 진파에게 전화를 했고, 진파가 박 실장과 함께 있다는 사실을 알고 있던 가영 씨가 박 실장에게 연락해 결국 세 사람이 함께 움직이게 된 것이었다. 그리고 공교롭게도 이다의 행방을 걱정하던 성아에게 그 시점에서 연락이 왔고, 성아도 즉석에서 이다가 강유와 함께 있다는 춘천행을 결심했다. 그리고 강유를 직접 볼 기회라고 여긴 가영 씨도 이에 합류했다. 중간에 낙오된 사람은 박 실장이었다(물론 여차하면 강유를 두들겨 팰 생각이었기에 진파가 의도적으로 그를 떼어놓은 면도 있었다).

"……."

성아의 대꾸가 너무 천연덕스러워서 이다는 저도 모르게 불끈 주먹을 움켜쥐었다. 그것을 놓치지 않은 성아가 재빨리 다른 얘기를 꺼냈다.

"그건 그렇고 너 꼭 그런 몰골로 와야 했냐?"

"말 돌리기야? 왜 트집이야."

"그렇게 온몸으로 나 러브호텔에서 뒹굴다 왔어요, 라는 표시를 내야 했느냔 말이지. 내 말은."

그 말에 이다가 고개를 아래로 숙였다. 가장 먼저 보이는 것은 슬리퍼였다. 살구색 수실로 무슨무슨 러브호텔이라는 로고가 예쁘게 박혀 있었다. 이다가 땅이 꺼질 듯 한숨을 쉬었다.

"맨발이 낫겠어? 벗을까?"

"아니, 슬리퍼만 문제가 아니잖아. 그 가운도 만만치 않은데 뭘."

이다가 다시 한숨을 쉬었.

"온몸으로 러브호텔에서 도망쳐 나온 인상을 하고 있는 여자가 응급실로 달려와 어떤 여자와 접선한 다음 그 여자를 후려갈긴다면 사람들이 뭐라고 생각할까?"

"치정과 불륜으로 얽힌 두 여자의 관계라고 생각하겠지 뭐. 너무 흔한 일이라서 그냥 재미난 구경거리 정도로밖에 안 여길 거야. 춘천이 원래 불륜객이 많은 동네거든. 장소가 병원 응급실이라는 점을 제외한다면 이런 일이야 흔할걸. 물론 네 등 뒤에 있는 저 사람을 알아채기 전까지라면."

성아가 턱짓으로 가리키는 끝에는 강유가 있었다. 그 역시 이다 못지않게 굉장한 얼굴이었지만 발가락이 찢었을 뿐이라는 성아의 말에 허탈한 표정이 되어 있었다.

"그래서, 두 사람은 정말 결혼하는 거야?"

"뭐?"

이다가 화들짝 놀랐다.

"누구랑 누구?"

"너랑 저 남자."

"미쳤냐?"

"웬걸. 소문났다던데? 강유와 친한 모 드라마 작가가 직접 들었다는 식의 자세한 증언도 첨부되어서 말이지."

"……."

이다의 한숨 소리가 커졌다. 말이 한숨이지, 사실은 강유를 어떻게 손봐줘야 할까라는 식의 고민과 회한이 형상화된 소리였다. 대충 분위기를 짐작한 강유가 화제를 돌렸다.

"그나저나 큰일 아니라니 다행이네요. 아, 유 작가님 말이에요."

"정작 큰일은 이제부터죠. 노이다, 너 이거 어떻게 해결할래?"

"뭘 해결해?"

"내 앞에서는 그렇게 큰소리치고 갔으면서 정작 강유와 이틀간이나 밀월여행을 즐긴 의도가 뭐냐고, 이 잡것아."

이다가 다시 물 묻은 머리를 흔들어댔다. 때문에 물방울이 튀어서 성아는 얼굴이 따끔거릴 지경이었다.

"그건 좀 복잡해."

"뭐가 복잡해?"

"그걸 얘기하려면 봉달이 과거 신상까지 줄줄이 읊어야 된단 말이야."

"봉달이 과거가 왜 두 사람이 러브호텔을 들락거리며 애정 행각을 벌였던 것에 대한 이유가 되냐?"

"애정 행각? 내가 뭘 어쨌다고 그런 거창한 오해가 나오냐?"

"지금 네 꼬라지를 좀 봐, 이것아!"

두 사람의 목소리가 높아지자 하얀 가운을 입은 누군가가 다가왔다.

"저기, 여긴 응급실인데요? 네 분 다 멀쩡하면 좀 나가주시죠."

그들의 예의와 지성, 그리고 교양머리에 따끔히 일침을 가하는 교훈이었다. 네 사람이 조용히—가영 씨는 줄곧 한 마디도 할 기회가 없었지만—응급실을 빠져나갔다. 정신없이 바쁜 응급실에서 사실 할 짓이 아니었다는 반성도 저마다 했다. 러브호텔의 슬리퍼나 가운 못지않게 부끄러운 일이었다.

네 사람이 향한 곳은 엑스레이실이었다. 응급실에서 벗어나 조금 조용해진 병실 복도에서 성아가 다시 공격을 감행했다.

"하여튼 뻔뻔해, 노이다. 나는 네가 이렇게 막 나가는 애라고는 생각해 본 적 없는데 말이야."

"그게 아니라니까."

"그럼 그 옷차림은 뭐야, 대체?"

"이거야 샤워를 했으니까 어쩔 수 없이……."

구겨진 얼굴로 성아에게 반박하던 이다가 결국 참지 못하고는 강유의 등짝을 철썩 후려갈겼다.

"왜 날 때려요?"

"이게 다 너 때문이잖아!"

"그렇다고 때리면 다 해결돼요?"

"누가 해결되라고 때려? 일단 열받잖아."

"하여간 이 성격 누가 봐줘."

그때 엑스레이실 문이 열렸다. 네 사람 모두 한꺼번에 그쪽을 돌아보았다. 저마다 조금씩 달랐지만 유진파가 말끔한 얼굴로 '부러지진 않았대' 라며 나오기를 기대하는 얼굴이었다.

그러나 문을 열고 나온 사람은 유진파가 아니었다.

"······?"

네 사람이, 특히나 한 명은 목욕 가운이라는 병원과 전혀 어울리지 않는 차림새까지 하고 동시에 돌아보자 당황한 기색이 역력한 엑스레이 기사가 주춤, 어깨를 뒤로 움직였다.

"볼일있으세요?"

네 사람이 고개를 저으며 동시에 물었다.

"혹시 발가락 찍으러 온 사람 안에 없나요?"

"유진파 안에 없어요?"

"잘생긴 환자요."

"유 작가님이라고 발가락 때문에······."

네 사람의 말에 그가 고개를 저었다.

"글쎄요······ 그런 사람은 없었는데······."

"예? 설마요. 방금 전에 엑스레이실로 오라고 해서 제가 여기까지 왔었던 말이에요."

성아가 썩 나섰지만 대꾸는 시원찮았다.

"얼마 전에요? 제가 열두 시부터 여기 있었는데 그런 환자는 없었거든요. 전부 교통사고 환자들뿐이었어요."

"······."

네 사람 다 할 말을 잃었다. 침묵을 깬 것은 강유였다.

"호텔로 돌아가요."

"뭐? 왜?"

"유 작가님 여기서 도망쳐서 호텔로 가지 않았을까요?"

그 말에 성아가 손바닥을 딱 부딪쳤다.

"이런! 어쩐지 고분고분하더라니까……."

그 말 한마디에서 꽤나 여러 가지 상황을 짐작할 수 있었다. 일단 유진파는 말도 못하게 몸이 달아 있었고, 그런 그를 성아가 억지로 말렸다. 실랑이가 벌어지고 그 틈을 타 가영 씨가 먼저 호텔로 출발한다. 하지만 얌전히 기회를 엿보던 유진파를 마침내 병원을 탈출, 이다가 있다는 호텔로 향한다……. 이런, 맙소사. 순간 강유의 등짝을 한 대 더 후려치고 싶다는 생각이 들었다.

머리를 흔들어 쓸데없는 생각을 털어낸 이다가 가운 끈을 꼭 동여맸다.

"가자."

✳

러브호텔 앞에 세 사람을 내려준 강유가 손을 흔들었다.

"전 안 내려요. 유 작가님 운전하고 오셨을 테니까 그 차 타고 올라가요, 누나."

"……왜?"

"맞아 죽긴 싫어서요. 제가 유 작가님한테 거짓말을 좀 했거든요."

"무슨 거짓말?"

"말 못해요."

"왜?"

"누나한테 맞아 죽기 싫어서."

"점점…… 나야, 유진파야? 널 때려 죽일 사람이."

"두 분이 상의해서 결정하세요."

빙긋 웃어 보인 강유가 재빨리 차를 출발시켰다.

"그럼 나중에 봐요!"

독한 매연을 뿜어내면서 강유는 그대로 사라져 버렸다. 정말 묘하게 허탈한 기분이었다. 그녀를 이곳까지 끌고 온 사람도 강유였고, 이대로 버려두고 간 사람도 강유였다. 생각해 보면 꽤나 의미심장한 퇴장이라는 느낌도 있었다. 어차피 지금 그들을 둘러싼 모든 소동은 어느 날 갑자기 강유가 그들의 쾌적한 동거 공간을 침입함으로써 생겨난 일들이었으니까.

"엉뚱한 녀석. 재는 대체 왜 저러고 산대?"

이다가 중얼대자 성아가 빈정대며 한소리 해댔다.

"애인한테 할 소린 아닌 것 같은데, 노이다?"

"애인은 무슨."

이다가 그녀의 빈정거림을 콧등으로 넘기자 성아는 꽤나 놀라는 눈치였다. 하긴 나라도 정신없겠다. 봉달이 저 녀석이 해댄 거짓말이 어디 한두 개였어야지. 이다가 그렇게 성아를 향해 아주 작은 동정을 보냈다.

"그럼 결혼 얘기는 뭐야?"

"거짓말."

"……그렇다면 목적은?"

"질투, 교란, 혼란 야기, 그로 인한 피해 발생."

이 애매모호한 대꾸에 성아가 버럭 목소리를 높였다.

"제대로 대답 못해?"

이다의 다음 대꾸는 의외로 단호했다.

"나중에. 지금은 일단 유진파부터 볼래. 아, 그리고 미안하지만 여기서 좀 기다려 줘. 둘이서 할 얘기 있으니까."

"그게……."

성아가 뭐라고 얘기를 꺼내자 이다가 손가락을 들어 조용히 하라는 신호를 했다.

"지금 여기서 진파가 네 애인이니 뭐니 그딴 소리 하면서 날 말리려거든, 진심인데 네 머리끄덩이를 잡아당길 거야. 그러니까 한번 생각해 보고 나서 해."

"……."

성아가 굳은 얼굴로 이다를 바라보았다. 이다가 크게 심호흡을 한 뒤 고개를 끄덕였다.

"이제 와서 이런 얘기 하는 거, 정말 치사하다는 거 알겠는데 말이야……. 네가 내 친구라면, 지금 한 번만 봐줘. 진파한테 못한 얘기가 있어서 그걸 하고 싶어. 그 다음은 너한테 다 털어놓을게. 응?"

"만약 내가 방해하면?"

"말했잖아. 머리털 다 뽑아놓을 거야. 내 팔이 부러지는 한이 있더라도."

이다의 결연한 얼굴을 본 성아가 피식 웃었다.

"이제야 유진파에게 집적대는 그 누구든 결사적으로 막아내겠다는 결심이 선 거야?"

"응."

"장하다, 노이다."

"그러니까 한 번만 봐줘."

뭐라고 하겠는가. 두 사람의 친구답게, 윤성아가 고개를 끄덕여 주었다.

"좋아, 그럼. 들어가 봐."

이다가 다시 고개를 끄덕였다. 고등학교 때부터 알아온 친구와는, 가끔 말로 하지 않아도 뭔가 통한다는 느낌이 전해지는 때가 있었다. 지금 이다가 바로 그런 기분이었다. 그런 친구 둘이서 한 남자를 동시에 좋아하고 있다는 사실은 비극이었지만, 동시에 그런 두 사람이기에 그 감정이 대체 어떤 건지 이해할 수도 있다는 느낌이었다.

"고맙다, 윤성아. 그리고 미안해."

"그 얘긴 나중에 해. 어서 들어가 봐."

"응."

그리고 이다가 슬리퍼를 끌면서 호텔 안으로 들어섰다.

가운 차림의 이다가 로비로 들어서자 유니폼을 입고 있던 직원이 홀딱 놀란 표정이 되었다.

"어, 어디 다녀오세요?"

"그럴 일이 좀 있었어요. 이 슬리퍼 좋던데요. 로고도 예쁘고. 로고가 아주 선명해서 한눈에 딱 알아보겠어요."

칭찬인지 비난인지 모를 소리를 속 시원히 해준 이다가 엘리베이터를 타고 508호로 올라갔다. 508호실 문 앞에 이르자 호흡이 가빠왔다.

너무 많은 일들이 있었다. 유진파와 그녀의 견고한 관계를 뚫고 너무 많은 일이 벌어졌다. 그녀는 며칠 동안 유진파를 사랑하는, 그녀가 아닌 다른 사람들과 마주했다. 그들을 마주하는 순간, 전혀 의외의 감정들이 살아났다. 오래전에 버렸을 거라고 착각했던 감정들. 질투, 시기, 애증, 애틋함…… 그런 온갖 종류의 감정들이. 진심으로 성아가 밉다는 생각도 들었고 진심으로 강유가 안됐다는 생각도 들었다. 성아가 더 이상 친구일 수 없다고 느끼기도 했고 강유가 아예 나타나지 않기를 바라기도 했다. 터무니없는 악의도 생겼고 감당하기 힘든 외로움도 생겨났다. 벌써 오래전에 포기했다고 느꼈던 감정들이 우후죽순처럼 하루가 다르게 쑥쑥 커갔다.

"후우……."

이다가 떨리는 호흡을 토해냈다. 그 감정들 중 가장 또렷한 게 있다면, 단연코 유진파였다. 너무 익숙해서 의식하지 않고 지녔던 감정들이 통제할 수 없을 지경으로 뻗어나왔다. 없던 감정이 아니었다. 스스로도 모르고 있다가 자극을 만나자 반응하게 되었다는 느낌이었다. 성아에게 부딪쳐서 쑥 자라난 감정이 강유에게 밀려 홱 꺾어지기도 했다. 이리저리 쓸린 그 감정은 계속해서 방향을 바꿔 이다의 가슴을 정면으로 찔러왔다.

"후……."

진파가 교통사고를 당했다(물론 발가락을 부딪쳤을 뿐이지만). 순간 성아와 강유가 말하던 뜬금없던 가정이 현실화되어 이다를 덮쳤다. 그간 유진파를 두고 혼자서 이러쿵저러쿵 말해왔던 것들이 모두 사라지는 순간이었다.

그도, 그녀도. 그의 사랑도, 그녀의 사랑도. 살다 보면 한순간에 사라질 수도 있고 도망쳐 버릴 수도 있었다. 그것을 어떻게 해보고자 안달하는 모습이 잘못된 것이었다. 도리가 없다. 그런 날이 들이닥칠 때 후회하지 않도록, 한 순간 한 순간을 미친 듯이 사랑하는 수밖에.

그를, 매 순간 잊지 않고 사랑하는 수밖에.

똑똑.

이다가 손을 들어 노크를 했다. 마치 기다리고 있던 것처럼 문이 활짝 열렸다. 문을 연 사람은 유진파였다.

눈이 마주치고, 두 사람 모두 할 말을 닳아버렸다. 서로 보지 못했던 이틀 동안 너무 많은 얘기가 쌓였던 탓일지도 몰랐다. 지금 이다가 왜 목욕 가운 차림인지, 유진파는 왜 병원에서 그새를 참지 못한 채 뛰어나와야 했는지 해야 할 이야기가 잔뜩이었다. 그리고 두 사람은 그 많은 얘기를 뒤로 미뤄 버렸다.

지금 당장 해야 할 얘기가 있었으니까.

"저기, 나 할 말이 있어."

진파가 몸을 비켜주었다. 이다가 방 안으로 들어섰다. 여전히 로맨틱한 느낌이 물씬 나는 방이었다. 진파가 침대에 앉자 이다는 화장대에 기대어 섰다. 방바닥에 놓여 있던 이다의 옷가지는 진파가 말끔하게 개어 화장대 위에 올려둔 상태였다. 그가 저 옷을 개며 무슨 생각을 했을지, 이다는 새삼 강유를 한 대 더 때려줄 걸 그랬다는 생각을 했다.

"저기, 음……."

막상 말을 하려니 쉽지 않았다. 원래 그녀와 그는 별다른 말 없이도 서로를 가장 잘 이해하는 상대였는데.

"으음……."

한참 고민하던 이다가 마침내 말했다.

"우리가 같이 잔 건 잘못이었어."

엉뚱한 얘기에 진파가 이상한 표정을 지었다. 이다가 다급히 뒷말을 덧붙였다.

"그러니까…… 내 생각에는, 우리가 너무 아무것도 모르는 상태에서 같이 잤던 것 같아. 그러니까 섹스가 뭔지, 좋은 섹스는 어떤 건지, 정확히 섹스가 그것을 하는 두 사람에게 어떤 의미인지 하는 그런 것들을 따져 보지 않았다는 말이야."

그러자 진파가 어딘가 갈라진 듯한, 이상한 표정을 닮은 이상한 목소리로 이다의 말을 받았다.

"난 충분히 생각했어."

"어…… 그랬어?"

"내가 아무 생각도 없이 너와 잤을 거라고 생각하진 마. 그럴 리가 없으니까."

아윽. 이다가 속으로 신음 소리를 뱉어냈다. 그래, 아무 생각 없던 건 내 쪽이었지. 어쩌자고 이런 얘길 꺼냈을까.

그러나 기왕 말 꺼내기로 한 것, 어설프게 둘러대기보다는 진실로 받아치는 쪽이 훨씬 나을 것이다.

"응, 그래. 아니, 그러니까 그럼 내가 하는 얘긴 내 입장에서 꺼낸 얘기라고 생각하고 들어줘."

진파가 이다를 빤히 쳐다보았다. 얼굴 위로 떠오른 그의 표정에, 그가 지금 어떤 마음을 하고 있는지가 고스란히 보였다. 이다가 눈을 질끈 감고는 이마에 손을 얹었다.

"아윽, 역시 이런 건 말로 하기 어려워. 그러니까 내 말은……."

"네 말은?"

"그러니까 내 말은……."

그러니까 그녀의 말은 그를 사랑한다는 그 한 마디인데. 그런데 그게 어렵다.

"……그땐 몰랐다고."

"뭐를 몰라?"

"그러니까 그땐, 처음 해보는 섹스라는 주제에만 정신이 팔려서 말이지, 내가 이렇게……."

여기까지 말한 이다가 고개를 마구 흔들어댔다. 젖은 머리카락이 얼굴에 들러붙어 숨 쉬기가 괴로웠다. 결국 진파가 다가와 이다의 얼굴에 붙은 머리카락을 떼어주었다.

그가 그녀 앞에 섰다. 이다가 양손을 들어 그의 옷자락을 꽉 움켜쥐었다. 커다란 숨이 한번 밀려 들어왔다 쑥 빠져나갔다. 그 기운을 빌어 이다가 진파의 가슴에 대고 재빠르게 말을 마쳤다.

"네 옷을 몽땅 벗길 때까지 기다리지 못할 것 같아서 그전에 갈기갈기 찢고 싶다는 상상까지 하게 될 줄 그때는 정말 몰랐다고!"

"……."

끄응, 제기랄. 처음 방향을 잘못 잡은 얘기는 결말도 이렇게 엉망이었다. 과연 이게 무슨 얘긴지 진파가 무사히 알아들을까. 알아들어야 하는데. 새삼 사랑한다는 그런 말을 꺼낼 만큼 난 뻔뻔하지 못하다고.

이다의 중얼거림이 진파에게까지 들린 모양이었다.

"그때 알았다면, 달라졌을 거라는 말이지?"

그가 이렇게 한 번에 알아들은 것을 보면. 이다가 힘차게 고개를 끄덕였다.

"그때 알았다면, 지금쯤 애를 벌써 둘은 낳았을 거야. 큰 애는 유치원에 다닐 거고. 그렇지?"

"응, 응."

"그때 알았다면, 결혼식은 인도에서 했을 거야. 내가 탈영을 해서라도 널 쫓아갔을 테니까. 그렇지?"

"응, 응. 응!"

이번에는 진파가 다른 것을 물었다.

"샤워했어?"

"응."

"난 안 했어. 그런데 뭐, 나쁘진 않을 거야."

"으…… 응?"

그가 그녀를 번쩍 안아 들었다. 잠시 후 출렁이는 느낌과 함께 이다는 침대에 누워 있었다. 코를 마주하고 유진파의 얼굴이 보였다.

"마음대로 찢으라고, 노이다."

이다가 깔깔대는 폭소를 터뜨렸다.

"아래에서 성아랑 가영 씨랑 기다린단 말이야!"

숨 넘어가게 웃어대는 그녀의 입술을, 진파가 부드럽게 눌렀다.

"기다리든 말든."

"너무한다. 이거 진짜 나쁜 놈일세."

"러브호텔이잖아. 엄연히 목적이 있는 곳이라고."

그 뒤로 이어지는 숨 막히는 키스에 결국 이다도 두 사람의 존재를 잊어버렸다. 마음속에서는 성아에게 미안하다는 속삭임도—사실 '내가 이겼어, 이년아!' 였을지도 모르지만—잠시 일었지만, 어디까지나 아주 순간적인 일이라 곧 마음 편히 머릿속에서 지워 버렸다.

열처럼 오르내리는 들뜬 감각 속에서 진파가 '사랑한다고 말해줘' 라고 속삭이는 소리가 들려왔다. 이다는 있는 힘을 다해 '사랑해!' 라고 대답해 주었다.

그가 만족할 때까지, 몇 번 씩이나.

그 뒤로 성아와 가영 씨가 그날 몇 시간을 기다렸는지는 평생 잊을 수 없는 추억이 되어버렸다.

에필로그

"**아,** 흥분할 것 같아요. 그렇게 진지한 표정으로 보면."

이런 문제성 발언을 아무렇지도 않은 얼굴로 지껄이는 피사체는, 대한민국 사람 열 중에 여덟은 좋아한다는 국민배우 강유였다.

최근 들어 헐리웃에 진출한 홍콩 출신 유명 감독의 게이 영화에 출연한 강유는 그 중성적인 아름다움의 재발견으로 한층 더 주가를 올리고 있었다. 중국, 일본, 대만, 홍콩에 이어서 태국까지. 강유의 몸값은 최근 연이어 일고 있는 한류 한파를 한꺼번에 싹 거둬 올릴 정도였다.

“일할 때는 언제나 그런 표정이세요?”

모 잡지의 화보 촬영 중인 강유와 유진파였다. 오늘 강유의 콘셉트는 그가 가진 중성미에 초점을 맞췄기에 그는 상반신 누드 상태였다. 전체적으로 깨끗함을 강조한 메이크업에, 긴 흑발 가발 위로 새하얀 화관을 쓰고 있었다. 사진작가로서 평가를 내리자면 소름이 끼칠 정도로 아름다운 피사체였다. 사람이 아닌 다른 무엇으로 보일 정도였다.

“그거 성희롱 아냐? 내가 고소하면 골치 아파질 텐데.”

셔터를 누르는 손을 멈추지 않은 채 유진파가 그의 말을 받았다.

“아, 퍽퍽하긴. 내가 말한 건 사실인데요.”

“팔 좀 위로 들어. 그래, 그렇게. 다리는 좀 더 뻗고. 길어 보이게. 좋아.”

진파가 전혀 상대해 주지 않자 강유가 혀를 쑥 내밀었다.

“재미없어. 유부남은 다 그런가?”

“아내가 무서운 남자가 그렇겠지. 혀 집어넣어. 표정 망가져.”

진파의 요구대로 강유가 다시 무표정으로 돌아왔다. 그의 선명한 눈매가 뷰파인더 안으로 미끄러져 들어왔다.

“이다 누나가 그렇게 무서워요?”

“요즘 들어서는.”

“왜요?”

"재테크 공부 중이거든. 용돈 타는 데 아주 살벌해."

강유가 저도 모르게 입술 양쪽을 말아 올리며 웃었다. 그 순간을 놓치지 않고 진파가 셔터를 눌렀다. 무표정도 좋았지만 이런 얼굴도 좋았다. 사진작가라면 누구나 탐낼 만한 표정이었다.

"안 어울려."

"지금 표정 좋다. 백치미의 절정 같은 느낌이야."

강유가 인상을 썼다.

"취소해요. 백치미라니. 가방 끈 짧은 사람한테 제일 상처되는 말을."

"사실인걸."

몇 번 더 셔터를 눌러대던 진파가 카메라를 내려놓았다. 어떤 사진이 나올지 기대됐다. 어쩌면 커다랗게 확대해서 거실 벽에 붙여놓고 싶을 정도로 멋진 작품이 나올지도 몰랐다. 물론 그렇게 한다고 하면 이다가 펄펄 뛸 게 분명했지만.

"수고했어."

그 말에 강유가 일어나서 가발을 벗었다. 그가 손짓하자 촬영하는 배경에서 멀찍이 떨어진 곳에 대기하고 있던 스태프가 다가와 옷을 건네주었다. 다른 스태프가 곧 메이크업을 지우기 시작했다.

"집들이 안 하실 거예요?"

남에게 얼굴을 내맡긴 채로 강유가 물었다. 작업용과 그렇지 않은 용도로 필름을 구분하던 진파가 고개를 끄덕였다.

“너는 안 불러.”

“이런, 서운하게. 내가 두 사람을 위해서 노력한 건 생각 안 해요? 내가 그렇게 안 나왔으면 이다 누나가 냉큼 유 작가님 붙들었을 리가 없다고요.”

진파의 대꾸는 냉정했다.

“내가 발가락을 다쳤기 때문이지.”

“그 발가락을 다친 게 나 때문이잖아요.”

“그렇게 따지면 네가 이 세상에 태어난 것부터가 문제가 되지.”

“체. 진짜 너무하는데, 두 사람.”

사실 진짜 너무하는 쪽은 강유였다. 진파는 아직도 그날 일을 생각하면 아찔한 느낌이었다. 이철진이 와서 사실은 강유가 이러저러한 이유로 이다를 이용하고 있다는 얘기를 건넨 그날 일은. 설상가상으로 강유는 이다를 납치해서 그로부터 멀리 떨어뜨려 놓기까지 했다. 나중에야 절박한 상황에 빠진 두 사람이 솔직히 자기 마음을 터놓을 기회를 만들어주려 했다는 얘기를 꺼냈지만, 빌어먹을이다. 진짜 솔직한 그의 마음이 무언지는 아무도 모르는 일이었으니까.

“두 사람, 다정해 보이네?”

누군가의 목소리에 강유와 진파가 뒤를 돌아보았다. 엔스크린의 취재팀 팀장이 된 성아가 촬영담당과 함께 서 있었다. 오늘 강유와 인터뷰 약속이 되어 있던 모양이었다.

"왔어?"

진파가 반갑게 인사를 건넸다. 두 사람은 이제 정말 친구가 되었다. 성아는 오랜 짝사랑에 대한 미련을 깨끗하게 접고, 그녀처럼 소주를 특히 더 좋아하는 애인을 만나―물론 이 사람도 말술이었다―목하 열애 중이었다. 두 사람 다 일이 바쁜 관계로 계획을 잡지는 못했지만 내년쯤에는 결혼할 예정이라고 했다.

"응, 잘 지냈어? 봉달 씨도 잘 지냈고?"

강유가 그녀를 향해 손을 흔들었다.

"덕분에요. 저 메이크업 지워야 하니까 좀 앉아 계세요. 금방 끝나요."

"그래."

성아가 진파 옆에 놓여 있던 보조 의자에 걸터앉았다. 진파와 성아가 잠시 안부를 묻고 있자 말끔한 얼굴이 된 강유가 고개를 돌렸다.

"저 다 됐어요. 사진도 찍으실 거예요?"

"흠. 지금 얼굴도 좋으니까 한두 장 정도 찍지 뭐. 진파 씨, 혹시 나 줘도 되는 사진 있어? 화보 사진은 그거 쓰게."

"찾아볼게."

진파가 선선히 대꾸하자 성아가 기분 좋은 웃음을 흘렸다. 보조 의자를 강유 앞으로 바싹 당긴 성아가 느긋하게 다리를 꼬고 앉아 말을 시작했다.

"그래, 무슨 얘기부터 할까?"

"아, 오늘은 제가 할 말이 있어요. 유 작가님도 옆에 계세요. 들어주셨으면 하니까."

강유의 말에 성아와 진파가 고개를 기웃거렸다.

"할 말?"

"네."

강유가 방긋 웃는다. 딱히 꼬집을 순 없었지만 그는 조금 변했다는 생각이 들기도 했다. 어쩔 수 없이 묻어나오던 우울한 그림자가 엷어졌다고나 할까. 그는 여전히 예쁜 남자였지만, 지금은 확실히 그것과는 다른 무엇도 갖고 있다는 느낌이었다.

"저 커밍아웃하려고요."

"……!"

그 말에 두 사람 모두 멈칫, 굳었다. 엔스크린의 촬영담당도 놀랐는지 셔터 소리도 들려오지 않았다. 잠시 후에 성아가 떨떠름한 목소리로 물었다.

"괜…… 찮겠어? 한창 활동하고 있잖아. 한국이라는 나라, 아직 그렇게 만만하지 않아."

"알아요. 그래서 더 하고 싶어요. 까짓, 방송 활동 때려치우라면 그러죠 뭐. 어차피 벌 만큼 벌었어요. 미련도 없고."

강유는 마치 남의 일처럼 가볍게 얘기했다. 즐겁게 웃는 얼굴에는 고민의 흔적이 없어서 그가 과연 커밍아웃이라는 문제를 놓고 여러 차례 심사숙고해 본 게 맞을까 라는 의문도 생겨났다.

"잘 생각해 봐. 그냥 커밍아웃하는 문제로 끝나지 않는다구. TV 출연 안 하는 걸로 끝이 아니잖아."

"계속 생각했어요. 속 시원히 얘기하고 그만 했으면 좋겠다고. 마침 지금 시기가 딱 좋거든요. 크게 계약 걸린 것도 없고, 소속사에서도 내가 매일 사고치고 다니니까 그러려니 하고 있고. 그만두고 나면 불륜의 도시에서 러브호텔을 운영해 볼 생각인데 어때요? 그게 더 적성에 맞을 것 같아요."

성아가 결국은 어이없다는 듯 웃어버렸다.

"타이틀 정해졌네. 강유, 사실은 이렇게 살고 싶었어요."

"너무 식상해요. 기왕 화끈한 주제인데 좀 화끈하게 가면 안 돼요? 강유, 유부남 사진작가와 금단의 사랑."

그 말에 진파가 끄응, 하고 앓는 소리를 냈다.

"그럼 이다가 날 죽일걸. 성아 씨, 그건 절대 안 돼."

성아가 고개를 저었다.

"나도 안다고. 임신 사 개월이면 한창 예민할 때잖아. 그 성격에 사고 크게 나지. 그리고 엔스크린이 무슨 스포츠선데이인 줄 알아?"

이번에는 강유가 놀라는 눈치다.

"에? 누나 임신했어요?"

"몰랐어?"

"몰랐어요. 전화해 본 지 꽤 돼서."

그 말에 진파가 인상을 구기며 발끝으로 강유가 앉아 있는 의자 밑을 툭툭 쳤다.

"전화는 무슨…… 앞으로 하지 마."

강유가 의자를 슬쩍 옆으로 옮기며 대꾸했다.

"누나가 종종 하랬단 말이에요."

"언제부터 이다 말을 그렇게 잘 들었는데?"

"저작료가 걸려 있거든요. 누나 이번 소설 모델이 저란 말이죠."

끄응, 하는 진파의 신음 소리.

"임신 사 개월인데…… 동인지 쓰면서 대체 태교가 될 거라고 생각해?"

성아가 심각한 표정으로 그의 말을 받았다.

"그래, 말도 안 돼. 내가 한마디 해야겠다. 그러다가 혹시라도 애가 호모 섹슈얼로 태어나면……."

그 말에 진파는 차라리 날 죽여, 라는 표정을 지었고 강유는 반짝하는 미소를 지었다.

"그거 좋겠다. 기왕이면 유 작가님하고 닮았으면. 그러면 나한테 시집보내기예요?"

그 말에 진파는 고개를 내저으며 암실로 달아났고, 성아는 강유의 어깨를 두드리며 차라리 커밍아웃하길 잘했다고 말해주었다. 어차피 넌 게이로 살 팔자야, 라고.

그리고 그날 저녁 그 얘기를 남편에게서 전해 들은 노이다는 소리 내어 깔깔 웃어버렸다.

"날 닮은 아들이면 어쩌려고?"

그래도 아마 강유가 싫어하지는 않을 거라는 생각이었다. 그는 이다를 통해서 진파를 보았을 테고, 진파를 통해서 결국은 이다도 사랑하게 되었을 테니. 이다 역시 그랬다. 가끔은 진파와 그녀 스스로가 잘 구별이 가지 않을 때가 있었다. 열 살 때부터 서로를 받아들였으니 어쩔 수 없는 노릇이라며, 이다는 가끔 그들의 긴 인연을 곱씹었다. 길었던 만큼이나 앞으로도 길기를 소망하지만 알 수 없는 앞날에 대해서는 그대로 남겨두자고. 대신 나는 틀림없이 일 초 전에도, 그리고 일 초 뒤에도 당신을 사랑하고 있노라고.

그 다음 일 초에도, 그 다음다음의 일 초라도.

작가후기

비가 많이 내리는 요즘입니다.

길에서 살고 있는 자유 고양이들이 걱정됩니다. 무사히 안락한 곳에서 비를 피하고 있을까요. 그들이 배를 곯지 않기를 바랍니다.

저희 집 고양이 녀석 하나는 스트레스성 설사에 시달리고 있습니다.

날마다 엉덩이에 묽은 똥을 묻히고 다녀서 냄새가 말도 못합니다. 녀석을 매일 씻겨주는 사람은 제가 게으른 관계로 어머니인데, 참다 참다 못하셨는지 녀석을 똥싸개, 혹은 똥꼬라고 부르고 계십니다.

베이루트에 관한 책을 읽었습니다.

정말로 언뜻 상상이 가지 않을 정도로 다른 곳이라는 생각이 들었습니다. 뉴스에서는 이런 보도가 다반사라고 합니다. "현재 50번 고속도로는 총격전으로 인해 통행이 어려우니 다른 길을 이용하시길 바랍니다." 그곳에 살고 있는 어떤 PLO 대변인은 이렇게 말한다고 합니다. "서부극이요? 좋아하지 않습니다. 서부극이 보고 싶을 때는 그저 창밖을 바라보기만 하면 됩니다." 저는 그 책을 보다가 엉뚱한 생각을 해버렸습니다. "대체 이런 도시에서는 어떻게 데이트를 하지?" 하지만 확신합니다. 데이트는 어려워도 분명 사랑에 빠진 사람들은 많이 있을 거라고요.

장마철이라 그런지 힘겨워하는 커플들이 많은 듯합니다.

이제 500일에 접어드는 나의 오빠는 요새 내내 여자 친구와 싸우고 있습니다. 하루의 삼 분의 일 정도를 전화 통화에 할애하는 그를 보며 내심 마음이 무겁습니다. "비가 와서 만나지 못해도 데이트 비용은 똑같이 드는구나. 대체 저 전화비는 얼마나 나오게 될까."

로맨스 소설을 쓰며 생계를 유지하는 저로서는 두뇌의 70%를 사랑, 혹은 연애라는 주제가 채우고 있지만 정작 스스로의 연애는 언제나 실패하고 맙니다. 이유가 뭘까 고민해 봐도 뾰족한 답은 대기 어렵습니다.

올해 결혼한 친구와 이런 얘기를 해봤습니다

"가끔 생각하거든. 만약 로또 1등이 되는 거랑 그 사람과 다시 만나는 거랑 둘 중 하나를 선택할 수 있다고 한다면 난 아무래도 로또 1등을 고를 것 같아. 그러니까 내가 아무리 그 남자를 그리워해도 그 남자는 나한테 10억의 가치도 안 된다는 거지." 친구가 비웃었습니다. "나는 로또 1등 따위와는 절대 못 바꿔, 우리 신랑." 순간 졌다는 생각이 들어서 왠지 분했습니다.

이메일을 보냈습니다.

나는 당신을 그리워하지만 잘사세요, 라는 내용이었습니다. 이것도 왠지 분해서 조금은 울어버렸습니다. 사랑은 내가 지껄여 대는 것만큼 달콤하거나 낭만적이거나, 혹은 운명적이거나 하지는 않다는 생각이 들었습니다. 크게 숨을 들이켜 봅니다. 잘살아라, 이 자식아. 이제 한결 시원할까요?

이상 『삼인 동거를 위한 테크닉 강론』을 쓰며 겪었던 시답잖은 일상이었습니다.

나의 일상은 매일 똑같거나 매일 비슷하거나 합니다. 나는 그 속에서 조금씩 다른 사람을 만나고, 조금씩 다른 사람을 사랑하고, 조금씩 나이를 먹어갑니다. 꽤 많은 사람을 만났습니다만 앞으로 누굴 만나게 될지도 알 수 없습니다. 사 년쯤 전에 연락이 끊겼던 누군가를 다시 만나게 되는 그런 날도 있었습니다. 매일 똑같고 비슷해도, 참 재미있구나라는 생각이 들기도 합니다. 내 인생은 기대라는 것으로 절반 이상이 채워져 있습니다. 그래서 그런 생각을 했습니다. 저마다의 인생은, 어쩌면 시차가 있을 뿐일지도 모르겠다고. 그 사람과 나 사이에는 잠깐의 시차가 있습니다. 이 어긋남으로 인해 영영 보지 못하게 될지도 모르고, 우연처럼 사 년쯤 뒤에 다시 만나게 될지도 모릅니다. 나는 이것을 인생이 주는 기대와 재미라고 생각해 버릴 겁니다. 진파와 이다 역시 이십삼 년이라는 시차를 두고 사랑하게 되었으니까요.

언제나 상냥하고 성실한 나의 엄마, 당신의 유머감각을 사랑해요. 조니 뎁과 팀 버튼 씨에게, 당신들과 동시대를 살 수 있어서 영광입니다. 생선과 가시에게, 장마의 계절에 한없이 무기력한 우울증을 선사해 주셨지요. 잊지 않겠습니다. 그리고 세상의 모든 고양이들에게, 항상 건강하세요.

이 책이 나오도록 가장 많이 수고해 주셨던 청어람 출판사 관계자 분들 모두에게 감사드립니다. 종민 씨, 가능한 다음 글도 함께해 주세요. 언제나 감사하다는 말이 모자란 로에 시구님들에게도 같은 것을 바래봅니다 이 책 을 펼쳐서 이 후기를 읽고 계신 분들에게도, 정말로 감사드립니다.

지금 진행되고 있는 세상의 모든 사랑이 아프게 끝나지 않기를.

—이윤아.

『봄바람』

돈이 없어 불행한 여자와

돈이 많아도 행복하지 않은 남자가 만났다.

정부와 고용인의 관계로 만나 두 사람.

하지만 이들에게선 봄바람의 향기가 난다.

● 정지원 지음 값 9,000원

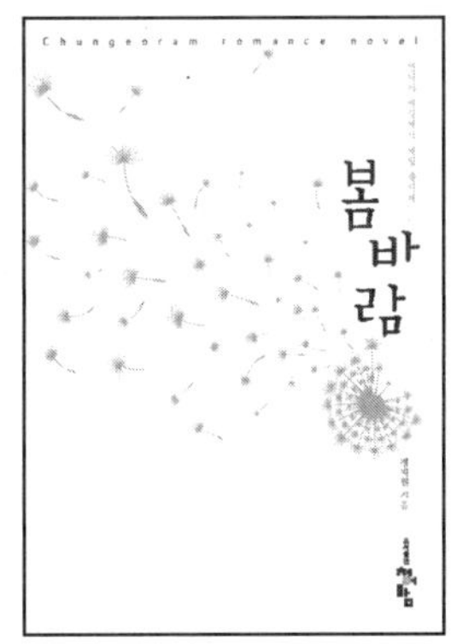

『노골적 연애담』

색깔있는 남녀의 엽기발랄 합방 프로젝트!

해박한 성이론으로 무장했으나 실전 경험은 네버인 한이선과

일명 마 교주로 군림하는 캠퍼스 안의 스캔들 메이커이나

순수 총각인 마규진이 만났다.

● 이새인 지음 값 9,000원

도서출판 **청어람**　chungeoram@chungeoram.com
☎ 032-656-4452　FAX 032-656-4453

『정글』

바보 같은 여자와 더 바보 같은 남자,

더 더 바보 같은 또 하나의 남자.

세 남녀의 엉큼 발칙 러브스토리, 정글(jungle).

정글 같은 인생. 밀림 같은 연애. 얽히고설킨 먹이사슬의 끝.

과연 살아남는 최후의 승자는 누구?

● 이정숙 지음 값 9,000원

『우리 집에는 늑대가 숨어 있다』

꼬박꼬박 월세 집어삼키는 오피스텔을 정리하고 대출의

도움을 받아드디어 서민 평수 아파트를 구입하게 된 윤이수.

부푼 기대를 안고 이사를 왔건만, 힘껏 문을 열어젖히자

불쑥 튀어나온 웬 시커먼 남자.

자신도 좀 아까 이 집으로 이사 왔단다!

● 김랑 지음 값 9,000원

『악당 클리닉』

지상에서 가장 달콤한 악당, 그를 길들이다!

오만하고 제멋대로인 악당에게 그녀가 전하는 '사랑백신'.

오명과 무기력증에 빠져 하루하루를 술로 연명 중인

이지상을 위해 슈퍼해결사 류이현이 출동했다!

● 홍윤정 지음 값 9,000원

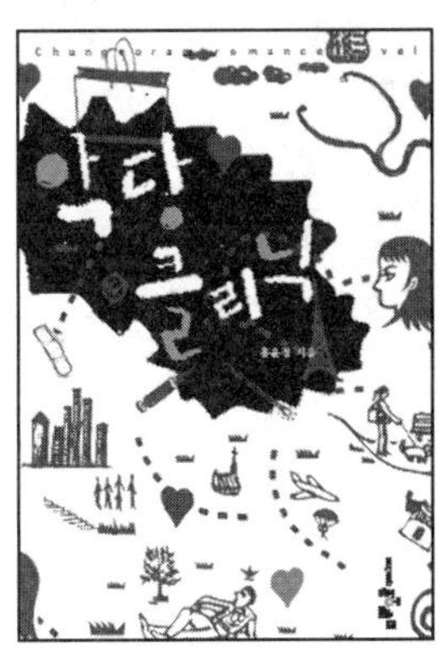

『관능의 연인』

한 약혼식장에 갔다가 그의 품 안으로 떨어진

연보랏빛 드레스와 하얀 운동화의 아름다운 그녀.

그녀에게 첫눈에 반한 우혁은 연희를 도망치게 도와준다.

인생의 결정적 순간을 찾기 위한 두 남녀의 애절한 기다림.

● 이예린 지음 값 9,000원

도서출판 **청어람**　chungeoram@chungeoram.com
☎ 032-656-4452　FAX 032-656-4453

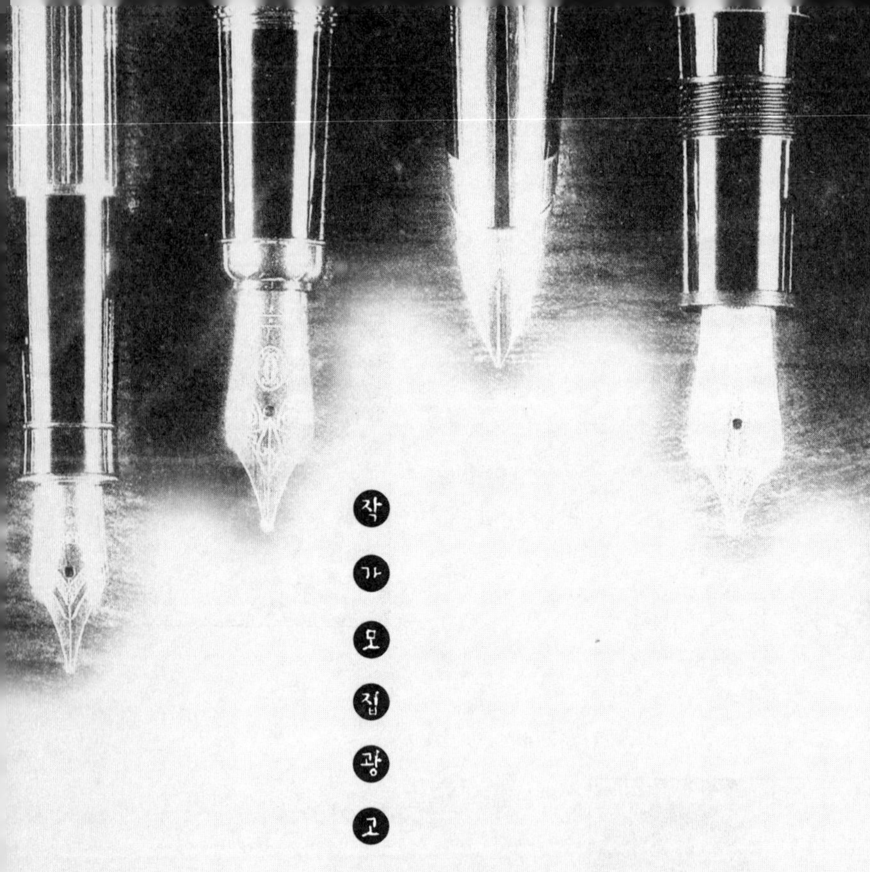

작
가
모
집
광
고